La memoria

1296

DELLO STESSO AUTORE

Questa non è una canzone d'amore
Dove sei stanotte
Di rabbia e di vento
Torto marcio
Follia maggiore
I tempi nuovi
I cerchi nell'acqua
Flora
Una piccola questione di cuore
Cinque blues per la banda Monterossi

Alessandro Robecchi

Pesci piccoli

Sellerio editore
Palermo

Questo volume è stato stampato su carta Arena Ivory Smooth prodotta dalle Cartiere Fedrigoni con materie prime provenienti da gestione forestale sostenibile.

Robecchi, Alessandro <1960>

Pesci piccoli / Alessandro Robecchi. - Palermo: Sellerio, 2024.
(La memoria ; 1296)
EAN 978-88-389-4624-0
853.92 CDD-23 SBN Pal0368928

CIP - *Biblioteca centrale della Regione siciliana «Alberto Bombace»*

Pesci piccoli

I poveri, ci vuol poco a farli comparir birboni.

A. MANZONI, *I promessi sposi*

1
Teresa

Aveva contato le banconote stropicciandole tra le mani. Sei da cinquanta, due da dieci, una vecchia e consumata, lisa, così insulsa che sembrava già spesa.

«Tutto qui?».

«Perché, manca qualcosa?».

Lui aveva avviato il furgone con uno strappo della frizione, e poi via, fuori da via Brivio, verso il centro, con deviazioni sul percorso per raccogliere le altre.

Le cinque e mezza.

Se non avete mai visto la luce delle cinque e mezza, a Milano, in primavera, non potete dire niente di questa città, e forse nemmeno di questo mondo. C'è un intervallo minuscolo, tra quando se ne va il buio e quando ricompaiono i colori, pochi secondi di cambio turno che rendono tutto sagomato a mano, un modellino sgranato come una foto antica.

Dura poco, però, dovete stare attenti.

Il semaforo tra Mac Mahon e viale Monte Ceneri, invece, dura una vita e mezza.

«Avevi detto sette all'ora, questi non saranno nemmeno cinque, non mi far fare i conti, Andrea, mancano cento euro».

«È quello che posso questo mese, Teresa, non rompermi i coglioni».

Il mese erano tre ore al giorno, cinque giorni su sette, il quinto al sabato, o meno spesso la domenica sera, lunedì libero. Con la sveglia alle cinque, mezz'ora di furgone e piccole attese, poi scaricate al lavoro e dopo il lavoro ognuna per sé, chi aveva altri turni da altre parti, chi si avviava alla metro, chi faceva la misteriosa su uomini altrettanto misteriosi di cui parlava sempre ma che non si erano mai visti.

Alle nove era tutto finito.

Avevano caricato le donne, già in attesa al portone – una signora sui cinquanta, sdentata e magrissima, insieme a una ragazza giovane, e poi altre due, salite nelle vie vicine –, costringendo il furgone a uno zig zag imparato a memoria, uguale ogni giorno, in un silenzio che era solo sonno ostile. Le stesse strade e la stessa ora, al metro, al millimetro. Teresa sedeva davanti, era la prima del giro, nessuna aveva mai contestato il privilegio.

Aveva dei punti di riferimento, una sua punteggiatura geografica, dei giochetti messi su per non farsi pesare il silenzio nel furgone. Un signore con il cane, vicino a uno dei primi portoni di via Canova, perfettamente acchittato in giacca e cravatta, con questo lupo bellissimo, che annusa in giro. Lo cercava ogni mattina con gli occhi, sul marciapiede, il passo rilassato, quasi distratto, ché tanto il lupo sa lui cosa fare.

E poi, da qualche tempo, una macchina gialla, una Porsche, sempre lucida e brillante, parcheggiata a due curve dall'arrivo, in corso Italia. Proprio gialla. Se n'era accorta una mattina fredda e rognosa di metà novembre, buio, grigio, sporco, e il giallo della macchina era l'unico colore che brillava. Le segnala che sono quasi arrivati, e ha preso a giocarci: se c'è la Porsche gialla la giornata sarà decente. Spesso non c'è, ma lei si consola pensando che magari non l'ha vista, che sarà in una via laterale. Oh, insomma! Se ne fa una ragione in pochi secondi.

Poi il furgone si era fermato davanti alla IGC.

«Svelte, che siamo in doppia fila».

Erano scese tutte, in un chiocciare frettoloso e veloce, tutte ritrovando le prime parole del giorno.

Lei invece non era scesa, non si era mossa dal sedile accanto a lui.

«Tre e venti sono pochi, Andrea».

«Te l'ho detto, è un periodo del cazzo. Il contratto con questi qua, vuoi saperlo?», aveva mosso il mento verso il marciapiede, a destra, nella sua direzione ma oltre il finestrino, a indicare l'ingresso del palazzo bianco. «Contratto nuovo, venti per cento in meno. Prendere o lasciare. Erano trentamila all'anno, adesso sono ventiquattro, mi hanno detto: per trovare quattro indios che lo fanno per venti basta fare un fischio, ma noi ci teniamo alle apparenze».

«Sono un po' cazzi tuoi, Andrea, non credi? Mi dici una cifra, io ci faccio conto, me ne dai meno, è un problema».

Non si aspettava di dover litigare così presto, alla mattina.

«È un problema anche il mio, però».

Aveva tirato una manata sul volante.

«Ma con chi cazzo stai parlando, eh! Mi vedi con il macchinone e la villa al mare? Mi stai dicendo che te la passi male? Io invece nuoto nell'oro, vero?».

«Cazzo, Andrea, mi servono, forse cambio casa, adesso lì pago cinquecento, con le spese e tutto, non ci sto più dentro».

«Vai a stare meglio o peggio? Non dirmi che vai fuori Milano, perché io non ti vengo a prendere alle cinque in mezzo ai campi, eh!».

Voleva scherzare, fare l'amico, non aveva capito niente.

«No, più verso il centro, ma dividiamo, un'amica di mia sorella ha affittato, sono tre stanze, ha trovato una di giù, una studentessa, e la terza sarei io. Risparmio qualcosa, ma devo darle tre mesi anticipati».

«Ma non avevi un altro lavoro?».

«Certo, con questo qui non è che ci campo, eh! Faccio la sera, altri uffici, e poi una signora quando ha bisogno».

«E allora... piangi solo con me o anche con quegli altri? Lo stronzo non ti dà il tuo assegno?».

«Lo stronzo non me lo dà, il mio assegno, non ha neanche gli occhi per piangere, non mi ci far pensare».

Aveva guardato fuori dal finestrino. I colori erano già tornati, si era persa l'attimo magico. Aveva tirato il fiato e l'aveva trattenuto un secondo più del necessario. E poi:

«Devono fare ottocento, alla fine, Andrea, ottocento, porca puttana ladra, non settecentocinquanta o settecentonovantanove, sotto non ce la faccio, e se tu mi freghi cento euro ogni volta io non ce la faccio, hai capito, cazzo, o ti devo fare un disegno?».

Era rabbiosa, ruvida, ma non aveva alzato la voce.

Lui aveva tirato fuori un portafoglio, preso due banconote da cinquanta.

«Questi per tappare i buchi, la settimana prossima ti trovo qualche ora in più, così andiamo in pari».

«Cioè lavoro gratis per soldi che sarebbero già miei?».

«Senti, Teresa, questo è quello che si può...».

Dietro aveva suonato un clacson, non incattivito ma già nervoso, sono le sei e cinque.

L'uomo aveva rimesso in moto, che voleva dire piantiamola qui. Lei era scesa con due biglietti da cinquanta in mano, stretti nel pugno, aveva sbattuto la portiera. Aveva quasi corso fino ai tre gradini e alla grande porta a vetri.

Poi dentro, inghiottita.

Nella stanzetta dove si cambiano, solo due armadietti da chiudere a chiave, si era messa il grembiule, aveva preso le sue cose, un carrello con un sacco, un secchio, detersivi in varie forme, stracci, rotoli di carta igienica, e poi l'ascensore fino al terzo piano. Otto stanze, due bagni, un corridoio con la macchina del caffè. Tre ore da adesso.

È quasi tutto bianco, i mobili, le scrivanie, il parquet è chiaro, le stanze con i grandi tavoli da disegno vibrano dei ronzii dei computer che non si spengono mai, bianchi anche quelli. Il suo grembiule invece è blu, una specie di divisa.

Tengono alle apparenze.

Ma vaffanculo.

2
Carlo

«Un crocefisso?».

«Un crocefisso, Carlo. Cosa c'è di difficile nella parola crocefisso? Se tu venissi alle riunioni sapresti che su questa storia ci abbiamo già lavorato, e ora siamo pronti, se sua altezza il principe degli autori vuole degnarsi di ascoltare...».

Ed ecco a voi Carlo Monterossi davanti alla scacchiera. Fa il suo ghigno delle emergenze. Il fine ultimo sarebbe lo scacco matto, ma si accontenterebbe anche di una patta onorevole. Ora Flora De Pisis, sua maestà incoronata, vorrà fargli fare uno di quei lavori sporchi per cui è famosa, gli italiani l'adorano, le panetterie, i mercati, gli uffici, le scuole, rimbombano della domanda settimanale: «Ma hai visto Flora, ieri sera? Che roba!».

Livelli di difficoltà: far cambiare idea a Flora, irraggiungibile, quasi mistico. In subordine: orientare la storia in modo che sia meno vergognosa a sé e agli altri, ma soprattutto a sé, perché ha capito, in tanti anni nella Grande Fabbrica della Merda, che lì nessuno si vergogna di niente.

Terzo livello, principiante: sottrarsi in ogni modo, va bene tutto, dal malore improvviso a «Devo andare a cena con Macron per un'idea che ti dirò, Flora, ma è ancora un progetto segretissimo». Sembra assurdo ma credetemi, può funzionare. Un'altra cosa che Carlo ha imparato là dentro è che spararla grossissima funziona più delle piccole bugie.

«Il crocefisso...», ha iniziato l'assistente di Flora.

È una specie di ripetitore semiautomatico, se Flora pensa «chiudi la porta», lei dice «chiudi la porta». Si chiama Franca Nosetti, ma tutti, di nascosto, la chiamano Alexa, o anche l'algoritmo di Flora, in un misto di disprezzo e timore, perché le sue orecchie sono le orecchie di Flora, nella DDR del '61 sarebbe stata un talento. Ora la regina De Pisis si è messa comoda sulla sua poltrona, e a lei tocca fare il riassunto per i non udenti, cioè Carlo, che non va alle riunioni.

La voce è una grattugiata di ghiaccio sui denti.

«Il crocefisso è del milleottocento e boh, non è un pezzo pregiato, è un normale crocefisso di legno, alto meno di un metro, con una coroncina di spine d'oro, se poi è oro, incastonata». Parla senza togliere gli occhi dal monitor che ha davanti. «Questa coroncina, ogni tanto si illumina senza motivo, tipo apparizione, si accende come una lampadina. Sta nel portico di una villetta a Zelo Surrigone».

«Borneo?», chiede Carlo. Ha il sorrisino da sberle numero cinque.

Alexa non fa una piega.

«Dopo Trezzano sul Naviglio, campi di qua, campi di là, il posto più animato nelle vicinanze è Abbiategrasso, ho detto tutto, a dieci chilometri».

Carlo sta per... ma viene stoppato da cinque dita nell'aria che parlano chiaro: lasciami finire.

«Il proprietario del crocefisso e della villetta è un prete che non fa più il prete, se lo vedi...».

Alexa armeggia col portatile che ha di fronte a sé e una foto compare sul grande schermo della stanza delle riunioni. Un quarantenne belloccio, brizzolato il giusto, i denti perfetti, sorriso da attore al provino. Ha una camicia nera allacciata fino all'ultimo bottone, ma sotto potrebbe avere la tartaruga e i muscoli scolpiti. Carlo ride.

«Dove lo avete trovato questo? E come mai non fa gli spot dell'otto per mille?».

«Si chiama Vincenzo Delli Frati, anche se chi va lì in pellegrinaggio lo chiama don Vincenzo. Non dico che si è messo a predicare, ma... fa dei discorsi, alla sera del martedì, perché sempre più gente arriva nel retro di questa villetta, a volte il crocefisso si illumina, a volte no».

«Corriamo dietro ai truffatori?», chiede Carlo.

Alexa sbuffa e va avanti. Flora si guarda le unghie. Gli altri autori smanettano sui telefoni, è una storia che hanno sentito cento volte.

«Il parroco del posto, quello vero, fa finta di niente ma è seccato, perché la gente non va da lui, ma va da questo ex prete che ha il bonus del Cristo che si accende, che tra l'altro pubblica tutto sui social, sta diventando un personaggio, non solo del posto, la gente viene da fuori. Tanta. La cassetta delle offerte è già diventata una cassa più grossa. Per darti un'idea, martedì scorso c'era un furgone con le salamelle, nel paese sono già cominciati gli scazzi per il parcheggio».

«Che ne pensi?», dice Flora guardando Carlo. Anche gli altri tre autori lo fissano e aspettano.

«Chiamerei la Guardia di Finanza e passerei ad altro», dice lui. Non ha più il ghigno di prima, la faccenda è peggio di quello che aveva pensato.

«Senti il resto», dice gelida Flora. Alexa riattacca la solfa.

«Questo Vincenzo ha un'assistente, che ormai è diventata una specie di perpetua, che si chiama Anna Taranti, che è una ex pornostar degli anni Novanta, non so se Santina Gloryhole ti dice qualcosa...».

Ora Carlo ride apertamente.

«Beh, lei ci ha messo dei soldi, dicono, in questa impresa del crocefisso che lampeggia, una bella signora, adesso che si è rivestita... Un po' ritoccata».

È il momento di Flora.

«C'è tutto, Carlo, tutto quello che ci serve. C'è la fede di quelli che vanno lì che magari ci credono, i figli malati, sana religiosità popolare, preghiere, lacrime, le signore che vanno per il santone, che in effetti è belloccio e fa sangue, c'è l'ex pornostar redenta... possiamo pescare con le bombe, lì dentro, e farlo prima che la cosa finisca nei telegiornali. Cioè, lo prendiamo noi, per primi, il prete bello che fa i miracoli».

«Sì, come miniera di casi umani mi sembra inesauribile, Flora. Ci hai pensato che diventiamo complici di un reato?».

«Ma quale reato?».

«Non crederai mica che un crocefisso di legno si illumina da solo, vero? Sto sognando? Esci da quel corpo, ti prego. Non puoi fare l'amplificatore di uno che truffa dei poveretti!».

Non esiste nessuno sulla terra – fatto salvo forse qualche angolino dell'Asia centrale, dove non è stato possibile controllare – che sappia fare come Flora le orecchie da marito. Con quella naturalezza, con quella calma serafica. Tutto in lei dice che le parole di Carlo sono volate via, entrate da una parte, uscite dall'altra, mai registrate, perse come un suono ovattato nello spazio profondo.

Orecchie da marito, qualcuno dovrebbe brevettarle, apparecchi acustici al contrario, date retta: il futuro non è sentirci meglio, è non sentire affatto.

«La storia è pronta, vogliamo servirla tra un paio di settimane, il primo mercoledì senza partite. Lei viene in trasmissione a spiegare il miracolo e a parlare del suo passato, la conversione, eccetera, noi facciamo collegamenti sul posto e intervistiamo la gente che sta lì... L'ideale sarebbe avere il miracolo in diretta, ma non ci speriamo troppo, la storia sta in piedi lo stesso».

Carlo sta per replicare, ma lei è più veloce.

«Tu devi andare lì e guardare come stanno le cose, se possono arrivare i carabinieri da un momento all'altro, come la pensano in paese, insomma, devi farti dare il permesso da questo Vincenzo di fare le riprese nel suo giardino dietro la villetta, vedi quanto chiede, e continua a dirgli che lo vogliamo in studio, anche se ha già detto di no».

«Quanto potrà costare un miracolo in diretta, Flora, c'è un tariffario o abbiamo un budget? I diritti non ce li ha il Vaticano?».

Sarcasmo piuttosto scadente, e comunque fatica sprecata.

«Puoi offrire ventimila, ma comprendono l'ospitata di...», persino Flora fa un risolino, «Santina Gloryhole».

«La fidanzata dell'ex prete», chiosa Alexa.

Un autore giovane ride per contratto.

Se Carlo Monterossi avesse una pistola in tasca, se abitasse in Texas, o nel Montana, lì ci sarebbero solo corpi agonizzanti, gemiti e sangue dappertutto, e fuori le squadre SWAT con i megafoni e i tiratori scelti: «Esci, Monterossi!».

Ma sì, infatti esce.

3
Teresa

Chissà se quelli che vanno a lavorare in ufficio sanno chi ripulisce le loro scorie di una giornata. I cestini pieni, i mozziconi di sigaretta abbandonati schiacciati, neri, sul davanzale della finestrella accanto al distributore del caffè, le macchie per terra, lo zucchero scappato dalle bustine, il bagno lasciamo perdere.

Non li aveva mai visti, quelli che lavorano lì dentro, ma aveva ben presente il quadro: con due o tre scrivanie per stanza, si capiva chi era l'ordinato generico, chi il maniacale, chi invece lasciava tutto lì, fogli, penne, riviste, buste gialle piene di carte, come se al momento di staccare non ci fosse stato il tempo di mettere a posto nulla, come quelli morti stecchiti a Pompei, che ancora hanno la forma di uno che dorme.

Aveva una routine, non ci doveva nemmeno pensare, i movimenti sono automatici, i cestini, la polvere sulle scrivanie, l'acqua alle piante, dove c'erano, il pavimento in fretta, quel pezzo di corridoio tra la stanza finita e quella successiva. E poi ancora.

Le stranezze erano piccoli inciampi nell'abitudine del colpo d'occhio, un impermeabile su un appendiabiti, qualcuno era venuto con e uscito senza; un tubetto di mascara nel portapenne. Una volta aveva trovato un orecchino incastrato sotto la base di un monitor e l'aveva lasciato in bella vista al centro della scrivania. Il giorno dopo aveva trovato dieci euro e un bigliettino, giallo, allo stesso posto: «Grazie per l'orecchino, M.».

È domenica sera, il turno che Teresa preferisce, meglio del sabato, certo.

Guarda dalla finestra della stanza tre, come ogni volta a quel punto del suo percorso, ma ora è diverso, non è mattina, sono le nove e mezza, il buio vero è arrivato da poco. Il traffico quasi non c'è, i taxi davanti all'albergo vanno e vengono, i pedoni sono pochi, perché da lì non si va verso i cinema o le vetrine. Quello che le piace è vedere la piazza da un punto che sta più in alto dei lampioni, così che tutto sembra illuminato per lei. Quando passa un tram sembra un millepiedi arancione che attraversa una foglia marrone di pavé.

All'altezza dei bagni, più o meno a metà corridoio, c'è un piccolo salottino, un tavolo, quattro sedie, il distributore automatico, e la porta che dà sulle scale. È da lì che viene un leggero trambusto, e a Teresa sembra qualcuno che scende di corsa, o che sale, ma insomma passi rapidi, veloci.

Così si è sporta dalle scale, ma non ha visto niente, solo la manica di una giacca che correva accanto al corrimano, che scendeva rapida, e poi, più giù, le luci del primo piano, o piano terra, chissà, che lampeggiavano tipo allarme, un pulsare arancione, ma niente suoni.

Teresa sta in attesa, lì sul pianerottolo del terzo piano, vicino agli ascensori, ma non succede niente.

Ora le luci in basso sono tornate normali, lei è all'ottava stanza, una specie di archivio pieno di scaffali, sente dei passi.

Guarda in corridoio e quasi grida: «Fermo!».

L'uomo si blocca, è in divisa, è la guardia notturna della IGO, ora immobilizzato dalla voce di Teresa.

«È bagnato. Stia lì, vengo io». E poi ridendo: «Attento che si scivola».

Carina, la guardia. Giovane. Molto agitata.

E lei? Lei no, non aveva sentito niente, sì, qualcuno sulle scale e la luce che lampeggiava giù in basso, ma non era successo altro ed era tornata al lavoro. Lui, un ragazzo, chiaramente seccato, sembrava a disagio con quella giacca nera addosso, doveva avere caldo. Nelle telecamere aveva visto uno nel corridoio del quinto piano, e poi che scendeva a scapicollo, con qualcosa in mano, una sagoma che era uscita dal retro, nel cortile interno, e da lì chissà dove, perché c'è un parcheggio aperto e le telecamere, almeno quelle che vede lui, non ci arrivano.

Ha fatto il giro dei piani, ha parlato anche con le altre donne che puliscono, non manca niente, non ci sono cassetti forzati o cose simili.

E qui?

Teresa si era guardata attorno.

«Qui, la calma dei morti, non si è visto nessuno».

Se n'era andato a continuare il giro.

La domenica sera è bello uscire dagli uffici, quasi come se fossi uno che ci lavora, e in effetti è un po' così, no? Insomma, fuori c'è una frenesia diversa da quella del sabato. Spesso Teresa allunga la strada e va a prendere la metro ai piedi del Duomo, attraversando la piazza in diagonale, poi esita davanti alle scale e decide di farla a piedi fino a San Babila, un po' di vetrine, il passo lento, è quasi un'abitudine, anche l'esitazione sulle scale.

Oggi è un po' in ritardo, le altre hanno messo via gli attrezzi, due sono già andate, rimane la signora sdentata con la figlia. Anche lei non ha visto niente, solo la guardia molto agitata, era al quarto piano, niente da segnalare. Due chiacchiere al volo e scappa via, la figlia non parla, ma si vede che scalpita, avrà da fare, ci sarà qualche maranza che l'aspetta col motore acceso.

Così Teresa ripone il suo carrello da combattimento, si toglie il grembiule, indossa il suo impermeabile leggero, prende la borsa, per ultima cosa raccoglie il sacco dell'immondizia degli uffici, lo chiude e si avvia verso il cortile.

Ci sono da scendere quattro scalini, poi c'è una porta di ferro, mai chiusa a chiave, poi un parcheggio scoperto e il deposito condominiale della spazzatura. È a metà dei quattro scalini che Teresa quasi inciampa. Un altro sacco, piccolo, questo, il cellophane azzurro che mettono nei cestini sotto le scrivanie. Lasciato lì, sulle scale, in una nicchia invisibile.

«Qualche ragazza era distratta, questa sera», pensa Teresa, lo raccoglie per buttare anche quello, lo tiene con la stessa mano con cui regge l'altro sacco, più grosso.

Però già quando è in mezzo al cortile, si accorge che sembra pesante. Ci guarda dentro, ci sono tre buste chiuse, nuove, non sembra roba da buttare. Rimane davanti ai bidoni, perplessa. Lascia il suo sacco e tiene quell'altro in mano. Poi, con un gesto deciso, come se fosse la risposta a qualche domanda che le è passata per la testa, lo infila nella sua borsa, sotto il golfino leggero che porta sempre con sé, la busta dei trucchi, una spazzola per i capelli, il portafoglio, le chiavi e sa Dio cos'altro ancora ci sarà là dentro.

Ora è in strada, ma non ha il passo leggero della domenica sera, anzi sembra una che ha una certa fretta controllata. Aspetta il tram, niente passeggiata, niente metro, Teresa rinuncia al suo rito, alle vetrine piene di cose che comunque non potrebbe permettersi, si siede vicino al finestrino, non c'è quasi nessuno, e sente il cuore che va veloce.

4
Carlo

«Dai, Katia, ci sarà una clausola, da qualche parte!».

«Che puoi rifiutarti di fare il tuo lavoro? No, non c'è».

Non si può dire che Carlo sia sull'orlo di una crisi di nervi, ma solo perché l'orlo l'ha superato da un pezzo. Cerca di controllarsi, quindi sembra uno che cerca di controllarsi, non uno che ha tutto sotto controllo, proprio per niente.

Katia Sironi, la sua agente, aveva già ringhiato due ordini con una telefonata secca, aveva già detto «avanti» e aveva già ricevuto dalle mani di una signorina veloce e silenziosa il dossier Monterossi, e sibilato un «grazie» che sembrava un ordine al plotone di esecuzione. Dover interrompere il suo lavoro per quelle paturnie di Carlo, sempre le stesse, non l'ha messa di buonumore, ma c'è da chiedersi se qualcuno l'abbia mai vista, di buonumore, anche se ogni tanto rilascia una risata tellurica che scuote i continenti. Non ora.

È una donna enorme, fuori scala, che sparpaglia fogli sul piano della scrivania.

Il contratto col diavolo.

«Te lo ridico, Katia. Io a fare l'amplificatore di un ladro di polli che truffa la gente con un crocefisso a intermittenza non ci vado. Credo che sia un reato, credo che sia dare una mano a uno che commette un reato... Quindi voglio che mi tiri fuori da quelle pagine lì una riga che dice: se la cosa si fa troppo schifosa, il signor Monterossi ha il diritto di non partecipare. Non mi sembra difficile».

Era difficile, invece.

Non c'era nessuna clausola, l'obiezione di coscienza non era contemplata. Per quanto lui fosse in una posizione di netto privilegio – l'inventore di quella spazzatura da prima serata, l'autore sommo, l'ideatore, praticamente il capo – non poteva dire di no a Flora.

«La corda è bella tesa, Carlo, questa volta, se Flora si impunta, potrebbe spezzarsi».

«Ma magari!».

Insomma lui voleva aiuto e solidarietà, e la sua agente non glieli dava. Considerava un capriccio questo fuggire inorridito davanti al fu prete e ai suoi sermoni in campagna.

«Ti ricordo che in quel programma avete avuto un suicidio in diretta e ospite fisso un uxoricida pentito che parla di violenza sulle donne. Fare il diavolo a quattro per un truffatore della domenica mi sembra un po'...».

«Sai benissimo che quella cosa mi dà la nausea, Katia, e comunque ero contrario anche le altre volte, e non me ne sono occupato».

Non c'è traffico, ora. Carlo non può nemmeno fingere di innervosirsi per altri motivi mentre guida verso casa.

E Bianca Ballesi, allora? Ecco, peggio che andar di notte.

«Sono stupita del tuo stupore».

Era entrata in casa come sempre, soave e sorridente, come se non tornasse da dieci ore di ufficio. Aveva scalciato via le scarpe, si era fatta un drink – un Moscow Mule con vodka polacca, ma solo perché il cetriolo era già tagliato sul banco della cucina – e lo aveva raggiunto sul divano, accucciandosi accanto a lui con le gambe sotto il sedere. Il grande salotto con i divani bianchi, la musica in sottofondo, la tivù accesa senz'audio, il calore amico dell'alcol come un premio di fine giornata.

Lo aveva guardato con quel misto di affetto e compatimento che sanno mettere insieme le donne, mentre per la testa le passava il solito «ma perché frequento un cretino simile?». Come quando si guarda il labrador che ha rovesciato la ciotola: ma possibile che... Però con affetto, eh!, come si fa a dar via un cane?

Insomma, anche da lì solidarietà, poca. Per quanto Bianca sia un'altra vittima delle mattane di Flora, è realista e cinica, la Grande Fabbrica della Merda l'ha indurita. Nel suo ruolo di produttrice esecutiva di *Crazy Love*, Bianca Ballesi è quella che sa quanto può costare una vedova in lacrime, quanto si può pagare una che sgambetti un po' per cercare marito tra i sottovip, quanto costa un collegamento dall'alluvione per chiedere alla signora senza tetto: «Pioveva molto, vero?». Per lei il porno nazional-popolare di Flora è solo una questione tecnica. Non ha tempo né voglia di farla diventare una questione morale.

Ma, quel che è peggio, la irrita che lo faccia Carlo.

Ora, per quanto in una situazione più confortevole, con i bicchieri ghiacciati in mano e la finestra aperta sulla grande città cattiva, Carlo si deve sentire la solita solfa. È un privilegiato, lo sa, vero? Con quella porcheria ha guadagnato tantissimo, e continua a incassare. Immorale, gli spiega lei con la pazienza di Giobbe al quadrato, non è Flora in cerca di miracoli per la plebe e di ascolti per gli inserzionisti, ma lui che si lamenta di quel ben di Dio che gli piove addosso.

«Senza fare un cazzo, se posso permettermi», aveva aggiunto Bianca stirando le gambe.

E ora eccolo paladino dell'etica televisiva, due parole che nella stessa frase proprio fanno a pugni, questo si fa e questo non si fa, il giusto, lo sbagliato, addirittura cercare una clausola nel contratto, ridicolo.

«Che poi la storia non è male. Certo che è una truffa, ovvio, ma divertente».

«Ma quale divertente, Bianca! Flora vorrà il miracolo, avremo testimonianze di storpi, ciechi e chissà cos'altro in fila nei camerini ad aspettare il loro turno, per poi tornare a camminare e a ritrovare la vista appena incassato l'assegno».

«Ripeto: sono un po' stupita. Credevo che la tua sociologia benpensante da attico in centro potesse apprezzare».

Lui era stato zitto. Sul piatto girava la prima facciata di *Bitches Brew*, il Miles Davis elettrico, meravigliosamente inascoltabile, spigoloso, acido. Forse anche quello aveva contribuito a irritarla.

Così aveva finito il drink, aveva sbuffato, rimesso le scarpe, agguantato la borsa con una di quelle sue mosse fluide da mannequin d'altri tempi che sa fare lei, e si era avviata verso la porta. C'era da capirla. Sopportava Flora tutto il giorno, ne subiva l'ego ipertrofico e il diabolico cinismo, ingoiava ordini e umiliazioni; il suo momento tranquillo era quel drink sul divano, che a volte portava ad altro, magnificamente vietato ai minori, e a volte no. E invece le toccava di nuovo parlare di Flora, questa volta in salsa moralista-cacadubbi.

Una rabbia!

«L'etica lasciala fare agli etici, Carlo», aveva detto con un sorriso.

Poi la porta si era chiusa – non l'aveva nemmeno sbattuta, brutto segno – e lui era rimasto lì, a meditare sul perché tutti lo abbandonavano, su un post-prete con le visioni, la perpetua pornostar e Flora che sorride maligna.

Con la coda dell'occhio – visione laterale, sensi allenati, ore di volo – Carlo vede un parcheggio nella via sulla sinistra, che ha appena sorpassato. Quindi fa il giro. Stop, dare la precedenza, un furgone messo male che stringe la carreggiata, svoltare a sinistra, poi ancora a sinistra. Quando arriva al buco tra due macchine che aveva intravisto, c'è un'Alfa che lo sta occupando, fa manovra proprio davanti a lui. Pezzo di merda.

Così gira ancora dieci minuti, come il falco che sorvola i boschi in cerca del rondone. Cos'hai fatto nella tua vita, figliuolo? Ho cercato parcheggio in piazza Diaz.

Alla fine raggiunge Oscar Falcone e la Cirrielli, la Sistemi Integrati al gran completo, che si prendono sole e polveri sottili all'angolo di piazza Missori.

«Cominciavamo a perdere le speranze», dice la Cirrielli. Ha un giubbotto di pelle e, un po' incongruamente, la gonna, si vede che ha rinunciato al consueto abbigliamento da elettrauto polacco.

«Il parcheggio...».

«Dai, andiamo», taglia corto Falcone, e si butta in mezzo alla piazza incurante del traffico che lo sfiora. È fatto così, il ragazzo, misterioso e operativo.

Dopo cinque minuti di controlli, indicazioni, ascensori, segretarie gentili, pavimenti tirati a lucido, porte di legno, stringono finalmente la mano al cliente. Aspirante cliente, per ora. Il dottor Agostino Benaldi, ingegnere, per la precisione, vicepresidente della Italiana Grandi Opere. Né alto né basso, un po' stempiato, giovanile e scattante nella figura e anziano in faccia, uno di quei tipi senza labbra, con un taglio di rasoio al posto della bocca, dalla quale escono le solite banali cordialità.

«Vi aspettavo in due e invece siete in tre».

Accidenti, che osservatore.

Una volta seduti, tutti con la faccia che aspetta, lui è tornato dietro la sua scrivania, ha appoggiato i gomiti al tavolo lucido e ha detto:

«Abbiamo subìto un furto».

5
Tre buste

La tisana non è servita a niente, l'agitazione non è passata.

Teresa si affaccia al balcone che dà sul parallelepipedo bianco sporco della palestra – tutto il panorama disponibile dalle sue finestre al primo piano – e guarda nel silenzio buio della mezzanotte. Non c'è un'anima in giro, il rumore di un treno, più in là, qualche macchina nella via accanto. Lì da lei, niente, solo uno che ha trovato parcheggio, e una figura che si avvia al parchetto, qualche movimento furtivo che non mette a fuoco, forse è solo la notte. Non fa ancora così caldo da sentire le televisioni del vicinato che sputano gli ultimi commenti alle partite della domenica, o le liti familiari.

Torna dentro, si siede al tavolo. Poi si rialza. È così da tutta la sera, non trova pace, non è facile fare i chilometri in due stanze, ma lei ci riesce.

Ora riconta i soldi, sillabando piano, fa dei mucchietti, e prova quel giramento di testa che ha provato prima. Sessantacinquemila, milletrecento banconote da cinquanta, ora ordinate in tredici mucchietti allineati come soldatini, ogni pila cento banconote, cinquemila euro, totale sessantacinquemila. Si ripete quel numero come se pronunciarlo a parole potesse diminuirne l'enormità.

Macché, rimane enorme.

Sessantacinquemila, ottanta mesi di lavoro, sei o sette anni di pavimenti, polvere, stracci, cessi da pulire. Teresa ha quarantadue anni, li compie in giugno, non manca molto, e guarda quel regalo che può portarla ai cinquanta come su una carrozza d'oro, e questo la fa alzare di nuovo, di nuovo alla finestra, poi ancora seduta, poi in bagno, allo specchio, per guardarsi gli occhi spaventati.

Sul tavolo ci sono tre buste, una bianca e due gialle. Le ha aperte con il vapore, il trucco della pentola che bolle. La bianca, la più grande, contiene dei fogli pinzati, una decina, roba scritta in inglese, senza titoli o intestazioni, solo testo e qualche foto sbavata nella stampata in bianco e nero, la carta è spessa, filigranata, ha un tono ufficiale. Non ci capisce niente, o pochissimo. Una diga in Africa, Ghana, le righe fitte. Qualche tabella. Ha rimesso i fogli nella busta.

Poi i soldi.

Poi un'altra busta gialla, più piccola, con dentro una chiavetta usb nera.

Teresa ha già aperto il suo pc portatile, una baracca lenta e vecchia che usa per vedere qualche film ogni tanto. L'ha dovuto mettere in carica, e poi aspettare che si avviasse, una vita di «attendere prego», e lei fremeva. Ha provato a infilare la chiavetta nella presa usb, ma ne è venuta fuori solo una scritta, in inglese pure quella, che chiede una password.

Niente da fare: l'unica cosa comprensibile sono i soldi.

Però c'è un'altra cosa che si capisce bene, ed è questa: ora che fai, Teresa?

Non è roba mia, si dice. Ho sbagliato a prenderla. E pensa anche: certo, sarebbe un colpaccio, ma poi subito: e se mi scoprono? E tutto questo con la stessa frequenza con cui si alza, va alla finestra, torna al tavolo, si alza di nuovo, un tumulto, una battaglia con due moschettieri: uno fa il coraggio, l'altro fa la paura, se uno avanza l'altro arretra, poi contrattacca, un duello, una battaglia di spada e fioretto, se le danno di santa ragione.

Ora si siede.

Porca miseria, le viene da piangere.

6
Denunce

Una rampa che scende, e sopra i palazzoni. Una fila di box con le serrande grigie e un po' di ruggine, solo uno è aperto, ed è in quello che si affaccia il sovrintendente di polizia Tarcisio Ghezzi, un piede dentro e un piede fuori, vigile, ma non in allarme. Un passo dietro di lui c'è Carella che si guarda intorno.

«C'è qualcuno? Bilal, ci sei?», e questo è il Ghezzi che si sgola.

Poi, dal fondo del box compare un uomo, non italiano, non troppo nero, la faccia dice: Mediterraneo, secoli, millenni, piramidi.

Ha lo sguardo allarmato e Ghezzi gli conferma che ha ragione.

«Polizia. Deve venire con noi, Bilal, cerchi di non fare cazzate, per favore».

Quello rimane di sasso, ma non del tutto stupito.

«Hai sentito il mio collega, ha detto per favore. Non farci incazzare, *per favore*, che diventiamo nervosi».

Ghezzi ha sbuffato, ma solo dentro di sé. Carella deve metterci sempre il carico, ma basta guardare la faccia di questo Bilal per capire che tra cinque minuti saranno in macchina verso la questura, insieme a uno più mortificato che aggressivo.

L'uomo non ha ancora detto niente.

«Quella lì è la roba di via Meda?», chiede Ghezzi, che è entrato nell'ombra del box e indica delle casse, alcune aperte, altre chiuse. È un deposito, un magazzino, si vede che c'è un carico arrivato di recente, l'uomo stava sistemando. Ci sono dei quadri impacchettati, se sono quadri, ma la forma è quella; in un angolo del pavimento sono appoggiati oggetti alla rinfusa, due belle lampade avvolte nel cellophane, argenteria, un busto di non si capisce chi, una grande scatola blu, posate d'argento, una scacchiera in legno, di quelle che si chiudono e contengono i pezzi.

Sugli scaffali in fondo, altra roba, ben sistemata, questa.

«Abbiamo le carte per perquisire, ma non mi sembra nemmeno il caso. Dai, chiudi tutto, qui, e vieni con noi, poi faranno l'inventario».

Invece il signor Bilal si era seduto su una cassa di legno, aveva tirato fuori un pacchetto di Marlboro e ne aveva accesa una. Non fa nessuno sguardo o espressione particolare, e sono proprio quello sguardo e quell'espressione non particolari che Ghezzi ha visto molte volte. Se fai il ladro, il momento in cui ti beccano te lo vedi sotto gli occhi spesso, in molte forme diverse, e quindi che questa cosa sia successa con un tizio che mette un piede dentro e urla «Bilal, ci sei?», l'aveva in qualche modo messa in conto.

Carella fa un giro turistico nel magazzino, prende in

mano la scacchiera, la rimette giù, si scrolla la polvere dalle dita, guarda in uno scatolone già aperto.

Samir Bilal, nato al Cairo, cinquantadue anni, residente...

«Col permesso di soggiorno sei a posto?», chiede Ghezzi.

«Vivo qua da quarant'anni», ride quell'altro. Cioè, non è che ride proprio, però si sono visti i denti, guasti.

Il furgone con scritto che lui svuota cantine e solai, ma può anche imbiancare, sta posteggiato a pochi metri. Il nome sul furgone è inventato, il numero di telefono non esiste, l'indirizzo nemmeno, via Sanabria 21, Milano, hanno controllato, non c'è nessuna via con quel nome.

Così lui svuota sì le cantine, ma senza il permesso dei proprietari, e ha scoperto che non è così difficile. Basta aver modo di aprire il portone, poi le scale delle cantine sono quasi sempre aperte e le porte, giù, chiuse con lucchetti da poco prezzo, basta un tronchese che sta in una tasca. Bisogna scegliere bene la zona, non i ricchi veri, che magari in cantina hanno il caveau e i vini pregiati, però nemmeno i pezzenti che ci tengono le lenzuola del corredo e i quaderni delle scuole medie. E poi mai di nascosto: chi vede qualcuno che carica un furgone con sopra nomi e numeri di telefono alle sette del sabato mattina, pensa che stanno svuotando una cantina, ovvio, non che c'è un furto in corso. Via Meda era sembrato un lavoro facile, meno di due ore a fare su e giù per due scale strette, il furgone parcheggiato sul passo carraio, persino un cenno di saluto da parte di un inquilino che usciva di casa, nient'altro. Era andata anche bene, l'argenteria si dà via facile, i quadri non li ha ancora aperti.

Spegne la sigaretta sotto un piede, una scarpa da lavoro nera.

«Noi ti conosciamo già?», chiede Carella.

«Cose vecchie».

«Tipo?».

«Furto, ma saranno passati più di dieci anni».

«Scasso?».

«No, furto semplice, un anno e sei mesi, li ho fatti fuori, con la firma».

«Da quanto tempo va avanti, 'sta storia delle cantine?».

Bilal era stato zitto, a 'sto giro. Si guardava le dita.

«Vabbè, i trucchi dovresti saperli. Adesso ti fanno qualche domanda, appena c'è un magistrato libero, vanno a vedere le denunce recenti dei furti in cantina e poi ti fanno qualche altra domanda e vengono qui a vedere. Hai forzato un lucchetto in via Meda?».

«No, era aperto».

«Ecco, bravo, di' così, se eviti lo scasso è meglio, anche se il furgone col nome finto suona un po' di cosa organizzata».

Carella ha ripreso in mano la scacchiera, bella, l'ha aperta e ci ha guardato dentro, forse vuole controllare se i pezzi ci sono tutti, è legno buono, i bianchi hanno preso un color avorio. Ha l'odore delle cose che nessuno tocca da tanto tempo.

«Hai fatto casino, in via Meda», dice, posandola di nuovo. «Casino proprio, nel senso di troppo rumore. Hai svegliato uno al primo piano, che ha pensato che stavi svuotando una cantina, non rubando, ma vai a sapere quant'è nervosa la gente appena sveglia. Ha fatto una foto al furgone, alla targa, forse per lamentarsi. Poi quando ha saputo che nel palazzo c'era stato un furto, ha dato la foto al derubato... famiglia Morelli, terzo piano, ed eccoci qui».

C'era da ridere, il condomino svegliato al sabato mattina che fa una foto col telefono, indispettito. «Mi sentiranno!». Pare di vederlo. Forse pensava di fare una scenata ai Morelli, e invece gli aveva consegnato il ladro.

«Andiamo, dai», questo è di nuovo Ghezzi.

«La scacchiera viene da via Meda?», chiede Carella.

«No».

«A quanto me la metti?».

Quello non dice niente.

«Va bene, dai, ti do cento, basta che tu non l'hai mai vista».

Il signor Bilal si alza, prende le due banconote da cinquanta che gli allunga Carella e le mette in un portafoglio, piegate per bene.

Quando sono in macchina, Ghezzi guida e Carella sta dietro con il fermato. È una Punto grigia della questura, Ghezzi non ha messo nemmeno il lampeggiante sul tetto, è andato tutto liscio e non c'è fretta. Stanno zitti, ora, l'uomo guarda dal finestrino, l'intarsio di corsie e binari di piazza Maciachini.

«Ci fai tanto con 'sto trucco delle cantine, Bilal?».

«Macché, arrotondo un po', devo ancora finire di pagare il furgone».

«Ce l'hai un avvocato, qualcuno da chiamare?».

Silenzio.

Arrivati in questura lo portano all'ufficio denunce, firmano un po' di carte, parlano con un collega. Fermo di polizia. Consegnano anche una cartellina con i documenti, la copia della denuncia, promettono un rapporto scritto per il pomeriggio, massimo domani, saranno poche righe, la faccenda è abbastanza semplice.

Poi escono dalla questura, da dietro, dove c'è la fila degli stranieri.

«Bene, meno otto», dice Carella.

Gregori li ha messi sulle denunce recenti, come se ne tirasse su una manciata dalla scrivania. Cose di cui non hanno mai tempo di occuparsi, ma che fanno incazzare la gente. I cittadini, come li chiama Gregori. Gliene aveva affidate dodici, questa era la quarta che chiudevano in una settimana di lavoro.

«Non sapevo che giochi a scacchi», dice Ghezzi. «Sei sempre una sorpresa, Carella».

«Non gioco, faccio i problemi».

«Tipo il bianco vince in tre mosse?».

«Tipo, sì».

7
Il caso

«Cosa sapete della IGO?».

L'ingegner Benaldi non ha cambiato espressione. Li guarda come un prof che incontra la scolaresca per la prima volta, cerca di capire chi ha davanti, se può fidarsi. In effetti, un po' di sorpresa da qualche parte deve tenerla nascosta, perché ci sono una signorina, un giovanotto in jeans e giubbotto, e uno più adulto vestito in modo civile, giacca di buon taglio, roba che non si compra ai grandi magazzini. Dovrebbe essere il capo, secondo logica, e invece se ne sta in silenzio un po' discosto dagli altri due, che sembrano più operativi. Ma è solo un'intuizione, perché nessuno ha ancora parlato, solo lui.

«Cosa sapete della IGO?», ripete.

«Ah, interroga?», risponde Oscar Falcone. «Credevamo che spiegasse».

Non l'ha detto in modo arrogante, è solo una battuta per rompere il ghiaccio, ma per i suoi standard è già parecchio. Significa questo: caro ingegnere, il fatto che lei paghi non significa che comandi o che ci possa trattare come dilettanti, ci spieghi, aspettiamo, siamo qui per questo. Del resto se si è rivolto a noi è perché qualcuno le ha detto che si può fidare.

Il tutto senza dirlo, solo quelle due parole spiritose e un sorriso che cava gli schiaffi dalle mani.

Carlo Monterossi si è già guardato intorno. Legno chiaro ovunque, dai pavimenti ai pochi mobili, alla scrivania, solo toni morbidi, anche il tappeto, anche il tessuto del divanetto su cui è seduto, crema, écru, beige, o come si chiamano quei colori che non sono colori. Il design scandinavo ha fatto del pianeta un'enorme Ikea, un giorno qualcuno dovrà renderne conto. Anche la faccia dell'ingegnere dà sul beige, ha l'espressione di uno a cui le preoccupazioni della vita hanno fatto saltare la partita di paddle.

Alle sue spalle c'è una cartina del mondo che prende gran parte della parete, pare antica, con la scritta a lettere dorate scolorite dal tempo: Italiana Grandi Opere, 1923, e un po' di bandierine con il logo della IGO – le tre lettere bianche rosse e verdi – disseminate qui e là. È una cartina fisica, senza confini, quindi Carlo non saprebbe dire esattamente i Paesi dove sono conficcate le conquiste dell'azienda, ma solo l'Australia non ha bandierine. Africa, Sud America e Asia Centrale hanno più spilli di tutti. In Canada due, una sola negli Stati Uniti.

«Ci racconti tutto», dice la Cirrielli mentre estrae dalla borsa un iPad su cui fingerà di prendere appunti. Santa donna.

Insomma è arrivata la lezione, noiosa e dettagliata.

Questa IGO, l'Italiana Grandi Opere, costruisce cose grosse un po' dappertutto. Le dighe in Egitto, negli anni Sessanta e Settanta, ma prima ancora l'Africa coloniale, italiana e non, strade e autostrade, aeroporti, infrastrutture, ponti. Ingegneria in cemento armato e ingegneria finanziaria. E anche – il tipo lo spiega facendo dei giri di parole che non finiscono più – ingegneria diplomatica, perché bisogna essere amici dei paesi committenti, ma anche dei cinesi che tendono a prendersi tutto, dei francesi che rompono il cazzo e degli americani che ci mettono i soldi dove non li hanno già messi i cinesi, e che brigano più che altro per far perdere affari agli altri. I paesi del Golfo pagano bene ma sono volubili. I governi africani bisogna convincerli, e questo l'ingegnere lo dice come se scaricasse una carriola di dollari sul pavimento, e se poi cambia il Presidente, o il Generale, o il Colonnello, ci vuole un'altra carriola, un lavoraccio. Ci mette parecchie parole inglesi, il Benaldi, ma si tratta di un Risiko da cui viene fuori questo: fare il ponte, la diga, l'autostrada è un giochetto da ragazzi, la cosa complicata è arrivarci con tutti i permessi, i piani economici, senza veti, senza guerre commerciali. Un po' per impressionarli e un po' perché forse è così per davvero, sta tenendo un corso di geopolitica applicata agli affari, o di affari applicati alla geopolitica, non è lo stesso?

Bravo, grazie, ma il furto?

Ha una piccola esitazione, così Oscar Falcone deve dargli una spintarella.

«Se si preoccupa della discrezione, ingegnere, sappia che senza non potremmo fare questo lavoro. Io e la dottoressa Cirrielli siamo gli operativi. L'avvocato Monterossi è il titolare della Sistemi Integrati, ha deciso di partecipare a questa riunione proprio per offrirle tutte le garanzie del caso».

Carlo guarda nel vuoto, oltre il vetro della finestra, si limita a annuire e trattiene un'increspatura delle labbra che potrebbe sembrare un sorriso.

Ora pure avvocato, pensa, tra un po' verrò presentato come serial killer. Comunque l'ingegnere si sblocca.

«Domenica qualcuno si è introdotto qui dentro, sappiamo com'è entrato, sappiamo com'è uscito, vi farò consegnare i file delle telecamere, che dicono l'ora precisa: tra le nove e trentasei e le dieci meno un quarto».

«Di mattina?».

«Di sera».

«Meno di dieci minuti, quindi. Verrebbe da pensare che quel qualcuno sapeva dove andare e cosa cercare», dice la Cirrielli.

«Ci arrivo».

Ci arriva, ci arriva, ma non ci arriva mai, però. Serve un'altra spallata, questa volta senza buone maniere, e quindi è il mestiere di Oscar, che infatti sta per parlare, ma non serve, quello capisce al volo e parte in quarta.

«Un uomo è entrato dalla porta del cortile, ha salito le scale fino a qui, quinto piano, è entrato in questa stanza, ha aperto quell'armadio che era chiuso a chiave», indica con il mento un armadio, mimetizzato nella boiserie, in legno chiaro, ovvio, «e ha preso tre buste. Ha richiuso l'armadio, non c'era nessun segno di scasso, ha sceso le scale ed è uscito dal cortile, da dove era entrato».

«Così facile?».

«Così facile». Lo ha detto di getto come per rispondere a una provocazione, ma si vede che si sente un po' scemo.

«Refurtiva?».

«Una busta con dei soldi, un documento relativo a un'opera in corso di progettazione e una chiavetta usb relativa sempre alla stessa opera, il progetto di una grande diga in Ghana che stiamo allestendo insieme a un contractor cinese e un partner tedesco. Siamo a buon punto, i cinesi sono pronti, ovvio, i tedeschi sono nati pronti e noi aspettiamo il via libera della commissione del Commercio con l'Estero, del ministero, e altre carte che dovrebbero arrivare a giorni. L'affare complessivo è valutato intorno ai quattro miliardi di dollari, comprese le opere accessorie, da qui al 2029».

Ha detto tutto in un fiato, come uno che potrebbe pentirsene, e allora sputa il rospo in fretta. Ora il rospo se ne sta sul pavimento della stanza, ma non gracida e non salta, sta zitto pure lui. Ci sono cose che inducono a un silenzio meditativo, che reclamano una sospensione. La frase «quattro miliardi di dollari» è una di quelle.

Quindi ora l'ingegnere si guarda le mani poggiate sulla scrivania come se fossero di qualcun altro, Falcone invece guarda Carlo, che restituisce l'occhiata. Solo la Cirrielli si muove. Fruga nella sua borsa, ne estrae una bustina e dalla bustina prende qualcosa che sembra una limetta per unghie.

«Posso?». Si avvicina all'armadio, senza aspettare la risposta.

In meno di tre secondi studia la serratura, muove la limetta di pochi centimetri e apre l'armadio. Fa di nuovo quel movimento, ma al contrario, e lo richiude a chiave. Poi torna a sedersi.

Ora qualcuno deve parlare, e il più veloce è ancora Falcone.

«Bene, da dove cominciamo?».

8
Capelli

«Li voglio così».

Teresa ha tirato fuori dalla borsa la pagina di una rivista, piegata in quattro, e l'ha messa in mano a Caterina.

«Sei sicura? Bisogna tagliare un bel po', e se dopo ti penti?».

Teresa ride. Le cose di cui potrà pentirsi non riguardano i capelli, ma questo non può dirlo.

Il lunedì è il suo giorno libero, la mattina almeno, e di solito dorme fino a tardi, poi fa colazione al bar. Fa la signora, come dice lei, cappuccino e brioche alla crema, tre e cinquanta, scialiamo.

Stamattina, invece, di dormire non aveva voglia. Anche se è andata a letto tardissimo, e si è rigirata per ore senza prendere sonno in un'agitazione nervosa e impaurita, alle otto era già sveglia e lucida, addirittura allegra. Allora aveva fatto una telefonata, e poi attraversato la strada, salito tre piani, suonato il campanello e ora era lì con la sua parrucchiera di fiducia.

Caterina lavora in un salone in centro, importante, un posto caro appestato, la piega può costare anche sessanta, dove fanno anche le unghie, i piedi, epilazioni laser, ma soprattutto i capelli, anche se fuori non c'è scritto «coiffeur», ma «Emozione donna». Il lunedì il negozio è chiuso e Caterina lavora in casa, per clienti che il negozio non potrebbero permetterselo. Probabilmente usa qualche prodotto fregato là, boccette di shampoo, colori per le tinte, sieri, cose così, Teresa non ci vede niente di male, siamo per l'iniziativa privata, giusto?

Chiacchierano di tutto e di niente. Caterina ha un figlio alle superiori, un marito meccanico, le cose vanno benino. Dice che il ragazzo è una bella testa di cazzo, tutto suo padre, ma di scemenze grosse non ne ha fatte, per ora, in quel quartiere è già qualcosa, accontentiamoci. Per Teresa ha un affetto da sorella maggiore, forse quello che ha con le donne che vanno lì, è difficile tracciare il confine tra amiche e clienti, se poi c'è un confine.

Lei le dice della cooperativa, di Andrea che la paga meno del pattuito, e anche che si sta guardando in giro, perché magari qualcosa di meglio si trova, se sentisse qualcosa... Le dice anche della casa nuova, tre stanze, due bagni, più una cucina che è anche un mezzo salotto. Sono in tre, è un po' preoccupata per la convivenza, ma anche contenta e curiosa: forse non è male trovare qualcuno quando torni a casa, e se è male puoi sempre chiuderti nella tua stanza.

«Non è più piccolo di dove sto adesso».

Alle undici e un quarto, Teresa non è più Teresa, cioè non quella di prima.

I capelli, un castano chiaro naturale che manda riflessi più scuri, le cadono sulle spalle, un po' scalati, non ha più la frangetta, ma la riga in mezzo. Caterina la guarda con occhio clinico, quello delle professioniste, che non sai mai se stanno valutando te o il loro lavoro.

«Aspetta», le dice.

Sparisce in un'altra stanza e torna subito con un rossetto.

«Prova questo».

E ora davvero non è più la Teresa di prima, ma un'altra Teresa, forse perché si sente la pasta del rossetto sulle labbra, non è abituata, è un rosso scuro un po' opaco, o forse per il profumo di shampoo e del, come si chiama? sì, il disciplinante, che razza di nome, buono, però!

«Sembri più giovane», dice Caterina.

«È vero, mi sento un quarto d'ora di meno!». È una battuta che ha sentito da qualche parte e l'ha sempre fatta ridere.

Scuote la testa. I capelli si muovono bene, ma chissà, deve abituarsi.

«Dammi quindici, va'».

«Sicura? L'altra volta erano venti».

«E allora dammi venti. E tieni questo, ti sta bene». Le ha messo in mano il rossetto, un tubetto dorato.

Hanno riso e fatto per baciarsi le guance.

«No!», ha detto Caterina. «Mi lasci il rossetto!».

Hanno riso di nuovo, Teresa ha sceso le scale ed è uscita nel sole di quasi mezzogiorno. Si sente leggera, ora, si sente bene, non una che ha passato la notte in bianco, che ha pianto con le braccia stirate sul tavolo, che ha camminato in quaranta metri quadrati per qualche ora buia.

Sale sul tram e le sembra che le persone la guardino.

Che scema, eh?

Prende il tram numero 12 a pochi metri dal portone di Caterina, per più di trenta fermate, una vita, poi la 93. Quasi un'ora in cui balla nel traffico come una nave col mare grosso, per fortuna riesce a sedersi. Come ha detto la sua amica? Pentirsi per i capelli? See, i capelli! Anche lì ha la sensazione che tutti la guardino. Non è vero, ma anche se fosse... non lo trova spiacevole.

Ed ecco Teresa dall'altra parte della città, via Illirico, in fondo a viale Argonne. Il palazzo non si vede, è fasciato dalle impalcature. Bene, si dice Teresa, così poi sembrerà nuovo. Non sa che quei palazzi lì, che sembrano cartoni del latte appoggiati per il lungo, sono robaccia anche se li ripitturano. Comunque suona, aspetta pochi secondi ed entra nel cortile, poi nella scala C e poi al secondo piano, e ora sta baciando sulle guance – il rossetto! – una signora che potrebbe essere sua madre, alta e secca come un chiodo, con i capelli azzurri, gli occhiali e una sigaretta in mano. Angela. La signora Angela.

«Che piacere, Teresa, vieni, scusa, c'è casino, sto sistemando».

Si siedono in cucina, una stanza grande che ha anche un angolo con un divano, il televisore, un tavolo con quattro sedie.

«Ti ho portato i soldi», dice Teresa.

«Potevi anche aspettare qualche giorno», dice la donna.

Teresa si alza e fa un giro per la casa, entra in una stanza completamente vuota, imbiancata di fresco. C'è un armadio a muro, il pavimento di mattonelle, una finestra che dà sul cortile interno, nient'altro. Prende le misure con gli occhi. La sua nuova casa.

«Quando ti trasferisci?».

«Cerco qualcuno che mi sposti i mobili, non è un trasloco grande, ma due cose ce le ho, magari già la settimana prossima. Devo pagare gli ultimi tre mesi».

La donna si fa pensierosa, spegne la sigaretta in un posacenere già pieno e ne accende un'altra.

«Gli paghi tre mesi e te ne vai? Non gli hai dato i tre mesi anticipati quando sei andata lì?».

«Certo, me li devono ridare, dopo».

«Dopo un par di palle, Teresa. Diranno che ci sono delle spese e altre cazzate. Non darglieli, i tre mesi, che si tenessero quelli che hanno già, ma dove vivi?».

Non ci aveva pensato, in effetti, e fa una risatina tra sé e sé.

Sto diventando proprio una delinquente, pensa.

«A proposito!», fruga nella borsa e tira fuori una busta da lettere.

«Ecco qua, i tre mesi anticipati, mille e due».

«Oh, bene, così sistemo la faccenda e dal primo giugno scatta l'affitto. Sono mille e due al mese, quattrocento a testa, per le bollette si divide uguale, non sarà tantissimo, il riscaldamento è autonomo, se siamo messe male coi soldi basta coprirsi. Però te lo dico, Teresa, d'estate si muore di caldo».

Parlano di cose tecniche. L'altra inquilina ha già trasportato qualche mobile, ma soprattutto libri, è una che studia, di Salerno, esce alla mattina e torna alla sera, era contenta di poter portare il fidanzato, qualche sera, quelli dove stava prima non glielo permettevano.

«Ah, importante!», dice la signora Angela. «Il bagno grande ve lo dividete, ma quello piccolo è solo mio. Sono vecchia, ci sto delle ore, in bagno, non vi voglio fuori a farmi fretta».

La cucina-soggiorno è un posto confortevole, per fare due chiacchiere, la signora Angela ci vive già da un po', quindi non sembra un posto senza storia.

Ora Teresa saluta, getta un'altra occhiata alla sua nuova stanza ed esce. Si accorge di non conoscere la zona, ma il parchetto nel mezzo di viale Argonne è pieno di gente che passeggia, ragazzini che giocano, gente che pascola il cane. C'è la metropolitana, quella nuova, prima corsa alle sei del mattino, un po' tardi per lei, ma accantona il problema con un'alzata di spalle.

Però si sente strana. Cos'hai Teresa? L'agitazione della notte, la paura, si sono un po' sciolte, capisce di sentirsi diversa, ma perché? Bastano i capelli nuovi? Basta la novità della casa, o sarà la sensazione di avere una nuova amica che la accoglie quando arriva? Se sarà amica, poi... È evidente che si sta ingannando, che si prende in giro da sola, a chi la racconti, Teresa? Se c'è qualcosa che è cambiato, si dice, non sono i capelli, e nemmeno la casa. Se c'è qualcosa che le dà un passo più deciso, la sensazione che tutti la guardino e anche quella... sì, di non essere da buttar via, anche se le mani sono mani di lavoro, i fianchi un po' larghi... ora vede tutto chiarissimo. Quel qualcosa che la cambia sono sessantacinquemila euro in una scatola bianca, sul fondo dell'armadio, per metterceli ha dovuto tirare fuori le scarpe buone, quelle décolleté nere che non mette mai.

Poi le viene un brivido, perché pensa che i sessantacinquemila sono già sessantaquattro, mille li ha presi per dare la cauzione di tre mesi alla signora Angela... È un attimo di panico, piccolo ma intenso: ancora non ha capito cosa fare di quel tesoro che non è suo, e già l'ha intaccato, già il tesoro è diminuito. Una disperazione, ecco, nel parchetto rumoroso di viale Argonne, alle due del pomeriggio, con quella luce di festa che annuncia l'estate. Trova una panchina, si siede. Ora il suo tesoro non le sembra così immenso, è già un po' più piccolo, è già eroso. Pesca il telefono nella borsa, d'istinto, di rabbia, e cerca un numero nella rubrica. Suona tre volte, quattro, cinque, sta per riattaccare.

«Ciao, Teresa». La voce è sorpresa, un po' timorosa.

«Ciao Franco».

«Come stai?».

Ma lei non ha voglia di convenevoli, non con lui, comunque.

«Sto bene, mi servono i soldi, Franco, è più di due anni che non mi dai niente, non costringermi...».

«Non è il momento, Teresa...».

«Non è mai il momento, però, cazzo».

«Guarda, ho un affare che mi entra tra due settimane, se va bene ti do anche un po' di arretrati... Non farti il viaggio che ti copro d'oro, però».

«Sì, figurati. Mi servono presto».

Non gli dice che cambia casa, non gli dice niente di lei, da qualche anno. Il giudice ha fissato la cifra a trecento al mese, se calcolasse gli arretrati... E quella questione dell'affare che entra, uff, la solita storia. Prima era il negozio di ricambi, e prima ancora le consegne per una ditta... Poi 'sti affari non entrano mai, come ha fatto a sposare uno così, non se lo spiega nemmeno ora che sono passati dieci anni. Lui si fa umile, gentile. Finge male, in ogni caso...

«Resisti quindici giorni, dai, poi ti chiamo io...».

Che sconforto. Teresa schiaccia il tasto che interrompe la comunicazione, lo lascia lì con le sue promesse. È come imbambolata, ora, guarda i ragazzi usciti dalle scuole, saranno gli ultimi giorni, in gruppetti di tre o quattro, stupidi e chiassosi come si può essere a sedici anni.

Poi le suona il telefono, che ha ancora in mano. Di nuovo lui, pensa. Invece è una voce diversa.

«La signora Teresa? Teresa Comelli?».

«Sono io...». Titubante, guardinga.

«Mi chiamo Stefano... Stefano De Nardo».

«Ci conosciamo?».

«No... anzi sì... sono la guardia giurata della IGO, ci siamo visti ieri sera, ricorda? Il pavimento bagnato...».

Un ghiaccio. Un gelo addosso. Tutto si ferma, intorno, i ragazzini, i cani nel recinto dei cani, i vecchi sulle panchine, il traffico. Come se qualcuno avesse premuto il tasto «mute» sul telecomando. C'è solo silenzio e lo stomaco che si risucchia da solo.

«E quindi?». Non le è venuto altro.

«Dobbiamo parlare».

Ancora quel gelo.

«Dica, allora».

«No, non al telefono, dobbiamo vederci».

«E perché?».

«Lei lo sa, perché, Teresa».

Poi dice un posto, una via e un'ora. È tra due giorni, mercoledì. Teresa ci prova ancora:

«Non capisco...»

«Ma sì che capisce, Teresa. Non si dimentichi».

Ha agganciato.

Ora gira tutto come su una giostra, e Teresa non può scendere.

9
Segreti

L'ingegner Agostino Benaldi, direttore finanziario dell'Italiana Grandi Opere, si tormenta la cravatta. È blu con dei pallini gialli – la cravatta, non lui – ma non sembra un gesto di nervosismo, più un tic tutto suo, come la sorpresa di avere quel nastro di seta annodato sotto il mento.

Oscar Falcone e la Cirrielli si preparano a mettere in fila un po' di elementi che ora si faranno dire, hanno imparato che è sempre così con chi ti offre un incarico: si scorda certi dettagli, un'amnesia selettiva che si potrebbe scambiare per reticenza. Carlo Monterossi, invece, si è alzato, ha chiesto scusa all'ingegnere, il permesso di passargli alle spalle, e si è messo davanti alla grande cartina del mondo con i successi dell'ingegneria italiana, un colpo d'occhio davvero notevole.

In Ghana non c'è nessuna bandierina, segno che la grande diga di cui Benaldi ha parlato prima non è ancora acquisita, data per certa, o forse non hanno ancora aggiornato la mappa. Carlo pensa che fa un po' impressione che da quella stanza in legno chiaro, non particolarmente lussuosa, parta il filo di una ragnatela di commesse, appalti, lavori, che avvolge il pianeta. Per mappe e cartine Carlo ha sempre avuto un debole, sente che gli comunicano una strana nostalgia per posti dove non è mai stato, e probabilmente non andrà mai. E perché andarci, poi?, pensa mentre segue con gli occhi i ghirigori di monti e pianure. Il Kazakistan? I deserti dell'Iran? Andateci voi, se volete.

Intanto Falcone e la Cirrielli fanno il solito gioco, mettono all'angolo l'ingegner Benaldi e partono con il loro fuoco di fila.

«Prima cosa, ingegnere», questo è Oscar. «Come mai un'azienda così... posso dire strategica? importante, ecco... ha un sistema di sicurezza così scarso? Cioè, ci vuole dire che qui uno può andare e venire quando vuole, entrare a colpo sicuro nella stanza del capo, aprire un armadio, rubare quello che c'è dentro e uscire come se niente fosse?».

Benaldi se l'aspettava, quella domanda, chissà quante volte ci ha pensato anche lui, e risponde senza esitare: «Sì, è vero, può sembrare strano...».

Poi aveva cominciato a parlare. I documenti riservati, i progetti, i contratti firmati – che voleva dire firmati quasi sempre da ministri, capi di Stato, stati maggiori, contraenti esteri consorziati – non stavano lì. La Italiana Grandi Opere aveva un ufficio a Roma, che era più importante di questo milanese. È a Roma che si fanno i giochi, che si contattano politici e intermediari, che si parla con il ministero, anzi i ministeri, perché oltre agli Esteri spesso anche la Difesa vuol dire la sua, se si agisce in zone sensibili.

«Qui in sostanza progettiamo, sia le opere che la struttura finanziaria, non c'è molto da proteggere...».

Oscar e la Cirrielli si guardano poco convinti, Monterossi ha recuperato il suo posto, sempre silenzioso.

L'ingegnere ha spiegato l'organizzazione della sicurezza. Una telecamera in ogni corridoio, dal primo al quinto piano. Al piano terra due, una puntata sull'ingresso principale e una sul corridoio che dà verso gli ascensori, ma non inquadra bene le scale. Poi ce n'è una puntata sull'uscita del cortile, inquadra chi esce, ma pochi metri prima c'è un'altra scala che scende alle cantine, un'uscita un po' nascosta, non controllata. Alla IGO si sono fatti l'idea che il ladro sia scappato da lì.

Oscar e la Cirrielli fanno una faccia perplessa che sta a metà tra il «non mi dica» e il «ma siete scemi?», a cui l'ingegnere reagisce allargando le braccia.

«Stiamo provvedendo», dice.

La stalla, i buoi, eccetera eccetera.

C'è una guardia giurata che fa il turno di notte, lavora per una cooperativa di security e sorveglianza che si chiama Milano Sicurissima, e qui Benaldi allunga un foglio sulla scrivania con gli estremi. Falcone legge, sorride, e lo passa alla Cirrielli. Sorride anche lei. Sicurissima, sì, come no. C'è un indirizzo, con numeri di telefono e altri riferimenti. La guardia del turno di notte, quella di domenica sera, si chiama Stefano De Nardo, ma non può fare altro che guardare le telecamere, occuparsi dell'archiviazione dei file registrati e intervenire se vede qualcosa.

«E domenica sera questo impiegato della Sicurissima dormiva, giusto?».

«No, ha visto il ladro dalla telecamera al quinto piano, quando se ne andava, non in entrata, poi nelle registrazioni non si è visto più. Ha azionato l'allarme e ha fatto un giro per i piani dove c'erano le donne delle pulizie, che non hanno visto niente, solo qualcuno che scendeva le scale di corsa, nient'altro».

«Va bene, sentiremo questo De Nardo e... le donne che puliscono, ha detto?».

Un altro foglio ha attraversato la scrivania: Milano Internazionale Servizi, anche qui indirizzi e numeri di telefono, e il nome del titolare: Andrea Valone, con accanto un numero di cellulare. La Cirrielli fotografa i fogli con il telefono, poi li consegna a Falcone che li mette in tasca.

Ora passano alla refurtiva.

«Ci parli di quello che hanno rubato».

L'ingegnere chiacchiera per altri cinque minuti. Sessantacinquemila euro in contanti, biglietti da cinquanta, in una busta. Poi un documento riservato del Ministero degli Esteri del Ghana che parla del progetto della diga e una chiavetta usb con materiale sempre relativo a quel rapporto, foto, filmati, cose così. Altre due buste.

«Sembra materiale piuttosto delicato, non doveva stare a Roma?», chiede la Cirrielli. Il tono è neutro, ma dentro c'è una nota di dubbio, che all'ingegnere non dev'essere sfuggita.

«Sì, ce la dovevo portare io, oggi o domani, ho sbagliato a non tenere quel materiale con me, ma ho pensato... E poi qui non abbiamo mai avuto problemi».

Carlo Monterossi parla per la prima volta, come tra sé e sé, ma è chiaro che si rivolge a tutti, e soprattutto al capo della IGO.

«Magari per voi sono spiccioli, ma sessantacinquemila euro in contanti non sono esattamente una cifra trascurabile. Possiamo sapere a cosa...».

Ora finalmente l'ingegnere mostra un vero imbarazzo.

«Sono affari delicati, sapete, qualche soldo in contanti può sempre servire...».

Vago, vaghissimo. Non si rende conto che questa vaghezza è già una mezza ammissione. I tre davanti a lui si immaginano la scena, come in un film, scambi di mazzette, fasci di banconote che passano di mano in un parcheggio. Per chi? Il funzionario che deve mettere i timbri? Un colonnello di qualche esercito africano? Un cinese che ungerà le ruote giuste?

Così la domanda successiva, quella ovvia, quella che si fa sempre, potrebbe anche non essere pronunciata, anche se Oscar è uno che vuol mettere tutto in chiaro, e quindi eccola che arriva comunque.

«Senta, ingegnere, glielo dico in modo semplice e diretto, lei perdoni la franchezza. Perché chiama noi invece della polizia?».

Invece di preoccuparsi, di arrancare, di cercare le parole, il Benaldi sembra quasi sollevato. Se l'aspettava, si vede che ci aveva pensato, dev'essere uno sveglio, a dispetto della faccia.

«Capisco cosa intende, dottor Falcone, insinua che ci sia qualcosa da nascondere...».

«Non insinuo niente», dice gelido Oscar, ma quello fa finta di non sentire.

«Chiamando la polizia, o facendo una denuncia, c'era il rischio che la cosa... il furto... diventasse notizia pubblica. Le trattative per l'affare in corso sono molto riservate, forse qualcuno, venendolo a sapere, avrebbe interpretato male. Sa, si tratta di accordi ancora suscettibili di modifiche, clausole di contratti che prevedono molte parti, finanziarie... politiche...».

«Posso tradurre?», dice la Cirrielli. «Se i cinesi, o i tedeschi, o il ministero, o i ghanesi, o chiunque altro avesse saputo di un furto alla IGO, chissà, magari sarebbero sorte delle nuove difficoltà, e questo proprio mentre per la firma buona, quella definitiva, è questione di ore... dico bene?».

I motivi per non diffondere la notizia del furto ci sono tutti.

«La pubblicità è bella, ma non ci vivrei», dice Carlo con una risatina.

L'ingegnere non ride per niente, e risponde solo alla Cirrielli.

«Dice benissimo».

Sembra più tranquillo.

Ora tocca di nuovo a Oscar, è una specie di ping pong, e Benaldi fa la pallina.

«Le modalità lasciano intendere che il ladro conoscesse l'ambiente. In un quarto d'ora le scale per salire, la stanza giusta, l'armadio da forzare... non un lavoro difficile, come ha dimostrato la mia collega, e poi via di corsa per l'uscita senza telecamere... Non le sembra strano?».

«Sì, certo, ci ho pensato...».

«Chi sapeva di quel materiale? Dei soldi?».

«Nessuno, che io sappia».

«Sicuro che non abbiano preso altro?».

«Sicuro. Nell'armadio c'erano praticamente solo quelle tre buste, poi altre carte vecchie, non manca niente».

«Dipendenti infedeli? Gente che si vende i segreti aziendali per un piatto di involtini primavera?».

«Macché, qui lavorano ingegneri che fanno calcoli idrogeometrici e strutturali, disegnatori, nessuno che abbia a che fare con i contratti, a parte me».

«E allora?».

L'uomo allarga le braccia ancora una volta, è la seconda in pochi minuti, le domande sono tante, le risposte sono poche, e quelle poche fanno schifo.

È il momento dei saluti e delle strette di mano. L'ingegnere firma un assegno, l'anticipo, cinquemila euro. L'accordo è che la Sistemi Integrati guarderà un po' in giro, si farà un'idea più precisa, e poi parleranno meglio di tempi, metodi e sviluppi. E di altri soldi, ovvio.

Si avviano al piano terra, Carlo e la Cirrielli in ascensore, Falcone prende le scale e sparisce per qualche minuto. Si ritrovano sul marciapiede, ma prima di aprir bocca aspettano di essere seduti al tavolino di un bar, con tre caffè davanti. Il traffico si è un po' diradato, l'aria è umida, puzza di fretta e idrocarburi.

«Convincente, eh!», dice la Cirrielli. Ha la faccia che ride.

«Sì, sì, mi ha proprio conquistato con la sua sincerità», dice Oscar.

Carlo invece tace, sembra pensoso, addirittura distratto. La storia della IGO, delle dighe in giro per il mondo, del furto troppo facile, non gli piace per niente. Se sta lì con i suoi amici, disposto addirittura a farsi presentare come avvocato – e perché non pedofilo, o satanista? – è perché quel gioco della Sistemi Integrati gli permette di guardare il mondo da un'altra angolazione. Le vite pettinate che Flora mette in scena, l'iperrealismo, la finzione grottesca della tivù con cui lui stesso ha contribuito a insozzare il Paese, gli danno la nausea, e invece le investigazioni, le indagini, gli permettono di vedere vite e persone così come sono, vere, sporche, banali nella loro semplicità degradata e corrotta, certo, ma vera. Viva.

Ma qui, si dice ora, cosa c'è da vedere? Niente. Un gioco enorme di interessi, intrecci, soldi, ministeri, forse Servizi, italiani o stranieri, appalti, accordi sopra e sottobanco. È una storia senza vite intorno, non lo entusiasma, non gli interessa.

Oscar e la Cirrielli si dividono i compiti. Lui va alla Milano Sicurissima – sorride ancora mentre lo dice – e lei a sentire quelli della cooperativa delle pulizie. È tutto quello che hanno in mano, per ora, a parte una scheda di metallo grande come una carta di credito che è una memoria esterna da due terabyte, le immagini delle telecamere nelle ore del furto, le guarderanno con calma più tardi.

E Carlo?

«Vieni con me?», chiede Oscar.

«No, ho da fare», risponde lui. E aggiunge: «Vado a vedere un miracolo, o almeno a parlare con quello che lo fa accadere».

Gli altri due ridono, hanno capito al volo – soprattutto dalla faccia di Carlo – che è un'altra scemenza di Flora, così non chiedono i dettagli. Girare il coltello nella piaga, con un amico... Non si fa, ecco.

Il gruppetto si scioglie sotto la Torre Velasca, ognuno alle sue mansioni, ognuno ai suoi compiti.

Carlo raggiunge la macchina e mette in moto. Le parla, le dice dove vuole andare, le mappe sul cruscotto si illuminano, dopo dieci minuti sta costeggiando il Naviglio Pavese, verso i suburbi, la Grande Pianura, a nord del Po, a est del Ticino. Pensa alla grande cartina del mondo con le bandierine della IGO. La macchina fa praticamente tutto da sola.

È esotico pure qua, si dice costeggiando Cormano.

10
Miracolo

«Glielo faccio normale, il caffè?».

«Normale, grazie».

Ecco Carlo Monterossi seduto al tavolino di un bar. Ha accanto, ma potremmo dire sopra, un grande albero alto e verdissimo, felice della stagione, così gentile da fargli ombra, e davanti una chiesa rossa, una piazza, una farmacia sullo stesso lato della chiesa. A sinistra, una casa con qualche bandiera e la scritta: «Municipio».

A metà pomeriggio l'aria è calda e morbida, c'è odore di campagna.

Il ragazzo del bar gli porta il caffè proprio mentre a Carlo spunta un risolino di autocommiserazione divertita. Dove sono finito?, si chiede. Se non fosse per le macchine che parcheggiano un po' più avanti, vicino alla sua, e per qualche incongruo segnale contemporaneo – un negozio che fa tatuaggi, un piccolo supermercato – potrebbe trovarsi in un frammento qualunque degli ultimi due secoli. Se ora don Camillo attraversasse la piazza – ma anche don Abbondio, perché no? – sembrerebbe la cosa più normale del mondo.

Invece non passa nessuno.

Al tavolino accanto si siede un signore, anziano, con un bastone e un cane, un bel bracco che si accuccia ai suoi piedi e non fa più una mossa. Il ragazzo porta un caffè anche a lui, senza chiedere.

Zelo Surrigone dev'essere un posto dove tutti sanno tutto di tutti, anche se il caffè lo vogliono macchiato o corretto, che macchina hanno, a che ora vanno a dormire e con chi. Carlo ha controllato: meno di duemila abitanti, i campi intorno, indicazioni stradali, anche quelle senza tempo, che dicono Cascina Grande, Cascina Rosa, Cascina del Conte, come se si volesse ricordare al viandante che la verdura che si mangia a Milano non cresce sugli scaffali dei supermercati, qualcuno la pianta e la raccoglie, incredibile.

«È qui per il miracolo?», chiede il vecchio.

Ha avvicinato la sedia, appoggiato il bastone al tavolino di Carlo. Il bracco si è spostato con aria paziente e si è messo nella stessa posizione di prima, una ciambella di pelo marrone. Il signore non aspetta la risposta e continua:

«Si vede, sa, che viene da fuori, anche se di facce nuove ne girano un sacco, da quando don Vincenzo fa il suo spettacolino. Comunque ha tempo, beva il suo caffè tranquillo, prima delle sei non cominciano».

Il miracolo con l'orario, come i treni.

Carlo non vorrebbe dargli corda, ma in fondo è lì per quello, no? Per dare un'occhiata, per sentire, per vedere, per portare qualche osso a Flora De Pisis, al plotone d'esecuzione schierato per fucilare il pudore del mondo, quel poco che rimane, agli inserzionisti che pagano. E poi, non c'è bisogno di incoraggiare la conversazione, perché il vecchio prende la rincorsa e non si ferma più. Si vede che sono cose che avrà detto mille volte, parla un italiano corretto, ma la cadenza è quella della Lombardia padana, tangenziali, canali di irrigazione, zanzare, centri commerciali e autovelox.

Ai miracoli lì non ci crede quasi nessuno, dice il vecchio, ma se portano qualche soldo, perché no? Ci sono due posti, per mangiare in paese, una trattoria alla buona e un ristorante più elegante, caro, un posto di pesce, da un po' di tempo sempre pieni, e al martedì bisogna addirittura prenotare, una cosa mai vista. Il Comune ha dovuto chiudere due strade e organizzare una specie di slargo per le macchine che vengono da fuori, i primi tempi i forestieri parcheggiavano ovunque, e i residenti si erano un po' incazzati. Il prete della chiesa lì davanti, Santa Giuliana, è sul piede di guerra, ma a don Vincenzo, quello del miracolo, l'usurpatore di fedeli, vogliono bene un po' tutti. Che non è più don lo sanno anche i sassi, ma non gliene frega niente. Fa i suoi discorsi nel piccolo giardino di una villetta che dà sui campi, più che altro legge il Vangelo, ma fa anche delle considerazioni sue, qualcuno giura di aver visto il crocefisso illuminarsi in testa, molti no, ma non è quello che si vede che importa, è quello che si crede di vedere. Sono arrivati dei prelati mandati dalla Curia, hanno dato un'occhiata e non hanno trovato trucchi. Cauti, silenti, se ne sono andati così com'erano venuti, senza dire che c'è un miracolo e senza dire che non c'è.

L'uomo col cane ripete per la terza volta che lui non ci casca per niente, figuriamoci, ma ci tiene a far capire che non è infastidito, che non c'è niente di male, vivi e lascia vivere, giusto?

Per essere una missione segreta di raccolta informazioni, sembra davvero troppo facile, pensa Carlo, ma si capisce: il posto è piccolo, ogni anche minima increspatura del consueto diventerà un evento epocale, da ricordare, da raccontare, figurarsi un miracolo.

Non sono passati nemmeno dieci minuti e Carlo ha già avuto un primo rapporto sullo stato dell'arte.

«Lei è un giornalista?».

«No», dice Carlo Monterossi, e sta per aggiungere qualcosa, è lì lì per inventarsi una storia banale, giusto per non sembrare scortese. Ma non fa in tempo, e non serve.

«Bene», dice il signore. «Però non sembra nemmeno uno di quelli che vengono a dire il rosario».

Carlo ha pagato il caffè, anche quello del vecchio, che ha ringraziato alla lombarda, senza troppe cerimonie, con un grugnito. Vieni qui col macchinone a vedere lo spettacolo, pagare da bere è il minimo, deve aver pensato, anche se non l'ha detto. Ha detto altro, invece:

«Vada giù di là, poi prende la seconda a destra, arriva in fondo e lo trova subito». Carlo segue le indicazioni, ma non ce n'è bisogno, è una manciata di case, non c'è rischio di perdersi, Zelo Surrigone non è Tokyo, andiamo. E poi, quasi d'incanto, si trova in mezzo a un piccolo flusso di persone che va nella sua stessa direzione. Una famiglia giovane, lui, lei, un bambino sui nove anni e un altro sul passeggino, un po' dimessi, due signore ben vestite, quattro o cinque giovani con una specie di divisa, tipo boy scout, ma con le scarpe nere lucide e la camicia bianca.

Al terzo angolo, la campagna si apre di fronte a loro, coltivata di fresco, arata in una perfezione di righe dritte, regolarissime, verdi, agricoltura intensiva all'uncinetto. C'è un camioncino con scritto «Panini e bibite. Oasi del ristoro», un tavolino con qualche opuscolo azzurro e una signora seduta dietro, tutta compita sulla sua sedia pieghevole. «Un cuore che batte», dice l'opuscolo, e c'è la foto di un feto ritoccato al Photoshop, dovrebbe essere solo un embrione, ma ha già la faccia di uno che va all'università, mica si può abortire uno al secondo anno di lettere moderne, no?

Poi si gira intorno alla costruzione, si percorre un piccolo sentiero tra il muro e i campi aperti, ed ecco il cortile della villetta. Bassa, brutta, senza intonaco. C'è un portico spoglio, una ventina di sedie sul prato appassito e troppo calpestato, alcune occupate da gente che aspetta.

Il famoso crocefisso è appeso al muro della villetta, sotto il portico, all'aperto ma al riparo dalle intemperie, non incute nessun timore, non c'è chiesa di campagna, ma anche di città, che non ne abbia uno simile, anche più bello. Da dov'è, all'ingresso del cortile, a una manciata di metri, Carlo non vede se c'è davvero la corona di spine d'oro, non luccica niente, per ora, questo è certo. In un angolo alla sua destra, in piedi, in cerchio, una decina di persone recita qualcosa, Carlo non se ne intende, ma sono voci basse, con un loro ritmo strascicato, pensa che ricorda l'Ohmmmm dei buddisti, o qualche nenia araba, o il rosario, più probabile, anzi certo. In tutto ci sarà una cinquantina di persone, ma il flusso aumenta, i ragazzi con la camicia bianca hanno raggiunto altri come loro, chiacchierano a bassa voce, qualcuno si unisce al cerchio che dice le preghiere.

Carlo si siede nell'ultima fila, in una delle sedie approntate per i fedeli. Non sapeva cosa aspettarsi, da quella situazione, e non lo sa nemmeno ora. C'è un'atmosfera di piccola pace, di tranquillità devota. Una brezza gentile e calda accarezza tutti, porta odore di salamelle e il fumo della piastra bisunta che si alza dal furgone, le sedie sono occupate, ora, molti stanno in piedi, molti altri seduti per terra. In prima fila ci sono le carrozzine con i disabili, gli accompagnatori accanto, non ci sono tonache, né preti, né suore, si riesce a vedere a colpo d'occhio chi viene dal lavoro e chi si è agghindato per l'occasione, i clienti fissi e gli occasionali. Le donne sono in netta maggioranza. Nulla è ostile, nulla è sguaiato, le voci che si intrecciano fanno un solo sussurro generale, come uno strumento da bordone che senti soltanto se ti metti ad ascoltarlo.

Poi si apre la porta a vetri sulla veranda ed esce un uomo alto, dritto, in jeans e camicia nera, il prete bello, don Vincenzo che non è don per niente, e tutti dicono il Padre Nostro.

La cerimonia dura poco più di mezz'ora.

Don Vincenzo non dice nulla a proposito del miracolo, il crocefisso non si illumina, non lampeggia, non manda bagliori divini, anche se la luce delle sei di sera e la penombra del portico sembrerebbero ideali per qualche evento soprannaturale. Parla della comunità che si ritrova lì, dice cose molto sensate, per esempio che non serve un miracolo per credere, anche se i miracoli ci sono eccome, e allarga le braccia indicando il cielo, la pianura, i campi arati, le prime file con i disabili sulle loro sedie con le ruote. «Ci viviamo in mezzo ogni giorno, ai miracoli», dice. «Sentite il vostro respiro, non è forse un miracolo?».

Un po' facile, pensa Carlo, lo scettico blu, il cinico della tivù, il forestiero che è venuto a farsi due risate.

Non ride per niente, però.

Una signora vestita di nero, con una treccia di capelli biondi raccolta intorno alla testa, un po' Südtirol, passa tra i fedeli con una cesta. Dev'essere la perpetua, la fu pornostar. Nella cesta piovono biglietti da dieci e da venti, anche qualcuno da cinquanta. Servono per procurarsi altre sedie, spiega, per mettere a posto il muro, per comprare il pezzo di terreno antistante, strappandolo ai campi, perché la gente non ci sta più e lo spazio non basta.

Don Vincenzo dice altre cose, ora.

Sull'egoismo, sulla cattiveria che è solo una piccola parte, piccolissima, del mondo, e il resto è buono e buonissimo, come quelli che stanno lì, come quelli che fanno le loro offerte, grazie, in gloria dell'Onnipotente. Dice che l'ostentazione non è bella, non piace a Gesù che uno metta una banconota più grande per impressionare gli altri, consiglia di prendere il volantino con le preghiere e l'Iban, per fare versamenti più anonimi, magari più consistenti. Li esorta a portare altri amici, a venire non per il miracolo, di cui Nostro Signore ci fa dono ogni tanto, ma per capire com'è potente il suo volto, il suo messaggio. Per le cose che dice, insomma, e che dice attraverso di lui, guarda un po', semplice amplificatore di gentilezza, annichilito dal mistero di essere stato scelto, ma orgoglioso di quel privilegio.

Non sarà un prete, ma le cose da prete le dice benissimo.

La donna con la treccia ha finito il giro, Carlo ha messo dieci euro, la cesta è piena fino all'orlo.

Don Vincenzo scende i due gradini in cemento e percorre la prima fila, allunga le mani, accarezza chi si offre, sorride come un modello, i denti bianchissimi, il fisico aitante, e sussurra ai fedeli, uno a uno, parole che Carlo non può sentire. Posa per i selfie, poi due ragazze lo mettono in mezzo e un'altra scatta foto col cellulare. Qualcuno piange, una signora cade in ginocchio, come fulminata, con un grido acutissimo, il mormorio si fa più forte. Anche se è tutta una messinscena, c'è dell'intensità che Carlo non si aspettava.

Poi il non-prete risale i due gradini e ricomincia a parlare, ma si vede che siamo al momento dei saluti.

«Dovete essere pronti», dice.

Carlo prova una specie di sollievo. Eccolo, finalmente, il clou millenarista, il memento mori, l'annuncio della fine.

«Dovete essere pronti alla notorietà, e con essa al dileggio, alla cattiveria che ci mostrerà piccoli e ridicoli, mentre noi siamo grandi e gloriosi. Porteremo lontano le parole di nostro Signore, useremo ogni mezzo, ogni canale. Da questo piccolo cortile comincia un viaggio grandioso verso le coscienze di tutti. Presto parleremo a platee più grandi, la nostra amata sorella Anna ha già accettato un invito alla televisione, e altri ne arriveranno. Preghiamo per lei, perché superi le prove che il Signore le affida, e per Flora De Pisis che la ospiterà nella sua bella trasmissione».

Carlo è perplesso, niente Apocalisse, solo Flora. Ma poi si guarda intorno e si spaventa. Nessuno ha sghignazzato con lui, nessuno ha nemmeno increspato le labbra. Dal popolo del cortile – saranno trecento persone, anche di più – si è alzata un'Ave Maria leggera, cantilenante, quasi una musica.

E finalmente, per magia, senza che nessuno abbia dato l'ordine, tutti prendono l'uscita, come se partisse una processione, verso i parcheggi, verso le case, verso le salamelle che lanciano nella sera il loro profumo di grasso, di abbondanza, di popolo in pace.

Carlo li guarda defluire, pecorelle per niente smarrite, devote a quel cortile, a quel non-prete, alla serata che passeranno davanti alla tivù, persino a Flora che li chiamerà «amici», o «amiche», con lo stesso tono con cui don Vincenzo li ha chiamati «fratelli», «sorelle», con la stessa capacità di parlare per non dire nulla.

Nessuno gli ha chiesto di volere di più, di pretendere qualcosa di meglio. Nessuno li ha messi in guardia, o ammoniti, o spaventati. Se ne vanno pensando che tutto va bene così, che è questo che vogliamo, niente di più.

Ora comincia a tramontare, Carlo guida verso Milano, contento che il flusso del traffico vada in direzione opposta. Poi, quando sente una suoneria ovattata, dice alla macchina di rispondere al telefono e la voce di Oscar si diffonde nell'abitacolo.

«Allora, ti sei convertito? Era bello il miracolo?».

«Interessante», dice Carlo, non è tanto in vena di conversazione.

«Beh, ci chiedevamo se ti interessa fare il punto della situazione, alle nove ti va bene?».

«Sto tornando, tra mezz'ora sono a casa, alle nove va benissimo».

«Allora da te».

Fine delle comunicazioni.

Carlo si rilassa, si tiene sui settanta all'ora, sul filo del limite di velocità. Schiaccia un tasto e chiede alla macchina di fargli sentire una canzone. Dice il titolo e aspetta qualche secondo, gli serve un suono denso, morbido ma cattivo, vuole levarsi dalle orecchie le nenie arrendevoli che ha sentito nel cortile dei miracoli.

Un concerto a Londra, Earls Court, giugno 1981. Era il periodo della svolta religiosa, restiamo in tema, un Dylan millenarista, cristiano rinato, in attesa della fine del mondo, del Nuovo Avvento, con due chitarre che gli ricamano intorno una ritmica cristallina, densa, precisa, le coriste nere in bilico tra il gospel e il blues.

Chissà che gli era preso, al ragazzo, sembrava persino convinto.

All non-believers and men-stealers talkin' in the name of religion
*And there's a slow, slow train comin' up around the bend.**

* Bob Dylan, *Slow train*: «Tutti quei miscredenti e ladri di uomini parlano in nome della religione / E c'è un lento, lento treno che spunta dalla curva».

11
Progressi

Appena chiuso il portone, il tempo di fare i quattro scalini che portano all'ascensore, e Katrina si affaccia alla porta della guardiola. Dalla sua garitta vede tutto, sa tutto, nulla le sfugge. Le sue mansioni di custode si intrecciano con le ore a servizio in casa Monterossi, cuoca, vivandiera, governante, ficcanaso, consigliera spirituale, metà domestica e metà polizia religiosa, sorvegliante della morale. Un sergente moldavo a guardia delle scappatelle di Carlo, scappatelle molto eventuali, peraltro, ma nel codice penale di Katrina anche l'aperitivo fuori dal matrimonio si configura come peccato.

Siccome lo vede con i suoi amici, la porta la apre del tutto e balza fuori.

«Se signor Carlo mi diceva, io preparavo per bene la cena!».

«Non preoccuparti, Katrina, siamo a Milano, nessuno muore di fame, qui».

«Comunque c'è insalata di pollo, le verdure solo da scaldare, signor Carlo, le lasagne al pesto le ho fatte stamattina, le può mettere nel microonde, se vuole vengo su io».

«Ma no, Katrina, che dici!».

Oscar si è già avviato per le scale, la Cirrielli è la più ciarliera. Ha un debole per Katrina. Ride.

«Dice sempre così, Katrina! Sembra che andiamo nel deserto a patire la fame, e poi c'è ogni ben di Dio!».

«Lascia stare», le sussurra Carlo. «Vuole solo far notare che non le ho comunicato i miei movimenti. Alla Stasi, in confronto, erano dilettanti».

Finalmente si sono messi comodi, Oscar ha preso una birra dal frigo, Carlo ha preparato due gin tonic per lui e la Cirrielli, ora decompressione, a mangiare ci penseranno dopo.

«Allora? Hai visto la luce?», chiede la Cirrielli.

Carlo non risponde, ma prende dalla tasca interna della giacca un foglio piegato in quattro. C'è una foto del cortile dove ha passato il pomeriggio, un'altra foto del crocefisso magico, qualche riga del Vangelo presa qui e là e le istruzioni per i versamenti. Gli estremi della banca e l'intestazione del conto su cui versare, Provvidenza Srl.

Falcone butta un occhio e si fa una risata.

«Cos'è, ti aspettavi miracoli gratis?».

Poi si sono messi a parlare della IGO e del lavoro fatto in giornata. Comincia Oscar. Niente appunti, niente cose scritte, niente di niente, solo memoria e ordine mentale. Irritante.

«La Milano Sicurissima non sta proprio a Milano, ma a Sesto San Giovanni», comincia. «Sono due stanzette abbastanza sporche, il responsabile è un romagnolo alto e grosso, ex carabiniere, dice lui, sui cinquanta».

Carlo sparisce in cucina, torna con altri due bicchieri, ne passa uno alla Cirrielli, che non ha ancora finito il primo, e si mette comodo. La faccia dice: ti ascolto, io non mi alzo più.

Quando Oscar gli ha detto che voleva parlare del furto alla IGO, il titolare della Milano Sicurissima ha tirato una manata sulla scrivania e ha detto: «Bene, qualcuno se ne occupa, allora!», e si era lasciato andare, senza reticenze, da collega a collega.

Alla IGO erano scemi. Il contratto che avevano fatto per la sicurezza era il minimo del minimo sindacale, una cosa da ridere. Otto telecamere in tutto, puntate senza criterio, tra l'altro, un paio di uscite, che erano anche entrate, praticamente non sorvegliate, e una sola persona come guardia di notte, e secondo loro di giorno basta l'usciere. Lui a fare la guardia ci ha messo un giovanotto, abbastanza fidato, che si chiama Stefano De Nardo, prende seicento euro al mese, metà in nero perché sennò la Milano Sicurissima non ci sta dentro. Questo De Nardo attacca alle nove di sera e se ne va alle sei del mattino, le sue mansioni sono di fare un giro per i piani appena arriva e poi sedersi davanti ai monitor, avvertire se succede qualcosa.

«Avvertire chi?», chiede la Cirrielli.

«Avvertire l'ingegner Benaldi e poi, nel caso, la polizia», dice Falcone.

«Se prima deve fare un giro dei piani e il furto è avvenuto dalle nove e trentasei alle dieci meno un quarto si capisce che non l'ha visto entrare...».

Calma, dice Oscar con un gesto della mano.

Vuole andare con ordine.

In ogni caso, il signor Milano Sicurissima, che si chiama Otello Bisiani, si era abbastanza scaldato, su questa cosa della IGO, e per svariati motivi. Il primo è che lui lo diceva da almeno due anni che lì le cose non vanno bene. Bisognava mettere una porta sul retro, dove oggi va e viene chi vuole – hanno trovato persino un barbone che dormiva davanti alle cantine –, una porta allarmata con il badge per chi entra ed esce. Poi sistemare meglio le telecamere, trovava incredibile che coprissero metà dei corridoi, fino agli ascensori, e non le scale. E poi, ovvio, mettere due persone al turno di notte. Da ventimila all'anno, questo era il contratto, si passava a quaranta, più cinque o seimila euro di lavori, e l'ingegnere non aveva mai voluto.

«Poi quando succede qualcosa non venga a piangere», gli aveva detto l'ex caramba.

E a Oscar, invece: «Incredibile, sarà gente che fattura milioni e non vuole cacciare ventimila per dormire tranquilla. Anche se quello lì, l'ingegnere, dice che lui lo farebbe volentieri, mica sono soldi suoi, ma da Roma, dove stanno i capi veri, non gli danno né il via libera né i fondi, e allora nisba».

Ok, capito.

Oscar Falcone continua il suo rapporto.

La cosa più strana, comunque, era successa proprio quella sera. De Nardo non aveva visto il ladro entrare anche se c'è nelle registrazioni, alle nove e trentasei lui probabilmente stava finendo il suo giro. Però l'aveva visto uscire, nel corridoio del quinto piano e giù per le scale, come aveva confermato una delle donne che puliscono, e poi più niente. L'allarme aveva lampeggiato un po', ma era stato spento quasi subito, perché, come da accordi, il De Nardo aveva telefonato all'ingegnere della IGO e quello gli aveva detto di non chiamare la polizia, di non avvertire nessuno, cosa che gli era sembrata strana.

«Hai detto abbastanza fidato», dice Carlo. «Non è una cosa che mette proprio tranquilli».

«Ci arrivo», dice Oscar.

Anche lui aveva notato quell'«abbastanza» e ne aveva chiesto conto al principale, il Bisiani, che si era dimostrato uomo di mondo.

«Se paghi uno seicento euro con un contrattino che è carta straccia, non puoi pretendere che dia la vita per fermare un ladro. Quando dico "abbastanza" intendo dire che non l'ha fatto lui, il furto. Su questo metto la mano sul fuoco».

«Strano concetto di sicurezza», dice la Cirrielli.

«Comunque», continua Oscar, «aveva avuto ordine di riversare i filmati delle telecamere, di metterli su un hard disk e di consegnarli all'ingegnere la mattina dopo alle otto, pare che il De Nardo se la cavi decentemente con computer e aggeggi elettronici. I file sono sulla scheda che abbiamo noi, bisognerà guardarla per bene, magari 'sto ladro lo vediamo in faccia».

È tutto.

«È poco», dice Carlo.

Oscar si alza e torna con un'altra birra. Non ha finito, è chiaro.

«Allora sono andato a parlare con questo De Nardo», continua Oscar. «L'ho tirato giù dal letto e ha confermato tutto».

«Dove?».

Al contrario di Oscar, la Cirrielli è una che prende appunti. È un'ex sbirra, non gioca a fare Marlowe.

«Un bilocale da maschi in via Feltre, i casermoni davanti al Parco Lambro. Lo divide con un amico che lavora al supermercato lì vicino, lui di notte, quell'altro di giorno, pagano poco e non si pestano i piedi. Se ci portano le fidanzate, là dentro, non lo so, certo che dopo dovrebbero lavarsi bene, le ragazze, perché è una vera topaia».

«Come ti è sembrato? C'è da fidarsi?».

«Come dice il suo capo, abbastanza. Cioè mi è sembrato sincero, nel bene e nel male. Nel bene perché ha tenuto la sua versione, che sta in piedi, e nel male perché ha confermato che quel lavoro lì alla IGO, e in generale con la Milano Sicurissima, non è esattamente il sogno della sua vita, e se quelli non si proteggono, e se il titolare gli dice di non chiamare la polizia, sono anche un po' cazzi loro. I sensi di colpa costano più di seicento euro in nero, non lo ha detto così, ma me lo ha fatto capire».

«A salario di merda, lavoro di merda», dice la Cirrielli.

«Sacrosanto», chiosa Carlo.

Ora fanno una pausa, sono le dieci passate e non è che si può cenare solo con il gin tonic. Niente lasagne, però. Carlo apre una bottiglia di bianco, porta nel grande salone stoviglie e bicchieri, un piatto ovale con l'insalata di pollo, qualche salsa, pane e un piatto di formaggi, per chi gradisce. Ci aggiunge del sashimi di salmone che sembra appena pescato in Alaska e un piattino con riccioli di burro salato. Anche così alla buona, il frigo di casa Monterossi si rivela la solita grotta dei tesori.

E ora tocca alla Cirrielli.

La Milano Internazionale Servizi sta in un piano interrato alla Bovisa, dietro al Politecnico. Andrea Valone, il titolare, ha un furgone bianco da otto posti, due scrivanie di plastica, due sedie e un computer di epoca napoleonica, fine dell'inventario. Ha una ventina di collaboratrici, come dice lui, che sarebbero le donne e le ragazze che fanno le pulizie, niente contratti, tutto in nero, soldi in mano e pedalare.

«Questo me l'ha detto solo quando ha capito che non ero uno sbirro, o uno dell'Inps, o dell'Agenzia delle Entrate», dice la Cirrielli, che ora mette il suo iPad accanto al piatto. Il salmone l'ha mangiato tutto lei, e ha fatto i complimenti al vino. Ora scorre le pagine con l'indice della mano destra.

A fare le pulizie alla IGO sono in cinque, una per piano. Più o meno stanno tutte da quella parte della città, quindi il Valone fa il giro all'alba e le scarica in centro, l'orario è dalle sei alle nove, tranne il week end quando fanno il sabato o la domenica, ma di sera. Del furto non sapeva niente, le ragazze non gli avevano detto niente e la sua unica preoccupazione era di non avere rogne, o che non gli saltasse il contratto con la IGO, anche se pagava sempre meno era comunque un cliente importante.

Si era fatta dare i nomi e aveva cominciato la ricerca.

«Pronti?».

«Sentiamo».

La Cirrielli ha agguantato l'ultima strisciolina di salmone e ha cominciato la solfa.

«Adelina Castritti, cinquantadue anni, abita dietro piazza Prealpi, con la figlia che è un'altra delle ragazze che fa le pulizie alla IGO. La figlia non c'era, ma la madre ha confermato tutto. Lei fa il quinto piano, che è il piano più facile perché c'è solo l'ufficio dell'ingegnere, due stanze delle segretarie e un bagno piccolo. Quindi lo pulisce per ultimo, e prima sta al quarto a lavorare con la figlia. Non sale mai prima delle dieci, quindi dopo che il ladro se ne era andato. Aveva visto le luci arancioni lampeggiare, sotto, sporgendosi dalle scale, ma si erano spente subito. Alle dieci e mezza, quando aveva quasi finito, era salita la guardia, per chiedere, ma lei non aveva visto niente. Fine. La figlia uguale, a detta della madre, ma non sembra gente che sa aprire un armadio con una limetta da unghie, a parte il fatto che non saprebbero che farsene di un rapporto del ministero del Ghana su una diga».

«Questo vale per tutte, però».

«Sì, certo».

Allora la Cirrielli era andata dalle altre.

Prima due che stanno in via Varesina, al 32 e al 165. Carmen Aguilar, peruviana, trentasei anni, in Italia da dieci, perfettamente in regola, stessa storia. Lei fa il primo piano e dà una spazzata al piano terra dove non ci sono stanze, quando le luci hanno lampeggiato era al primo, visto e sentito niente. Lo stesso quell'altra, Francesca Palizzi, quarant'anni, fa il secondo piano e non si è mossa da lì.

«Ne manca una», dice Oscar.

«Teresa Comelli, quarantadue, via Brivio. Pulisce il terzo piano, alla IGO. Ha visto uno che scendeva le scale, ma solo la manica della giacca, o del soprabito, non sa dire, e poi le luci lampeggiare. Nient'altro. Tutte sono state interrogate dal De Nardo e anche a lui hanno detto di non aver visto niente».

«Impressioni?», chiede Oscar.

«Niente da segnalare», risponde la Cirrielli. «Quest'ultima, la Comelli, sembra la più sveglia, almeno è l'unica che mi ha chiesto chi ero, e si è stupita quando ha saputo che non ero della polizia, ma tutto qui, niente di strano, le testimonianze concordano... Ah, sì, la prima e l'ultima, la signora con la figlia e questa Teresa, hanno commentato la cosa, mentre stavano uscendo dalla IGO, ma solo per dirsi che non si erano accorte di niente, solo delle luci arancioni, le altre erano già andate».

«È ancora poco», dice Carlo.

«È niente», dice Oscar.

Non che si aspettasse di risolvere qualcosa in poche ore di lavoro, ma magari di agguantare un filo, un dettaglio. Invece buio pesto.

Ora Carlo mette sul tavolo una bottiglia, uno dei suoi whisky da concorso, un single malt giapponese che ha incominciato a invecchiare quando voi andavate alle medie, tre bicchieri e una brocca d'acqua con ghiaccio.

«Io passo», dice la Cirrielli. Oscar invece se ne versa un dito. La riunione è finita, non è nemmeno mezzanotte.

«E tu? Dai, racconta il miracolo!».

«Non c'è niente da raccontare», dice Carlo. «Che è una truffa di poveracci lo vedrebbe anche un cieco. Poveracci che derubano altri poveracci senza nemmeno promettergli un mondo più decente, devono farsi andar bene questo qui, prendere o lasciare, l'ha detto Gesù».

«Oddio, mi si è intristito il Monterossi!», ride la Cirrielli.

Carlo la guarda. Le vuole bene, sì, ma sa essere stronza, la ragazza.

Ora dovrebbe spiegare l'effetto che gli ha fatto quel cortile che dà sui campi, i disabili in carrozzina delle prime file, le ragazze che volevano il selfie col prete spretato, il ronzio delle preghiere, quello delle zanzare, la cesta coi soldi. Ma perché? Per dire cosa? Non sa nemmeno lui cosa pensarne, e non sa decifrare l'effetto che gli ha fatto lo... come l'aveva chiamato il vecchio col cane?, lo spettacolino, ecco.

Non è tristezza, no, chissenefrega se qualche disperato si mette a credere ai miracoli. E anche il prete bello, ex, e la sua perpetua porno, ex pure lei... dove poteva collocarli, se non insieme agli altri disperati che ne ascoltavano il verbo? Gli faceva più impressione che a mezz'ora da lì ci fosse la grande città cattiva, efficiente, moderna, luccicante. Venti minuti di macchina ti portavano dritto negli anni Cinquanta, e poi te ne tornavi indietro di nuovo nel ventunesimo secolo, a mangiare sashimi di salmone e a bere whisky da duecento euro. Un viaggio nel tempo. Di più, un viaggio tra mondi lontanissimi, in meno di mezz'ora.

Poteva spiegare tutto questo senza rendersi ridicolo?

Ora è rimasto solo nel suo salotto imperiale. Dal terrazzo entra un'aria appena appena fresca, si sta bene, l'alcol fa il suo lavoro. Ha cercato un vinile e l'ha messo sul piatto, lato A, la versione in studio di quello che sentiva oggi in macchina, ma un altro pezzo.

Della Italiana Grandi Opere non gliene frega un cazzo, non è una storia che gli piace, non gli piace niente, ora, non gli piace nessuno.

Ripensa alla signora caduta in ginocchio, nel cortile del falso profeta di Zelo Surrigone. Accecata, invasata, posseduta. Dopo, l'aveva guardata uscire con gli altri, avviarsi verso casa, normale, tranquilla, come purificata da quella crisi mistica di pochi secondi che l'aveva colta davanti al suo santone del martedì sera.

Com'era possibile?

Qui la chitarra è quella di Mark Knopfler, sinuosa, liquida, che gioca da solista, non tiene solo il ritmo. Certo che Dylan se li sa scegliere i musicisti.

E anche le parole.

My so called friends have fallen under a spell.
They look me squarely in the eye and they say, «Well all is well».
Can they imagine the darkness that will fall from on high
*When men will beg God to kill them and they won't be able to die?**

Uh, che tragico, Bob! Che spargimento di sangue e paura!

Ma almeno sì, pensa Carlo. Almeno sì, cazzo, gli sembrava più giusto. Un po' di splatter, un po' di enormità, di grandezza, il brivido dell'Apocalisse. Era più giusto così, il Dio degli eserciti e dei morti ammazzati, del giudizio finale. Invece no. Invece a lui toccava l'arte varia, il cabaret, il prete con la faccia da attore che diceva di accontentarsi del miracolo di respirare e volantinava il codice Iban della Provvidenza Srl. Tutte cose che lui, lui Carlo Monterossi, avrebbe dovuto esibire alle masse, e anche lui per soldi, a pensarci, il che non lo rendeva migliore di don Vincenzo.

* Bob Dylan, *Precious angel*: «I miei cosiddetti amici sono come ipnotizzati, / Mi guardano fisso negli occhi e mi dicono: "Tutto va bene". / Ma si immaginano il buio che cadrà di lassù / Quando gli uomini pregheranno Dio di ucciderli e nemmeno riusciranno a morire?».

E così aveva due mondi su cui stare seduto, quello del cortile dei miracoli, così grottesco, una caricatura, e poi il suo, non molto onesto, ma confortevole, comodo. Non gli piace né l'uno né l'altro.

Però ora basta bere.

Bianca Ballesi non ha nemmeno chiamato. Sono le due e un quarto.

12
Un complice

Bum, bum, bum. Un martello.

A Teresa manca il fiato, si sente il cuore che picchia forte, si ferma ogni venti, trenta passi, per ascoltarlo, per aggiungere paura alla paura. Poi si fa forza e ricomincia a camminare, poi si ferma di nuovo. Una via crucis.

Sono le dieci e venti, ha già fatto il suo turno alla IGO, nessuno ha parlato di furti, di polizia. Stanno soltanto facendo dei lavori, montando una porta nell'uscita che dà sul cortile, hanno iniziato alle nove, quando lei usciva a buttare il sacco dell'immondizia, c'erano operai che si lanciavano ordini svogliati, un lavoro di routine, la porta vecchia l'avevano già levata dai cardini. Anche le altre donne hanno ricevuto la visita di una signorina che ha fatto qualche domanda, nessuna ci pensava più. Anche lì, che spavento, aveva preso, Teresa, anche se l'aveva capito subito che quella non era della polizia, forse una dell'assicurazione, chissà.

Aveva avuto un'ora, anzi, quasi un'ora e mezza, per aspettare, e ad ogni minuto il cuore batteva più forte. Da piazza Missori ha preso corso di Porta Romana, e poi a sinistra verso l'Università. Era bello lì, un giardino piccolo, con le panchine piene di ragazzi. E poi i portici rossi della Statale, un via vai chiassoso di gente indaffarata, giovani che chiacchierano, ragazzi con borse e zaini, forse i libri, o i computer, pensa Teresa. Tutta gente che ha qualcosa da fare, da dire, da pensare. Gente che vive senza aver rubato niente, senza sessantacinquemila euro in una scatola da scarpe, che sono già sessantaquattromila, che...

Si sistema a un tavolino in un bar di piazza Santo Stefano, anche lì c'è il flusso degli studenti, ma meno rumoroso, per trovare un posto ha dovuto aspettare che qualcuno si alzasse. Ora è seduta e si guarda intorno. Un cameriere ritira le tazzine sporche e chiede: «Le porto qualcosa?».

«Aspetto una persona», dice Teresa. «Intanto un caffè, grazie».

Un caffè non è proprio l'ideale con quel tumulto che ha nel petto, pensa.

Stefano De Nardo è arrivato alle dieci e mezza precise, come aveva detto. Si è seduto e l'ha guardata in faccia, dritto in faccia, anzi negli occhi. Teresa non ha voluto abbassarli, ma il cuore ha accelerato ancora. Si è chiesta se da fuori si vedeva, quel tamburo da tribù aborigena che le batteva dentro. Probabilmente sì.

Lui è un bel ragazzo, sui trenta, ha un golfino leggero, blu, su un paio di jeans chiari, quasi bianchi, scarpe da jogging, si vede subito che è più a suo agio così che con la giacca nera da guardia della IGO. Il cameriere si è avvicinato veloce, e anche lui ha chiesto un caffè, e un bicchier d'acqua. Poi, appena quello si è allontanato, e sempre senza staccare gli occhi dagli occhi di Teresa, ha detto: «Ho visto tutto».

Teresa non dice niente. È come se lo sapesse, se l'avesse sempre saputo, era ovvio, cretina, come aveva potuto pensare di passarla liscia? Sente come una calma piatta che arriva, il cuore, invece di accelerare, si è quasi calmato. È finita, pensa, questione risolta, andrà come deve andare. Si dà della scema.

«Cosa c'era dentro?», chiede il ragazzo.

«Dentro dove?».

«Dai, Teresa, non fare la commedia. Avevi un sacco, quando sei uscita dalla stanza di servizio e sei andata verso il cortile, e poi in cortile ne avevi due, uno più piccolo».

«Si sbaglia, sa?». Gli dà del lei, mentre lui le ha dato del tu.

«No, non mi sbaglio. E se mi sbaglio io non si sbagliano le telecamere».

Teresa sente il ghiaccio. C'è dell'aria nello stomaco, nella pancia? Boh, beh, certo, aria ce n'è dappertutto. Ma ora le sembra che venga risucchiata via, come se dentro lo stomaco avesse un buco, di colpo, qualcosa che le aspira via il vuoto e rimane solo un senso di vertigine, come quando cadi, o inciampi su un marciapiede sconnesso. Gli occhi le bruciano, le scappa la pipì. Lo guarda senza dire niente. Poi si riscuote.

«Non ho rubato niente, non sono una ladra, io. C'era un sacchetto in un angolo delle scale, sembrava nascosto... cioè... le altre non l'avevano visto, io quasi ci sono inciampata. L'ho raccolto...».

«Dov'è?».

«Ce l'ho io».

«Cosa c'era dentro?»

«Non ho guardato».

«Non è vero, Teresa».

Il modo in cui ha detto «Teresa» non era cattivo, nemmeno minaccioso. Sembrava quasi amichevole, anche se non bisogna fidarsi. Fanno gli amici, fanno i simpatici, ma sono sempre poliziotti, pensa, prendono i ladri. I ladri come me.

Sta zitta. Parla lui.

«Senti, Teresa, ascoltami bene...».

Non gli interessava la IGO, non gliene fregava un cazzo degli affari di quelli là, anche lui, come lei, era pagato di merda per lavorare in quel posto. Lo faceva e basta, aspettava qualcosa di meglio, intanto passava le sue notti davanti a cinque schermi in bianco e nero, dove non succedeva mai niente. Guardava qualche serie sul suo computer portatile, o le partite, il peggio veniva dopo l'una, le due, con davanti quattro ore di niente, a volte dormiva. Alla IGO c'era stato un furto, montavano finalmente una porta di sicurezza, probabilmente avrebbero sistemato altre telecamere, più serie, questa volta. Ma la cosa interessante non era quella, era un'altra.

«Nessuno ha fatto denuncia, lo sai cosa vuol dire?».

Teresa aveva esitato.

«No».

«Vuol dire che non vogliono che si sappia del furto, non vogliono che la polizia ci metta il naso. È strano, Teresa. Ci possono essere un sacco di motivi, ma io, dopo che il ladro se n'è andato, ho chiamato l'ingegnere, sai, il capo della IGO, e lui mi ha detto di spegnere l'allarme, che non era successo niente di grave, di non chiamare la polizia, l'ha detto due volte, si è proprio raccomandato... come te lo spieghi?».

Lei esita ancora. Cosa dovrebbe spiegarsi? Che può saperne, lei?

«Forse non hanno rubato niente di importante».

Lui ha riso.

«Ma no, Teresa, quello che hanno rubato ce l'hai tu, quindi potresti saperlo se è importante... No, risposta sbagliata. O almeno io spero che sia sbagliata. Io spero che invece abbiano rubato qualcosa di importante, così importante che non vogliono farlo sapere in giro, sai cosa vuol dire?».

Teresa ora ha come un piccolo moto di stizza. Cosa vuole questo stronzo? Perché ci gira tanto intorno? E poi, con una parte del cervello, quella che le fa battere il cuore come un martello pneumatico – di nuovo – si chiede se per una cosa così si va in galera. Furto, appropriazione indebita, come cazzo la chiameranno. Ma è una roba trovata sulle scale, giusto? Pensa a quel coglione del suo ex marito. Ne ha fatte di cotte e di crude, sempre con quei pasticci che fa lui per campare, lo hanno pure beccato, ma in galera non ci è andato mai.

«Te lo chiedo ancora, Teresa, non è di me che devi aver paura. Cosa c'era dentro?».

Silenzio.

«Soldi?».

Ora cede.

«Un po'», dice.

«Quanti?».

«Quarantamila».

Si è sorpresa anche lei. Le parole le sono uscite senza nemmeno pensarci, o forse ci aveva pensato senza accorgersene. Forse si è fatta il film che lui li chiederà indietro e si è voluta tenere un po' del malloppo. Venticinquemila sono sempre un bel po' di soldi. Si vede mentre gli rende le tre buste, una un pochino più leggera, e tutto finisce lì. Lo sa, certo, lo sa perfettamente che non sarà così, ma...

«Cos'altro?».

«Dei fogli scritti in inglese, una roba sull'Africa, con delle foto... non lo so, l'inglese...».

«E poi?».

«Una chiavetta, quelle lì dei computer, come si chiamano?».

«Una chiavetta usb... cos'altro?».

«Nient'altro».

«Sicura?».

Ora si vede che lui pensa. Ha fatto un cenno al cameriere, ma non per chiamarlo, gli ha mimato con la mano che vuole un altro caffè. Quello ha annuito da lontano. Così ora c'è silenzio. Teresa ha la sua borsa in grembo, tormenta i manici con le mani. Lui la guarda, ma non è esatto, guarda nella sua direzione, forse non la vede nemmeno. Riflette. Poi parla.

«I soldi puoi tenerli, Teresa, quarantamila sono briciole, se le cose sono come penso io. Per quello che mi riguarda sono soldi della IGO, mica miei, se non se li tengono stretti sono cazzi loro. Non so perché il ladro li ha mollati lì sulle scale, forse pensava di venirseli a riprendere più tardi, non lo so... forse è l'altra roba che può valere di più... tanto di più, forse. Hai capito adesso?».

«No».

È arrivato l'altro caffè. Lui ha messo dieci euro sul tavolino e ha detto al cameriere: «Portaci due bicchieri d'acqua, tieni il resto». Quello è sparito di nuovo. Fanno così le guardie? Ti offrono il caffè?

«Te lo spiego io, allora».

Teresa non ci capiva più niente. Poteva tenersi i soldi? Che razza di guardia era, quello lì? E poi il discorso che aveva fatto... dove finivano le cose sicure e dove cominciava la fantasia? Si stava facendo un film tutto suo, forse. O forse no. Se non avevano voluto denunciare il furto, le aveva spiegato, le cose che c'erano nel sacchetto non si dovevano sapere in giro, ovvio. Se non si dovevano sapere in giro qualcuno avrebbe pagato per evitarlo, giusto? Probabilmente avrebbe pagato parecchio, ma questo dipendeva da cosa c'era dentro, e dalla loro capacità di venderlo a qualcun altro... Insomma, i soldi nel sacchetto non erano un problema, ma il resto forse sì, anzi probabilmente poteva valerne altri, molti altri. Bastava mettersi d'accordo, lavorare insieme.

Le stava proponendo di formare una banda? Teresa era così sorpresa che il cuore aveva ricominciato a battere normalmente. Oddio, non proprio normalmente...

«La chiavetta l'hai aperta?».

«No... sì... ci ho provato, ma chiede una password».

Lui ha pensato ancora.

Poi le ha detto cosa avrebbero fatto, per cominciare. Aveva detto proprio così, «per cominciare». Le aveva fatto altre domande. Lei aveva risposto. Era stordita, confusa, le sembrava tutto assurdo. Ma cosa poteva fare?

Si erano salutati frettolosamente. Lui aveva allungato una mano e lei l'aveva stretta, come un accordo, che assurdità, sembravano così formali, quasi solenni, a quel tavolino sfiorato dal sole, con tutti quei giovani intorno che parlavano di esami e di professori...

Stefano De Nardo si era alzato e se n'era andato verso piazza Fontana, senza voltarsi. Lei era rimasta ancora qualche minuto, con la testa che le girava aveva paura a mettersi in piedi.

«C'è un bagno?», aveva chiesto al cameriere.

Il sole si è un po' intristito, adesso. C'è ancora – è pur sempre la fine di maggio, c'è un contratto da rispettare, non scherziamo – ma fa a botte con qualche nuvola, forse arriverà un temporale. Nei giardini di viale Argonne non c'è il casino dell'altro giorno, un po' meno. Dei ragazzi giocano a basket, a parte il traffico, si sentono solo i rumori delle scarpe che scattano sul cemento.

Teresa è entrata a casa della signora Angela, non ha ancora le chiavi, non è ancora casa sua. Si è seduta in cucina, al tavolo dove lei sta lavorando. Faceva la sarta, una volta, ma ora che le arriva una minuscola pensione ha smesso. È stufa di prendere misure, del rumore della macchina da cucire, delle chiacchiere di quelle che arrivavano lì a chiedere, a pretendere, a metterle fretta. Ora accetta solo lavori di ricamo. Ricami invisibili, magici, come dice lei, cose che può fare stando seduta al tavolo, con la sigaretta accesa poggiata nel posacenere pieno; una giacca strappata su un gomito, un filo che si è tirato nel maglione di cachemire, con quello che costa! Si potrà riparare? Lei con gli occhiali sul naso lavorava filo per filo, il rammendo invisibile era il suo superpotere. Dopo, quando venivano a ritirare, non trovavano nemmeno più il punto che era stato sistemato, pagavano tutte contente.

Ora sta operando con ago e filo su un golf bordeaux, concentrata e avvolta dalla sua nuvola di fumo azzurro. Teresa si siede lì, mette le braccia sul tavolo, sta zitta un momento, e poi si mette a piangere.

La signora Angela non le dice niente, non la consola, non la incoraggia, la lascia sfogare. Poi, quasi brusca:

«Dai, sbrigati».

Teresa le racconta tutto, le dice del sacchetto che ha trovato sulle scale, della paura, della guardia, il ragazzo De Nardo che praticamente le proponeva di fare una banda, di una storia che era diventata troppo grande, mentre lei credeva solo di aver trovato un tesoro, e per due giorni si era ripetuta: che culo, Teresa, per una volta, che fortuna. Invece la questione si complicava. Stava pensando di andare alla IGO e dire: ho trovato questo sulle scale, anche di renderli tutti, i soldi, mancavano mille, da qualche parte magari li avrebbe trovati. Forse era meglio così che non chiudere occhio la notte, rigirarsi nel letto, sognarsi, se fosse riuscita a dormire, di stare in galera.

La signora Angela aveva continuato con il suo ricamo invisibile, filo per filo, un lavoro certosino, la pazienza di Giobbe. Forse tra sé aveva pensato: che storia assurda, che cosa pazzesca, ma non aveva fatto una piega, la sua espressione era quella di quando Teresa era entrata e si era messa a sedere. L'aveva lasciata sfogare, insomma, senza interromperla mai. Solo alla fine, quando Teresa aveva finito le parole, quando era tornato il silenzio, aveva posato il golf bordeaux sul tavolo, con l'ago infilato nella piccola ferita che stava suturando, e aveva detto:

«Ha ragione lui... come hai detto che si chiama?».

«Stefano, Stefano De Nardo».

«Ha ragione lui. Senti cosa facciamo».

Tutti mi dicono cosa faremo, pensa Teresa. Quasi le stesse parole. Tutti hanno un piano, un disegno. Tutti vedono la palla che arriva e la vogliono prendere al volo. Non piange più, adesso, ma sa che è perché si è sfogata, perché ha detto a qualcuno quello che le pesa dentro, e pesa tanto.

«Io non sono una che ricatta la gente», dice

«La IGO non è mica la gente», dice la signora Angela.

Teresa si fa una risata.

«È quello che ha detto anche lui».

«Eh, infatti, cosa ti ho detto? Ha ragione. Allora quando vieni qui con le tue cose?».

«Spero presto».

Poi la signora Angela le aveva spiegato cosa avrebbero fatto. Teresa aveva solo ascoltato, non aveva detto niente. Dopo i saluti, era uscita, aveva sceso le scale avvolte in un aroma di aglio, altre spezie, qualcuno faceva il sugo, un buon odore. Fuori pioveva. Senza tuoni, senza fulmini, ma il temporale era arrivato. Si bagna, non le interessa, anzi le piace. L'idea della banda è assurda, sì, ma è meglio che essere sola. Oddio, è meglio? Non lo sa, scende le scale della metro, i capelli hanno perso la piega, sembrano spinaci cotti. Non le sembra più che tutti la guardino, anzi, secondo lei non la vede nessuno.

13
Pesci piccoli

«Ce ne ha smollate dodici, capo, ne abbiamo chiuse otto in una settimana, mica male, no?».

Ghezzi è seduto davanti alla scrivania del capo Gregori. Carella invece fuma in piedi accanto alla finestra aperta. Piove poco, piscia un po' d'acqua, gocce svogliate che non rinfrescano nemmeno.

«Medaglie ne abbiamo?», dice.

«Non fare lo stronzo, Carella. Sono casi umani, mica l'inchiesta del secolo. Dai, sentiamo, fate in fretta».

Forse ai capi fanno un corso, per dire cose così.

Di quello che svuotava le cantine senza permesso, l'egiziano di Affori, gli avevano già detto. Tirano i fili sugli altri casi che sono venuti dopo.

Il peggiore, una tizia, alla Bovisasca, che assisteva una vecchia malata. Dei poveracci.

La vecchia, con la pensione minima, non poteva permettersi una badante, quella che le mandavano i servizi sociali andava due volte alla settimana, mentre lei si pisciava addosso tutti i giorni. Così aveva chiesto a una vicina, che aveva accettato di fare quel lavoro di assistenza prendendosi metà delle entrate della vecchia:

su seicentotrenta di pensione, trecento se li beccava lei. Che era diventata, manco a dirlo, aguzzina e secondina, la spaventava, la insultava, e volavano sberle. Anche spesso, probabilmente, perché un'altra vicina se ne era accorta: una volta che la vecchia aveva un labbro spaccato, aveva preso coraggio e aveva fatto la denuncia. La segnalazione era rimasta lì qualche settimana, a marcire, finché non era finita nel mazzetto affidato a loro. Non c'era stato nemmeno bisogno di indagare, la signora in lacrime aveva raccontato il suo calvario, l'aguzzina era stata fermata e poi mandata a casa con un calcio nel culo, il divieto di avvicinamento e una denuncia per violenza privata.

Ghezzi era andato ai servizi sociali a fare la scenata e quelli lo avevano guardato come si guarda un matto: beh? Cosa cazzo voleva da loro? Ma lo sapeva quante situazioni simili c'erano, solo in quel quartiere? Quartiere, poi, era una città nella città. Non basta uno sbirro che fa il diavolo a quattro, per risolvere, lo sa?

Lo sapeva, e aveva fatto il diavolo a quattro lo stesso.

Carella non aveva detto una parola, ma Carella che sta zitto fa più paura di Ghezzi che urla, così avevano promesso di mandare qualcuno più spesso, e di accelerare le pratiche per un ricovero della vecchia in una Rsa pubblica, Residenza sanitaria per anziani, un cronicario dove la cosa più semplice che puoi fare è morire e piantarla lì. Ghezzi non era per niente convinto che si potesse dire «caso risolto», ma per loro era un caso risolto. La vicina aguzzina avrebbe avuto un processo di cui non sarebbe fregato niente a nessuno, con l'avvocato d'ufficio che faceva le parole crociate all'udienza, e sarebbe stata condannata, tra due o tre anni, a versare un risarcimento che non avrebbe versato mai.

Gregori aveva sospirato. Carella zitto.

Altro giro. Un tizio che faceva il rappresentante. Stoffe, se hanno capito bene. Insomma, questo tornava da uno dei suoi viaggi, era uno da centomila chilometri all'anno, una vitaccia, aveva visto la coda all'altezza di Lodi, sull'A1, e aveva frenato, ma i freni avevano fatto marameo, lui era andato dritto come se invece del freno avesse schiacciato la frizione. Tamponamento con due feriti, tutto in mano all'assicurazione. Ma il meccanico del soccorso stradale dove avevano portato la macchina, completamente sfasciata, una Ford con dieci anni sul groppone, gli aveva detto che i freni non avevano frenato perché semplicemente non c'erano, le pastiglie erano arrivate da un bel po', ormai era ferro su ferro, era come non averceli, i freni. Ma quello, il rappresentante, aveva appena speso seicento euro dal suo, di meccanico, che gli aveva appunto fatto i freni da poco, nemmeno dieci giorni, e insomma, invece di montargli le pastiglie nuove gliene aveva messe di vecchie, consumate, morte. Così, fattura alla mano con scritto «Sostituzione pastiglie freni anteriori e posteriori», era andato da questo meccanico e lo aveva gonfiato come una zampogna, due costole rotte, setto nasale, trauma cranico, tutto il campionario. La denuncia l'aveva fatta la moglie tre giorni dopo, lui non voleva. Così erano andati a sentire, e poi a prendere quell'altro che era a casa ancora incazzato perché senza macchina non poteva lavorare e stava lì mezzo ubriaco a vedere le cose che andavano a rotoli. L'hanno fermato per lesioni, poi mandato a casa, ci sarà un processo, chissà quando. Il meccanico è stato denunciato dall'assicurazione. Caso chiuso.

«È merda, ma qualcuno la deve spalare», ha detto Gregori.

«Sì, capo, peccato che con la pala in mano ci stiamo noi».

Avevano parlato ancora dieci minuti. Le denunce più rognose le avevano tenute per ultime, erano cose su cui dovevano indagare almeno un po', e magari sarebbero serviti altri uomini, al momento giusto. Gregori li aveva congedati con il solito gesto della mano che voleva dire, a seconda dell'umore, della gravità del momento e dei progressi fatti, via, sciò, o anche dai, da bravi, andate a lavorare.

Avevano deciso di prendersi mezza giornata. I pesci non sarebbero scappati, le denunce avevano aspettato giorni e giorni e non sarebbe stata qualche ora a complicare le cose. Dovevano solo fare il punto della situazione e decidere dove vedersi domani mattina, da quale schifezza incominciare delle quattro che gli restavano.

«Ha ragione Gregori, è solo merda da spalare», aveva detto Carella davanti a un caffè, al bancone del bar sotto la questura.

Sentirlo dare ragione al capo è una novità, ma su quella cosa c'era poco da discutere.

«Te li ricordi i discorsi al giuramento?», ha detto Ghezzi. «Tutte quelle fregnacce sull'ordine e il rispetto della legge, che noi saremmo quelli che impediscono alla società di andare a rotoli perché portiamo legge e giustizia? Te li ricordi, Carella?».

«No. Non me li ricordo. E non cominciare con il sermone, Ghezzi».

«Prendiamo solo dei poveracci, questo almeno lo vedi, no? Gente che fa una vita di merda e che cerca qualche scorciatoia per uscire un po' dal fango e si ritrova a affondare anche di più, hai presente? Ecco, quella gente lì. Prendi quello che svuota le cantine, come si chiama, l'egiziano, quanto alza alla fine del mese? Come un impiegato? Di più? Senza pensione e malattia e contributi, col rischio di finire in galera, o peggio, se trova il proprietario della cantina con una pistola nel cassetto. Dai, Carella, anche senza che arriviamo noi, che vita di merda è?».

«Hai ragione, Ghezzi, noi prendiamo i pesci piccoli, è vero, non è una bella cosa, sono dei poveracci, ok, va bene. Però pensaci, cazzo. Magari è un poveraccio anche quello che si ritrova la cantina svuotata. La signora che prende a sberle la vecchia e le frega mezza pensione è una poveraccia anche lei, no? Mica aveva la Porsche in garage, è una che vive di espedienti. E allora? Non è un buon motivo per non andare a aiutare la vecchia, giusto?».

«Non è che l'abbiamo proprio salvata, comunque, eh?».

«Sì, è vero, ma noi non salviamo la gente, Ghezzi, fai 'sto mestiere del cazzo da quando c'erano i tram a cavalli, porca puttana, e ancora non l'hai capito? Noi abbiamo un librone, e sopra ci sono delle regole numerate, e noi arriviamo quando qualcuno scantona, o le infrange. Non è che diciamo questo è giusto e questo è sbagliato».

«Ma sì, dai, non trattarmi come uno che fa il turno per la prima volta».

«E allora?»

«Allora niente, dimmi cosa facciamo domani».

Sfogliano alcune pagine stampate al computer, decidono per due casi, una che batte in un condominio in viale Lucania, la denuncia è di una vicina, e poi un caso più rognoso, una questione che sa di truffa.

«Vabbè, andiamo a svegliare la puttana», dice Carella. «Alle nove?».

«Facciamo alle dieci», dice Ghezzi. «Tanto non scappa, e la lasciamo dormire un'oretta in più».

Carella ride.

«Paga i caffè, cuore d'oro».

14
Telecamere

Agatina Cirrielli sta seduta su un divanetto nella sede della Sistemi Integrati, le finestre aperte, la luce del tramonto milanese che entra di taglio, un bicchiere in una mano e un telecomando nell'altra. Dire seduta non rende l'idea, se ne sta nella posizione del loto, a piedi nudi, la faccia annoiata, un taccuino e una penna appoggiati sul tavolino davanti a lei.

«Uh, ecco il nostro evangelista!», dice quando compare Carlo Monterossi. Lui fa una smorfia divertita. La Cirrielli gli piace, non è misteriosa come Oscar, è ironica, anzi sarcastica, e non è una che le manda a dire. Si punzecchiano, si prendono in giro con la leggerezza di chi si vuole bene, e la convinzione granitica che chi si offende ha torto, peggio per lui.

Così si scambiano qualche battuta, lei chiede del crocefisso a intermittenza, lui dei progressi dell'indagine.

«Progressi?», ride lei.

Oscar non c'è, sta facendo domande in giro, la Cirrielli invece guarda la tivù, le telecamere della IGO. La memory card che hanno avuto dall'ingegner Benaldi è collegata a un filo che è collegato a un grande televisore, che ora manda solo il salvaschermo, pesci tropicali che sguazzano felici in un mare senza plastica. Fiction, insomma.

«Cosa bevi?».

«Succo di mirtillo».

«Uff, che perversione».

Carlo cerca un numero sul cellulare e fa una chiamata. Dopo dieci minuti suona il ragazzo del bar e sul tavolino compaiono due bottiglie di Chablis, tre bicchieri, qualche piattino con stuzzichini e tapas per mandare giù il vino. Ora si ragiona.

Oscar Falcone è arrivato alle nove meno dieci e ha salutato con il suo sorriso enigmatico, seguito da un «Allora?».

E così tocca alla Cirrielli fare la sua relazione di servizio.

«Allora, due palle...».

C'è da capirla, i filmati delle telecamere sono la cosa più noiosa del mondo dopo il telegiornale, e lei ha dovuto studiarli per tutto il pomeriggio.

«Dunque», attacca. «Prima cosa, il ladro. Non si vede mai in faccia, e questo si poteva supporre. Ma anche la corporatura non è facile da intuire...».

Cerca un fotogramma con il tasto «avanti veloce» e si ferma su un'immagine.

«Qui è dove si vede meglio, preso di fronte».

L'immagine è in bianco e nero, sgranata, scura, sono davvero telecamere da due soldi, pensa Oscar. C'è una sagoma quasi nera, con addosso un impermeabile di qualche misura più grande, un cappellino da baseball senza scritte calato sugli occhi, che si muove veloce e sembra che sappia dove andare, ma questo è ovvio, sta in un corridoio dritto, non può avere esitazioni.

«Qui è al quinto piano, mentre va dall'ufficio dell'ingegnere alle scale, undici secondi di camminata, il più lungo che abbiamo con il ladro inquadrato di fronte a figura intera». È una figura intera, in effetti, che ha in mano qualcosa, come un sacchetto di plastica, una sporta, che si confonde con le pieghe di quella grande tunica che ha addosso. In basso a destra, nell'inquadratura, ci sono dei piccoli numeri bianchi, la data e l'ora, 21.44.

«Ho ingrandito l'immagine sul Mac, l'ho pulita, ma insomma, sembra un sacchetto dell'immondizia piccolo, con dentro qualcosa di rigido, perché fa degli spigoli, ma non si vede altro».

«Avanti», dice Oscar.

Carlo stringe gli occhi come se le ombre, le sfumature di grigio sporco, i dettagli del pavimento potessero dirgli qualcosa. Il ladro sfocato e indistinto resta fermo sullo schermo da sessanta pollici, frizzato per sempre. La Cirrielli beve un sorso di Chablis, come per darsi forza, e agguanta il suo taccuino.

«Pronti? Questo è tutto quello che le telecamere hanno visto».

Ora legge ad alta voce.

«19.33. Le donne entrano nel corridoio del piano terra, praticamente insieme, sono le cinque che sappiamo, vanno nel loro stanzino, dove si cambiano, sono inquadrate per sette secondi dalla telecamera al piano terra».

È noioso anche sentirlo, pensa Carlo, figurati guardarlo per ore.

«19.36. Escono dalla stanza la Castritti e la figlia, ognuna con il suo carrello, vanno all'ascensore, che è già al piano, e le perdiamo. 19.37 esce Teresa Comelli, lei l'ascensore deve aspettarlo, poi perdiamo anche lei. 19.38, escono le altre due, la Aguilar e la Palizzi, anche loro chiamano l'ascensore, ovvio, non puoi fare le scale con quei carrelli».

«Facci il riassunto», dice Oscar. Si sta annoiando anche lui.

«Dalle 19 e 40 in poi si vedono solo le donne che fanno il loro lavoro, ma solo quando puliscono i corridoi o passano da un locale all'altro, nelle stanze non ci sono telecamere. Poi si vede il De Nardo. È arrivato alle 20.50, è sparito nella sua guardiola, quella con gli schermi. Poi ha fatto un giro dei piani, cominciando dal quinto, è salito con l'ascensore e sceso per le scale fermandosi a ogni piano, lo vediamo nei corridoi, a partire dalle 21 e 28. È entrato in bagno al quarto piano, ci è stato tre minuti giusti, poi è sceso, ha finito il suo giro, stanza per stanza, arrivato al piano terra, è rientrato nella sua guardiola alle 21 e 46».

Un altro sorso di vino. Nessuno la interrompe.

«Poco prima, alle 21.36, si vede il ladro, nel corridoio del piano terra, di spalle, sparisce sulle scale, sta inquadrato per tre secondi e qualcosa. Poco più di due minuti dopo lo vediamo nel corridoio del quinto piano, dev'essere salito di corsa, sempre di spalle, entra nella stanza dell'ingegnere. Ci sta quattro minuti e mezzo. Alle 21.44 esce dalla stanza e ripercorre il corridoio del quinto piano con il sacchetto in mano, l'immagine che abbiamo visto prima. Poi lo si vede ancora per tre secondi nel corridoio del piano terra, dopo cinquanta secondi di scale, prende i gradini che scendono verso la porticina che dà sul cortile, o le altre scale che scendono per l'uscita delle cantine e non lo vediamo più.

«Un minuto dopo il De Nardo corre per il corridoio, va nella sua guardiola, le luci cominciano a lampeggiare, poi scende le scale che portano al cortile, quindi torna indietro, nella sua guardiola»

«Ha fatto la telefonata che sappiamo».

«Probabile, le luci a intermittenza si sono spente».

«Non si sono incontrati per un pelo, il De Nardo e il ladro, manco a farlo apposta», dice Carlo.

La Cirrielli ci ha lavorato, non è un dettaglio da poco.

«Quando il ladro è uscito dalla stanza dell'ingegnere, la guardia ha preso le scale dal primo piano al piano terra».

«Che culo», dice Carlo. «Furto sincronizzato».

«È vero, ma paradossalmente questo conferma la versione della guardia. A mettersi d'accordo non sarebbero stati così precisi...». Oscar Falcone è un maestro della lettura doppia, tripla, quadrupla. Però quello che ha detto è sensato. Infatti la Cirrielli annuisce. E continua la sua giaculatoria di orari e movimenti.

«Poi il De Nardo lo rivediamo che imbocca le scale, e ad ogni piano che parla con le donne delle pulizie, con due, al terzo e al secondo, in corridoio; con le altre in una stanza, quindi lo vediamo entrare, ma non parlare con qualcuno».

«La sua versione regge», dice Oscar.

«Le telecamere sono messe molto male», dice la Cirrielli, «e forse le registrazioni possono essere modificate con un computer, da uno che ci sa fare, ma non tutte quante e non in così poco tempo. Mentire non avrebbe avuto molto senso».

«Avanti», dice Oscar.

«C'è poco da andare avanti», dice la Cirrielli. Però va avanti lo stesso.

«Alle 22.25 scendono la Aguilar e la Palizzi, entrano nello spogliatoio con i loro carrelli e ne escono senza, vestite, con le borsette e un sacco della spazzatura, arrivano alle scale che scendono al portoncino e le rivediamo mentre escono, ma solo per un secondo, perché la telecamera esterna fuori dalla porta del retro copre solo l'uscita e nient'altro. Però sappiamo che fanno qualche metro, fino ai bidoni, dove buttano i sacchetti, e sono fuori, cortile, strada, ciao ciao. Alle 22.27 scende la Castritti con la figlia, qualche secondo dopo la Comelli. Le due, madre e figlia, escono dal portoncino alle 22.31, la Comelli un minuto dopo, tutte con la spazzatura da buttare. Fine».

«Quindi il ladro non è uscito da lì, si vedrebbe, giusto?».

«No, ha fatto una rampa in più, in discesa, ed è uscito da un'altra porta che c'è nelle cantine, è l'unica spiegazione».

«Lavoro inutile», dice Oscar.

«Grazie», dice la Cirrielli. È seccata, ci ha perso tutto il giorno.
«Dai, lo sai cosa intendo».

Carlo Monterossi apre la seconda bottiglia con il cavatappi che il ragazzo del bar ha lasciato sul vassoio, versa per tutti.
«Una fortuna notevole», dice. «Cioè, ci sono sei persone, nel palazzo, e il ladro non ne incontra nemmeno una, nessuno lo vede, nessuno lo incrocia né sulle scale né nei corridoi, entra, esce, come se fosse a casa sua...».
«Una delle donne l'ha visto scendere le scale... la Comelli, credo, che stava al terzo...», dice la Cirrielli.
«La fortuna ci sta», dice Oscar. «Comunque è uno che conosce bene il posto, perché uscire dalle cantine invece che dalla porta sul retro non è una cosa che fai per istinto, devi sapere che lì c'è un'altra uscita. Ho dato un'occhiata, è buio là sotto, la porta è un po' nascosta, non è facile muoversi».
«E devi anche sapere che non c'è nessuno che ti vede, che non finisci sui monitor».

Non c'è molto altro da dire, e infatti non dicono altro, ma Oscar Falcone ancora non si è levato dalla faccia il ghigno fastidioso di chi sa qualcosa più di tutti. Siccome lo conoscono, non vogliono dargli la soddisfazione di chiedere. Ora il tramonto fuori se n'è andato, è andato a fare il tramonto più a nord, la Cirrielli si alza e accende le luci della stanza. Poi però non resiste.

«Dai, cazzo, se devi dire qualcosa dillo, sono stanca, voglio andare a casa, non stare qui ad aspettare che fai il tuo teatrino».

C'è tensione, pensa Carlo, il caso della IGO non piace a nessuno.

Allora Falcone finisce il suo vino, sempre seduto su una poltroncina della sala delle riunioni della Sistemi Integrati, che è una specie di salottino, posa il bicchiere e si decide.

«Che ci facevano il De Nardo e una delle signore, Teresa Comelli, per la precisione, a un tavolino di piazza Santo Stefano, ieri mattina, verso le undici? È un caso? O avevano qualcosa da dirsi sul furto alla IGO?».

«E tu come lo sai?».

Ancora il sorrisino da stronzo. Che nervi.

«Me lo ha detto lui».

Oscar aveva passato la giornata alla IGO, ufficialmente per sovrintendere al montaggio della porta di sicurezza, ma era una copertura concordata con l'ingegner Benaldi per giustificare la sua presenza con gli impiegati e l'usciere che sta lì tutto il giorno. Aveva parlato con l'ingegnere per pressarlo un po', tempo buttato. Poi si era detto che forse doveva tenere sotto scopa anche il De Nardo, e lo aveva tirato giù dal letto di nuovo. Aveva altre entrate oltre al lavoro di merda alla IGO? Sì, qualcosa di occasionale. Aveva rapporti con il titolare della cooperativa delle pulizie? Nessuno. Con le donne? Nessuno, anzi, aveva bevuto un caffè con questa Teresa, si erano incontrati per caso la mattina prima, lei girava in centro dopo aver finito il lavoro alla IGO, e lui invece ci era andato a prendere delle cose sue nello spogliatoio, le cuffiette dimenticate. Avevano parlato del furto? No, le istruzioni dell'ingegnere erano di stare zitti, e il suo capo, quello della Milano Sicurissima, era d'accordo.

«Se devo dire la mia impressione», chiude Oscar, «per il De Nardo l'incidente è chiuso. Ha fatto il suo lavoro, una volta appurato che non rischia il posto, non ci perde certo il sonno, ecco. Comunque domani magari facciamo un po' di ricerche, vediamo se è davvero quello che dice di essere o se ha qualche scheletro in qualche armadio».

«E la signora?», dice la Cirrielli.

«Se sono complici di qualcosa ci darà la stessa versione, ovvio. Però magari sarebbe il caso di dare un'occhiata anche a lei, vedere se ha dei giri strani».

Ora guarda Carlo.

«Tu hai da fare?».

«Miracoli e crocefissi», dice lui. Ha finito il vino, e ne vorrebbe ancora.

«Allora vedi se riesci a metterti dietro a questa... Teresa Comelli, dove abita lo sappiamo, la cosa più semplice è che la aspetti alle nove di mattina fuori dalla IGO e capisci cosa fa, se vede qualcuno... Insomma, va bene che si alza presto, ma ha tutto il giorno libero, no? Mi sembra un filo esile, anzi, non è nemmeno un filo, ma non si sa mai...».

Ecco Carlo Monterossi che sospira. Le nove del mattino? Non sarà una cosa contro natura? Cioè, alzarsi alle otto e mezza? Addirittura alle otto? Non sarà pericoloso? Non troverà dei lupi o altri animali selvatici sulla circonvallazione?

«Va bene», dice, «ma non domani».

«Non c'è fretta», dice Oscar.

L'assemblea si scioglie, la Cirrielli esce quasi senza salutare, tempo due minuti e spariscono nella notte, ognuno per la sua strada, forse chi ha rubato alla IGO, e che cosa, non lo sapranno mai, ma è sempre così, all'inizio di un'indagine, non ci si capisce un cazzo.

E spesso anche dopo.

15
Bianca

Forse era così anche al Cremlino negli anni delle grandi purghe. Nei corridoi si diffondeva la notizia che Stalin era allegro, e allora tutti si rilassavano un po', passavano i sudori freddi, circolava qualche timido sorriso. Quando Carlo arriva alla Grande Fabbrica della Merda, con comodo, in tarda mattinata, capisce subito che Flora De Pisis è nella sua fase umana. C'è sempre da stare in guardia, ovvio, ma per oggi nessuno finirà in Siberia, o in un programma della mattina.

Passa dal suo ufficio a vedere se ci sono novità, di solito lo danno per disperso e quindi è una deviazione inutile, la posta che c'è sulla scrivania non la guarda nemmeno e si avvia alla stanza delle riunioni, il regno di Flora, la cabina del comandante in un giorno di bonaccia.

«Grandi notizie!».

La regina della spazzatura lo accoglie così, con un sorriso da un orecchio all'altro. Si dimentica persino le sue battutine sulla latitanza di Carlo.

«Abbiamo il miracolo!», dice.

Alexa è lì con lei, ma per una volta non fa il ripetitore: se le notizie sono buone preferisce darle Flora in persona, sono i trucchetti del potere, non fateci caso.

Così lo fa sedere, e come per incanto il grande schermo alla parete si illumina, ma forse sarebbe più giusto dire che si scurisce un po'. Compare il cortile della villetta di Zelo Surrigone, che Carlo conosce bene, le immagini sono sgranate e artigianali, un po' mosse mentre mostrano la piccola folla riunita e poi si fermano sul portico del famoso crocefisso magico.

Zoom umano, nel senso che chi ha in mano la camera – un telefono, ovvio – si avvicina camminando, non schiacciando un tasto o girando una rotella sul display. Tutto tace, il sonoro è un brusio indistinto con qualche parola che si alza più forte di altre, niente di intellegibile. E infine, prima pianissimo, poi più intensamente, qualcosa balugina sulla testa del Cristo, un pulsare regolare della luce. Impercettibile, all'inizio, poi più deciso, poi più marcato ancora, finché la piccola corona di spine comincia a lanciare bagliori. Ora sì, ora no, ora sì, ora no, come quando mettete la freccia in autostrada. Il sonoro si sente meglio, adesso, perché tutto si è alzato di tono. Si sente qualche grido, qualche invocazione. L'inquadratura si sposta sui fedeli, sempre sgranata e sporca, ma abbastanza ravvicinata per poter dire che qualcuno piange, altri cadono in ginocchio gemendo. Molti alzano le braccia al cielo, in segno di resa e ringraziamento. L'obiettivo torna sul lampeggiante sacro, che ora si smorza un po', cala d'intensità, rallenta il suo fuoco. Ancora qualche pulsazione, sempre più flebile, sempre più debole. Poi basta. L'immagine traballa leggermente, come se l'operatore si fosse distratto, o stesse cadendo anche lui nel deliquio del miracolo, non si distingue più nulla, pochi secondi e quindi buio, fine delle trasmissioni.

Carlo guarda Flora, forse l'espressione dice tutto, ma lei finge di non vederla.

«Non è meraviglioso? E ce l'abbiamo solo noi! Guarda qui!».

Gli agita sotto il naso qualche foglio stampato, si vedono le firme. L'esclusiva. Flora e *Crazy Love* sono gli unici autorizzati a trasmettere quelle immagini, gli unici nel mondo. Se una tivù polacca o un network filippino le vorranno, dovranno passare da qui, dalla produttrice esecutiva Bianca Ballesi, dall'ufficio diritti della Grande Fabbrica della Merda. Non c'è che dire: Flora ha trovato un tesoro.

«So che sei andato a dare un'occhiata, Carlo, bene. Ti avevo detto di parlare con don Vincenzo, ma tu non l'hai fatto».

«Non serviva, Flora. Il tuo finto prete ha detto chiaro e tondo che la sua perpetua porno sarebbe venuta da te in trasmissione, praticamente ti ha fatto il promo davanti ai fedeli, urbi et orbi, che c'era da dire?».

«Sì, è vero. Ha mandato qui la sua assistente, quella Anna Comesichiama, la pornostar, con una piantina del cortile. Possiamo mettere una telecamera fissa in un angolo, e ne manderei un'altra a spalla, per le panoramiche sui fedeli, per dare un'idea di movimento. Serviranno dei microfoni direzionali, per prendere bene l'audio... Tu che ne dici?».

Carlo ha l'aria sconsolata del cocker spaniel che vede il padrone mentre arrotola un giornale. Cos'ha fatto per meritarsi tutto questo? Lo aveva detto, lo aveva visto arrivare, lo aveva previsto quasi nei dettagli, con la precisione del mago che legge la sfera di cristallo. Ma Flora non è nelle condizioni psicofisiche da accettare dubbi o rimostranze. È in piena trance agonistica. Sta pensando che parte di quel tesoro ricadrà sui suoi contratti, premi di produzione, future trattative. Ma soprattutto potere, popolarità, tutti parleranno di Flora, la porteranno in processione, una processione con milioni di spettatori. Sta pensando, e lo dice, a un superspot, qualche inserzionista che si ritagli il posto in onda subito prima o subito dopo il lampeggiamento sacro, a prezzi stellari, sacri anche loro. Magari qualcosa di confezionato su misura: non è divino anche questo sugo pronto? E se vi balla la dentiera, non troverete miracoloso il nostro adesivo per protesi autoigienizzante?

«Il miracolo comunque ce l'abbiamo. Dobbiamo solo girare il contorno, un paio di prediche di don Vincenzo, e collegarci in diretta, raccogliere storie e le voci dei... dei fedeli». Forse stava per dire «gonzi», ma ha prevalso il cinismo.

«Però... sai che è strano, Flora?».

«Certo che è strano, è un miracolo!».

«No, non intendo quello. È strano che chiunque, anche i barboni alla stazione, abbiano in tasca un telefono che fa video quasi perfetti, in 4k, a colori, con la definizione di una telecamera delle nostre, e noi, per certificare il miracolo, abbiamo un video sgranato, in bianco e nero... cos'è, l'hanno fatto con un Nokia degli anni Trenta?».

«Sì, ci ho pensato anch'io, i tecnici hanno detto che possiamo ripulirlo un po', ma loro i miracoli non li fanno».

«Ecco, ci faremo ridere dietro da tutti. Volevo dire questo».

«Macché, Carlo, nemmeno per sogno. Anzi, ci sarà chi ci crede, ci sarà chi non ci crede, chi ride, chi prega, chi cade in ginocchio, chi farà finta di niente e guarderà il programma di nascosto... Lo sai come funziona, non serve il mangime; anche se tiri una manciata di sassolini, i pesci corrono lo stesso. Te lo firmo, se vuoi, se ce la giochiamo bene facciamo il trentotto, uno share trionfale, e la cosa può andare avanti per settimane. Scommettiamo?».

«Bene, allora io non ti servo, giusto?».

«Non fare il cretino, Carlo. È proprio adesso che mi servi. Il tuo tocco, la tua visione laterale. Non possiamo mica andare in onda a dire, hurrà, viva il miracolo. Ci vuole un approccio che sia un po' critico, molto rispettoso di chi crede, ma che sappia scavare. Voglio le storie, Carlo, voglio la carne. La perpetua va bene, ma non è lei che ci interessa. Ci interessa il popolo che piange, Carlo, quello che casca in ginocchio... C'è poco da fare lo snob, l'Italia è anche quella lì».

Carlo si è alzato. Non sa se cedere alla nausea, che sente arrivare, o farsi una risata delle sue, quelle in cui non ride per niente, sputa solo fuori rabbia e disprezzo. Non dice una parola e si avvia verso la porta, ma la voce di Flora lo insegue.

«Stiamo già facendo dei casting, parla con la Ballesi, fatti un'idea. Ti voglio convinto, eh, non farmi incazzare».

L'ultima frase l'ha detta sibilando. L'umore di Stalin, al Cremlino, può cambiare da un momento all'altro, negli occhi di Alexa c'è un lampo di allarme.

Flora non sa di Carlo e di Bianca Ballesi, non lo sa nessuno, là dentro. Era stata la prima cosa che si erano detti quando erano finiti a letto, tenere il lavoro fuori dalla loro storia, anche se poi la cosa era risultata difficile: tutti e due si rifugiavano nell'altro proprio per curarsi le ferite inferte dalla strega. Lui, umiliato da quello che era diventata la sua creatura, quel programma disgustoso, un'umiliazione ben pagata, certo. Lei, vittima delle mattane della diva, delle sue richieste assurde, nel ruolo di chi tiene i cordoni della borsa, i rapporti con gli avvocati, con l'azienda. Camminavano sul filo di quell'ambiguità: amanti e colleghi, e dovevano sforzarsi di non essere amanti quando erano colleghi e di non essere colleghi quando erano amanti, missione difficilissima e spigolosa, e infatti Carlo non ricorda un litigio che non fosse causato da Flora.

Come quello dell'altra sera.

Ora è difficile presentarsi nell'ufficio di Bianca e fingere normalità, fingere che lei non telefona da qualche giorno, non si presenta a bere il suo drink, a vederlo scegliere la musica e imbandire la tavola con il ben di Dio preparato da Katrina. A sussurrargli, accompagnata dal profumo di fresco dei suoi capelli: «Se vuoi mi fermo a dormire».

Lui voleva, ovvio, la Ballesi è una compagnia più che piacevole.

Si fa indicare la stanza giusta, che è quella destinata ai colloqui con gli ospiti, accanto ai camerini. C'è agitazione, non proprio febbre, non ancora, ma un po' di gente in attesa. Carlo apre la porta.

«Posso?».

Dietro un tavolo ci sono Bianca Ballesi e Alex, l'autore giovane, una bella iena, disposti a mo' di commissione d'esame. Davanti hanno una signora sui cinquanta passati e un ragazzo, avrà sì e no venticinque anni. Alex è chiaramente sollevato che arrivi Carlo. Con Bianca Ballesi invece c'è un saluto formale tra colleghi. Gli sguardi si incrociano per un secondo. Quello della Ballesi dice: ah, il nostro genio si degna di venire a lavorare. Ma anche: meno male che sei qui, Carlo, dammi una mano. L'occhiata di Carlo Monterossi invece dice altre cose. Sei sprecata, ragazza, in questa gabbia di matti, che ci facciamo qui invece di stare su un'isola deserta, o sul mio divano a fare quelle cose zozze che ci vengono così bene?

Bianca legge benissimo quel lampo che c'è nelle pupille di lui, capisce anche le virgole e le sfumature, infatti alza di un milionesimo di millimetro il labbro, l'angolo destro, come se dovesse fermare un sorriso che sta partendo.

«Vieni, Carlo, abbiamo appena iniziato, con la signora». Rapide presentazioni.

La signora si chiama Serena Gasperini, abita a Casorate Primo, che dista pochi chilometri dalla villetta dei miracoli. Il ragazzo è suo nipote, Gianfranco, si vede che sono vestiti a festa, lui per niente a suo agio con la giacca blu sulla camicia bianca, lei con un vestito riesumato per l'occasione, la borsa in grembo, il trucco che dovrebbe toglierle qualche anno, e invece gliene aggiunge un paio. È andata dal parrucchiere, sperava di incontrare Flora – a cui è devota come a don Vincenzo, forse di più – e invece è stata dirottata lì. Le chiedono di ripetere quello che ha detto fino ad ora, e lei lo fa senza un sospiro, forse si aspettava di essere valutata, soppesata, messa alla prova.

«Ho riacquistato la vista grazie a nostro Signore... e a don Vincenzo, ovviamente». È confusa sulle priorità. «Non che fossi proprio cieca, non ancora, ma vedevo pochissimo, tutto sfumato, quasi delle ombre». Estrae dalla borsa una custodia in finta pelle, tira fuori un paio di occhiali con le lenti spesse come fondi di bottiglia. «Con questi andava un po' meglio, ma la vista calava, avevo paura...».

Insomma, aveva preso ad andare alla villetta col crocefisso lampeggiante, non solo il martedì, ma anche gli altri giorni. Si metteva lì e pregava, quando un giorno, dopo l'offerta, don Vincenzo si è avvicinato e le ha dato una carezza delle sue, non proprio morbida, quasi un buffetto. E lei ha ritrovato la vista, così, di colpo. Una vista da falco, tra l'altro, perché ora allunga il collo per leggere i fogli che Alex ha davanti a sé, dall'altra parte del tavolo.

Carlo capisce che deve dire qualcosa, qualcosa che non sia offensivo, ma insomma...

«Come se lo spiega, signora?».

«Come vuole che me lo spieghi? È un miracolo, no?».

Ora parla il ragazzo. Si presenta, è medico... no, non proprio medico, gli mancano due esami e la tesi, vuole diventare gastroenterologo, divaga un po', ma poi viene al punto. Il caso della zia l'ha incuriosito, così ha studiato, ha letto, ha cercato, ed è giunto – da medico, dice lui – alla conclusione che la scienza non può spiegare quella guarigione improvvisa, quindi dev'essere un miracolo, cosa sennò? Siccome vede qualche scetticismo negli occhi dei tre che gli stanno davanti, si affretta ad aggiungere dettagli.

«La zia non ha il diabete o altre patologie che possano dare problemi alla vista, farla calare o crescere... anche il suo oculista non se lo spiega, abbiamo qui le carte...».

La zia fruga nella borsa e offre dei fogli piegati, che Alex afferra e sfoglia, probabilmente senza capirci niente.

«E lei vorrebbe raccontare la sua storia in trasmissione, giusto?», dice Bianca Ballesi. Neutra, inodore, incolore, come se fosse un medico anche lei.

«Certo, è giusto che tutti sappiano che lì a Zelo succedono i miracoli». Forse sta per aggiungere che ne ha visti altri, ma poi pensa che alimenterebbe la concorrenza, altri candidati, altri miracoli, certo, nessuno evidente e lampante come il suo, ma... così tace. Poi tormenta ancora un po' i manici della borsa e aggiunge che ha un altro nipote, avvocato, questo, che le ha consigliato di andare lì e fare una proposta precisa, lei e il nipote medico, entrambi ospiti, per cinquemila euro, non è tanto, giusto? Il nipote avvocato le ha detto che i prezzi sono più o meno quelli, ma anche quattromila vanno bene.

Carlo fissa il piano di vetro del tavolo come se cercasse una botola per andarsene, un passaggio segreto che lo riporti nel mondo reale, lontano da lì, in ogni caso, è disposto anche ad attraversare cunicoli bui, a passare dalle fogne.

«Bene, signora», questa è la Ballesi. «Valuteremo la sua proposta e le faremo sapere... la sua offerta ci interessa, anche se...».

Zia e nipote le puntano gli occhi addosso come se stesse pronunciando una condanna a morte.

«... Anche se, in questi casi, forse servirebbe, non so... un medico con più esperienza... Comunque teniamoci in contatto, abbiamo i suoi numeri, vero?».

Ora sono davanti a una grande finestra, alla fine del corridoio del secondo piano. Fuori c'è una luce chiara, quasi sgranata, sull'intarsio di strade e palazzi, capannoni, campi che sembrano scampati per caso, dove c'è del verde è verde industriale. Alex stava per seguirli, ma un'occhiata di Carlo gli ha fatto capire che non è il caso.

«Vado a fumare», ha detto, «ci vediamo tra dieci minuti».

Bianca ha un vestito chiaro stretto in vita, con le maniche corte, forse è quello che si chiama un vestito da cocktail. In altre occasioni Carlo ci avrebbe visto sopra la scritta «Cosa aspetti, cretino, strappamelo», ma ora non è il momento, non è dell'umore giusto.

Segue con gli occhi una berlina nera che fila sulla tangenziale, là sotto, come una pista di macchinine.

«Cosa ti avevo detto?».

«Che cazzo vuoi, Carlo, sto facendo il mio lavoro. Mi danno uno stipendio, per farlo».

«Per pagare dei truffatori?».

La Ballesi vorrebbe fare la sostenuta, ma le scappa una risata sincera. Una risata delle sue, che parte come un piccolo gridolino e finisce come una cascata nella foresta, fresca, cristallina, ti viene da buttartici dentro, quindi ride anche Carlo, la tensione si scioglie un po'.

«Certo, la signora... con un nipote avvocato e uno quasi medico, doveva sembrarle tutto in discesa. La miracolata di Casorate Primo...».

«Piantala, Carlo. Non è bello prenderli in giro, lo vedi che sono dei... come direbbe don Vincenzo?... dei poveri di spirito».

«Certo, se erano ricchi di spirito mica si fingevano ciechi guariti».

«Lo sai che ne abbiamo altri sette solo oggi?».

«Immagino. Flora è scatenata, vorrà gli zoppi, gli storpi, magari quelli che ritrovano l'erezione».

«Scemo. I peggiori sono i medici, comunque, non quelli come il nipote della signora, quelli veri. Fior di professionisti della zona, Bereguardo, Vigevano, anche Pavia, che offrono la loro testimonianza, tutti stupiti di questa o quella guarigione prodigiosa... stupiti a pagamento, ovvio. Si può dire che ogni miracolato viene qui col dottore».

«Quale parte della frase “io te l’avevo detto” non capisci, Bianca?».

«Va bene, torniamo là dentro, il miracolo vero è che non gli ridiamo in faccia».

«Tornaci tu, Bianca, io ho visto abbastanza. Flora mi ha ordinato di farmi un’idea e io me la sono fatta. A posto, grazie, non prendo nient’altro. Stai attenta ad Alex che è un pezzo di merda, scusa la sintesi».

In un attimo, Bianca Ballesi aveva ritrovato la sua freddezza. Carlo ha pensato che è così che succede, che comincia. L’acciaio non si spezza di colpo, quello che lo rompe sono le microfratture, impercettibili distacchi, vuoti di pochi decimi di millimetro, quasi da non accorgersene.

Anche Bianca si è voltata verso il vetro, la curva del suo collo, quell’inno alla gioia che parte dalle scapole e arriva alla base dei capelli raccolti, si è un po’ teso, forse seguendo un movimento della mascella serrata per la delusione. Non ha detto altro, però.

Ancora una volta c’era da capirla, lei restava lì con il fango alle ginocchia, e lui se ne andava a casa, o chissà dove, si metteva in salvo. Si era girata e aveva cominciato a camminare dritta e veloce per tornare alla stanza degli interrogatori, senza nemmeno un saluto, senza un ci vediamo, chiamami, facciamo qualcosa stasera, invitami a cena, scopiamo. Niente di tutto questo. Faceva l’offesa, insomma, e forse aveva ragione.

E però, checcazzo.

16
Carlo e Teresa

Ladies and gentlemen, signore e signori, non crederete ai vostri occhi.

Ecco Carlo Monterossi che sale su una carrozza della Metropolitana Milanese, benemerita istituzione sotterranea che collega vari punti della grande città cattiva. Si scendono le scale, si paga un biglietto – anche con la sola imposizione della carta di credito – e ci si fa trasportare di qua e di là, scendendo vicino al posto dove si deve andare. Che magia, eh! Per lui è quasi una novità, perché di norma preferisce muoversi a passo d'uomo nel traffico, cullato dal ron ron del suo motore da quattrocento cavalli, i sedili in pelle, l'impianto stereo che gli canta qualcosa, i comandi che rispondono docili, che gli dicono dove girare, come scusandosi per il disturbo.

Invece no.

Se ne sta in piedi accanto a una sbarra cromata dove tutti mettono le mani per sostenersi, per restare in equilibrio al rollio, agli scatti e alle frenate della carrozza. I più arditi non si reggono ai sostegni, ammortizzano con il corpo e sembrano ballerini sovrappensiero, invece stanno all'erta. C'è molta gente, molta salita di corsa, quasi tutti con il telefono in mano, che guardano, leggono, fanno scorrere lo schermo, oppure sentono qualcosa con le cuffiette, o scrivono messaggi, o li leggono, alcuni sorridendo: fuori c'è qualcuno che li pensa, e li fa sospirare. Nessuno ha un giornale, pochi un libro, quelli che hanno un bagaglio, una borsa, uno zaino, se lo tengono stretto, poggiato sulle ginocchia, se sono seduti.

Fa così anche Teresa.

Carlo non la perde di vista, anche se cerca di non fissarla, la tiene nel campo visivo, ma non c'è rischio che si accorga di essere seguita, un po' perché il vagone è pieno, e un po' perché sembra presa da altro, concentrata, anche lei guarda il telefono.

Scende alla Stazione Centrale. Lui dietro, un po' distanziato. Purché non prenda un treno, pensa. Invece Teresa esce all'aria aperta, c'è un po' di sole, non troppo, il turno del mattino, le ombre della piazza non sono proprio scure. Esita un attimo e si avvia verso il retro della stazione, la costeggia, arriva in via Ferrante Aporti e cerca un portone, nel senso che guarda i numeri, controlla sul telefono, avanza ancora, con l'aria di chi non c'è stata mai, in quel posto, e si sta orientando.

Carlo la segue a distanza, non c'è quasi nessuno, è una via senza negozi. Teresa entra in un portone, Carlo prosegue, fa qualche metro e si ferma, torna indietro, cammina davanti al passo carraio, che dà su un cortile con qualche magazzino, dei furgoni fermi, cantine, traffici, trasporti, non saprebbe dire, da dov'è può solo sbirciare dentro, senza fermarsi.

Si leva da lì in fretta. C'è uno spartitraffico con qualche panchina, così si siede qualche metro più avanti, vede bene il portone, può sembrare un perditempo che si riposa, passano pochi pedoni, e quei pochi sembrano sapere dove andare, infatti ci vanno senza guardarsi intorno.

Dal portone esce un uomo, straniero, un altro entra, con un sacchetto bianco, forse il pane. Poi esce un piccolo camion carico di roba, mobili, sembrerebbe, c'è un materasso avvolto nel cellophane. Sono le dieci meno dieci di mattina.

Uscita dalla IGO, Teresa aveva camminato senza fretta fino a piazza Duomo, era salita sulla linea gialla, lui dietro, ed eccoli lì, a fare non si sa cosa. Cioè, lei avrà i suoi affari, ma lui?

La missione che gli ha affidato Oscar gli sembra più stupida del solito. Seguirla, vedere dove va, se incontra qualcuno, magari di nuovo il De Nardo, che lui tra l'altro non ha mai visto se non per tre secondi, sfocato nelle telecamere, mentre correva di qua e di là nei corridoi della Italiana Grandi Opere, dopo il furto. Che assurdità: una persona può avere mille affari, e non è detto che seguendola si possa capirli, proprio per niente. E poi lui, cretino, si è ricordato solo là, in piazza Missori, che non è possibile seguire con la macchina una che prende i mezzi, così ha parcheggiato metà su e metà giù dal marciapiede, in fretta e furia, e l'ha seguita a piedi. Troverà una collezione di multe, dopo, sempre che non gliela rimuovano portandola chissà dove: in quella zona, se parcheggi malamente, è già tanto che non te la facciano brillare, la macchina, come i bagagli senza padrone all'aeroporto.

Quando Teresa è uscita dal portone, Carlo ha contato fino a cinque e poi le si è rimesso dietro. È una donna sui quaranta, che cammina dritta e sicura, ora che non deve cercare un indirizzo sconosciuto, la borsa su una spalla, i capelli castani che le coprono appena il collo, un paio di pantaloni chiari. Non una che si nota, una tra diecimila, centomila, milioni. Ora va di nuovo verso la stazione, sul marciapiede deserto nonostante l'ora. Ed è proprio lì che succede.

Tutto in fretta, tutto fulmineo e cattivo, a Carlo sono venuti in mente i documentari del «National Geographic», la zebra che si avvicina al fiume e il coccodrillo che scatta, un fulmine, un lampo.

Un ragazzo, nero, giovane. Carlo vede solo i jeans scuri e le sneakers bianche, si stacca da un muro dove è comparso dal niente e si butta su Teresa, prende un manico della borsa e tira, strappa. Teresa resiste, non molla la presa, ma lui è più forte, strappa ancora. Teresa cade, lui la trascina. Carlo è dietro, a pochi metri, vede tutto, si muove senza pensarci. Cosa avrà detto? Chi lo sa. Qualcosa come «Ehi!», oppure «Fermo!», o forse solo un urlo.

Teresa è a terra, trascinata da quella forza cattiva, il ragazzo smette di tirare, per un attimo, si volta e le assesta un calcio, potente, sferrato con una violenza cattiva. Non c'è il sonoro, o almeno Carlo non lo ricorda, non lo sente. Solo le immagini. Forse Teresa grida, anzi sicuro, ma quella parte è stata cancellata.

Carlo è arrivato, ha fatto i metri che li separavano in due balzi veloci, senza averlo deciso veramente. Il ragazzo ha lasciato la presa e si è messo a correre come una gazzella, due secondi ed è già fuori portata. Portata di cosa, comunque? Carlo non ha quello scatto, non lo avrebbe preso mai, e anche prendendolo? Non è uno che sa picchiare, il suo codice non lo prevede, al massimo è bravo con le parole; davanti a un pugno, a un calcio, sarebbe indifeso come un bambino, e quello invece era reattivo come un centometrista, allenato, non grosso ma secco, nodoso.

Teresa è a terra, ora Carlo li sente, i gemiti. Si china su di lei. Passa una macchina che non rallenta nemmeno, forse non ha visto niente, due pedoni sul marciapiede opposto, una coppia, si fermano per un attimo a guardare, poi proseguono. Teresa è a terra e si lamenta, Carlo si china su di lei.

«Sta bene?». Che domanda del cazzo, vero?

Ora la guarda, per capire i danni, per vedere se è più lo spavento o il dolore. Il calcio del ragazzo gli è sembrato davvero potente, ma forse anche essere trascinata così, sull'asfalto del marciapiede, le ha lasciato qualche segno, i pantaloni sono strappati, si vede la gamba bianca, una striscia rossa, come un'abrasione, e qualche gocciolina di sangue, non un taglio, più i segni dell'attrito, tra un po' le farà un male cane, ora prevale lo shock. Carlo pensa che bisogna pulire bene la ferita e capire se c'è qualcosa di rotto.

«Riesce a alzarsi? Se la sente?».

Lei prova a mettersi in piedi, ma si piega subito. Mette la mano su un fianco, dove il ragazzo l'ha colpita, e si accascia di nuovo. Carlo la fa sedere sul bordo del marciapiede, un piccolo spazio tra due macchine parcheggiate, la donna piange, nessuno può dire se per il dolore che finalmente si è fatto vivo o per la rabbia, la paura. Tiene ancora la borsa, un manico stretto nella mano destra, ma c'è uno strappo, le cuciture non hanno retto. Carlo raccoglie qualcosa sul marciapiede, il portafoglio, una bustina nera, un golfino, nero anche quello, un mazzo di chiavi, un tubetto dorato di rossetto. Mette tutto nella borsa che è aperta, quasi squarciata.

Ora lei vede il danno. Ai pantaloni, alla borsa, lo vede tra le lacrime che le scendono sulle guance, ha un segno nero sulla faccia, lo sporco del marciapiede. Dice un «Noooo» lungo, sconsolato.

Poi Carlo, dopo, per giorni, e anche alla fine di tutta questa storia che ora non immagina nemmeno, ci penserà a lungo a quel «Noooo», che era quasi un sussurro, una constatazione di sconfitta, di ingiustizia subita, di rabbia quasi già spenta, come una cenere fredda, che non brucia più, ma puzza lo stesso, lascia tutto sporco.

«Sta bene?». Di nuovo.

«Mi fa male». Si tocca il fianco, mette una mano sulla gamba sinistra, dove i pantaloni sono strappati, e poi la guarda, c'è del sangue, ora è spaventata.

Passa una signora, anziana, con un bastone. Chiede cos'è successo. Carlo la manda via con un cenno, non è il momento, e la signora prosegue guardandosi indietro un paio di volte.

«Chiamo un'ambulanza».

«No!».

Teresa l'ha detto senza pensarci, di getto. Ha provato a rialzarsi, sorretta da Carlo, aiutata, ma si è di nuovo accartocciata in avanti, il fianco le fa male davvero.

«Bisogna vedere se c'è qualcosa di rotto, chiamo un'ambulanza. C'è la stazione, qui, la polizia ci sarà di certo».

«No!». Più forte di prima.

Ora Teresa è seduta, lui accanto, seduto anche lui, a pochi centimetri dal paraurti di una macchina, scomodo.

«Dove le fa male?».

«Qui», dice lei tenendosi il fianco destro.

«E la gamba?».

«Anche». Piange.

Carlo Monterossi non sa cosa fare. E poi di colpo lo sa, non ci ha pensato, lo sa e basta. E lo fa. Prende il telefono e chiama un taxi, se gli mandano uno di quelli che aspettano alla stazione ci vorrà un minuto. Invece ce ne vogliono due; quando la macchina accosta, lui fa alzare Teresa, la sorregge, apre la portiera e la fa sedere, la vede che stringe i denti per non lamentarsi, poi fa il giro ed entra dall'altra parte.

Il tassista guarda e capisce che c'è qualcosa che non va, Carlo gli dice dove andare prima che quello cominci a diventare sospettoso.

«La signora non sta bene?», chiede dopo un po', quando si è immesso nel traffico.

«È stata aggredita», dice Carlo. «Hanno tentato di scipparle la borsa. La porto a casa e chiamo un medico».

«Adesso anche di giorno!», dice il tassista. «Quella zona lì è fuori controllo, troppi stranieri, troppa feccia che circola indisturbata, so io cosa ci vorrebbe...».

«Stia zitto», dice Carlo.

Ci manca solo il comizio della maggioranza silenziosa, l'invocazione securitaria, legge e ordine, tagliargli i coglioni, buttar via la chiave, e tutto il repertorio. Deve averlo detto, il suo «Stia zitto», con un tono che non lasciava voglia di replicare. Il tassista è stato zitto, infatti, anche se quello che pensava girava nell'abitacolo come una zanzara della malaria, cattiva, avida di sangue e di vendetta.

Carlo l'ha pagato senza una parola, e quell'altro, nemmeno, ha detto niente, è sgommato via appena sono scesi.

Ora Teresa è stesa sul divano bianco di casa Monterossi, con Katrina che si affanna, chiede, si informa, le porta un cuscino. È già passata in cucina a consultarsi – basta un'occhiata – con la sua Calamita Santa, una Madonna di Medjugorje che troneggia sul frigorifero, guarda tutto, vede tutto, consiglia e ammonisce, ma ora Katrina non ha tempo nemmeno per lei, per quanto devotissima groupie, ha cose più urgenti da fare. Torna in salotto con un bicchiere d'acqua e due pastiglie bianche sul palmo di una mano.

«Prenda queste, signora, per il dolore», dice.

«Sto bene», prova a dire Teresa, ma quando cerca di alzarsi si morde un labbro e barcolla. Katrina la sgrida a suo modo, le dice di stare giù, che ci pensa lei, si china sul divano, in ginocchio. Forse le crocerossine fanno così, in guerra, forse le infermiere che curano i feriti si chinano con le stesse mosse, fanno gli stessi movimenti.

Carlo la guarda agire, sembra che sappia cosa fare, che non abbia fatto altro nella vita, anche se lui sa che non è così, ovvio. È imbambolato. Lei sta tagliando i pantaloni di Teresa, con le forbici, ha paura di farle male se glieli sfila, e comunque sono già strappati. Poi si ricorda delle convenienze, delle convenzioni, del pudore, o di tutto messo insieme, e lo caccia via.

«Signor Carlo ci lascia sole», dice. Non è una richiesta, è un ordine.

Carlo si sposta dall'altra parte del salone, si siede al tavolo, fuori dalla vista delle due donne, una sdraiata, ora più stupita che spaventata, e l'altra che fa avanti e indietro, ora arriva con una bacinella e del cotone idrofilo, o qualcosa del genere. Poi torna da lui.

«Signor Carlo va in farmacia, prende tintura di iodio, garze sterili, bende». Signorsì, signore! «Faccia con calma, che qui dà solo fastidio».

Se il sergente Katrina ha preso in mano la situazione, lui a cosa serve?

Un'ora dopo, rieccolo.

Ha recuperato la macchina, niente multa, forse un miracolo del crocefisso che lampeggia, vai a sapere. Teresa non è più sul divano, è sul letto della camera degli ospiti, dove scompare anche Katrina, con la busta della farmacia. Mezz'ora dopo, le due donne tornano in salotto, Teresa si appoggia a Katrina, si muove un po' a fatica ma si muove, sta in piedi anche senza sostegno, riesce a camminare.

«Signora sta un po' meglio, non vuole stare a letto. Ho dato qualcosa di signorina Bianca...».

Teresa indossa dei pantaloni neri, molto leggeri, larghi, e una camicia bianca. Sorride.

«Io non so come ringraziare...», ma Katrina la interrompe subito. Le dice di stare buona e tranquilla, che ora lei prepara qualcosa da mangiare, poi bisogna fare una lastra, perché se le costole sono rotte è un guaio serio, la accompagna al divano e la fa sedere, non burbera come fa con Carlo, ma quasi, abbastanza perché Teresa non si metta a discutere.

Poi va tutto in fretta, Carlo ha fatto un paio di telefonate, prima al suo medico, poi a uno che sta in ospedale, al San Raffaele. Per la prima volta ha guardato bene Teresa, negli occhi, e ha scoperto che non è per niente una tra diecimila, centomila, milioni. Ci sono queste due pozze di marrone chiaro, ancora un po' umide, le piccole rughe accanto ci stanno alla perfezione, le incorniciano, come virgolette prima e dopo una frase. Si è lavata la faccia, non sa cosa dire, dove mettere le mani, è indifesa e imbarazzata. Controlla i danni alla borsa, sospira, dice che l'aveva comprata da poco, che peccato.

Anche Carlo non sa cosa dire. La seguiva per sapere i cazzi suoi e ora eccola lì, sul suo divano, ferita e spaventata.

«Sta molto bene», le dice. Intende i pantaloni e la camicia di Bianca.

«È roba di Prada», dice lei. Poi pensa che forse ha detto qualcosa che non va. «Dica alla sua ragazza che glieli rendo appena torno a casa».

«Guardi, è l'ultimo dei problemi. Ah, a proposito...», le tende una mano, «Carlo».

«Lo so... Teresa, piacere».

Carlo la guarda ancora, sa che così può metterla in imbarazzo, ma non sa trattenersi. È una bella donna? Non saprebbe dirlo. Ha una faccia sincera, il punto forte sono gli occhi, ma anche il sorriso, quando se ne fa scappare uno.

Ma lei, invece, Teresa, cosa prova in questo momento? Il dolore è un po' passato – le pastiglie di Katrina –, si sente pulita, la ferita è ben fasciata, quei pantaloni neri le frusciano addosso come quelli di un'odalisca, una sensazione piacevole. La casa è bellissima, per quel che ha visto, solo il bagno è grande come il suo appartamento, e la signora le ha detto che ce n'è anche un altro, e uno studio, tre camere, quel salone immenso. E poi c'è questo tizio che la sta aiutando. È a casa di un estraneo, dopotutto, eppure è così... non potrebbe dire a suo agio, perché ogni cosa le è straniera, lì dentro, ma... tranquilla, ecco. Si sente protetta.

«Le creo un sacco di disturbo, mi spiace, ma riesco a camminare, sa? Grazie che mi ha aiutata, ho preso uno spavento...».

Anche ora, mentre mangiano, si chiede dov'è finita. Una tavola così, con i due bicchieri, le posate lucidissime, anche il coltello del pesce, i tovaglioli di lino ripiegati come al ristorante... e la signora aveva detto «solo uno spuntino», incredibile. Un'insalata di mare, poi un piattino con una cosa verde, guacamole, le patatine quelle lì messicane, come si chiamano, nachos?, e poi la signora ha portato un piatto con un pesce lungo mezzo metro, si è messa a pulirlo, ne ha fatto filetti perfetti, ma non ha mangiato con loro.

«Io scendo giù», ha detto. «Se signor Carlo ha bisogno basta chiamare». E a Teresa: «Lei stia qui tranquilla, mangia e si riposa, poi va dal medico, va bene?».

L'uomo, questo Carlo, è sparito un attimo ed è tornato con una bottiglia.

«Se sta meglio bisogna festeggiare, poi andiamo a fare le lastre».

Lei ha visto che sulla bottiglia c'è scritto «champagne» e altre cose in corsivo, un'etichetta bianca.

Lo champagne... non sarà troppo? Dove cazzo sei finita, Teresa? Per un istante, ma minuscolo, si è chiesta se l'uomo ci stia per caso provando, se vuole fare il di più, come fanno certi che conosce lei, per mostrarsi chissà che, sembrano stocazzo e poi sono sfigati come gli altri. Ma quasi ride di quel pensiero. Non ha l'aria del cascamorto, anzi, sembra davvero preoccupato per lei, e poi in quella casa... avrà una fidanzata fighissima, Prada, figurarsi, sarà una modella. Dove ti presenti, Teresa? Ride.

«Che c'è da ridere?».

«Niente». Potrebbe anche dirglielo, quello che ha pensato, ma non sa come. Il pesce è buonissimo, vorrebbe solo assaggiarlo, ma finisce per mangiare di gusto, non chiede nemmeno che pesce è, ma la maionese non è certo quella del tubetto, questo lo capisce bene. Lo champagne non saprebbe dire, non se ne intende, ma sembra fatto apposta.

«Non ci voglio andare al pronto soccorso», dice ora. «Magari ti tengono in fila per ore, e poi non mi piacciono quei posti lì... Sono stanca». Sta per dirgli che si alza alle cinque e mezza, alla mattina, ma poi ci ripensa.

«Ha sentito Katrina? Sa cosa succede a chi disubbidisce a Katrina?».

Adesso ha riso sul serio. Gli occhi marroni hanno riso anche loro, sono diventati per un attimo più chiari, poi tornati del loro colore normale.

Altro che crocefisso a intermittenza, ha pensato Carlo, qui abbiamo un altro miracolo.

Ora aspettano. Carlo fa il caffè, Teresa sembra nervosa. Poi si decide.

«Lei è molto gentile, sa? Io non so come ringraziarla. Però... alle quattro devo andare in un posto, a lavorare da una signora, e poi anche questa sera, dalle sette, in un altro posto... se non ci vado è un guaio».

«Ma dove vuole andare, non vede che non riesce quasi a reggersi in piedi?».

«Ma no, sto bene...».

Carlo sbuffa. Cosa sarebbe questa cosa, ora? Senso del dovere? Disciplina? Teresa si sta agitando, forse si sente meglio davvero, ma andare a lavorare...

«Su, chiami questa signora e le dica che non ci va, anzi che non ci va per qualche giorno, non sarà la fine del mondo, e poi...», cerca di fare una voce convincente, mentre sarebbe un po' irritato da quell'ostinazione di lei. «Ci procureremo un certificato medico».

Lei fa una smorfia. Seee, il certificato. Dice questo. Solo con gli occhi.

«Come si chiama, questa signora da cui deve andare?».

«Antinori... signora Antinori».

«Dai, la chiami, le parlo io».

Ora Teresa sì che è stupita. Sorpresa e stupita. Si può dire anche un po' spaventata? Massì che si può dire. Però sta bene lì, con la tazzina di caffè davanti, il tavolo quasi del tutto sparecchiato, lui le ha persino impedito di alzarsi per portare in cucina i piatti, c'è un'aria di confidenza, con quel signore che la accudisce... Le sembra che da quando il nero l'ha trascinata sul marciapiede qualcuno abbia preso in mano la sua vita... Prova fastidio? Un po', ma è di più il sollievo. E la sorpresa, appunto, non è abituata. Il bruciore alla gamba è quasi passato e il dolore al fianco, se non si muove, se non fa movimenti bruschi, sembra un po' calato. Cerca tra i numeri in memoria e gli passa il telefono.

Carlo schiaccia il tasto del vivavoce.

«Dimmi, Teresa». Sbrigativa, operativa, spiccia. Il

display le ha detto chi chiamava e lei ha cominciato a dare ordini. Invece trova una voce maschile.

«La signora Antinori, per favore».

«Chi la desidera?». Una voce di donna.

«Sono il dottor Monterossi».

«Sono io. Ci conosciamo?».

«No, signora, mi scusi il disturbo... la chiamo per conto della signora Teresa...», copre per un attimo il microfono e guarda Teresa con una domanda urgente negli occhi. Lei sussurra il cognome: «Comelli».

«... della signora Teresa Comelli».

«Ah, sì, Teresa... perché non chiama lei?».

«Ecco, appunto, la signora Comelli ha avuto un piccolo incidente, niente di grave, ma... mi chiede di avvisarla che non potrà venire...».

«Ah! Proprio oggi!».

«Sì, la signora avrà bisogno di due o tre giorni di riposo, forse una settimana. Si scusa molto, ma...».

Dall'altra parte, un minuto di silenzio. E poi:

«Va bene, le dica di chiamarmi appena può».

«Certo signora, tra un paio di giorni, quando si sarà rimessa pienamente».

«D'accordo», la voce si è fatta meno gentile, ora. «Certo, che seccatura».

«Anche per la signora Comelli è una seccatura, mi creda».

«Va bene, dottore, le dica che aspetterò una sua chiamata. Grazie di aver avvertito. Arrivederci».

Ora i ruoli si sono invertiti. È Carlo quello seccato. La signora è una bella stronza. Ti chiama un dottore, ti dice di un incidente, e tu nemmeno chiedi come sta, cos'è successo...

«Una bella stronza, la sua signora Antinori», dice Carlo.

«Ma no!», dice Teresa. Ride. È una che ha sempre la testa tra le nuvole, una che ha mille cose da fare, tutto programmato. Fa la docente non sa dove, in qualche università, una donna molto impegnata. E poi... dieci euro all'ora, più del doppio di quello che le dà quello sfigato di Andrea, non è un posto che Teresa può perdere.

Carlo cerca di farsela passare, lei lo aiuta.

«Grazie. Lei è un tipo strano, sa?».

«Quegli altri dove deve andare?».

«Ah, quegli altri è più facile, li avviso io, non si preoccupi».

«Guai a lei se ci va, però!».

«Promesso», dice Teresa. È contenta che lui glielo abbia detto, però pensa: che ti succede, ragazza?

All'Ospedale San Raffaele, passano dal pronto soccorso, dove c'è il girone infernale, la bolgia dei dolenti. È tutta gente che potrebbe chiamare il dottore, se esistesse una medicina di base, ma la medicina di base non c'è, il dottore non risponde, capace che l'appuntamento te lo dà il mese prossimo. E allora per un dito storto, per un orecchio che fischia, si mettono in coda, codici verdi, codici bianchi, gente che starà lì fino a notte fonda.

«Dai, lo vede? Andiamo via», dice Teresa, presa dallo sconforto.

«Ma la pianta?», dice Carlo. «Anzi, dammi del tu, e fai quello che dico io».

La prende per mano, lei cammina senza problemi, non normalmente, ma quasi, la gamba sinistra è un po' rigida e poi fatica con certi movimenti, ma forse è solo la botta al fianco.

Così percorrono due corridoi, prendono un ascensore, sbarcano in un altro cunicolo e poi in una sala d'attesa. Anzi in un altro mondo, senza code, senza rumore, senza altoparlanti che chiamano. Una donna in camice bianco li accoglie. «Il dottor Monterossi?».

Teresa viene portata via dalla signora, che le offre una sedia con le ruote, e chiama un inserviente a spingerla, Carlo aspetta. Nemmeno mezz'ora dopo, eccole ricomparire.

«Il primario vi riceve subito», dice la donna. «Il tempo di caricare le lastre sul sistema».

Ancora qualche minuto e sono seduti in uno studio, Carlo stringe la mano al dottore, Teresa anche, come convenevoli soltanto qualche battuta.

«Come sta la nostra regina?», chiede il medico. Intende Flora De Pisis.

È un tipo alto e secco, sui sessanta, con una barba curatissima, l'aspetto di uno che trascura la barca a vela per il golf.

«Benissimo», ride Carlo. «E chi l'ammazza?».

Poi passano alle cose serie.

«Non ci sono fratture, forse una costola leggermente incrinata, ma roba da poco, si fa fatica a vederla anche con le lastre, basterà non fare sforzi». Bene.

«La signora fa uno sport aerobico?», chiede.

«Ma no!», risponde Teresa. Le viene da ridere. Pulisco gli uffici, vorrebbe dire.

«L'ematoma sarà brutto da vedere per qualche giorno, ma passerà, un antidolorifico, se è il caso, ma senza esagerare e a stomaco pieno».

Poi il dottore si alza, tende la mano a Teresa, quindi a Carlo.

«Mi saluti lady Flora», dice con un sogghigno. Lo sa anche lui, che stanno parlando di una iena.

«Bene, dove ti porto?».

«Puoi lasciarmi a una metro. Meglio la rossa».

Carlo ride. Non deve nemmeno dirglielo, che non lo farebbe mai. Lei gli dà l'indirizzo, lui lo dice alla macchina, le lucine diventano mappe e Carlo deve solo ubbidire.

C'è un po' di traffico, perché è l'ora in cui Milano finisce di lavorare e torna agli affetti più cari, le famiglie, gli amici, gli aperitivi che sostituiscono la cena, un pensiero in meno.

«È vero che lavora con la De Pisis?», chiede Teresa.

«E chi gliel'ha detto?... ah, certo, Katrina... ha passato un'ora con Katrina, probabilmente sa cose della mia vita che non ricordo nemmeno io».

Lei ride. Ora sta bene, è più tranquilla, se non fosse per il dolore alla gamba e al fianco sarebbe stata proprio una bella giornata. Sta pensando a chi potrebbe raccontare che ha pranzato con lo champagne, che ha trovato uno che l'ha scarrozzata con quel macchinone, che si è preso cura di lei... e anche all'ospedale, niente code, niente attese, sembrava arrivato il re del Belgio. Forse a Caterina? Alla prossima piega, sicuro. Alla signora Angela? Certo che glielo dirà. Pensa che dovrebbe dirlo anche a quel coglione dell'ex marito: guarda come si trattano le donne, pezzente.

Quando sono arrivati, Carlo spegne il motore, scende e le apre lo sportello. Lei deve tenere la borsa con due mani, perché sennò casca tutto, da quello strappo che si è creato. Lo scippatore nero le sembra una cosa di tanto tempo fa, sei mesi, l'anno scorso.

«Io... grazie, Carlo, non so cosa dire».

«Ecco, brava, non dire niente, mangia qualcosa e fatti un bel sonno, domani mi dici come stai».

«E devo renderti i vestiti della tua ragazza!... Fermo, non ho il numero!».

«Dammi il tuo, ti chiamo».

Lei detta e lui schiaccia i tasti. Nella borsa strappata suona qualcosa, solo uno squillo.

«Ecco, ora ce l'hai. Chiamami, però, non farmi stare in pensiero». Poi le dà un bacio sulla guancia. Un amico, un fratello, non state a farvi chissà che viaggio.

Lei sparisce nel portone di via Brivio, lui rimette in moto.

Mentre attraversa la città, diretto a Porta Venezia, dice alla macchina di chiamare Bianca. Le racconta quello che è successo, di questa Teresa che fa le pulizie alla IGO... sì un caso che sta seguendo la Sistemi Integrati... di lui che l'ha seguita e di quello che è successo dopo. Le dice che ha prestato i suoi vestiti alla donna, che anzi è stata Katrina.

Se le dispiace, Bianca non lo dice, ma perché dovrebbe dispiacerle?

«Bravo il mio Lancillotto».

«Tu che fai, passi da casa?».

«No, ho da fare qui, fino a tardi, hai presente il tuo posto di lavoro? Ecco. Ci sono dei problemi».

«Che problemi? Dimmi, Bianca».

«Ma che ti dico, Carlo, stammi bene, ci vediamo, se magari ti degni di venire in ufficio». E riattacca.

Ragazze.

Teresa è entrata in casa, ha appoggiato la borsa sul tavolo e si è stesa sul letto. Non ha fame, vorrebbe fare un bagno ma non vuole togliere la fasciatura, è stanca come se avesse pulito trecento piani, alla IGO, le si chiudono gli occhi. Si spoglia, ma prima si guarda nello specchio. I pantaloni neri della ragazza di quel Carlo sono proprio fichi, beh, se le stanno vuol dire che non è ancora da buttar via, no? Li toglie e li piega per bene su una sedia. Toglie anche la camicia e si butta sul letto. Poi chiama Andrea.

«Domani non vengo, Andrea, non sto bene e non posso fare sforzi per un paio di giorni, ti avviso io, ok?».

Quello dice qualcosa, ma lei non lo sente nemmeno. Non gli racconta cos'è successo. Perché poi? Per sentirsi dire che deve stare attenta? Quello è capace di dire che è colpa sua.

Ora le viene un pensiero. Apre l'armadio, tutto a posto. Apre la scatola delle scarpe nere e ci guarda dentro. Sono lì, sessantaquattromila euro. Si dice che deve trovarne mille da qualche parte e rifare il malloppo intero, nel caso qualcuno venisse a reclamarlo. È presto per spendere il tesoro.

Poi si butta sul letto, vuole solo dormire.

In coda sotto le torri di Porta Nuova, Carlo chiama Oscar Falcone, quindi mette in conto, con un certo sollievo, che non ci saranno convenevoli.

«Sei stato dietro alla signora?».

«Molto di più».

Racconta tutto anche a lui, che mostra qualche stupore, non fa il duro come Bianca Ballesi. Un'aggressione? Come? Dove? Quando? Che è andata a fare in via Ferrante Aporti? Ha a che vedere col nostro caso? Perché non gliel'hai chiesto? Le hai parlato del furto alla IGO? Una raffica, insomma. Quando è tutto chiaro – non c'entra niente col caso, è uno scippo andato male, anzi andato bene, fortuna che la stava seguendo – Oscar fa per tagliare corto.

«E tu non mi dici niente?».

«Sì, ti dico che qualcuno è andato a casa del De Nardo, ieri notte. Lui non c'era, era alla IGO a lavorare, il suo coinquilino nemmeno. Hanno sfasciato tutto e cercavano qualcosa, non so cosa, non lo sa nemmeno lui, soldi no di certo, in quel buco. Sono stato là. Un lavoro fatto bene, l'appartamento rivoltato come un calzino. Non ha voluto denunciare, domani ti spiego meglio».

«Spiegamelo adesso».

«No, ho da fare». E riattacca anche lui.

Che giornatina, eh!

17
Pesci piccoli

«Ah, finalmente! Era ora!».

Non aveva nemmeno salutato, aveva aperto la porta e messo le mani sui fianchi come le suocere delle barzellette, e poi era partita come un fiume in piena. I bravi cittadini chiedono aiuto e loro cosa fanno? Aspettano due mesi! È almeno sei settimane che ha fatto la denuncia, ci è tornata tre volte, in commissariato, sempre mandata via con vedremo, faremo, ce ne occuperemo, ma invece zero! E quella schifosa va avanti come se niente fosse, anche se lo sanno tutti qua dentro, cosa fa! E adesso si decidono? Bene, alla buon'ora!

Carella si guarda i piedi. La signora deve prenderlo come un atteggiamento di pentimento e contrizione, e invece lui sta solo respirando a fondo per resistere alla tentazione di mollarle una sberla.

Per fortuna c'è Ghezzi.

«Ne abbiamo tante di denunce, signora, la sua non aveva la priorità. Su, la pianti di urlare e ci spieghi per bene».

Li aveva fatti entrare, ma non sedere, stavano in piedi, in tre, in un ingressino di pochi metri quadri, l'appartamento non doveva essere molto più grande, dalla cucina arrivava odore di chiuso e di spazzatura non buttata da giorni, un caldo soffocante.

«Chi è, Marisa?». Una voce dall'altra stanza.

«Chi c'è di là?», ha chiesto Carella.

«Mio marito, è allettato, non può alzarsi». L'ha detto con un tono astioso, come dire faccio tutto io, qua, la serva e l'infermiera. Alla domanda dell'uomo non ha risposto.

«Dai, facciamo in fretta, ci spieghi come stanno le cose».

«C'è scritto nella denuncia».

«E lei ce lo ridica».

Aveva messo le mani nelle tasche del grembiule, brusca, ostile. Una sessantina d'anni, a esser buoni, ma i segni dei cazzotti presi dalla vita c'erano tutti. Lividi visibili e invisibili. Gli angoli della bocca sono piegati verso il basso, in una smorfia di amarezza perenne, forse è una che non si fa una risata dal boom economico, forse non ha nessun motivo per farsela, è acida come l'odore che arriva dalla cucina.

Insomma al piano terra di quell'alveare di popolo oppresso c'era questa signora – «questa grande zoccola», aveva detto lei – che la dà via a pagamento, con l'inserzione su Internet e tutto quanto. «Brasiliana», e questo lo aveva sputato come se fosse una terribile aggravante, un dove andremo a finire. Via vai di sconosciuti, giorno e notte, urla, portoni che sbattono, gente che va e che viene. «Anche negri».

Ghezzi e Carella si guardano.

«Sicuro che c'è di mezzo anche la droga», aveva detto la signora.

Insomma, la situazione è diventata intollerabile, i condomini si lamentano, lei l'aveva incrociata in cortile, «la puttana», e gliene aveva dette quattro, e quella per tutta risposta le aveva riso in faccia. Una rabbia!

Poi il racconto della signora si era un po' confuso, non si riusciva più a distinguere i fatti, le accuse, dall'invettiva. «E ha pure la macchina nuova!», aveva sibilato.

Cosa c'entrava, questo?

Comunque erano scesi, e persino sulle scale che nessuno lavava da un pezzo sembrava di sentire un buon odore di bosco, tanto era il sollievo di essere usciti di là. Erano già due piani sotto e ancora la voce della donna li inseguiva. «Portatevela via, quella troia».

Alla porta che dà sul cortile, un portoncino marrone, avevano dovuto suonare due volte. Aspettare, poi suonare ancora, finché una voce assonnata aveva chiesto chi è, e Ghezzi, senza urlare, che lo sapesse tutto il casamento, aveva quasi bisbigliato: «Polizia, signora».

Lei li aveva fatti sedere in una stanza con un letto grande, uno specchio a tutta parete, qualche sedia e una poltroncina. Lì non c'erano odori cattivi, anzi qualcosa di dolce, come un incenso, forse un trucco per coprirli. Però era buio, una penombra scura, solo una lampada accesa su un comò, potrebbe essere qualunque ora del giorno o della notte, e invece sono le dieci e mezza di mattina. La signora era bionda, anche se di carnagione ambrata, creola, sui quaranta, una vestaglietta rossa con una scollatura troppo abbondante, e dentro un seno che ballava, abbondante anche lui. Si era messa un golfino aperto sul davanti che non copriva niente.

Aveva porto i documenti senza nessun problema, Maria Rocha De Arajou, nata a San Paolo, Brasile, ma italiana a tutti gli effetti. A un'occhiata di Ghezzi aveva spiegato:

«Ho sposato uno di voi, qualche vita fa».

«Uno di noi poliziotti?».

«Uno di voi italiani». Aveva riso e ripreso la carta d'identità. «Ditemi, ragazzi».

Ragazzi, roba da matti.

Le avevano detto. Lei aveva fatto un sorriso un po' seccato e un po' disarmato, come di sopportazione.

«Non è vero niente. Io lavoro fino alle sette, le otto di sera, lo sanno tutti qua dentro, sto qui da cinque anni. Non c'è nessun via vai, i miei clienti sono sempre gli stessi, se viene qualcuno nuovo sto attentissima e quando telefonano perché hanno visto l'annuncio mi segno i numeri. Non so che farci con la signora del quarto piano, è un anno che me l'ha giurata».

Sulla droga si era fatta una risata, nemmeno da rispondere a una cazzata simile. Loro si erano aspettati una pin-up alta e slanciata, e invece lì avevano una casalinga di mezza età, paciosa e tranquilla come un vescovo, per niente impaurita, solo un po' irritata dalla seccatura e dall'essere stata svegliata così presto.

«Vi faccio il caffè».

Insieme alle tazzine e allo zucchero era arrivato il racconto, chissà quanto sincero, ma insomma, a loro non interessava granché. Aveva fatto degli altri lavori, certo, ma poi il negozio aveva dovuto chiuderlo, e quel mestiere lì lo aveva iniziato quasi per gioco, quando era più giovane, ma mai in strada. Dicono che è uno schifo, magari è anche vero, ma lei non aveva un pappone, si sceglieva gli orari e se poteva anche i clienti. Nel palazzo la conoscevano tutti e nessuno si era mai lamentato, tranne la strega che li aveva chiamati, e lei sapeva perché.

«Sentiamo», questo è Carella.

«Ma sì, il figlio».

La cosa suonava sordida, ma anche normale in modo deprimente. La signora, su di sopra, col marito a letto da due anni, campava non si sa come, un po' come tanti lì dentro, sei piani di loculi messi male, freddi d'inverno, caldi d'estate, pieni di vecchi, servono un sacco di perdenti per tenere vivo il mito della città vincente.

Il figlio veniva ogni mese, certe volte più spesso, a farsi vedere e a lasciare un po' di soldi, con tutto che non è uno che naviga nell'oro, a vederlo.

«È uno di quelli a cui devi far lavare le mani, e anche il resto, e restare lì a controllare che lo faccia davvero», dice la signora, come se guardare uomini che si fanno il bidet prima di consumare fosse una prassi normale, una routine.

Insomma, il figlio, prima di salire dalla strega, aveva preso l'abitudine di passare da lei, gli faceva anche un prezzo speciale, per buon vicinato, mettiamola in questo modo, e così dei duecentocinquanta, trecento che lasciava su ai genitori, cinquanta finivano a lei.

«Non è il prezzo normale», aveva tenuto a precisare. «Di solito chiedo di più, ma è anche vero che fa tutto da solo, si siede, io gli faccio uno spettacolino coi vibratori e al resto ci pensa lui».

Che bel quadretto.

Non avevano potuto far altro che andarsene, reati non ce n'erano, pericoli per l'ordine pubblico nemmeno. Lei non era per niente agitata, anzi sembrava contenta di aver fatto due chiacchiere senza doversi spogliare.

A Carella era venuta una mezza idea di tornare su dalla signora a dirle che era tutto a posto, certo, a parte il figlio segaiolo, ma ci aveva ripensato subito e a Ghezzi non l'ha nemmeno detto. Fuori dal portone, si sono affacciati in un negozio, materiale elettrico, cavi, lampadine. C'è un ragazzo dietro il bancone.

«Chi, la Maria?», aveva detto. «Una brava persona, nessun via vai fastidioso».

Le aveva fatto anche un piccolo impianto una volta, anche se di luce là dentro non è che ne serviva tanta. Risatina. Buongiorno e buonasera.

Ora sono in macchina, il caffè l'hanno appena bevuto, quindi niente bar. Carella abbassa il finestrino e si accende una sigaretta.

«Bene, le rogne piccole le abbiamo finite, passiamo a quelle grandi».

Ghezzi ha preso una cartelletta e passato un po' di pagine, la denuncia della signora del quarto piano la mette in fondo e legge qualcosa su un altro foglio.

«Franco Sanacore, precedenti per truffa, un anno e mezzo, niente galera. La denuncia è di... Agostino Caiani, avvocato, abita nello stesso palazzo dove questo Sanacore ha un magazzino, una tipografia, non si capisce bene».

«Che è, fa casino anche lui di notte?».

«No, stampa cose che non dovrebbe stampare, chiede soldi, bisogna capire meglio, qui la denuncia l'ha scritta un collega analfabeta».

«Sai che novità», dice Carella.

«Via Chiari... sta dall'altra parte del mondo, da qui ci mettiamo una vita».

«E mettiamocela, Ghezzi, che ci devi fare, tanto, con 'sta vita?».

«E invece io ti propongo un'altra cosa, Carella. Andiamo in ufficio, mettiamo a posto i verbali arretrati, che altrimenti diventano una valanga di carta, e domani cominciamo con le cose serie, che ne dici?».

«Agli ordini».

18
Perquisizioni

«Quinto piano, scala a destra», dice la voce al citofono.

Oscar Falcone e la Cirrielli entrano in un androne bellissimo, un pavimento tirato a specchio, diviso a metà da un cancello in ferro battuto, aperto: a destra e a sinistra si prendono le scale, se si va dritto c'è un cortile tenuto benissimo, si vede la mano del giardiniere.

Hanno parcheggiato un po' più in là e fatto due passi sotto l'ombra degli alberi di Città Studi, semicentro elegante, alti redditi, professionisti.

L'ingegner Benaldi li aspetta fuori dall'ascensore, sulla soglia di casa, sembra agitato, li fa entrare.

«Guardate che disastro».

In effetti c'è un bel casino. L'ingresso porta a un salone doppio, luminosissimo, la parete è solo di finestre, ci sono tappeti e divani, un tavolo da pranzo per almeno dodici persone. Ma non sono queste le prime cose che colpiscono. Quel che si vede è che da lì è passato un uragano. Il pavimento è cosparso di libri gettati giù dagli scaffali, una libreria è appoggiata per terra, i cuscini delle poltrone sono sparsi qui e là.

Fanno un giro per la casa, saranno duecento metri quadrati, anche di più. Mobili antichi e moderni, scelti con cura. Uguale nella camera da letto, uguale in un'altra stanza, e poi in un'altra, tutto messo sottosopra. Anche in bagno, anche in cucina. Qualcuno ha frugato per bene.

«Quando?», chiede Oscar.

«Ieri sera. Siamo tornati verso l'una, una cena da amici, e abbiamo trovato...».

«Siamo chi?».

«Io e mia moglie».

Ecco spiegato il buon gusto nell'arredamento.

«E la signora dov'è?».

«Da sua madre, l'ho mandata via perché stava per avere una crisi, non era il momento».

La porta è stata forzata, ma senza danni evidenti, tanto che lui, tornando, stava per usare le chiavi, ma era aperto. Nel palazzo nessuno ha sentito niente, nemmeno quello di sotto, che però è un vecchio sordo, chi lo sa, qualche rumore devono averlo fatto.

«Cos'hanno rubato?», chiede la Cirrielli.

«Venite».

Li guida in una camera da letto grande, la zona notte è ben separata dal soggiorno. Anche lì biancheria dappertutto, cassetti svuotati, giacche e vestiti sparsi sul letto e sul pavimento. C'è un quadro appoggiato a terra e una cassaforte aperta, Oscar Falcone si avvicina.

«Non manca niente», dice l'ingegnere. «Ci teniamo i gioielli di mia moglie, qualche contratto relativo alla casa, alle assicurazioni, cinque monete napoleoniche che mi ha lasciato mio padre, valgono un bel po', e sta ancora tutto lì».

«La cassaforte è stata forzata?».

«Macché, la teniamo aperta, è solo un ripostiglio».

«Le altre stanze?».

«Una è di mia figlia, non c'è, fa il dottorato a Londra, l'altra è della domestica che vive qui, ora è via con mia moglie».

Mentre Oscar fa le domande, la Cirrielli si aggira per la casa. Bellissima casa, pensa, la IGO paga bene i suoi dirigenti, non c'è dubbio. La stanza della figlia è di quelle che non si aprono mai, si vede perché nonostante gli armadi siano stati svuotati, i libri buttati a terra, il letto rivoltato, è l'unica con le tapparelle abbassate, come se fosse una stanza chiusa, dove non va mai nessuno.

Lo studio – la stanza più piccola della casa – è l'ambiente messo peggio. C'è un grande Mac sulla scrivania, i cassetti sono aperti, gli armadietti aperti anche loro e un sacco di carte in terra, due macchine fotografiche, dischi. La Cirrielli guarda i titoli, jazz, non se ne intende. Torna nel salone dove ha lasciato l'ingegnere e Oscar, che fa ancora le sue domande.

«Ha fatto la denuncia?».

«No. Gliel'ho detto, non manca niente, guardi...».

Lo guida nell'ingresso da cui sono passati prima, c'è un tavolino lucidissimo, roba antica, il cassetto è aperto, dentro c'è un mazzetto di banconote.

«Duemila euro», ha detto l'ingegnere. «Per le piccole

spese, dovesse capitare qualcosa. Li hanno visti e non li hanno presi, le sembra possibile?».

Oscar Falcone non dice niente, ma si vede che sta fotografando tutto con gli occhi e archiviando con santa pazienza. La Cirrielli va in cucina. Qualcuno ha guardato dietro i piatti, nella dispensa, persino nel frigorifero, a terra sono caduti dei barattolini di yogurt, qualcuno ci ha camminato dentro e ci sono macchie bianche dappertutto, sta attenta a non metterci i piedi.

«Sono i ladri che hanno rubato alla IGO», dice l'ingegnere.

Ha spostato un po' di libri da un divano e si è ricavato un posto abbastanza grande per sedersi. Oscar ha fatto lo stesso con una poltrona. La Cirrielli sta in piedi, appoggiata allo stipite della finestra, fuori ci sono i tetti di Milano e si vede la guglia del Politecnico, in piazza Leonardo Da Vinci.

«Come fa a dirlo?».

«Beh, l'altro ieri hanno perquisito dalla guardia, quel De Nardo, mi pare, e ieri qui. Può essere un caso?».

«Come lo sa del De Nardo?».

Nemmeno un secondo di esitazione.

«Me l'ha detto il maggiore Bisiani, quello della Milano Sicurissima, mi ha chiamato ieri, ha chiesto se c'erano sviluppi sul furto e mi ha detto che qualcuno ha frugato a casa della guardia».

«È sicuro di non voler fare la denuncia? Magari scoprono qualcosa, qualche impronta...».

«No, no, niente denuncia. Ora metto tutto a posto, chissà cosa cercavano...».

La Cirrielli parla per la prima volta, ora tutte le sue cellule sono cellule di sbirro, sta unendo i puntini, sapendo che di puntini ne mancano parecchi.

«Io le consiglio di farla, la denuncia, ingegnere. Ma a parte questo, non capisco... Mi segua. Se hanno rubato qualcosa in ufficio, e sappiamo che l'hanno fatto, perché venire anche qui? Non cercavano certo quello che hanno già rubato. Magari da quel che hanno preso là manca un pezzo, oppure in quello che hanno preso là c'è qualcosa che li ha spinti a venire qui. Non è che si è portato del lavoro a casa... altri documenti su quella famosa diga?».

«Ma no! Non... non è prassi, ecco».

«Ce lo ha detto lei che ha sbagliato a lasciare quelle buste nell'armadio in ufficio, ha detto proprio che avrebbe dovuto portarle con sé...».

L'ingegnere non risponde, poi si riscuote dal suo silenzio.

«Non manca niente, vi ho detto».

«Si rende conto, ingegnere, che fin qui è stato un po' vago?». Oscar Falcone ha preso i puntini della Cirrielli e li ha letti dall'altro verso. «Voglio dire: spariscono dei soldi, parecchi soldi, e lei fa come se avesse perso cinquanta euro. Viene da pensare che le altre cose rubate alla IGO, i documenti e la chiavetta usb, fossero più importanti di... quanto? Sessantacinquemila euro, giusto? Ma cosa c'è là dentro non ce l'ha detto. Cosa sono? Disegni? Contratti? Cose segrete su cui qualcuno vorrebbe mettere le mani? Chi? Perché? Anche volendo far domande in giro non sapremmo cosa chiedere, né a chi. Qualcuno pensa che lei o il De Nardo abbiate qualcosa, e vuole metterci le mani sopra, come se lo spiega?».

«Ve l'ho detto, non me lo spiego. Quello che c'è nei documenti e nella chiavetta riguarda la diga, il progetto coi cinesi».

«Dobbiamo cercare delle spie cinesi, ingegnere, ci sta dicendo questo?», la Cirrielli non si è tenuta, ha un tono sarcastico.

«Non lo so!».

«È uno stronzo, un pezzo di merda, e mente dalla prima parola all'ultima», dice la Cirrielli mentre guida la sua Smart come se fosse un go-kart, dentro e fuori dalle file ai semafori, dentro e fuori dalle corsie preferenziali. Si ferma solo se è rosso, ma lo fa di malavoglia.

«Non sappiamo nemmeno cosa stiamo cercando», dice Oscar. «Potremmo anche mollare il caso e tanti saluti».

«Col cazzo», dice lei. Sbirra una volta, sbirra per sempre.

Ora sono nel salottino della Sistemi Integrati, mangiano due insalate da contenitori di plastica, presi al minimarket lì vicino. Sul tavolino ci sono due bottiglie di birra. Fanno il punto che dovevano fare quella mattina, se l'ingegnere non li avesse convocati in tutta fretta. Chi comincia?

«Le donne, pulitissime», dice la Cirrielli. «L'unica straniera, quella Aguilar, rinnova regolarmente il permesso di soggiorno e non ha nessun problema, è più italiana di me. La signora con la figlia è vedova, mai nemmeno una multa, l'altra uguale, casa, lavoro e parrocchia. La quinta...», guarda gli appunti, «...Teresa Comelli, pulita come un bambino pure lei. Divorziata da sei anni, il marito ha precedenti per truffa, ma è una cosa vecchia, non si frequentano, non si vedono, probabilmente lo odia».

«Carlo l'ha salvata da uno scippo», dice Oscar. Racconta quello che gli ha detto il Monterossi, l'ospedale e tutto quanto. «Non è una che ruba le cose dagli uffici, questo è sicuro».

«Non ci avevo nemmeno pensato, le telecamere della IGO fanno schifo, ma si vede che non è una donna che corre nei corridoi... ed escludiamo anche il De Nardo, perché da quello che si vede nei filmati non è possibile che sia lui, è inquadrato al piano terra nello stesso momento in cui quell'altro scappa nel corridoio del quinto».

«Ecco, il De Nardo». Ora tocca a Oscar. La Cirrielli si dedica all'insalata e ascolta.

«Questo alla IGO, cioè alla Milano Sicurissima, è il primo lavoro regolare che ha, prima solo lavoretti del cazzo, una palestra a Rozzano, personal trainer, ma ha mollato subito. Prima ancora un negozio di articoli sportivi, commesso, ho chiesto, non se lo ricordano nemmeno, vuol dire che non ha fatto danni».

«Tutto qui?».

«Tutto qui. Questo non esclude che sia una testa di cazzo... ah, sì, giocava a pallone, in promozione, fino a ventinove anni. Un talentino, dicono, anche se a quell'età non è che vai a giocare in serie A. Lo hanno squalificato perché è venuto fuori che si vendeva le partite e ci scommetteva sopra...».

La Cirrielli si fa una risata. L'umanità è sempre una sorpresa.

«Non è questa la pista giusta. Io dico che bisogna cercare tra i dipendenti della IGO, perché chi ha fatto il colpo sapeva come muoversi, là dentro. Se poi davvero ci stanno di mezzo giochi più grossi... le spie cinesi, figurati, allora non saremo certo noi a risolvere la cosa, ovvio. Ma io sono convinto che la faccenda è più vicina del Ghana... e poi ci sono cose che non tornano...».

«Tipo?».

«Le perquisizioni non si spiegano, non sono stati i ladri. Casomai qualcuno che cerca quello che i ladri hanno rubato. Che lo cerchino a casa della guardia ci sta, magari sospettano di lui... ma che frughino a casa del Benaldi è un po' strano, non trovi?».

Oscar posa la sua vaschetta ancora piena di foglie e di gamberetti.

«Vai avanti».

«Sì. Mettiamo che davvero nei documenti spariti e nella chiavetta ci siano cose strategiche su questo affare della diga... E mettiamo che alla IGO siano abituati ad avere a che fare con affari di quel tipo. Vuol dire politica, funzionari, segretari, ministeri, forse sì, anche spie, intelligence, cose così... Come mai non hanno un servizio di sicurezza?... Non il De Nardo, che è un poveraccio, uno senza né arte né parte che per campare sbagliava i rigori a pagamento, dico un servizio di sicurezza serio, in contatto con le forze dell'ordine, professionisti...».

«Te l'ha detto, l'ingegnere, perché. Quella parte dell'attività della IGO si fa a Roma, qui fanno solo i disegnini».

«A Milano subiscono un furto che riguarda un progetto da quattro miliardi di dollari e da Roma non mandano nessuno? Nemmeno un cretino con gli occhiali neri e l'auricolare? Non è un po' strano?».

La Cirrielli fa una faccia che dice: in effetti. E poi:

«L'altra cosa che non ti torna?»

«So che c'è ma non la so mettere a fuoco, mi verrà in mente, lasciamo perdere».

19
Provvidenza srl

Di certo lo sapete: i modi in cui una giornata può nascere male sono infiniti. La giornata di Carlo Monterossi comincia ancora peggio: alle otto e quarantacinque, praticamente l'alba, una telefonata di Flora De Pisis. E di tutte le chiamate che può fare Flora, questa sta sul primo gradino, in alto, nella scala delle emergenze.

«Siamo nei guai, Carlo, devi aiutarmi».

Siccome l'umiltà è l'ultima delle doti di Flora – per distacco rispetto a qualunque altra – il tono dimesso, quasi un'implorazione, è preoccupante.

«Dimmi, Flora, che succede?».

Non gliel'aveva detto. Lo aveva solo convocato per una riunione importante, alle nove e mezza. E siccome non succede mai che Flora chiami di persona, a quell'ora poi, doveva essere una cosa grave davvero.

È solo l'inizio, anzi l'inizio dell'inizio, perché quando Carlo si siede per la colazione, avvolto nei suoi accappatoi del dopo-doccia come un Hare Krishna depresso, deve fronteggiare l'interrogatorio di Katrina.

Come sta la signora scippata? Cos'hanno detto i dottori, ha fatto le lastre? Ha detto a signorina Bianca che lei è stata costretta a prestare a quella donna dei vestiti? E signorina Bianca cos'ha detto? Ad ogni domanda, e ad ogni grugnito che ottiene in risposta, Katrina scambia occhiate di commento con la Calamita Santa, bianca e azzurra come una nuvola, che sembra scuotere la testa anche lei.

E... va bene, uccidetemi, pensa Carlo, un colpo secco è meglio di questa tortura appena sveglio. Si aggrappa al profumo di caffè come un ergastolano alla grazia del Presidente.

La riunione è di quelle ai massimi livelli, in effetti. Intorno a un tavolo ci sono Flora De Pisis con la fida Alexa, il suo ripetitore umano, Bianca Ballesi lavata, stirata e scintillante come sempre, e la signora Anna Taranti, già Santina Gloryhole, ieri sogno erotico delle masse e oggi perpetua e plenipotenziaria di don Vincenzo da Zelo Surrigone, nonché titolare della Provvidenza Srl.

Ha un vestito nero molto castigato, girocollo, niente scollature ardite, però corto, con calze velate, a dispetto dell'età e del caldo, e tacchi alti. Suora nei primi piani e un po' meno a figura intera, si vede che certi miracoli funzionano solo a metà.

All'altro capotavola, di fronte a Flora, c'è Corrado Fontanini, cioè l'Azienda in persona, il braccio destro del Presidente Galattico, il padrone di tutto, lì dentro, l'elitrasportato e inarrivabile dottor Calleri. È sbrigativo, tranchant, visibilmente seccato di trovarsi lì: ha una scritta al neon sulla fronte che dice: «Su, non fatemi perdere tempo».

La questione, a dispetto del dispiegamento di forze e di poteri, sembrava abbastanza semplice. La signora Anna, portavoce di don Vincenzo e indirettamente procuratrice del miracolo del crocefisso, vuole che compaia in sovrimpressione, durante la sua intervista in studio e durante i collegamenti, l'Iban della Provvidenza Srl, dove i fedeli, nell'occasione telespettatori di Flora, cinque o sei milioni di persone, potranno versare i loro generosi contributi. Flora aveva accettato, accecata dall'esclusiva sul caso dell'anno, il miracolo di Zelo Surrigone. Bianca Ballesi aveva storto il naso e avanzato perplessità: «L'Azienda non vorrà, Flora». Come parlare al muro.

L'Azienda, come previsto, aveva detto no, non scherziamo, i versamenti dei telespettatori a un privato – nemmeno inserzionista, ma addirittura ospite – erano banditi come i cani in chiesa, e se capitava, ogni tanto, di mettere gli estremi di un conto corrente in sovrimpressione era solo per raccolte fondi a seguito di disgrazie naturali, l'alluvione, il terremoto, insomma qualcosa che servisse a far sembrare umana la Grande Fabbrica della Merda.

Umana coi soldi degli altri, ovvio.

C'era un'impasse, insomma. La suora laica, molto laica dalla vita in giù, diceva o così o niente, Flora vedeva sfumare il suo colpo da maestra, Bianca Ballesi doveva mediare, l'Azienda si chiudeva nel suo «non se ne parla nemmeno». Carlo si chiedeva cosa volessero da lui, e assisteva alla scena come uno spettatore pagante al Roland Garros, che guarda la pallina andare da una parte all'altra senza fare il tifo per nessuno in particolare.

«Serve uno dei tuoi colpi, Carlo», aveva detto Flora. Anche la Ballesi lo aveva guardato, ma con un'altra espressione, del tipo: «Vediamo ora cosa ti inventi, genio del male».

Le cose sono così semplici, alle volte, che ci si trova disarmati. Lì era in corso una partita tra soldi e potere. Per la signora del miracolo era l'occasione della vita, il colpo che ti fa svoltare. Per il dottor Fontanini si trattava invece di non creare un precedente, di non cedere territorio, insomma di puntellare uno dei pilastri dell'azienda, e con quella il sistema, l'economia, il pensiero liberale, il capitalismo e tutto l'Occidente coi suoi valori, inserzionisti compresi. Faceva quella faccia da «la mia funzione mi impedisce di...» dietro cui si nascondono i potenti che hanno sopra uno più potente di loro.

Carlo può mettersi a fantasticare sulla commedia umana che sta in quell'ufficio, oppure diventare il freddo killer della tivù, il manipolatore, componendo il conflitto, limando e fresando.

E ora, eccolo, Carlo Monterossi, nella parte del mediatore. Si rivolge per primo alla signora Anna, che ha indossato la maschera affilata dell'«io non cederò di un millimetro».

«Signora, lo sa quante cifre ha un Iban? Lo sa che tutti noi siamo sempre lì a chiederci se gli zeri a metà del numero sono sei o sette? Per prendere nota di un Iban, la scritta sullo schermo deve durare più di un minuto, non ci crederà ma ci sono studi, in proposito... non funziona».

«Ci sono altri sistemi», dice la donna. Era pronta, ci aveva pensato. Del resto, quando uno è guidato dalla provvidenza... «Per esempio il numero di telefono per donare».

Carlo fa il suo sorriso professionale. Lo cava dal mazzo dei sorrisi che ha in catalogo, è quello che ama meno, ovvio, ma è quello che serve ora.

«Sì, signora, ci sono altri metodi, ha ragione, ma ha ragione anche l'azienda, ci pensi, il numero verde per le donazioni è una cosa piuttosto... istituzionale, diciamo così...».

Il dottor Fontanini annuisce. È come se annuisse tutto il grattacielo, le antenne, il consiglio di amministrazione. Flora socchiude un po' gli occhi. Si sta chiedendo che gioco fa Carlo, è pronta alla scenata.

Ora viene il difficile. Carlo lo pensa con un angolino del cervello. Tutto il resto è impegnato a guardare nel vuoto e a giochicchiare con le chiavi della macchina sul tavolo in cristallo. Serve un'idea, un'idea idiota che è lì sotto gli occhi di tutti, ma che deve venire al capo, all'Azienda. Il dottor Fontanini deve uscire da quella stanza sconfitto, con l'impressione di essere il vincitore e fiero dell'idea che è venuta a lui.

Ora Carlo tira un sospiro e indossa la sua Faccia Ragionevole delle grandi occasioni.

«Però...», si rivolge al vicecapo supremo della Grande Fabbrica della Merda. «... Però noi andiamo lì a fare le riprese, giusto? Facciamo cronaca, diciamo così».

Si fa schifo, mentre lo dice.

«E non possiamo impedire che da qualche parte venga inquadrata una raccolta di fondi, giusto? Soprattutto se fa parte di quello che stiamo raccontando».

C'è un giro di occhiate.

Carlo sta illustrando l'idea che risolve il problema, la offre come un bouquet di rose al capo dell'Azienda. Quello lo guarda per valutare i pro e i contro, ma ancora non si decide. Così Carlo deve dargli un'altra spallata.

«Andiamo, Iban e numeri verdi sono cose superate... persino nei ristoranti, dopo la peste, non c'è più il menu stampato...».

Aiutarlo più di così sarebbe rianimazione, pensa Carlo. E infatti il dottor Fontanini si risveglia, si raschia la gola come prima di una dichiarazione solenne e dice:

«Certo, l'Azienda non si sottrarrebbe al diritto di cronaca e quindi anche a inquadrare... per esempio un QR code, non so, su un cartellone, su una maglietta...».

Alla buon'ora, Tarzan l'aveva presa, la liana, e ora si guardava intorno come se avesse scoperto la penicillina, squadrando gli astanti con un misto di orgoglio e compatimento perché non l'avevano scoperta loro.

Carlo pensa che è il momento di incassare, chiudere la questione e andarsene.

«Ma certo! Ottima idea, un QR code su un muro del cortile, che avremo naturalmente cura di inquadrare per bene, la signora potrà dirlo mentre parla con Flora in studio... agli spettatori che vogliono donare alla Provvidenza Srl basterà inquadrarlo con il cellulare, con comodo, mentre passa sullo schermo. Nessun impegno diretto da parte dell'Azienda, e certamente funziona più di un numero con venti cifre...».

Ora è Flora che annuisce. Ha capito tutto, ha già fatto i suoi conti, sa anche che deve partecipare all'apoteosi dell'Azienda, così scocca al dottor Fontanini un sorriso dei suoi, di discreta ammirazione, quelli della collezione privata.

La signora Anna ci pensa solo mezzo minuto, e poi abbandona la sua aria rigida da nordcoreano alle trattative sul disarmo.

«Si può fare», dice.

Il dottor Fontanini invece non fa una piega, si gode il trionfo con sussiego e falsa modestia: c'era un problema, lo hanno chiamato, lui è arrivato e l'ha risolto, tutto qui. Anche lui non voleva che saltasse il collegamento con il miracolo di Zelo Surrigone, più che altro per non avere a che fare con i capricci e le ripicche della diva Flora. E sa che fare un buon ascolto, anzi ottimo, per tre o quattro puntate consecutive è interesse dell'azienda.

Doveva solo vigilare sui confini, segnare il territorio, e lo aveva fatto da diplomatico consumato. Non ci aveva messo nemmeno un secondo a convincersi che quell'idea geniale, quel trucco da magliari, era venuto a lui. Lo avevano convinto i sorrisi e le teste che annuivano. Persino Alexa aveva grattugiato tra i denti un «sì» convinto.

Che brutta cosa, il consenso.

Ora che la pace è siglata, che il problema si può dire risolto, il vicecapo supremo lascia la stanza dopo brevi saluti formali. Passa un minuto e se ne va anche lady Provvidenza, probabilmente va a farsi fare dei cartelli con un QR code grande come una casa, a stampare magliette, a organizzare la raccolta fondi pro domo sua. La schiava di Flora sparisce e torna con Alex, lo squalo giovane. Carlo non ha guardato Bianca Ballesi, non voleva leggerle in volto né l'ammirazione per il cinismo televisivo dimostrato – «Sei sempre il numero uno, Carlo, mi fai schifo» – né l'aria di trionfo per un problema aggirato, una rogna in meno, una lite evitata con Flora.

Si sono messi a parlare di miracoli e miracolati. Alex ha tre proposte e le illustra. Hanno selezionato una trentina di richieste. La migliore sarebbe quella della mamma con la bambina, una donna di Vigevano che porta da don Vincenzo, nel cortile del crocefisso, questa ragazzina di quattro anni con problemi respiratori, che da quando va lì a dire il rosario i problemi respiratori non li ha più. C'è il suo medico curante che confermerebbe.

Flora De Pisis scuote la testa, non è contenta. I bambini in studio durante la diretta...

«Sentiamo gli altri», dice.

Carlo invece non ascolta più. Di colpo si è sentito piombare addosso un'incudine, un peso che lo schiaccia, che gli toglie il respiro. Cosa ci fa lì? Cosa lo costringe ad ascoltare queste puttanate, i miracoli, i miracolati, cosa sei diventato, Carlo? Sì, certo, conosce quella nausea che lo colpisce a ondate, con gli anni è stato anche capace di farla diventare autocommiserazione, o persino di riderci su. Ora, invece, sente che non è così semplice. Non riesce ad assolversi, ha bisogno di cose diverse, di cose vere, tutta quella merda lo sta soffocando. E poi, questo lo ammette solo con un angolino del cervello, sta pensando ad altro.

«Bene, se la questione è risolta, vi lascio alle vostre strategie per la puntata», dice.

Flora lo saluta con un'occhiata che dice tutto, e Alexa traduce al volo: «Grazie, Carlo». La Ballesi si alza con lui.

«Ti accompagno», dice. E agli altri: «Un secondo solo, torno subito».

Davanti al distributore di finto caffè finalmente si guardano. Bianca ride con il bicchierino in mano.

«Ancora un po' e dovevi fargli lo spelling, della tua idea, perché venisse finalmente a lui», dice Bianca. Intende il dottor Fontanini che si sente Machiavelli. Carlo non parla, e allora lei va avanti. «Sono Carlo Monterossi, risolvo problemi. Complimenti, mister Wolf, ancora una volta hai salvato Flora... e anche me. Grazie».

«Lascia stare, Bianca, anzi stai lontana, la vedi la merda che mi cola addosso?».

«Ma piantala, su!». Non ha capito. Non del tutto. «Beh, ieri sera ho fatto notte su questa cazzata dell'Iban, oggi andrà un po' meglio, ed è merito tuo, dovrebbe bastarti. Mi porti a cena?».

Cosa ti prende, Carlo Monterossi? Sei confuso? Sei perplesso? Sì, la faccia è quella, ma non mentire, almeno a te stesso, lo sai benissimo, cosa sta succedendo... cioè no... cioè sì...

«No, Bianca, stasera no, devo vedere una persona... sai quella dello scippo...».

«Ah, la piccola fiammiferaia! Il tenero Carlo, il nostro Lancillotto!».

«Sarebbe un commento classista, per caso?».

Bianca si è già voltata, ha buttato il bicchierino bianco nel cestino della plastica e ha fatto due passi per tornare nella stanza delle riunioni.

«Ma no, Carlo, non dire cazzate, su! Divertiti, mondati dai tuoi peccati!».

Forse ha ragione, la ragazza. Ma non è questa la notizia, la notizia è che non gliene frega un cazzo.

Prima di uscire dal grattacielo azzurro, Carlo ha un'idea.

Scende con l'ascensore al piano terra, poi prende un corridoio e scende altre scale, fino a un grande stanzone, un magazzino, si affaccia, vede due ragazze che sistemano vestiti, ci sono file e file di tubi con grucce appese, il reparto sartoria della Grande Fabbrica della

Merda, chiede di... ma non c'è bisogno. Franca Chiodi, la capocostumista di Flora, gli si fa incontro con un sorriso.

«Oddio, il principe Monterossi, che onore!».

Carlo le spiega cosa vuole, lei ci pensa un attimo, poi gli scrive qualcosa su un post-it giallo.

«Questa dovrebbe andare, vai qui e di' che ti mando io, magari ti fanno un prezzo decente».

Si salutano con due baci sulle guance.

Ora Carlo Monterossi è al suo posto di guida, il volante in mano, l'aria condizionata che lo accarezza. Non dice alla macchina di chiamare, perché il numero non è in memoria. Così lo cerca sul telefono ed è costretto a schiacciare dei tasti, come si faceva nel Novecento, roba da matti. Poi il vivavoce entra in azione.

«Come stai, Teresa?».

«Ah, è lei... sei tu!». Sembra contenta.

20
Un marito

Cosa c'è ora? Cos'è questa agitazione che ti prende, Teresa? Ma la pianti? Ma non ti senti ridicola? Alla tua età, poi!

La gamba brucia solo un po', sopportabile, come un prurito, ogni tanto se lo scorda, addirittura, c'è un segno rosso da sopra il ginocchio fino all'anca. È riuscita a lavarsi via quel brutto colore della tintura di iodio, la fasciatura non serve più. Il fianco invece le fa male ancora, se si china, se si volta con un movimento brusco. C'è una striscia blu, il livido, per quello ci vorrà del tempo. Ma ora non ci pensa.

Ecco, già, a cosa pensa?

Un po' se l'aspettava, quella telefonata, ci sperava addirittura, o forse voleva solo capire quanto quel Carlo era gentile, per quello aveva aspettato, per quello non lo aveva chiamato lei. Certo, avrebbe telefonato per sapere, forse anche per i vestiti della sua ragazza. Li aveva stirati per bene, messi in un sacchetto del supermercato, e poi aveva cambiato idea, aveva cercato un'altra busta, di carta con i manici in corda, quella di un negozio, più elegante, le sembrava più... Si era data della cretina, della scema, hai quarant'anni suonati, quarantadue, non fare la stupida.

Alla IGO non ci sarebbe andata per qualche giorno, Andrea non l'aveva presa bene e aveva dovuto raccontargli tutto – non di Carlo, solo dello scippo. Agli altri, quelli della sera, un ufficio di pratiche automobilistiche, aveva scritto solo un messaggio WhatsApp, restava da sistemare la signora Antinori, aveva rimandato, ma poi aveva preso il coraggio a due mani.

«Però non oltre lunedì, Teresa, eh!», le aveva detto. Che significava: se mi abbandoni oltre lunedì ne dovrò cercare un'altra. Aveva promesso, l'aveva rassicurata, si era scusata per l'inconveniente. Incredibile, era lei che si scusava. Di cosa? Di essere stata malmenata per la strada? Come aveva detto Carlo? «Una bella stronza», e sì, era un pensiero che non l'aveva mai sfiorata, ma ora, a rifletterci...

Pensa a queste cose, ma in realtà non ci pensa davvero. Si impastano tutte, ecco, come se parlassero in tanti, insieme, voci che si accavallano, e lei non sa a chi dare retta. Ora, per esempio, pensa ai sessantaquattromila euro nella scatola da scarpe. Deve trovarne mille, e aggiungerli, deve tornare a ricomporre il tesoro come l'ha trovato, forse in quel modo si sentirebbe meno ladra, meno sporca. Forse anche qui c'entra questo Carlo. Vorrebbe sentirsi pulita, ecco, ma deve trovare i soldi anche per il trasloco. Non può portare tutto nella nuova casa, non ci stanno i suoi mobili in una stanzetta. Forse se lascia delle cose a chi le sgombera può trattare... il tavolo e le sedie, la lavatrice... può fare uno scambio, ma con chi? Quelli dove è andata la mattina dello scippo, in via Ferrante Aporti, le hanno chiesto una cifra assurda, per spostare due carabattole, seicento euro, che follia. Ma forse accetterebbero un po' di merce per dimezzare la cifra... Deve pensarci...

E secondo voi ci pensa?

Macché, nemmeno per sogno. Pensa a tutt'altro, Teresa.

«Cosa mi metto?».

Non se l'aspettava un invito a cena. La telefonata sì, certo. E forse anche di vedersi, pensava di riportarli lei, i vestiti, di consegnarli alla signora Katrina che l'aveva medicata, si era segnata l'indirizzo di quella bella casa, e poi ringraziare e andarsene.

Invece, lui.

Le aveva parlato come se fossero vecchi amici.

«Non dirmi che vai a lavorare perché mi arrabbio», aveva detto.

E poi quell'invito che l'aveva ridotta in quello stato di agitazione, una ragazzina. Scema, scema, scema.

Ora è davanti all'armadio. Le scarpe nere, quelle che stavano nella scatola coi soldi. Sì, quelle, certo, anche se... senza calze... Poi una gonna, perché i pantaloni danno fastidio alla gamba ferita. Avrebbe anche un vestito, l'ha messo al matrimonio di sua sorella e poi due o tre volte, per le occasioni speciali, ma scarta subito l'idea, non deve sembrare acchittata, non deve...

Cerca di concentrarsi, di pensare ad altro. Sono solo le tre del pomeriggio, dopotutto, e lui ha detto verso le sette... Così pensa ai soldi. Mille euro, trovare mille euro, sistemare il malloppo, e poi dire a quella guardia, quel De Nardo, che ci ha ripensato, che... Chiamo

Caterina, pensa. Lei può darmi qualche consiglio, non solo sui capelli. Va in bagno e si piazza di fronte allo specchio, ora è veramente sola con se stessa, si può guardare negli occhi, dirselo veramente, quello che si dice da un'ora: Teresa, sei scema?

Carlo Monterossi ha fatto quello che doveva fare, ci ha messo solo un'ora, ha mangiato qualcosa in un bar, poi è tornato a casa.

Bianca Ballesi lo ha sorpreso, sta pensando a questo. Cos'era, gelosia? No, non è possibile, sono stati bravi a costruire una storia senza quelle scemenze da coppia. Quindi cos'era? La lasciava sola con Flora e la corte dei miracoli... – letteralmente – ... era questo? Forse. C'era della rabbia, però, dell'astio eccessivo, fuori scala per una stupida questione di lavoro.

Teresa è uscita dal portone alle diciannove e zero cinque, tre minuti dopo aver detto «Arrivo» in un messaggio sul cellulare. Dev'essere un record, si dice Carlo Monterossi. Ha pensato alla mummia di Similaun, che stava lì da cinquemila anni e la sua ragazza non era ancora scesa. Si è seduta in macchina e gli ha consegnato una borsa di carta.

«I vestiti della tua fidanzata. Ringraziala tanto da parte mia».

Così il fantasma di Bianca Ballesi ha aleggiato un po' nell'abitacolo, ma solo un minuto, poi se n'è andato passando per il tetto panoramico mezzo aperto nel caldo di inizio giugno.

Ora c'è quel piccolo imbarazzo che tutti e due si aspettavano, ma dura poco. Carlo si informa sulle ferite, i dolori, i lividi. Teresa lo rassicura.

«Non me l'aspettavo, un invito a cena, però sono contenta. Dove mi porti?».

Se l'era studiata per mezz'ora, quella frase di approccio, che doveva contenere stupore ma anche apprezzamento. Spontanea, sbarazzina, aveva fatto le prove davanti allo specchio.

«Non vorrai andare a cena da sobri, vero?», ha detto lui. E poi si è informato su gusti, appetito, voglie improvvise di qualche cibo particolare, intolleranze alimentari. Lei ha riso, ha detto che mangia di tutto e che anzi ha una fame da lupo, peggio per lui. Cerca di essere leggera, e Carlo l'aiuta, vuole essere leggero anche lui. E però si sente un po' disonesto: Teresa non sa che lui la seguiva, che sa della IGO, che volevano tenerla d'occhio. Ma ora quei sospetti gli sembrano un'assurdità, anche se erano vaghissimi, coltivati per assoluta mancanza di altre piste, quindi se lo dimentica subito. Parlano di tutto, a tratti, a segmenti, a strappi, e quel che si dicono non ha nessuna importanza e al tempo stesso ne ha moltissima.

Lui ha chiamato un ristorante e parlato con il titolare.

«Se vieni dopo le nove ti metto in giardino in un posto tranquillo».

«Alle nove, allora».

«Raccontami di Flora De Pisis, muoio dalla curiosità!», ha detto Teresa. Ora le cose che si era preparata non le servono più, le sembra tutto spontaneo e normale.

Lui cerca di non lamentarsi troppo, le dice del crocefisso e dei miracoli, del fatto che lui odia Flora e tutto il suo circo, che vuole andarsene.

«Ma figurati, chissà come ti diverti! Il miracolo, dai, fa ridere!».

Ecco fatto, pensa Carlo. Lui si fa tanti scrupoli su quella schifezza che ha inventato, e invece... per le paturnie della borghesia non c'è come chiedere al popolo. Per un attimo il suo calvario alla Grande Fabbrica della Merda gli sembra meno ripido. Lei non lo vede, il programma, cioè, aveva visto lo spettacolo di Flora ai tempi del rapimento,* come tutti, ma di solito no, alla mattina si alza troppo presto, ma ora che sa che lo fa lui un'occhiata gliela darà. Gentile. Non può sapere che nominando *Crazy Love* gli gira un punteruolo da ghiaccio nello stomaco.

E lei, invece?

«Oddio, che buono!».

No, non lo aveva mai bevuto il... come si chiama? Moscow Mule.

Se l'era detto un milione di volte, nel pomeriggio. Non devi mentire, Teresa, non devi travestirti, sei quello che sei e morta lì, non farla tanto lunga, non cercare di sembrare un'altra Teresa.

Lui ha raccontato di Flora e del programma, per cortesia, poi di qualche viaggio che ha fatto e di altre cose senza importanza, un gradevole chiacchierare del più e del meno, come fanno le persone che non si co-

* Alessandro Robecchi, *Flora,* Sellerio editore, 2021.

noscono, saltando di palo in frasca, cosa ti piace, cosa non ti piace. Bob Dylan? Un vecchio cantante americano, sì.

«Quello che gli hanno dato il Nobel, vero?». Carlo ride. «E la tua ragazza lo sa che esci a cena con una donna?».

Lo ha detto per scherzare, per prenderlo in giro.

E lei, piuttosto?

«Devo aspettarmi un marito geloso che entra al bar della Triennale, affacciato sul parco, con un fucile a canne mozze?».

«Non mi ci far pensare. Siamo divorziati da sei anni e mi avrà dato l'assegno sì e no per i primi sei mesi. Anzi, ora che ho un trasloco in ballo i soldi mi servono e devo fargli delle telefonate minatorie. Tanto non serve a niente».

Non si era fermata lì, aveva pensato dopo, maledicendosi un po'.

Non era arrivata alle confidenze, certo, ma forse aveva detto troppo. Colpa della situazione, probabile, e dell'alcol, che andava giù proprio bene. Ne aveva preso un altro, di Moscow Mule, le patatine, le olive, le tartine finemente impaginate non bastavano a tenerne a bada due.

«Servirebbe fargli un po' di paura, in realtà».

Poi erano usciti nel tramonto del Parco Sempione, ridanciani e allegri, e cosa sobillasse di più le risate non lo sapevano bene, forse i drink, anzi sicuro, forse anche quella stupefacente aria di amicizia imprevista, la sorpresa di essere a loro agio mentre si erano immaginati silenzi e imbarazzi.

«Non ridevo così da un sacco di tempo, sai, Carlo? Ora la pianto e divento seria, ma è colpa tua, sei uno con cui... giocare, ecco».

Si era morsa un labbro, non voleva che lui capisse male, sono sempre uomini, comunque, anche se sono simpatici non è che...

È in quel momento che lui l'ha stupita veramente e se ora li interrogassimo separatamente, Carlo e Teresa, come si fa nei film americani, avremmo versioni diverse. A lui era tornata in mente la telefonata con la signora Antinori, quando si era finto il medico di Teresa. A lei invece era rimasta impressa la frase che aveva detto prima, sul marito stronzo, che bisognava spaventarlo.

«Dove lo troviamo, adesso, questo marito?».

Ci aveva messo un po' a convincerla, ma non molto. Aveva detto giocare, giusto? Beh, ora lo lasciasse giocare...

Dieci minuti dopo Carlo frena davanti a un portone di via Chiari, non proprio un portone, più l'ingresso di un laboratorio, una serranda aperta e un uomo che sta chiudendo. Appena in tempo. Teresa scende ma sta accanto alla macchina. Carlo invece fa due passi ed è già all'ingresso. Dentro è buio, si vede qualche macchinario, un tavolo con un computer, non ha nemmeno chiesto a Teresa di cosa si occupa, questo marito, forse doveva, visto quello che sta facendo. Sì, gli viene in mente che forse è una cazzata. Ma ormai...

L'uomo non capisce.

«Teresa!...», dice quando la vede. Ma poi tocca a Carlo. Siamo in ballo, balliamo.

«Buonasera, signor Sanacore, mi scusi l'intrusione, ma ci trovavamo a passare...». Ha allungato una mano che quello ha stretto per riflesso condizionato, senza pensarci. «Piacere, Carlo Monterossi. Sono l'avvocato della signora Comelli, mi perdoni la visita decisamente informale, ma meglio così che passare subito alle carte da bollo, vero?».

Quello non capisce niente, è confuso, davvero una cosa così era l'ultima che si aspettava. Carlo ne approfitta.

«Vede, signor Sanacore, la signora si è rivolta a me per una questione molto semplice, dice che da anni non riceve il suo assegno di mantenimento... c'è un'ordinanza, mi sembra, giusto?».

«Sì, ma io...».

«La signora si trova ad affrontare delle spese impreviste e mi ha spiegato la situazione. Abbiamo degli arretrati, abbastanza sostanziosi, mi sembra d'aver capito. Io chiederò un'ordinanza, la settimana prossima, saprà come funziona, il giudice...».

No, il signor Sanacore non lo sa come funziona. Quello che sa è che sotto i piedi gli si sta aprendo una botola, quello sì, lo capisce bene.

«Ma io...», sembra che non sappia dire altro.

«Le garantisco che la signora non ha nessun intento punitivo, nessun astio nei suoi confronti... Però si trova davvero in una situazione... diciamo un'emergenza di liquidità, e si chiedeva se non si potesse sistemare la faccenda... amichevolmente, ecco. Io sono contrario, glielo dico subito, io sono per andare dal giudice e chiedere tutti gli arretrati, con un'ingiunzione urgente, ma la signora ha pensato che una chiacchierata informale...».

Teresa osserva la scena accanto alla macchina. Non ha detto niente. Ci sono voluti anni perché quel farabutto le diventasse estraneo, però alla fine ce l'ha fatta.

Ora Carlo, per un secondo, ha una piccola paura. Che quello passi dallo sconcerto a qualche gesto violento, che nel suo cadere dalle nuvole perda la testa. Invece abbassa le braccia come in un segnale di sconfitta feroce, si guarda le scarpe, pare mortificato, inchiodato sul marciapiede.

«Non è che non pago per cattiveria, sa? È che proprio...».

«Infatti la signora propone di venirsi incontro, non di litigare», dice Carlo. Si sta sforzando di non avere un cuore, e siccome si ricorda che sta recitando la parte dell'avvocato non fa nemmeno troppa fatica.

«Mi aspetti qui», dice l'uomo, e torna nel suo antro semibuio.

E se ora esce armato? si chiede Carlo. Guarda Teresa, che gli fa solo un sorriso divertito, con gli occhi che gli dicono: «Tu sei matto». Sono occhi senza allarme, però. Carlo le fa un cenno d'intesa e si rilassa.

Passa qualche minuto e il signor Sanacore ricompare all'ingresso del negozio, o laboratorio, o quello che è. Ha in mano una busta bianca, da lettera.

«Qui ci sono duemila euro, avvocato», dice. «Le assicuro che non ne ho altri. Se vuole fare quella richiesta al giudice...».

«Richiesta di ordinanza».

«Ecco, sì, come si chiama... se potesse aspettare... le cose qui si stanno muovendo e può essere che tra qualche mese...».

«Non tra qualche mese, signor Sanacore. Facciamo così. Io sospendo la questione degli arretrati, ma dal mese prossimo lei versa il dovuto puntualmente, ha capito?».

«Sì, ho capito, ma l'ordinanza...».

«Per il momento sospendiamo, ma lei si comporti bene...».

«Tu sei matto». Teresa non riesce a smettere di ridere. «Matto. Matto come un cavallo. Come ti è venuta in mente una cosa così?».

«Boh, ho pensato che mi ero già finto il tuo medico, potevo anche fingermi il tuo avvocato».

«Dio, che personaggio!».

Però ride tutta, le ridono gli occhi, anche, Carlo guarda se il marrone si fa più chiaro, com'era successo già una volta, ma lì in macchina non c'è luce abbastanza per controllare. Peccato. Teresa pensa che duemila euro è il Signore che li manda, che può tappare il buco nella scatola da scarpe e ne ha più che a sufficienza per spostare le sue cose nella casa nuova.

Smette di ridere di colpo, però. In un secondo deve aver visto la situazione da un'altra angolazione.

«Prima mi salvi da uno scippo, mi curi, mi porti a fare le lastre, e ora... ora questo. Io... Io...».

«Io ho fame, però», dice Carlo.

Il padrone del ristorante li accoglie come i re di Birmania anche se sono in ritardo di mezz'ora.

«Vieni, Carlo, buonasera signora, vi faccio strada».

Il tavolo per due è in un angolino del giardino, vicino a un cespuglio di fiori che manda un profumo di estate quasi irresistibile.

«Vi porto subito il menu e la carta dei vini».

«Col vino fai tu, Mimmo, mi fido ciecamente».

A Teresa gira un po' la testa.

«È la fame», pensa. Come se le racconta male, le bugie, eh!

Poi è tutto corso via in un lampo. La cena, le chiacchiere, le risate, le battute. Il dessert l'hanno diviso. Fuori dal ristorante hanno allungato la strada, per non andare subito alla macchina, e Teresa è stata presa da una piccola agitazione, come se i dubbi le fossero arrivati addosso tutti insieme, come un treno che ti investe.

«Che c'è ora?», ha chiesto Carlo.

«Niente».

Ah, già, che cretino. Ragazze.

Eccoli sotto casa di lei, è arrivato il momento dei saluti.

E adesso? Cosa devi fare, Teresa? Non se lo ricorda, come si fa in questi casi. E se lui si aspetta di salire? E se...

Carlo viene ghermito da una forza strana, ora, leggera e potentissima, non sa come chiamarla, non sa leggerla. Può essere tenerezza? Che parola del cazzo. Schiaccia un tasto sul cruscotto che apre il bagagliaio, scende dalla macchina, scende anche lei. Lui fa due passi e prende una scatola, chiude il baule e gliela porge.

«Ecco», dice, «un regalo per te».

«Oddio, pure!».

«Ma sì, pure! Aprilo di sopra, però!».

Poi l'imbarazzo si taglia con la motosega, quella dei tagliaboschi, sapete, anche se questa non fa rumore e non manda in giro schegge di tronchi e rami. Le dà un bacio su una guancia, si stacca subito, lei stringe qualche secondo in più, ma si stacca anche lei. Si allontana con un sottile sollievo, pensa Carlo, ma è contento che l'imbarazzo se ne sia andato.

«Chiamami, però, se hai bisogno di un avvocato!», le dice.

Lei ride, gli è grata di tutto, ma specialmente che lui abbia risolto la questione in quel modo, che non sembri aspettarsi altro da quella serata. Si avvicinano di nuovo e se ne danno un altro, di bacio, non lungo e caldo come si potrebbe immaginare, ma...

«È stata una serata...».

Carlo le mette una mano sulle labbra.

«Shhh. Vai a dormire, Teresa».

Risale in macchina, aspetta che lei sia entrata nel portone, fa inversione e parte.

E ora, Teresa?

È su una seggiola della cucina, il pacco sul tavolo, una scatola quadrata. La apre. Dentro c'è una borsa, più o meno delle dimensioni della sua, quella che era finita sventrata durante lo scippo. Miu Miu, è roba di lusso, non è che se ne intende, ma fino a lì ci arriva.

Che serata. Ora si riscuote. Prende la busta bianca con i soldi del marito, conta mille euro e va all'armadio, apre la scatola da scarpe, ce li mette dentro. Sessantacinquemila euro. Eccoli. Come non fosse successo niente. Invece le pare che sia successo tutto, tutto insieme, tutto quello che non si sarebbe mai aspettata.

Manda un messaggio su WhatsApp. «Tu sei matto. Grazie, matto».

Carlo legge il messaggio all'altezza di piazza Gae Aulenti, dove le macchine passano sotto la piccola Abu Dhabi che Milano si è costruita per giocare a New York, che scemenza. Ha il tetto aperto, il finestrino abbassato, il volume alto. Il vecchio cantante americano, «quello che gli hanno dato il Nobel», ci sta mettendo l'anima.

I ain't too good at conversation, girl,
So you might not know exactly how I feel,
But if I could, I'd bring you to the mountaintop, girl,
*And build you a house made out of stainless steel.**

* Bob Dylan, *Don't fall apart on me tonight*: «Non sono molto bravo a fare conversazione, ragazza, / E magari tu non sai cosa provo di preciso, / Se potessi ti porterei in cima a una montagna, ragazza, / E ti costruirei una casa di acciaio inossidabile».

21
La diga

Ci stanno girando intorno, questo li innervosisce.

Oscar Falcone è sparito per un giorno, senza dire, senza comunicare niente, come fa lui quando cerca qualcosa ma non sa cosa, e ora entra alla Sistemi Integrati che è mattina presto, accende la macchina del caffè e inserisce una cialda. Aspetta.

Agatina Cirrielli ha corso i suoi cinque chilometri, poi si è fatta una doccia nel bagno della Sistemi Integrati, si è cambiata, ed eccola lì, i capelli ancora umidi, una canotta arancione sopra i pantaloni da muratore che mette lei, tenuta da lavoro, ma quale lavoro non lo saprebbe dire, perché la questione della IGO è ferma come un tram al capolinea, e dopo le notizie delle perquisizioni non sono arrivate altre novità. L'ipotesi di mollare il colpo e salutare l'ingegner Benaldi, lasciarlo al suo destino di dirigente derubato, si fa concreta.

Infila anche lei una cialda nella fessura della macchina.

«Allora?».

Oscar Falcone ha passato la giornata alla IGO, ieri. L'ingegnere gli ha dato una copertura, nuovo addetto alla sicurezza, cioè, non proprio. Una nuova agenzia che forse prenderà il posto della Milano Sicurissima, ma che prima di accettare l'incarico vuole accertarsi delle condizioni dell'azienda, dei problemi di sicurezza, insomma capire in che guaio andrà a infilarsi. Così lo ha portato in visita agli uffici, gli ha presentato gli impiegati, gli ingegneri, i tecnici, i disegnatori, una ventina di persone, gli ha fatto fare il giro dei piani e l'ha lasciato lì.

«Non mi dire che ci sono cascati».

«Non saprei. Probabilmente hanno pensato che l'azienda si è data una mossa, tutti hanno visto le porte nuove, giù di sotto, hanno ricevuto nuovi badge per entrare e uscire e hanno visto che si montano nuove telecamere».

Qualcuno aveva pensato «finalmente», e l'aveva anche detto, ma in generale non è che si preoccupassero molto delle questioni di sicurezza, là dentro, e dalle poche chiacchiere che aveva fatto aveva capito che del furto non sapeva niente nessuno. Secondo un'altra scuola di pensiero, soprattutto nelle stanze degli amministrativi, erano soldi buttati. Lì da rubare non c'era niente, il materiale sensibile stava a Roma, nella sede centrale – che loro chiamavano con un po' di disprezzo «la sede politica».

Insomma, Oscar aveva girato un po', guardato o finto di guardare porte, finestre, uscite di sicurezza, e aveva passato una mezz'oretta davanti agli schermi delle telecamere, nella stanzetta che la notte del furto, come ogni notte, era presidiata dal De Nardo. Un sistema vecchio, che riversava le immagini su un hard disk e ce le riscriveva sopra il giorno dopo. Solo se succedeva qualcosa l'operatore le scaricava, come aveva fatto il De Nardo. La procedura era stata corretta. Ora stavano smontando e mettendo una centrale video più moderna.

«Quindi niente», dice la Cirrielli.

«A meno che tu non ti intenda di ingegneria idraulica, popolazioni interne del Ghana e geopolitica delle grandi opere. Mi hanno fatto una lezioncina...».

«Sentiamo».

Oscar aveva invitato a pranzo il decano degli impiegati della IGO, che non aveva resistito: chiacchierare con un estraneo che offriva un pranzo vero invece del solito panino del bar era un'occasione da non perdere.

Marino Venegoni, ingegnere sull'orlo della pensione, non aveva voluto parlare della sicurezza alla IGO, non gliene fregava niente. Preferiva raccontare della sua vita avventurosa, i viaggi, i cantieri, i villaggi sperduti dove aveva trasformato i disegni e i progetti in cose vere, solide. Aveva messo in sicurezza un'immensa miniera in Bolivia, vivendo mesi con i minatori e gli operai, masticando foglie di coca. Aveva il mal d'Africa, anche, perché quando hai visto il cielo lì, gli altri cieli non ti sembrano cieli veri. Voleva scrivere un libro.

Oscar aveva pazientato, annuito, chiesto, si era finto interessato, e poi era arrivato alla diga del Ghana, quella che secondo l'ingegner Benaldi aveva attirato l'attenzione dei ladri.

«Non è una cosa difficile, tecnicamente», aveva detto il vecchio esploratore.

Insomma, questa diga la farebbero sul White Volta, che è un fiume abbastanza grande, che nasce in Burkina Faso e finisce in Ghana, e alimenta il lago Volta, che è uno dei più grandi del mondo.

La Cirrielli ha acceso il Mac sulla scrivania e aperto Google Maps.

«Qui», ha detto Oscar Falcone indicando con il dito. «Il Black Volta confluisce nel White Volta e poi tutto finisce nel lago, vedi? La diga la fanno subito sotto la confluenza dei due fiumi».

«Non tolgono acqua al lago?».

«L'ingegner Venegoni dice di no, il lago è immenso, come un mare, ha altri affluenti e un'altra barriera a sud, e poi la diga non fermerebbe il flusso, si creerebbe un altro lago, artificiale, qualche decina di chilometri a nord del lago vero».

«Questo ci aiuta?», chiede la Cirrielli.

«Direi proprio di no, al massimo complica tutto».

«E allora?».

«Allora l'ingegnere dice che sarebbe il suo ultimo incarico e che gli piacerebbe molto, ma che bisogna muoversi a iniziare i lavori, perché lui tra due anni va in pensione, sa che non vedrà la diga finita, ma almeno all'inizio vorrebbe esserci, forse pensa all'ultimo capitolo del libro».

«Commovente».

«Sì, ma anche interessante, perché mi ha fatto un elenco abbastanza dettagliato di chi la vuole e di chi non la vuole, questa diga».

La Cirrielli gioca con il mouse, restringe e allarga la zona, se ci sono città o villaggi non si vede bene, è tutto verdissimo. Oscar continua, sembra affascinato da quello che gli hanno raccontato.

«Dunque la vuole il governo del Ghana, ovvio, per l'energia. La vogliono i cinesi, i tedeschi e noi, intesi come gloriosa Repubblica Italiana. Ma non tutti, perché i progetti in esame erano due, e il concorrente della IGO era la TechItaly, che prevedeva di fare la diga quaranta chilometri più a sud. Bocciato. C'è il problema degli ambientalisti, che in Ghana contano meno che qua, credo, quindi zero, e di qualche movimento locale, gente che non vuole che i suoi pascoli e i suoi villaggi vengano sommersi. Il governo ha promesso risarcimenti, ma ci sono state proteste e anche qualche casino vero, tipo sparatorie, e addirittura il rapimento di un tecnico tedesco, subito rilasciato».

L'ingegner Venegoni gli aveva raccontato dettagli e retroscena con aria divertita. Quante ne aveva viste, di cose così, una volta aveva rischiato anche lui...

«Insomma, siamo alla geopolitica, mentre noi cerchiamo un fantasma che ruba una chiavetta usb con un impermeabile da notte di Halloween», sospira la Cirrielli. È sconfortata. Oscar continua:

«Naturalmente ci sono state missioni politiche, contatti, viaggi di funzionari e sottosegretari, e ora il progetto è praticamente approvato e poi si comincia. L'ingegner Venegoni freme perché vuole andare laggiù, tipo doctor Livingstone, I presume, si vede che a casa ha una moglie che gli rompe i coglioni».

«Oscar, con tutto il bene, non me li vedo gli ambientalisti della...», guarda lo schermo del computer, «della Savannah Region che entrano di notte alla IGO di piazza Missori, dai! E nemmeno i servizi segreti africani!». Lui ride.

«Non me li vedo nemmeno io, però è anche vero che quello che c'è nella chiavetta non lo sappiamo, l'ingegner Benaldi non ce lo dice, per cui no, non penso al capo di un villaggio sperduto sulle rive del Volta Lake che entra alla IGO di notte con un cappellino da baseball, ma magari uno pagato dai concorrenti sì».

«Non è un'indagine alla nostra portata, lo sai».

«Lo so, ma che vuoi che ti dica»?

Ora stanno zitti. La Cirrielli guarda ancora un po' la cartina, poi fa altre piccole ricerche, quasi senza leggere, ci sono due parchi nazionali, nella regione, gli elefanti, piove parecchio, la temperatura oscilla dai quattordici ai quaranta gradi e c'è una moschea bianca, bellissima, una delle più antiche del West Africa. Ma la regione è grande, una volta e mezza la Lombardia. In nessuna pagina di Google c'è scritto chi ha forzato l'armadio al quinto piano della IGO, per cui sì, bello, interessante, ma inutile. Chiude il browser con un gesto secco. La irrita moltissimo abbandonare il caso senza nemmeno aver sfiorato una soluzione, ma comincia a prendere in considerazione l'idea.

«Una cosa invece te la dico». Oscar ha rotto il silenzio come pensando tra sé e sé. «Ti ricordi che c'era qualcosa che mi sfuggiva, che ti ho detto mi verrà in mente?».

«Dai, Oscar, dammi qualcosa».

«Le perquisizioni, quella a casa del De Nardo e quella dall'ingegnere... ecco. Non le ha fatte la stessa persona».

«Spiega».

«Io ci sono stato, a casa del De Nardo. È vero che era una topaia, ma chiunque abbia cercato lì ha fatto dei danni. Gli sportelli erano divelti, non aperti, i cuscini del divano sono stati tagliati e la gommapiuma tirata fuori. Il computer, un vecchio portatile che tra l'altro non era nemmeno del De Nardo, ma del suo coinquilino, era distrutto, il disco fisso portato via... non con le buone. In cucina hanno rovesciato i barattoli dello zucchero e del caffè, cercavano qualcosa di preciso, qualcosa di piccolo».

«La chiavetta».

«Può darsi. Invece tu la scena a casa dell'ingegnere l'hai vista, vero?».

«Il caffè era al suo posto», la Cirrielli ha capito. Oscar fa il suo ghigno che dice: brava ragazza.

«Non solo. C'era un Mac, sulla scrivania dello studio, di quelli grandi, come questo. Beh, nemmeno toccato. Ma la cosa che mi è tornata in mente sono i dischi».

«Sì, sparpagliati sul pavimento».

«Brava. E noi cos'abbiamo fatto? Gli equilibristi, per non camminarci sopra, giusto? Un ladro, uno che perquisisce, non l'avrebbe fatto, li avrebbe calpestati senza problemi, avremmo avuto copertine rovinate e forse qualche vinile di Thelonious Monk o di John Coltrane spezzato in due».

La Cirrielli annuisce. Oscar non si ferma più.

«Quindi o quelli che hanno perquisito hanno cambiato metodo e sono diventati di colpo gentili e rispettosi della proprietà altrui, oppure non sono gli stessi che hanno perquisito dal De Nardo».

«Oppure l'ingegnere ha messo su uno spettacolino tutto per noi».

«Ti adoro, lo sai?».

22
Fuga

«Guido io».

«Va bene, però non fare il matto».

«Fare il matto con questa baracca sarà difficile», dice Carella.

Sono su una Ford Fiesta grigia, al garage della questura gli hanno dato quella, e quella si tengono. Carella si destreggia nel traffico, non hanno nessuna fretta, e Ghezzi scartabella tra i suoi fogli.

«Franco Sanacore, residente a Milano, via Casella... è vicino a via Chiari, casa e bottega... cinquant'anni tondi, è del '73...».

Dunque Carella guida e Ghezzi gli fa il riassunto.

La segnalazione l'ha fatta uno che abita nel palazzo, un avvocato in pensione, un certo Caiani.

«Per una volta è scritta in italiano», dice Ghezzi.

Insomma, questo avvocato ha trovato nei bidoni dell'immondizia, in quelli bianchi per la carta, dei fogli, tanti, risme intere, intestati a varie aziende. Un po' telefoniche, un po' banche, anche Agenzia delle Entrate, ed è sicuro che vengono da questo Sanacore che ha una specie di tipografia lì sotto, a due passi, a portata di bidone della spazzatura.

«Adesso raccattiamo le denunce da quelli che frugano nei cassonetti?», chiede Carella. È già scocciato. Ghezzi non gli risponde nemmeno.

L'avvocato esclude che in quella specie di box, o garage riadattato, qualcuno sia autorizzato a stampare delle carte per l'Agenzia delle Entrate, e così ha guardato meglio e dice che sembrano prove, alcune venute peggio, altre proprio uguali all'originale.

«Che occhio, l'avvocato. E che palle, Ghezzi».

«La denuncia è di marzo, persino Gregori ha aspettato dei mesi, sa di cazzata lontano un chilometro».

Insomma, vanno a dare un'occhiata, niente di più. Il problema è che questo Sanacore ha precedenti per truffa. Ghezzi cerca altri fogli nella sua cartellina.

«Ecco qui, 2015, stampava bollettini postali marchiati Comune di Milano, ma il conto corrente era il suo. Li metteva sotto i parabrezza e la gente andava a pagare, finché uno ha contestato una multa dal giudice di pace e il Comune di Milano ha detto: questa non è roba nostra. Un anno e sei mesi, incensurato, condizionale, tanti saluti».

«Mi sta già simpatico, questo Sanacore». Carella ride. Si immagina uno che va in giro a dar multe per divieto di sosta e le incassa lui. Genio.

«Quindi il fatto che abbia una specie di tipografia, che butti nel bidone della carta prove di stampa con scritto Telecom o Banca Salcazzo, o altre cose simili, lo rende un po' sospetto, ti è chiaro, Carella?».

«Siamo sempre nel ramo ladri di polli, eh, Ghezzi. I delinquenti veri staranno ridendo, mentre si comprano la Maserati».

Ora sono arrivati, ma non trovano il posto. Via Chiari sono due vie, in realtà, lunghe, che si incrociano in mezzo a casermoni popolari, dietro via Varesina. Lasciano la macchina e si avviano a piedi, due vie non fanno un labirinto, ma... Poi lo trovano, un box con la serranda alzata, non si muove niente, silenzio.

Ghezzi mette un piede dentro e chiama: «Signor Sanacore!». Niente. Allora grida più forte.

L'uomo esce dall'ombra del suo laboratorio e guarda chi è, ha la faccia allarmata.

«Buongiorno, polizia», questo è Carella. «È lei Franco Sanacore?».

«Sono io». E poi, dopo una piccola pausa: «Che volete? È già stato qui l'avvocato, ieri sera, abbiamo un accordo».

«Che avvocato?», chiede Carella.

Ghezzi è entrato e si guarda in giro. Non c'è quasi niente, un tavolo con un computer, anzi due, e un macchinario che potrebbe essere una stampante. Grande, non una stampante da ufficio. Non è in funzione ma ronza come un'ape incazzata.

«Cosa stampa, qui, signor Sanacore?».

La faccia dell'uomo è sempre più allarmata. Fa un passo avanti per sbarrare la strada a Ghezzi, che ormai è al centro del locale, vicino a un bancone con sopra risme di fogli stampati. Vede i colori, ma non riesce a leggere.

«Avete un mandato?».

«No, noi non ci andiamo a vedere i film americani», Carella ha fatto la sua faccia da schiaffi, quella per cui prima o poi si beccherà una pallottola. Ma non oggi.

«Non potete entrare», dice quello.

«E chi entra?», dice Carella, che è già dentro. Ora Ghezzi ci arriva, a guardare i fogli stampati, ma ancora non capisce bene cosa c'è scritto.

«Deve venire con noi», dice. «Solo qualche domanda, poi torna qui a lavorare, non si preoccupi».

«Aspettatemi un attimo, prendo la giacca», dice l'uomo, che sparisce in fondo all'officina, apre una porta bianca e scompare alla vista.

Ghezzi prende un foglio dal bancone, legge ad alta voce:

«Fermare la sofferenza si può! Aiuta anche tu i malati di Alzheimer!». Poi ci sono delle fotografie di vecchi rugosi, su letti o carrozzelle, e un altro testo più lungo. In basso, il nome di un'associazione e, più in grande, in grassetto, un numero di Iban per le donazioni.

«Il signore c'è ricascato», dice.

Prende un altro foglio da un'altra pila. È ancora caldo, questo, si vede che il Sanacore l'ha appena stampato. Legge di nuovo:

«Basta con le sofferenze inutili! Salva oggi stesso un animale dalle sevizie degli uomini!». L'impaginazione è la stessa dell'altro volantino, solo che qui le foto sono di cuccioli con gli occhi grandi e liquidi, che intenerirebbero anche un coccodrillo affamato. Cambia il testo, in fondo, questa volta l'associazione si chiama «Salva un cucciolo Onlus». Ghezzi mette i due volantini uno accanto all'altro, uno nella destra, uno nella sinistra, l'Iban sembra proprio lo stesso.

«Guarda qui», dice Carella. Ha sollevato il coperchio di una scatola e ha tirato fuori un mazzetto di fogli, tutti con l'intestazione Vodafone. Si guardano in faccia.

Il signor Sanacore però non ricompare dalla porticina in fondo e quindi ora si guardano in faccia di nuovo, ma con un altro sguardo negli occhi. Carella va verso la porta, la apre e ci sparisce dentro. Poi torna, con passo più veloce.

«Il nostro amico se n'è andato», dice.

Anche Ghezzi va a vedere. La porta conduce a un piccolo bagno, la tazza del cesso, un lavandino e un gancio alla parete dov'è appeso un grembiule blu. La finestra è aperta, Franco Sanacore è uscito da lì, fuori c'è un cortile e poi un cancello che dà su via Chiari, ma quell'altra, la via Chiari che si incrocia con via Chiari.

«Ma vaffanculo», dice Ghezzi. Gli è uscito dal cuore.

«Che coglione», dice Carella.

Ora guardano meglio nel laboratorio. Negli scatoloni ci sono fogli e fogli di carta intestata, Telecom, Vodafone, Banca Intesa San Paolo, Unicredit, Agenzia delle Entrate, ma solo quello, non c'è scritto niente oltre al logo delle aziende, solo fogli con quei marchi familiari. Poi ci sono i volantini appena stampati, e altri ancora. «Aiuta i genitori separati!», «La biodiversità è in pericolo!», e persino un «Basta con le truffe agli anziani!». Quest'ultimo è firmato HASL, Help Anziani Spese Legali, c'è un Iban, sempre lo stesso, per aiutare chi denuncia a pagare gli avvocati.

Ora Carella ha chiuso la finestra del bagno sul retro. Escono e tirano giù la serranda, risalgono in macchina ridendo. Ghezzi infila i volantini nella sua cartelletta, Carella mette il lampeggiante sul tetto e partono.

«Insomma, vi siete fatti fregare come due deficienti», dice Gregori.

«Capo, che ne sapevamo che uno scappa per una cazzata simile! Il deficiente è lui che si mette nei guai».

«La prossima volta ci mando Sannucci».

Dovrebbero fare la faccia contrita, ora, ma non ci riescono, è già tanto che non ridano come hanno fatto per tutto il tragitto in macchina da via Chiari. Gregori alza il telefono e dà due ordini secchi. Poi torna da loro.

«Ora voi andate in procura, vi fate dare un bell'ordine di sequestro, tornate là e lo appiccicate sulla serranda e la chiudete con un lucchetto, va bene?».

«Capo...».

«Capo un cazzo, Carella, se qualcuno va là e ruba il computer o la stampante, poi la cosa, che per ora è una cretinata, si complica. E poi cercatemi 'sto tizio, se non altro per vederlo in faccia e dirgli di persona quanto è scemo. A parte la segnalazione del vicino di casa non c'è nessuna denuncia, quindi non è che scateniamo l'inferno per un coglione simile, però che uno ci scappi sotto il naso ci fa un po' incazzare... o avete intenzione di ridere tutto il giorno?».

«Va bene, capo, facciamo così», dice Ghezzi.

Carella invece no, non ci sta, la cosa che gli frulla dentro dalla mattina ora non riesce più a tenerla.

«Buttiamo tempo, capo, energie, soldi. Ma chi se ne frega se uno sfigato si fa dare qualche euro per i cani abbandonati, eh! È un mese che le ho detto che bisogna stare dietro alla banda di via Valsassina, che spaccia ai ragazzini, ma per quello non c'è mai tempo, vero? Noi corriamo dietro ai ladri di polli, da dieci giorni, cazzo, e adesso cerchiamo questo qui, che magari ci vogliono giorni anche per questo...».

«Non rompere, Carella. Su via Valsassina ci stiamo lavorando, con le intercettazioni e tutto. Va bene, è roba tua, quando andiamo a prenderli ti avvertiamo, eh! Però adesso qui la merda l'hai pestata tu e tu la pulisci. Portami 'sto coglione, senza prenderlo a sberle, se ci riesci. Ghezzi, stacci attento tu».

Discorso chiuso.

Ha già chinato la testa su altre carte. Non possono far altro che uscire dall'ufficio. Nessuno saluta.

«Ma porca puttana impestata!».

«Piantala, Carella, ha ragione lui. Stiamo in polizia dai tempi delle palafitte e ci facciamo scappare uno dalla finestra del cesso. Ringrazia che non lo sanno i colleghi».

«Ma chi se ne frega, Ghezzi!».

«Dai, su, muoviamoci, sennò davvero ci perdiamo le giornate».

Quando sono in macchina verso il tribunale, Ghezzi prende il telefono.

«Sannucci!».

«Oh, sov, dica!».

«Stiamo cercando uno che si chiama Franco Sanacore, abita in via Casella al 28, ha un laboratorio in via Chiari. Lo conosciamo già, truffa, 2015. Vedi se trovi qualcosa. Altri recapiti, case, mogli, figli, tutto quello che può aiutarci a trovarlo».

«Va bene, sov, tenga acceso il telefono. Cos'ha fatto?».

«Niente».

«E allora, sov?».

Carella urla dal suo posto di guida:

«Non rompere il cazzo, Sannucci, muovi il culo!».

Sono ancora in coda sui bastioni.

23
E il cuore?

«Teresa Comelli».

Teresa vede il suo nome, sa che è il suo nome, ovvio, certo, eccolo lì scritto a penna, su una busta bianca, appoggiata in bella vista sul ripiano dell'armadietto chiuso in cui sta il suo grembiule blu di quando fa le pulizie alla IGO, quelli che tengono alle apparenze, bella roba. Però lo legge ancora, come per essere sicura, come se chiudendo gli occhi e riaprendoli la busta bianca potesse scomparire. E invece è ancora lì. La prende, la mette in una tasca del grembiule, prende il carrello con i suoi strumenti di lavoro, poi l'ascensore, ed eccola al terzo piano. Sola.

Cosa vorranno? Chi sarà? La IGO le aveva scritto solo una volta, dopo che Andrea aveva comunicato i nomi delle donne delle pulizie. Una lettera di poche righe che diceva buon lavoro e si raccomandava sicurezza e discrezione negli uffici, una specie di benvenuto e di avvertimento, lei lo aveva interpretato come un «non rubate le penne e le matite», una scemenza. Ma ricorda che quella volta sulla busta c'era il nome dell'azienda, e invece qui no, è una busta bianca.

La apre, ne estrae un foglio piegato scritto a mano, in stampatello. Legge.

Teresa,

ho sistemato un po' di cose, trovato qualcuno che può aprire la chiavetta e guardare cosa c'è dentro. Dobbiamo vederci. Questa sera, alle otto. Lascia un biglietto dove hai trovato questa lettera, con il posto, un posto tranquillo dove parlare per bene. Porta i documenti e la chiavetta. Bisogna fare in fretta.

Stefano

P.S. Non telefonare, no messaggi. Scrivi un posto e basta.

Teresa lascia che le sue mani vadano da sole, il panno sulle scrivanie, per la polvere, poi lavarle con un leggero spruzzo di detersivo, un'altra passata. I cestini. I pavimenti. L'acqua alla pianta nel secondo ufficio. Non è lei quella che lavora, lei è da un'altra parte.

Stefano De Nardo. Non è che se lo fosse scordata, certo. Anche se di cose dopo che aveva portato a casa le tre buste ne erano successe tante. Ma di tutta quella storia, ora deve riconoscere tra sé e sé, aveva pensato quasi solo ai soldi, il suo tesoro, così prezioso da averlo addirittura ricomposto dopo averlo intaccato. Era come non averli, quei soldi, eppure averli le aveva dato una sicurezza strana, come una piccola ebbrezza. Ora De Nardo le ricorda che la cosa è più complicata. E forse anche un po' rischiosa. Perché quell'accenno a non scrivere messaggi, a non telefonare? E perché chiedere a lei di scegliere un posto tranquillo dove parlare? Perché non le ha detto un posto e un'ora, ma solo l'ora? Forse lui un posto tranquillo non ce l'ha.

I bagni sono un disastro. Il pavimento è tutto macchiato, gli uomini non sanno pisciare dentro un vaso, sbagliano mira, sporcano per terra, poi ci camminano dentro e... ma non è Teresa che pulisce. È il suo automa, si muove in fretta, più in fretta del solito, più meccanico, non si ferma nemmeno un momento, anche se passando lo straccio con lo spazzolone sente un fastidio al fianco, la striscia blu se n'è andata, ora c'è un segno giallognolo che dà sul verdino, più brutto ancora.

Un posto sicuro.

Casa, le viene subito in mente. Lei, Stefano De Nardo e forse quel qualcuno che può aprire la chiavetta. Insomma, loro due e lei da sola. Deve fidarsi? No, casa non va bene. Un bar, un posto neutrale, magari con altra gente, dei testimoni. Peggio, forse. Forse è proprio quello che De Nardo non vuole.

Finisce l'ultima stanza, aspetta che il pavimento del corridoio si sia asciugato e torna nella prima, quella da cui ha cominciato. Sono le nove meno venti, si siede a una scrivania e cerca con gli occhi. Là. Si alza, prende una busta da lettera, con il logo della IGO, Italiana Grandi Opere – Costruiamo il mondo, l'indirizzo della sede milanese, i numeri di telefono. I fogli bianchi lo sa dove sono, ce n'è una risma aperta accanto alla stampante.

E ora? Ora fa una telefonata.

«Angela? Ti ho svegliato?».

«Oh, Teresa, ti stavo pensando. Ma che svegliato, che sono le nove! Guarda che stai già pagando, qui, ti muovi a portare le tue cose?».

«Sì Angela, senti...».

Ora è nel sole del mattino, di solito le piace guardare la città che fa le sue prime mosse, la gente che va a lavorare mentre lei ha finito. Anche alla IGO cominciano a entrare delle persone, sono quelle che si siederanno alle scrivanie pulite e spolverate, che sporcheranno attorno al distributore del caffè, che pisceranno fuori dal water. C'è un discreto movimento, tutti corrono ai posti di combattimento, proprio mentre per lei si aprono le ore vuote della mattina. Deve andare dalla signora Antinori, alle quattro, e prima...

Ha lasciato la busta dove ha trovato quell'altra. Ci ha scritto solo l'indirizzo, via Illirico 7, scala C, secondo piano. Citofono: Castelli.

Angela è stata gentile, come sempre, ma anche di più. Quando le aveva raccontato tutta la storia non aveva avuto esitazioni, nemmeno per un secondo. E anche ora aveva reagito al volo. «Venite qui, io non vi disturbo, e almeno hai una testimone e non sei sola».

Aveva detto in due parole quello che lei aveva pensato per mezz'ora.

Sul tram c'è posto, la gente va verso il centro, non fuori come fa lei. Pensa al tragitto che hanno fatto con Andrea questa mattina, il pulmino, le altre donne che le chiedevano della gamba, dello scippo. Aveva dovuto raccontare, descrivere la scena, e sentirsi dire le solite cose: povera Teresa, chissà che spavento, troppi delinquenti in giro, però gentile quel signore che ti ha aiutato, e di nuovo povera Teresa, così fino all'arrivo. Due curve prima di piazza Missori la Porsche gialla parcheggiata aveva brillato solo per lei, buon segno.

È quasi arrivata e sente il suono di un messaggio sul telefono. Lo tira fuori dalla borsa, una borsa di tela di quelle che danno i negozi, le librerie, solo uno straccetto, senza struttura, senza scomparti. La borsa bella che le ha regalato Carlo non la porta, alla mattina presto, le sembra troppo, è ancora nella sua scatola. Legge il messaggio. Carlo.

«Come va la schiena? Come vanno le costole?».

Il tempo di accennare un sorriso e il telefono pigola di nuovo.

«E il cuore?».

Si è cucinata due uova, con una fetta di pane scaldata nel tostapane, in frigo non c'è praticamente altro, dovrebbe fare un po' di spesa, pensa. Invece si affanna intorno a grandi scatoloni. Sono piegati, appoggiati a una parete, li compone con lo scotch da pacchi, quando sono montati, vuoti sul pavimento della cucina, non ci si muove più. Quelli grandi sono per i vestiti, quelli piccoli per gli oggetti, le cose della cucina, certo Angela avrà già degli attrezzi, delle pentole, nella cucina della nuova casa, ma ha deciso di portare tutto, poi penseranno a quello che non serve. Fa dei calcoli a memoria, si accorge che di scatoloni ne serviranno altri, uno pensa di avere due carabattole in croce, ma quando le deve imballare si accorge che sono tante. Apre l'armadio per capire se...

Ora le viene un pensiero. Di colpo, potente come una sberla. I soldi non può tenerli lì. Pensa che il De Nardo ha aperto il suo armadietto chiuso a chiave per lasciarle la sua lettera, che c'è gente che le serrature le sa aprire facilmente e la sua è di quelle semplici semplici, un ladro non farebbe fatica. Che lasciare i soldi in una scatola da scarpe... Interrompe tutto. Il lavoro, le riflessioni sulla casa vecchia, sulla casa nuova, sulle cose da trasportare e su quelle che lascerà lì, anzi no, che baratterà con i traslocatori... Ecco Teresa con sessantacinquemila euro in mano, un mazzetto mica male, che si aggira per i suoi quaranta metri quadri, con gli scatoloni tra i piedi, che va di qua, poi di là, in bagno, torna in cucina, in camera, di nuovo in bagno. Poi si decide.

Ora sono le tre e dieci. Ha preso la borsa di Carlo, questa volta. È bellissima, nera, la pelle è morbida, i manici solidi e si può anche mettere su una spalla, come fa lei. L'ha riempita con le sue cose, poi ci ha aggiunto due buste, quella con i documenti della IGO, le pagine in inglese, e la chiavetta.

Prima di andare verso la fermata del tram è entrata in una cartoleria, ha chiesto se fanno le fotocopie. Sì, certo. Così ha dato alla commessa i fogli della IGO e quella glieli ha resi raddoppiati. Poi ha avuto un'altra idea, anche questa sbucata chissà da dove. Teresa non finisce di stupirsi.

«Chiavette del computer ne avete?».

«Qualcosa abbiamo...».

Via Francesco Viganò sta proprio all'ombra dei grattacieli. Il palazzo è bellissimo, uno di quei palazzi milanesi vecchi, eleganti. Solo che questo sembra ancora più vecchio e più elegante, perché è finito in mezzo ai grattacieli venuti su dopo, la guglia dell'Unicredit, le scale che portano alla piazza sopraelevata, Gae Aulenti. Ci sono in giro turisti e i soliti milanesi frettolosi, di là c'è corso Como, che si prepara per la notte, di qua c'è la stazione, il traffico, i tram che fanno un rumore del diavolo. Le piace, la zona, è il nuovo centro di Milano, anche al telegiornale, quando dicono «Milano» si vedono quei posti lì, il grattacielo di vetro, il bosco verticale. Il Duomo non è più di moda, ora Milano è questa, tanto varrebbe inquadrare un mucchio di soldi, sarebbe la stessa cosa.

La signora Antinori le apre la porta e le gira subito le spalle. Teresa posa la borsa, va nel bagno di servizio e mette il suo grembiule, cambia le scarpe, aspetta ordini.

«Come mai mi hai fatto chiamare da un medico, l'altro giorno?».

«Non l'ho fatta chiamare... ero stesa per i raggi e ho detto che dovevo venire qui, lui mi ha detto di no, che dovevo stare ferma e non fare sforzi, c'è stata una piccola discussione. Ho chiamato io, ma lui mi ha preso il telefono...».

«Ora ti sei ripresa?».

«Sì, sì, sto bene».

La signora non ha chiesto come, quando, perché, cosa le fosse successo. Ora lei è lì con il grembiule e un panno in mano. Solo questo conta.

«Fai la cucina, prima di tutto, che è un disastro, poi lo studio, per favore, che aspetto delle persone per le sette... il resto... fai quello che riesci».

È scomparsa in un'altra stanza con il telefono in mano, parlava di riunioni tra docenti, del rettore, di qualche documento da discutere e buttare giù, almeno una bozza, «Per farci sentire...». Teresa non ascolta, per la cucina ci vuole un'ora. Per lo studio un po' meno. È la stanza che le piace di più, anche se tutta la casa è molto bella, il salone è grande il doppio di casa sua, dalle finestre si vede il grattacielo, la punta, se ti avvicini al vetro. Ma lo studio è un gioiello, con gli scaffali di legno lucido fino in alto, un sacco di libri, la scrivania con le carte ordinate, penne, evidenziatori, documenti, dispense. «Lavoro femminile, organizzazione e prospettive legislative. Una dimensione europea dei diritti».

La signora Antinori insegna all'università, Teresa non ha mai capito cosa.

Ora si riveste e saluta, sono le sette meno cinque.

La signora le apre la porta, «Allora ci vediamo dopodomani, Teresa». Poi le cade l'occhio sulla borsa. Occhio clinico, valutazione immediata, non è un'imitazione, non è di quelle che vendono i neri per le strade.

«Ah, però, Teresa, Miu Miu!».

Lo ha detto senza pensarci, le è semplicemente uscito quello che le passava per la testa, che suonava come un «Complimenti! Bella borsa!», ma la faccia diceva tutt'altro, qualcosa di meno gentile, di meno amichevole. Fanno le serve, si lamentano di nove euro all'ora, poi hanno la borsetta da duemila euro.

Ha sceso le scale in fretta, pensando a quel sorriso un po' maligno della signora. «Una bella stronza», aveva ragione Carlo.

Ecco, Carlo.

Prende il telefono e risponde al suo messaggio della mattina. Non aveva voluto rispondere subito, non le sembrava cosa, non voleva dare l'impressione... Ora invece legge: «E il cuore?». Ci pensa un attimo e poi scrive:

«Batte».

Per andare in via Illirico bisogna prendere il 33 per otto fermate, poi cambiare in piazza 8 Novembre e prendere il 5 e farne altre sette. Poi saranno trecento metri a piedi.

Alle otto meno un quarto è seduta al tavolo della cucina. Angela sta mettendo via i suoi ricami, sono solo loro due, per ora.

«Come stai?».

«Bene».

«Sei preoccupata?».

«Sì».

24
Caccia

Le sudate carte. Eccole.

Le avevano sudate veramente, Ghezzi e Carella, perché il gip di turno aveva da fare, e poi ancora da fare, e dopo aveva da fare ancora, e loro erano andati su e giù per il Palazzo di Giustizia quasi due ore, consumando i pavimenti di marmo, sgomitando al bar per un caffè in mezzo a decine di avvocati, impiegati, cancellieri, segretari e segretarie, visitatori generici, gente preoccupata, o annoiata, o nel panico per quella causa, per quella rogna, per quella infinita rottura di coglioni che si chiama Giustizia.

Carella aveva preso un'aria cattiva.

«Qui è dove la legge è uguale per tutti, Ghezzi, mettiti comodo».

«Non cominciare, Carella, lo sappiamo che tu metteresti una forca in piazza e li processeresti a schiaffoni».

«Magari!».

Alla fine il gip aveva firmato, non aveva nemmeno voluto sentire la storia. «Date qui», aveva detto, e messo due sigle illeggibili su qualche foglio. Un mandato di perquisizione per il laboratorio di via Chiari, «in uso per quanto a conoscenza di questa autorità inquirente a Franco Sanacore, nato a...», con tanto di decreto di sequestro preventivo dell'autorità giudiziaria, da apporre eccetera eccetera... Poi un mandato di perquisizione dell'abitazione del suddetto Sanacore. E poi si era stupito di non dover firmare anche un mandato di cattura, ma Gregori non lo aveva chiesto, e anche loro erano per sbrigarsi e non scatenare l'inferno dietro a un povero sfigato che, al momento, non aveva commesso reati, solo la scemenza di scappare. Il fascicolo era «contro ignoti».

Ora sono in macchina e filano verso la tipografia. Carella guida come Fangio e Ghezzi risponde al telefono.

«Oh, Sannucci, alla buon'ora!».

«Ho fatto più in fretta che potevo, sov».

«E allora?».

«Allora niente, sov. Questo Sanacore, cinquant'anni, residente...».

«Lo sappiamo, Sannucci, abbiamo il mandato, dimmi qualcosa di nuovo».

Insomma, più o meno quel che c'era da sapere lo sapevano. La condanna era del 2015, truffa aggravata, poi diventata truffa semplice, la questione delle multe, un anno e mezzo, ma il Sanacore era incensurato, quindi niente galera. Aveva risarcito tutti, ma sul conto farlocco che avrebbe dovuto essere del Comune c'erano solo mille e trecentocinquanta euro, la truffa era stata appena avviata. Il Comune di Milano, la grande città cattiva dei soldi e del merito, si era costituito parte civile, e lì la sberla era stata più grossa: diecimila di risarcimento, e poi le spese legali, altri ottomila. Insomma, il Sanacore era stato rovinato, da quella faccenda, ne era uscito più morto che vivo, per un anno e mezzo aveva dovuto andare a firmare al commissariato e intanto aveva pure divorziato e doveva versare gli alimenti. Poca roba, ma insomma...

«Vedi che il crimine non paga, Sannucci? Ricordatelo se ti viene in mente di rapinare una banca».

«Con lo stipendio che prendo, sov, un pensierino...».

«Vabbè, grazie per l'aiuto, eh!».

«Ho solo questo, sov, l'indirizzo della ex moglie, metti che è scappato lì».

Glielo detta.

La serranda del laboratorio di via Chiari non l'ha alzata nessuno, nessuno ha rubato niente, come temeva Gregori. È uno stanzone di quattro metri per cinque, con due stanzette in fondo, una il bagno da cui è scappato quel cretino e l'altra un piccolo spogliatoio con dentro qualche tanica da dieci litri. Inchiostri. Nella stanza grande c'è un tavolo con due computer, uno grosso, acceso, probabilmente quello collegato alle macchine che stampano, e uno portatile, chiuso. Ghezzi lo apre, ma compare una schermata che chiede una password, quindi lo richiude subito. Le casse di fogli sono in due pile distinte, quelli ancora bianchi, intonsi, e quelli già stampati.

«Mette in piedi queste truffe da solo o stampa per qualcuno più organizzato?», chiede Carella.

«Dovremmo chiederglielo», risponde Ghezzi. Grazie al cazzo. Si è fatto una sua idea, in proposito. I volantini per le donazioni umanitarie, tutti con lo stesso Iban, sono il business del Sanacore. Le altre cose, le carte intestate, le stampa per conto di qualcun altro, con le spalle più grosse. Cioè, chiedere venti euro per i bambini con la leucemia, i cani abbandonati e i vecchi con l'Alzheimer non è un reato, non grave, almeno. Invece chiedere i soldi da parte di un'azienda sì, ci vuole più testa di quella che ha questo cretino che cercano.

Niente che li aiuti a trovarlo, comunque, non che ci sperassero, non è che un delinquente lascia in giro foglietti con scritto: «Nel caso mi vogliate prendere mi trovate qui».

Ghezzi spegne la macchina e il computer collegato, non sia mai che arriva il corto circuito e poi Gregori fa il culo a loro. Poi chiudono tutto e incollano sulla serranda un foglietto con un sigillo fatto alla meno peggio: «Sottoposto a sequestro giudiziario...» eccetera eccetera.

Via Casella sta a duecento metri, ci vanno a piedi, senza nemmeno la più misera speranza. Al citofono non risponde nessuno, ma quando li vede lì impalati esce una specie di portiera.

«Chi siete?». Glielo dicono. La signora sembra dispiaciuta.

«È una brava persona, Franco, perché lo cercate?».

«Niente di grave, signora», dei rapporti umani si

incarica Ghezzi, perché a Carella possono venire i cinque minuti ed è meglio evitare. Hanno un mandato per guardare in casa, sì. Ma in realtà vorrebbero parlargli. Lei non sa...

È una donna piccola come un topo, tutta grigia, con la faccia furba e simpatica, ma si vede che non si fa impressionare da un tesserino e due fogli scritti.

«Io ce le ho, le chiavi del Sanacore», dice. «Ma non so se si fa così».

«Si fa, si fa», dice Carella.

Quella faccenda lo irrita, gli sembra una perdita di tempo, una cazzata. Pensa agli spacciatori di via Valsassina, che fanno il cazzo che vogliono mentre i colleghi gli ascoltano le telefonate con le loro puttane e prendono tempo. E lui è lì a correre dietro a un cretino che è scappato invece di rispondere a due domande e tornare a casa con un buffetto. Che coglione.

«Cerchiamo solo qualcosa che ci dica dove trovarlo». Ghezzi tenta di sembrare amichevole.

«Si è messo nei guai?».

«Mica più di tanto».

Così, eccoli dentro, al piano rialzato. Si stanno abituando, con il lavoro su quella manciata di denunce, a vedere le case dei poveri. Un monolocale buio, un bagno grande come il tappetino del bagno e una cucina lunga e stretta, si fa fatica a muoversi. Nell'unica stanza tutto è ordinatissimo, ci sono scaffali, cassetti, un tavolo e un divano, probabilmente diventa un letto, quasi nient'altro. Ghezzi apre un cassetto.

Ogni cosa archiviata con precisione svizzera. Cartelline con delle scritte: processo, bollette, sanità. Questa la apre, niente di che, il Sanacore ha l'ipertensione, sai che notizia. C'è una cartellina con scritto «Teresa», Ghezzi apre anche questa. Le carte del divorzio, non le legge nemmeno.

Richiudono con le chiavi e tornano dalla signora grigia.

«Grazie, signora, abbiamo lasciato tutto com'era, non era mica una perquisizione, sa?».

Carella fuma sul portone, si intromette.

«Non sa dove possiamo trovarlo, 'sto Sanacore? Locali, bar, gente che frequenta, amici, cose così. Gli evitiamo rogne, se lo troviamo presto».

In una trattoria di viale Espinasse, altri duecento metri a piedi, decidono che tanto vale mangiare qualcosa, anche se sono solo le dodici e mezza. I tavoli sono quasi tutti liberi, in uno sono seduti in quattro, tre marcantoni e uno più esile, giovane, quasi un ragazzino, parlano una lingua incomprensibile, forse bergamasco, scherzano tra loro, hanno i vestiti sporchi.

Un uomo con un grembiule si avvicina. «Sento i muratori poi vengo da voi», dice. Lascia sul tavolo un foglio stampato, bisunto, macchiato, con le pietanze che si possono ordinare. Su alcune è tirata una riga a penna. Torna dopo due minuti.

«Io il vitello tonnato», dice Ghezzi. E pensa: che Dio me la mandi buona.

«La bistecca è di quest'anno o l'avete congelata prima della guerra?». Che Carella è un po' stronzo lo sappiamo, vero?

L'uomo sbuffa.

«Va bene la bistecca», dice Carella. Poi tocca a Ghezzi.

«Non ha mica visto Franco Sanacore, per caso?».

«Ieri», dice l'uomo. «Non so se viene anche oggi, mangia qui, di solito, sì, lo vedo spesso. Ha fatto qualcosa?».

«Che ne so, io». Sembriamo così sbirri?, si chiede Ghezzi.

«Lo cerchiamo per un lavoro, cose da stampare».

«Eh, magari. Così gli fate guadagnare qualcosa e mi paga il conto, che è indietro di due settimane».

«Allora se lo vedi dagli questo», dice Ghezzi. Ha scritto il suo numero di cellulare sul tovagliolo di carta. L'uomo annuisce.

«Il vitello arriva subito, la bistecca cotta come?».

«Se è di questo secolo un po' al sangue, sennò falla ben cotta».

Così chiacchierano del più e del meno, come bravi colleghi. Magari, vai a sapere, il Sanacore è così fesso da entrare dalla porta e sedersi per continuare a mangiare a sbafo, ma ci credono poco. La conversazione non è granché, perché Carella ha il chiodo fisso.

«Perdiamo tutto 'sto tempo per correre dietro a un cretino che non ha nemmeno un mandato addosso, Ghezzi, non ti fa incazzare?».

«Le ho finite da un pezzo le incazzature, Carella».

«Servire e proteggere... Chi cazzo stiamo proteggendo? Qualche coglione che versa dieci euro su un Iban per i cagnolini abbandonati? Non sarà una cazzata? Forse dovremmo scriverlo sulla fiancata della macchina: premiata ditta Ghezzi e Carella, diamo la caccia ai poveracci». Ghezzi ride.

Arriva da mangiare. La bistecca è stracotta, di più, ancora un minuto e diventava una fetta di carbone.

Quando sono al caffè a Carella suona il telefono. Risponde di malavoglia, ma poi si allarma, si fa scuro in volto. Ghezzi sente solo quello che dice lui, non tutta la conversazione. «Come lo sai?». «Sei sicuro?». «A che ora?».

Poi chiude e si agita.

«Quelli di via Valsassina», dice. «Ho uno che mi informa, là. Oggi gli arriva un carico, grosso, dice 'sto tizio». Poi una pausa, beve il caffè d'un fiato.

«Io vado là, Ghezzi».

«Per una volta fai una cosa giusta, dillo a Gregori».

«Sì, certo, così ci vanno tra una settimana».

«Vai dove cazzo vuoi, Carella, io te l'ho detto. Il Sanacore andiamo avanti domani, ci diamo ancora un giorno, se non lo troviamo non fa niente, a meno che Gregori non si incazza davvero e chiede il mandato di cattura. Dai, vai, prendi la macchina, io torno coi mezzi».

Carella ha in mano le chiavi ed è già fuori dalla trattoria. Ghezzi si appoggia allo schienale della sedia. Ora si è riempito, il posto. Decide di tornare a casa, magari la Rosa è contenta di vederlo a un'ora stramba. Più probabile che ne approfitti, già la sente: «Allora andiamo a fare la spesa, Tarcisio».

25
Credere

Carlo Monterossi torna alla base dopo la gita fuoriporta. Il suo posto auto, quello con la scritta gialla «Riservato», è occupato da una Smart grigia. Un tramonto rosso carico di profitti e idrocarburi avvolge il grattacielo azzurro della Grande Fabbrica della Merda.

Nella sala riunioni ci sono Flora De Pisis con Alexa al fianco – per i cani ben addestrati non serve il guinzaglio –, il giovane squalo Alex, il regista del programma e Bianca Ballesi. Quindi c'è anche qualche umano, pensa Carlo, e le fa un sorriso che dice: «Vengo in pace, ragazza». Sorriso accettato.

Il regista ha appena finito la sua recita, toccherebbe ad Alex, ma Flora dà la precedenza a Carlo, che è stato a dare un'altra occhiata a Zelo Surrigone, il luogo del miracolo.

Ci era arrivato all'ora di pranzo, aveva mangiato il pesce al ristorante elegante del paese, poi aveva camminato fino al cortile di don Vincenzo, sperando di non trovare nessuno sotto il sole della controra. In effetti era così, più o meno. Qualche lavoro era stato fatto, dalla sua ultima visita: il cortile era stato ampliato, ora prendeva anche un pezzo del campo, un rettangolo di una trentina di metri per venti, un po' spianato, molte sedie pieghevoli erano accostate al muro in lunghe file ordinate.

Sui muri perimetrali all'interno del cortile erano stati disegnati degli enormi codici QR, e due, più piccoli, alla destra e alla sinistra del crocefisso magico, Carlo aveva pensato ai ladroni e aveva riso. Possibile che a con Vincenzo non fosse venuto in mente che quel trucco risplendeva come una metafora? Comunque, se avessero messo la camera fissa in un angolo, come avevano deciso, sarebbe stato impossibile non riprendere quegli affreschi quadrati di lineette incomprensibili, a meno di non orientare l'obiettivo verso il cielo. Carlo ne ha inquadrato uno con il telefono e quel che gli è uscito è una pagina con un breve testo sui nostri peccati, la Provvidenza, il paradiso, l'inferno e soprattutto un Iban per donare dei soldi. Il suo suggerimento era stato preso alla lettera e amplificato che di più non si poteva.

Poi ha approfittato di essere solo, nel cortile dei miracoli, e ha salito i due gradini del portico, si è messo sotto il crocefisso a intermittenza e lo ha guardato con attenzione. Da lì si vede bene, la corona di spine, giallo oro. Non nota nessun trucco intorno, non ci sono faretti, non visibili, almeno, puntati sulla testa del Cristo, né cavi sospetti, né lampadine o cose simili. Il trucco è ben studiato, insomma. Il Cristo ha la sua faccia dolente, la scultura è di pregevole fattura, ha pensato, i muscoli delle braccia, il costato ferito. Un bel crocefisso.

Poi era uscito don Vincenzo, per nulla minaccioso, Carlo si era presentato e si erano seduti all'ombra.

«Dunque tra una settimana facciamo questo programma», ha detto il non prete.

Carlo gli ha illustrato le sue flebili speranze: che non diventasse una pagliacciata, la cosa già era archiviabile sotto la voce «circo di Flora» e non conveniva a nessuno che il kitsch uscisse dagli argini.

«Lei non ci crede, vero?».

«No».

«E allora perché è qui?».

«Faccio il mio lavoro». Poi aveva indicato i muri con i codici QR disegnati e aveva aggiunto: «Anche lei, vedo».

«Lo scetticismo è una brutta cosa, sa?».

Non c'era altro da dire, ma il finto prete era andato avanti lo stesso.

«Ci pensi, non facciamo lo stesso lavoro? Cosa fate voi con quel programma, con la televisione in generale? Distraete la gente dalla sua vita, che di solito è bella grama... Le persone che vengono qui vogliono crederci a tutti i costi, arrivano con le loro speranze, con i loro guai, e vanno via un po' più contente. Le speranze... i guai... restano, certo, non mi sentirà mai dire che qui qualcuno è guarito o che c'è stato un miracolo. Ma in qualche modo un miracolo avviene, signor Monterossi... pensa ai soldi, vero? La metta in questo modo: da uno psicologo spenderebbero lo stesso, forse di più».

«Come fa con il crocefisso? La luce, intendo».

Don Vincenzo si era fatto serio, non si era offeso né inalberato, si comportava come se si parlasse di una questione tecnica.

«Non faccio niente, che lei ci creda o no. La corona di spine di Nostro Signore si illumina, ogni tanto, senza spiegazione e senza motivo. Chi sono io per non credere?».

«E chi sono io per credere?», ha detto Carlo.

La conversazione era morta così, senza astio e senza ironie. Erano arrivati quattro ragazzi, dai campi, e avevano cominciato a fare dei lavori manuali, come strappare delle erbacce lungo i muri, spazzare per terra nel cortile, uno si era messo a contare le sedie piegate appoggiate al muro.

Carlo aveva stretto la mano al prete non prete ed era tornato verso la macchina sotto il sole della campagna lombarda, il cielo che è bello quando è bello, l'odore di concime sparso nei campi e il ronfare lontano di qualche trattore al lavoro. I ragazzi avevano magliette bianche, con il codice QR stampato sulla schiena: una volta seduti per la predica di don Vincenzo sarebbe stato impossibile non inquadrarli.

Tutto questo a Flora non interessava, e infatti Carlo non l'ha detto. Se l'è cavata con due frasi: a Zelo Surrigone le cose procedevano benissimo, aspettavano la diretta di Flora con la stessa pazienza umile con cui aspettavano il miracolo, l'apparizione, il lampeggiamento sacro, solo che *Crazy Love* aveva un orario di messa in onda, e il miracolo no. Per Flora, una seccatura.

Ora tocca a Alex, l'autore giovane, l'apprendista stregone. Come ospiti in studio, a parte la perpetua porno, hanno selezionato due storie. Un signore di sessantanove anni, ex professore di matematica in un liceo di Pavia. Aveva un tumore, prima di frequentare il cortile di don Vincenzo, e ora non ce l'ha più. Ha portato il medico, ha esibito le analisi, una guarigione inspiegabile. Hanno scelto lui perché parla un italiano decente e soprattutto insegnava matematica, quindi in qualche modo è uno scienziato, non una beghina invasata. E poi se la cavano con tremila euro, medico compreso. È vero, il medico è il suo dentista, non l'oncologo che lo ha in cura, ma questo non ci sarà bisogno di svelarlo al grande pubblico. Alex sembra fiero di questa trovata geniale.

L'altra storia la porterà un'adolescente linda e solare, perché Flora voleva anche i giovani. È una che ha assistito al lampeggiamento sacro, niente miracolose guarigioni, qui, ma una testimonianza. Poi c'è un elettricista di Abbiategrasso, quello mandato dalla Curia a vedere se ci fossero fili o congegni per fingere un miracolo. Lui dirà che non ha trovato nessun collegamento elettrico, che anche lui era scettico, anzi, un mangiapreti, ma da quando ha fatto quella specie di perizia...

Interrogata con gli occhi, Bianca Ballesi dice di avere in tasca tutte le liberatorie, e Alex ha chiosato da par suo: di storie così ne hanno ancora una decina, se la faccenda del crocefisso dovesse proseguire per altre puntate.

«Certo che continuerà», ha detto Flora. «Anche l'azienda ci crede parecchio». Poi ha chiuso la riunione con le solite parole di sprone e incoraggiamento.

«Avevi ragione, Carlo, è deprimente».

Non sono andati al bar interno, dove c'era già troppa gente intenta al sabba dei pettegolezzi aziendali. Sono nel parcheggio, ora, lo spettacolo del tramonto è quasi finito.

«Scusami per l'altro giorno, sono nervosa, sono stanca».

«Non c'è niente da scusare, Bianca. Flora ci mangia l'anima e noi che siamo persone decenti ne soffriamo».

Forse lei voleva abbracciarlo, ma si è ricordata delle loro regole, della clandestinità obbligatoria lì dentro, dove anche i muri hanno occhi e orecchie.

«Cena?», ha detto lui.

«Salgo a prendere le mie cose, arrivo subito».

Così Carlo si è messo ad aspettare, ha acceso il motore per avviare l'aria condizionata, e intanto ha pensato che aveva addosso una strana sensazione, come un blues, una stanchezza arresa. Gli fa piacere che Bianca non sia più arrabbiata con lui, ma non prova la gioia di chi ritrova la pace e la serenità. C'è della stanchezza, c'è della routine, del già visto, del già sentito. Bianca è una donna straordinaria e intelligente, si può dire che sono molto simili, e forse è questo... Poi c'è sempre il fantasma di Flora, di mezzo, il lavoro, le seccature, il grattacielo azzurro... Bianca Ballesi è una ragazza perfetta, una donna che sembra fatta per lui, come dice Katrina, che lo spinge a decidersi, a muoversi, a procurarle un piccolo Monterossi che gira per casa e sporca dove lei ha pulito. Sarebbe tutto perfetto, sì. Però... non è un territorio inesplorato, ecco.

Ora si scopre a pensare a Teresa. Sarà andata poi da quella stronza dove voleva trascinarsi l'altro giorno, ancora ferita? E ora starà organizzando il suo minuscolo trasloco da una casa piccola in periferia a un'altra casa piccola in periferia? Il marito le avrà telefonato incazzato perché era andata a tendergli un agguato con l'avvocato? Forse dovrebbe sentirsi in colpa, e invece no. Prende il telefono e scrive un messaggio.

«Tutto bene, Teresa?».

Poi Bianca Ballesi apre lo sportello e si siede, comoda, appoggia la borsa, abbassa l'aletta parasole per guardarsi allo specchio e si ravvia i capelli.

«Dove mi porti, hombre?».

Si è quasi pentito dei suoi pensieri. Sono bastate due coppe di champagne, l'aperitivo, perché la loro intesa tornasse come prima, come è sempre stata. Il fantasma di Flora De Pisis se n'è andato, lui ha raccontato della conversazione con il non prete don Vincenzo, hanno riso dei miracoli e dei miracolati, disprezzato Alex e parlato d'altro. Tra un mese finisce il calvario e si può andare in vacanza. Lei ora vorrebbe solo un lettino al sole, su una spiaggia bianca, qualche buon libro e drink alla frutta, ma sa che dopo tre giorni così sarebbe già stufa. Ci vorrebbe qualcosa che mischiasse le cose, il relax e dei posti da vedere, forse il Portogallo? O qualcosa di più avventuroso? Vietnam?

La conversazione è piacevole, Bianca Ballesi è leggera e divertita, lascia intendere di volersi divertire ancor di più, quando arriveranno a casa, conosce dei trucchetti interessanti, e pare contenta quando lui le mostra i suoi.

Carlo ha chiesto il conto, lasciato la mancia, ora sono sul marciapiede fuori dal ristorante, e proprio in quel momento suona il telefono.

Risponde.

Dall'altra parte una voce spezzata, in lacrime, le parole non si capiscono, Carlo le dice di calmarsi, di respirare, di ripetere.

Teresa.

«Dove sei ora?», chiede. E poi: «Arrivo, aspettami e calmati».

Bianca lo guarda, non sembra nervosa, ma fredda, neutra.

«È la tua Cenerentola?».

«Bianca... Dai, non farmi la scenata, è un'emergenza... Andiamo, ti accompagno».

«Ma no, Carlo, vai, chiamo un taxi».

«Bianca... cosa sarebbe, una scena di gelosia? Non è il caso, ti assicuro».

«Ma quale gelosia, Carlo, eppure mi conosci».

«Per quello mi stupisco!... Dai, andiamo!».

«No, vai tu, non preoccuparti. Ci sono cose che non capisci. Siccome ti conosco, so che le capirai più tardi, non c'è nessun problema, su, puoi risparmiarti la contrizione».

Si erano dati un piccolo bacio pro forma, senza nessun calore, poi lui aveva raggiunto la macchina, messo in moto e guidato verso la periferia, più veloce di quel che doveva, dopo quello che aveva bevuto, agitato da molti pensieri, o forse no, adesso non lo sappiamo dire, e di certo non andremo a chiederglielo.

26
Una banda

Stefano De Nardo è arrivato alle otto e dieci, si è guardato intorno nell'appartamento di via Illirico come se cercasse trappole, agguati, gente appostata per catturarlo. Non sembrava un delinquente pronto a tutto, forse nemmeno un ragazzo sveglio come aveva creduto di capire Teresa quando si erano visti al bar. Solo una volta seduto nella cucina della signora Angela, dopo una presentazione imbarazzata e frettolosa, si era un po' rilassato.

Teresa non voleva perdere tempo, aveva messo sul tavolo i fogli della IGO, dodici pagine scritte in inglese, e la chiavetta, poi aveva lanciato uno sguardo che diceva: «E adesso?».

Stefano De Nardo aveva guardato i fogli e li aveva posati di nuovo dopo una breve scorsa. Si era soffermato solo sulle fotografie, anche lui non sapeva leggere l'inglese, non ci aveva nemmeno provato. Però aveva detto che se le cose stavano come pensava lui, in quei documenti e in quella chiavetta c'erano segreti che la IGO preferiva non andassero in giro. Forse non solo la IGO, e quindi erano cose che avevano un prezzo e che qualcuno avrebbe pagato per riprendersele, o per possederle.

«È un ricatto, giusto?», aveva detto Teresa, e intanto sentiva montare una sensazione di disagio. Non voleva essere lì. Avrebbe dovuto tenersi i soldi e rimettere le altre due buste dove le aveva trovate per puro caso, un po' nascoste, sulle scale della IGO. La signora Angela non aveva ancora detto una parola, né accennato a offrire qualcosa. Zitta e immobile.

Alle otto e venticinque avevano suonato e poi dalla porta era entrato un ragazzo, un nero alto quasi due metri, i capelli cortissimi. Aveva posato per terra una di quelle borse quadrate che hanno i ciclisti proletari che consegnano il cibo a domicilio, gialla, e si era seduto anche lui al tavolo. Le due donne erano stupite, ha parlato ancora De Nardo.

«Lui è Nasir», ha detto. «È una specie di mago dei computer».

Il ragazzo nero ha riso, con i denti bianchissimi e uno scintillio negli occhi.

«Stefano esagera, me la cavo, ecco».

Per un istante, uno solo, Teresa ha visto la scena da fuori. Era questa la banda che voleva ricattare la grande azienda che fa le dighe nel mondo? Una sarta in pensione, una donna delle pulizie, una guardia giurata che fa il turno di notte e un nero che consegna pizze. Non sapeva se ridere o piangere.

«Voi parlate, io faccio la pasta», aveva detto la signora Angela alzandosi, e nemmeno due minuti dopo si era diffuso un profumo di soffritto, lei stava lì e sentiva tutto.

De Nardo ha spiegato la situazione a Nasir, ma in realtà il riassunto era per tutti. Quelle carte, e forse la chiavetta, contenevano probabilmente materiale riservato, e questo non era difficile da capire perché c'era un timbro, sulla prima pagina, con scritto proprio «Confidential» sotto la sigla BNI, e fin lì, con l'inglese, ci arrivava persino lui. Dovevano capire bene di cosa si trattava e vedere se potevano tirarci fuori dei soldi. Era stufo di lavorare alla IGO per due lire, di dormire di giorno, un po' di fortuna gli avrebbe fatto comodo. Se sapeva altre cose, oltre a quelle cazzate, non l'ha detto e non l'ha fatto capire.

Nasir ha preso in mano i fogli e si è messo a leggere. Non ha fatto la faccia di quegli altri, che avevano rinunciato alla prima occhiata. Dalla borsa gialla poggiata a terra ha tirato fuori un computer portatile, l'ha messo sul tavolo e lo ha acceso, poi ha continuato a leggere incalzato dalle occhiate di Teresa e Stefano che dicevano: allora? Beh?

Cinque minuti. Dieci. C'è solo il rumore della cipolla che sfrigola.

In un quarto d'ora aveva letto tutto, poi aveva alzato gli occhi dai fogli e detto: «Cazzo!».

«Dai, parla!». Il De Nardo era visibilmente nervoso.

«Un attimo».

Ha digitato qualcosa sullo schermo, ha aspettato, poi ha letto, ha scritto ancora e ha letto di nuovo, molto in fretta, e infine si è appoggiato allo schienale della sedia. I suoi denti bianchissimi hanno illuminato la stanza.

Forse voleva fare un po' di cinema, come uno che sa un segreto e aspetta a dirlo, ma le occhiate degli altri gli hanno rovinato lo spettacolo.

«Il BNI, Bureau of National Investigation, è il servizio segreto del Ghana», ha detto indicando il suo schermo magico. «Il documento è destinato al Presidente, al Ministero dell'Energia e Infrastrutture e al Ministero dell'Economia. Non c'è un titolo, ma la prima riga dice: Rapporto riservato sulla situazione della diga di Tuluwe, Central Gonja District, settembre 2022».

La signora Angela ha buttato la pasta. Teresa ha sentito ancora lo sconforto di prima. Tre sfigati intorno a un tavolo con in mano un rapporto dei servizi segreti su una diga in culo al mondo, letteralmente, più una che fa gli spaghetti e allunga le orecchie per sentire.

Ma dove vogliamo andare, ma dove ci presentiamo.

«Il rapporto è diviso in tre parti», dice ora Nasir, e fa un riassuntino.

La prima parte riguarda i finanziamenti, i lavori, la divisione delle commesse, cose complicate, ci sono tabelle di numeri, dati incomprensibili espressi in metri cubi, milioni di metri cubi, forse l'acqua che la diga dovrebbe contenere, non ci si capisce niente. Poi c'è l'elenco delle aziende accreditate per i lavori: due tedesche, tre cinesi e una italiana, la Italiana Grandi Opere, e c'è una tabella che parla di soldi: quattro miliardi e settecento milioni di dollari, i cinesi sono impegnati per due e mezzo, gli altri divisi quasi a metà tra italiani e tedeschi, la fine dei lavori, con data di inizio novembre 2023, è prevista per il 2030.

«Per la IGO è un affare da più di un miliardo», dice De Nardo. Gli brillano gli occhi. Teresa ride, ma solo perché le sembra tutto assurdo. La signora Angela mette dei piatti sul tavolo, senza apparecchiare, solo i piatti con la pasta e una forchetta conficcata dentro. Nasir va avanti, si vede che si diverte.

«La seconda parte del rapporto si intitola "Political and social situation related to Tuluwe dam"», e siccome gli altri lo guardano come se fosse l'oracolo di Delfi si affretta a spiegare, leggendo qui e là dai fogli.

I problemi riguardano alcuni villaggi e molte fattorie che sarebbero sommerse dall'acqua, a nord della diga, e altri, più a sud, che sarebbero coinvolti dai lavori. Ci sono i nomi di otto località, qualche notizia sulla resistenza dei residenti. Una foto in bianco e nero mostra un muro diroccato con la scritta «No Dam».

«La popolazione che avrebbe dei guai è stimata intorno alle quindicimila persone. Nel luglio del 2022, c'è scritto qui, è stato rapito un tecnico tedesco, rilasciato tre giorni dopo, dice che era un'azione dimostrativa e i rapitori sono stati catturati. Ci sarebbe un piano di rimborsi e risarcimenti per le attività agricole che verranno danneggiate, ma non ci sono altri dati. La situazione è...», ora legge, «... "moderately agitated but under control of government forces"... non sembrano molto preoccupati».

Il rapporto dice anche di proteste da parte di alcune associazioni ecologiste, perché lì ci sono dei parchi nazionali, delle zone protette, ma è solo una riga, Nasir tira via dritto.

Tutti mangiano qualche forchettata di spaghetti al sugo, continuano a tacere.

«Ora arriva il bello», dice il ragazzo. La pasta l'ha finita in un lampo, tre bocconi giganteschi e non c'era già più, Angela porta via il piatto.

«La terza parte del rapporto parla dell'Italia, pare ci sia stato qualche problema», così ora Nasir fa il riassunto, traducendo all'impronta, si vede che l'inglese non solo lo sa, ma dev'essere stata proprio la sua lingua, una volta, prima di venire qui a consegnare pizze e a fare il mago dei computer.

«La delegazione italiana arrivata ad Accra nel settembre del 2022 ha fatto un sopralluogo di tre giorni sul sito dei primi sbancamenti per la diga. Poi è tornata ad Accra, la capitale, ospite della... Ghana International Construction, che è del ministero, insomma, è l'ente statale che sovrintende i lavori, eccetera. Qui si parla di episodi provati di corruzione, gli italiani hanno smollato dei soldi ai funzionari locali. Ma non solo, si sono comportati parecchio male. Si parla di uso di droghe, e anche...». Nasir smette di leggere e ride. Gli altri sono presi dall'ansia.

«Dai, cazzo!».

«Sentite qui. Ai funzionari italiani, gente del Ministero degli Esteri, ingegneri, costruttori eccetera, era stata fatta passare una vacanzina niente male, cerimonie, discorsi, banchetti, feste, e c'era anche un coro di benvenuto, tutto femminile, di una scuola internazionale. Forse i funzionari hanno capito male, vai a sapere, ma qualcuna delle ragazze ha denunciato violenze. Il rapporto dice che alcune famiglie piuttosto in vista di Accra si erano mobilitate per andarsi a riprendere le figlie, e che

il BMI ha avuto il suo daffare per mettere a tacere la questione, perché le famiglie erano di gente importante, anche politici del Ghana, che chiedevano di espellere la delegazione italiana e minacciavano di rendere pubblica la cosa, di far saltare l'affare. Qui dice che il BMI è dovuto intervenire con il direttore del "Ghanaian Times", che voleva pubblicare la storia».

«Che schifo», dice ora Teresa. Stefano De Nardo invece si fa una risata.

«Il rapporto», continua Nasir, «dice che la questione è stata risolta con qualche scusa e la delegazione italiana è ripartita il giorno dopo, con il volo con cui era arrivata. I contratti non sono stati messi in discussione, l'incidente è stato chiuso in fretta e senza troppo clamore».

Ora si sporgono sullo schermo di Nasir, perché lui ha aperto Google Maps e cercato la zona. Ci sono due fiumi, è vero, un lago gigantesco, sotto, e poi tutto verde e verdissimo. Un dito nero lungo come il collo di una giraffa indica un punto. «Ecco Tuluwe», dice, «anche se qui lo scrivono Tulawe». Ingrandisce la mappa finché si può. È un puntino in mezzo a un immenso nulla verde.

Nessuno dice niente, ora, ognuno pensa qualcosa per suo conto, e non sono le stesse cose. Teresa la pasta l'ha soltanto assaggiata, ha lo stomaco chiuso, si sta dicendo che in quel pasticcio non vorrebbe entrare per niente, anche se ci è già dentro.

Nasir è passato alla chiavetta. L'ha inserita e ha fatto una smorfia.

Ha digitato sulla testiera, aspettato un po' e poi digitato di nuovo. Ha aperto un software, anche se gli altri questo non lo sanno, poi ha scosso la testa. No, non andava.

«C'è un wi-fi?», ha chiesto alla signora Angela.

Lei ha aperto un cassetto della cucina e gli ha passato un foglietto con delle cifre e dei numeri. La password.

«Non l'ha cambiata da quando le hanno messo il modem?».

«No, perché?».

Il ragazzo nero ha scosso la testa come se uno gli avesse detto che le chiavi di casa le lascia nella toppa, quando esce, che problema c'è? Ha detto qualcosa tra sé e sé, sembrava un misto di disapprovazione e compatimento.

«Devo scaricare un software che forse ci aiuta», ha detto. «Sempre sperando che ci sia solo questa, di password, e che quel che c'è dentro non sia criptato in modo più serio».

Così sono passati dei minuti, e ha parlato solo De Nardo.

«Dice che lo scandalo degli italiani poteva far saltare l'affare, forse è questo che possiamo vendere alla IGO». Poi ha fatto una pausa, perché si vede che stava pensando. «O forse non alla IGO, forse ai concorrenti, oppure direttamente ai funzionari corrotti».

Teresa ha alzato gli occhi al cielo. Lo sa di non essere una donna particolarmente intelligente, se n'è fatta una ragione già da quand'era ragazzina. Però non è scema del tutto. Chi andrebbe, di quelli lì, a vendere dei segreti scottanti a qualcuno? Cosa si fa, si bussa a un ministero, toc toc, chi è? Sono Teresa, sa, faccio le pulizie alla IGO, cosa offrite per questi documenti dei servizi segreti del Ghana? A parte che è in Africa, va bene, ma lei non lo sa nemmeno, di preciso, dov'è il Ghana.

«Ecco», dice ora Nasir. Fa la faccia di quello che è riuscito ad aprire la cassa del tesoro. «Non semplicissimo, ma non una grande blindatura, diciamo».

Nella chiavetta ci sono quattro file. Sono quattro filmati in formato .mp4, senza titolo, solo un numero. Nasir ha messo il computer al centro del tavolo, in modo che tutti possano sedersi da un lato, quello lungo, una specie di cinema, e in effetti il cinema è cominciato.

Il primo video dura quattro minuti e quaranta. C'è una luce chiarissima e una decina di persone che camminano su un sentiero di terra rossa, quasi tutti neri tranne tre, uno giovane, sui quarantacinque, che sembra il capo, e gli altri due più anziani, ma non troppo. Hanno le camicie chiazzate di sudore, il cielo è plumbeo, ci dev'essere un'umidità paurosa. Niente sonoro, solo immagini. Si vede il gruppetto che cammina indicandosi la riva opposta del fiume, poi si fermano, tre neri stanno più indietro, tipo guardie del corpo, i tre bianchi e altri tre neri, eleganti, in camicia bianca, si piazzano su una piccola altura. Si indicano ancora dei punti verso l'orizzonte, poi fanno dietrofront e camminano. Ora la camera, probabilmente un telefono, li riprende di fronte. Il più giovane è chiaramente il capo della delegazione, gli altri sembrano quasi ossequiosi, sicuramente segretari, o accompagnatori, comunque sottoposti. Il video finisce così, con questo gruppetto che cammina verso l'operatore, il fiume marrone e il verde alle loro spalle.

Il secondo video è rubato. Si vede dalle luci, dalle inquadrature, non sempre dritte, come se qualcuno impugnasse il telefono di nascosto, di certo il soggetto non sa di essere ripreso. È il capo di prima, seduto su un divano, un tavolino davanti, sbracato, la camicia aperta fino a metà del petto, scarmigliato, la faccia un po' stravolta. Non si vede se ci sono altre persone nella stanza, ma probabilmente sì, perché questa volta c'è anche il sonoro e si sentono delle voci, risate, tintinnio di bicchieri. L'uomo si china sul tavolino con una banconota arrotolata e inspira una lunga striscia di cocaina. Se è cocaina, ovvio, ma il gesto è quello. Restano sul tavolo altre strisce, l'uomo si appoggia allo schienale del divano, si tocca il naso, poi si china di nuovo e ne fa fuori un'altra, bella grossa, sembrerebbe. Le immagini sono scure, ma si vede tutto benissimo. Il video dura due minuti e quaranta secondi, ma il bello è solo nel primo minuto. Poi si vede lo stesso uomo che beve, che si lascia andare, quasi si sdraia sul divano, chiude gli occhi nel suo nirvana di eccitazione. Il filmato termina bruscamente dopo un movimento del telefono, si vede il pavimento, poi il soffitto, come se qualcuno lo tenesse in mano normalmente, come un oggetto, non come una videocamera.

«I nostri amici si sono divertiti», dice De Nardo. Ha la voce un po' delusa. Non è che ci tiri fuori granché da uno che pippa da un tavolino, anche se venisse fuori che è un pezzo grosso.

«Un po' cazzone però», dice Nasir. «Non conosco la legislazione del Ghana sugli stupefacenti, ma secondo me non ti danno una medaglia, farsi filmare così è da coglioni...».

Teresa non sa che dire. È la signora Angela che prende il comando.

«Vediamo gli altri».

Il terzo video è il più lungo, sei minuti e quarantadue secondi. Parte come era finito l'altro, cioè con inquadrature casuali, sporche, non si vede niente. Poi l'operatore deve aver trovato il modo per nascondersi bene, perché tutto si fa più nitido e preciso. C'è una ragazza, impossibile dire l'età, nuda, sdraiata sullo stesso divano di prima. Un uomo le sta addosso, seduto sul divano, la ragazza ride, l'uomo è di spalle, rivolto verso di lei. Poi una piccola panoramica della stanza, ci sono altri uomini, i tre italiani del primo video più qualche nero. Ora si vede il capo, quello che pippava la coca, che mette le mani addosso a un'altra signorina, molto più giovane, questa, i seni sono piccolissimi, la faccia è spaventata. Il telefono fa un altro giro. C'è un tavolo pieno di bottiglie, voci maschili e femminili. Poi torna sul capo della delegazione, o quello che sembra il capo. Tiene la ragazzina chinata, la spinge con le mani sulle spalle nude. L'inquadratura resta ferma, la ragazza non si agita, forse resiste. L'uomo ha la camicia slacciata ed è nudo dalla cintola in giù, non si può equivocare quello che le chiede, o forse quel che vuole costringerla a fare. C'è un'altra panoramica, altri uomini e altre ragazze, ma nessuna situazione così esplicita, anche se alcune ragazze sono completamente nude.

Ora le occhiate della banda sono più smarrite. Questo sì è qualcosa che può far male a qualcuno. Teresa pensa alla ragazzina, forse anche la signora Angela, forse Nasir pensa ai bianchi che fanno i padroni e De Nardo ai soldi che può farci. Non si può entrare nel cervello di quattro persone, certo, ma i loro occhi dicono che sì, sono colpiti, c'è poco da discutere, è la scena di una violenza, senza schiaffi, senza grida, o percosse, o minacce, ma quel che si vede è chiarissimo. Il video si spegne come gli altri, dopo aver ballonzolato un po' per la stanza, aver puntato il soffitto, poi il pavimento, poi nero.

Il quarto video dura meno di quattro minuti, l'unico verticale. L'operatore deve avere il telefono al collo, come un pendaglio, una collana. Questo si capisce perché mentre cammina l'immagine è un po' mossa, un lungo corridoio, probabilmente un aeroporto, grossi finestroni danno su un vuoto buio con grandi fari, o lampioni, in fila, più lontani. Subito la cosa diventa una certezza, perché si vede un gate d'imbarco, poi una porta che si apre e una stanza. Entrano il capo della delegazione italiana e un altro bianco, insieme a due neri in giacca e cravatta, e a quello che sta facendo le riprese. Ora le immagini sono ferme e nitide, come se si fosse appoggiato alla porta permettendo al telefono di vedere tutto senza scosse o movimenti. È una saletta asettica, forse di quelle per i controlli, c'è un divanetto grigio, un tavolo, due sedie. L'italiano più giovane si mette comodo, si fa dare una valigetta dall'altro bianco e la apre. Poi sistema qualcosa sul tavolo. Soldi, mazzette. Non si vede se sono dollari, o euro, o qualche altra valuta, ma sono soldi, non c'è dubbio. Il nero più grosso li conta, cioè conta soltanto una delle mazzette, che sono tante, una ventina. Poi l'altro nero rimette il denaro nella borsa, ci sono delle strette di mano, i neri escono dalla saletta. I bianchi li seguono e nel corridoio si separano. Il video segue i due neri ancora per qualche metro e poi si oscura.

La sensazione è che i neri con la valigia di soldi se ne vadano insieme a chi ha fatto il video e i bianchi raggiungano un aereo, o un gate. In tutta la scena nessuno ha detto una parola, era solo uno scambio, veloce, discreto, invisibile. Che però qualcuno si è preso la briga di filmare.

Parla per primo il De Nardo.

«Cosa vi avevo detto? Questa chiavetta vale oro».

La signora Angela è come paralizzata. Guarda Teresa come per dirglielo: che succede, cos'è questa storia? Non c'è nessun rimprovero nel suo sguardo, ma forse Teresa non lo capisce, questo. Pensa che la signora, che è un'amica di sua sorella, una sarta in pensione, le ha fatto quella cortesia di dividere la casa e le spese con lei, che certo non si aspettava di avere un complotto in cucina. Che lei le ha portato guai, anche se sono guai che non vuole, che ha trovato per caso sulle scale del posto dove lavora. Insomma...

«Che ne dici, Nasir?», chiede De Nardo.

«Bei filmini delle vacanze», dice il nero. «Fammi fare una cosa».

«Io non sono una che ricatta la gente», dice Teresa.

L'ha detto a sé, non agli altri. De Nardo l'ha guardata con un ghigno, come dire: povera scema.

E invece, a sorpresa, è stata la signora Angela a riportare la pace.

«Ma perché ricatto, Teresa? Qualcuno ha perso qualcosa e noi glielo riportiamo, sperando in una bella ricompensa... Se la cosa è preziosa, la ricompensa sarà più alta, giusto?». Poi le ha preso una mano, gliel'ha stretta come fanno le madri quando danno coraggio alle figlie, quando dicono: passerà.

«Quanto ti dà all'ora il tuo Andrea delle pulizie? Quattro? Cinque? Questi qua ti danno di più, Teresa, senza nemmeno passare uno straccio. Cos'è, ti fai problemi morali con questi qui? Gente che tira fuori il cazzo in faccia a una bambina?».

Stefano De Nardo si fa una risata. Forse pensa anche lui alle ore di noia che passa alla IGO. Sì, questi qui, chiunque saranno, pagheranno di più.

«Niente da fare», dice Nasir. Gli altri lo guardano fisso, ora ci sono tanti di quei punti di domanda, nella stanza, che ci potreste riempire un quaderno. Lui spiega.

«Ho preso le immagini del grande capo, quello che pippa, che pretende un pompino e che consegna i soldi. Due primi piani buoni, uno là vicino al fiume, e un altro mentre il nero conta i soldi».

E allora? Non lo dice nessuno, ma è come se.

«Ho fatto una ricerca veloce con Google Immagini, sapete, tu metti una foto e ti escono come risultato tutte le foto simili. Il signore non sappiamo chi è, non è indicizzato, non dev'essere né uno famoso, né uno importante. Insomma, non ci sono foto sue in rete, Google non ne ha nemmeno una, ci sono dei risultati di gente un po' simile, stesso naso, stessi capelli, ma non è lui, è solo gente che gli somiglia, e nemmeno tanto».

E ora? Anche questo non l'ha detto nessuno.

Nasir ha scaricato i video sul suo computer e De Nardo ha chiesto la chiavetta. Teresa ha sentito che qualcosa non andava, qualcosa che sul momento non capiva, ma che non le sembrava giusto. E ha parlato prima di mettere a fuoco, prima ancora di pensarci.

«E perché dovresti tenerla tu, la chiavetta?».

«Perché io ora penserò a come gestire l'affare. O vuole farlo la donna delle pulizie?».

Uno schiaffo, insomma.

Teresa è diventata rossa, ma non ha detto niente. Ha preso la borsa da una sedia vuota vicino alla porta e ha passato a Nasir la sua chiavetta nuova, quella comprata dal cartolaio.

«Per favore, Nasir, metti i video anche qui dentro».

De Nardo non ha detto niente, ma il suo sguardo sembrava sorpreso. La signora delle pulizie era più furba di lui, e probabilmente stava pure pensando che non ci voleva molto. La signora Angela, invece, ha fatto un sorriso largo, compiaciuto, anche chi non sa leggere i sorrisi della gente – grave errore – avrebbe interpretato correttamente: è un sorriso che vuol dire «Brava Teresa!».

Non è finita. Quando Nasir passa a Teresa la sua chiavetta con i video, lei allunga la mano aperta, poi stringe il pugno.

«Ora va meglio».

La donna delle pulizie vuole stravincere.

«Bene. Come ci contattiamo?». La domanda l'ha fatta Nasir.

È una questione tecnica, ma vuol dire anche altro. Vuol dire: la banda è questa, ci sono anch'io e c'è anche la signora Angela che fa gli spaghetti. Forse la cosa non va bene al De Nardo, ma ormai tutti sanno tutto, lì dentro, anche non volendo...

Aprono una chat su WhatsApp, la signora Angela propone di chiamarla «Burraco», in modo che si possa pensare che si vedono per giocare a carte. Teresa ride, nervosa. Nasir sta per dire qualcosa, fa la faccia di prima, quella di chi sa che una chat su WhatsApp è segreta come i volantini che appendono in giro quelli che perdono il cane, come scriverlo sui muri. Però non dice niente, solo: «Zero riferimenti diretti, però, niente cazzate. Parliamo di burraco e basta».

Intende: in codice.

Gli altri hanno capito. Il De Nardo ha abbassato un po' la cresta, è il primo che se ne va, con i documenti e la chiavetta originali, Nasir subito dopo, il tempo di rimettere il computer nella sua borsa gialla. Sulla porta si è voltato e ha fatto alle due donne un sorriso così bianco che brillava nella stanza. «State attente, a quello là», ha detto. Poi si è chiuso la porta alle spalle.

Ora Teresa aspetta. Ancora la 93, poi il 12, un'odissea di sferragliamenti e frenate. È un viaggio, dalla sua casa nuova alla sua casa vecchia, forse con la metropolitana farebbe prima, ma almeno il tram arriva subito, alla fermata, quasi insieme a lei.

Alle undici meno un quarto è a casa, è stanca, deve alzarsi prestissimo, ma è ancora agitata. Ha pensato per tutto il tempo, senza riuscire a concentrarsi su niente. Si è vista quattro disperati senza un soldo sfidare i servizi segreti del Ghana, o la IGO, o addirittura i ministri, la politica. «Per la IGO è un affare da più di un miliardo», aveva detto De Nardo.

Un miliardo. Mille milioni, c'era da ridere.

Ma la faccia della ragazzina le tornava in mente, e non faceva ridere per niente. Anche lei era finita in un gioco più grosso, anche lei voleva andare via, mentre quel bastardo le spingeva in basso le spalle per metterla in ginocchio. Era quasi una bambina, cazzo. Teresa si ripeteva che magari in Africa è normale, magari cominciano prima a fare certe cose, ma no, invece, che c'entra, era una bambina lo stesso. Non voleva, e lui è uno potente.

Sale le scale di fretta, deve andare in bagno. Tira fuori le chiavi dalla borsa e le infila nella toppa, ma la porta si apre senza che lei debba girarle. La prima cosa che pensa è: ma sono uscita senza chiudere? È un pensiero che passa subito, perché basta un'occhiata per capire cos'è successo. È tutto sottosopra, tutto buttato in giro. L'ingresso, che è anche cucina, che è anche soggiorno, è stato frugato per bene. Le cose che stavano sui ripiani sono a terra. Gli armadietti della cucina aperti, due divelti, addirittura, il divano ha i cuscini tagliati e la gommapiuma sparsa in giro, a terra ci sono piatti, alcuni rotti, altri ancora interi. Il barattolo del caffè è stato svuotato nel lavandino, lo zucchero anche. Il frigorifero è aperto. In camera da letto, la stessa cosa, il materasso è sventrato, gli armadi sono aperti, ci sono vestiti dappertutto, sul pavimento, sul letto.

Teresa si sente le gambe molli, e poi le viene un pensiero. Sbianca in faccia, se non era già bianca. Corre in bagno, anche lì è caos e distruzione, lo specchio rotto, l'armadietto frugato, le sue creme, i suoi cosmetici, non che ne abbia molti, le medicine, tutto versato nel lavandino.

Le tremano le mani, si piega e prende la scatola del detersivo, accanto alla lavatrice. Ora è lei che svuota tutto con rabbia, con il respiro spezzato. La polvere bianca cade nel piatto della doccia, ma la scatola è ancora pesante. Ci infila una mano e tira fuori un sacchetto trasparente, di quelli del congelatore.

Con dentro sessantacinquemila euro.

Li tiene in mano, li stringe. Ora sono più di sessantacinquemila euro raccolti per caso. Ora sono il suo tesoro che qualcuno ha cercato e non ha trovato. Per un secondo la attraversa un pensiero che è un fulmine. Prima no, ma ora sì. Ora sono miei, pensa Teresa. Ora non li mollerà, venite a prenderli, cazzo, bastardi, pezzi di merda. Venite a prendervi i miei soldi. Poi si siede sul letto, quello che è rimasto, il materasso sventrato coperto di vestiti, magliette. Vede la scatola da scarpe, quella delle décolleté nere che non mette mai, squartata, fatta a pezzi.

Cosa deve fare ora? A chi può dirlo, chi può avvertire? Le viene un pensiero ma lo scaccia. Il pensiero torna. Ma no, ma no, Teresa, come ti viene in mente. Però è sola, è spaventata, è disperata per quello che ha intorno, due cose in croce, tutti i suoi averi, rotti qui e là, sparpagliati in giro. Così il pensiero assurdo non lo scaccia più, prende il telefono e tocca su un nome che ha messo in memoria.

«Carlo», dice.

Non si accorge nemmeno che sta piangendo, forte, guaisce, tira su col naso. Lui le dice di ripetere, di calmarsi.

27
Confessione

Undici e dodici minuti, esterno notte, citofono.

«Scala B, primo piano».

La voce sembra tranquilla, non piange più, non ha esitazioni. Ecco Carlo Monterossi che cerca il portone, sale le scale, poi si trova davanti a una porta aperta e a Teresa che lo aspetta mezza dentro e mezza fuori. Si vede che si è lavata la faccia, che ha tentato di calmarsi, ma i risultati non sono granché, perché appena lui si avvicina, lei lo abbraccia forte, lo stringe proprio, come un naufrago che si aggrappa. Carlo ricambia la stretta, stanno così per qualche minuto, lei ha un buon odore nei capelli, è un abbraccio che non ha niente del desiderio o della passione, sembra più la stretta di quando si fanno le condoglianze, quando manca qualcuno caro, le braccia di lei vogliono toccare qualcosa di amico, di affidabile, e quelle di lui vogliono dirle: sono qui, stai tranquilla.

Lei ha ricominciato a piangere, ma piano, e intanto dice: «Scusa, scusami, non dovevo... scusa».

Poi Carlo guarda il disastro, e guarda Teresa che si muove smarrita in mezzo a quelle macerie che erano la sua piccola casa.

Prima dal De Nardo, poi dall'ingegnere capo della IGO, e ora lì. Lui, Falcone e la Cirrielli non sono i soli che inseguono la refurtiva, che cercano quei documenti misteriosi.

La domanda da fare è: «Cosa cercavano, Teresa?».

Invece Carlo mantiene l'abbraccio, le parla piano.

«Stai calma, passa tutto».

Non passa niente, invece. Teresa si aggira per le due piccole stanze come per cercare un orientamento che ha perso, come se non fossero i metri quadri che calpesta di solito. E intanto si maledice, si dà della scema. È stato un errore chiamarlo, farlo venire lì. È una cosa bella che le è capitata, una specie di boccata d'aria, quell'uomo così tranquillo, elegante, uno capace di giocare, di invitarla a cena, di trattarla con i guanti. Uno che ti apre la portiera della macchina, che ti regala una borsa, che ti porta all'ospedale, dal primario. E ora ha paura di fargli vedere quel disastro, quelle povere cose, di tornare la donna delle pulizie.

È solo un lampo di pensiero, perché quello che pensa veramente è: come spiegare? Come dire quello che è successo? Dei ladri? Sì, può dire quello, ma lui non è scemo.

Carlo ora la domanda la fa. Non sa perché, ma vorrebbe abbracciarla ancora, forse per fermare quel via vai nervoso e ossessivo che fa lei in quei pochi centimetri di pavimento. Dovrei dire tutto io, forse, che la seguivo, che in qualche modo la sospettavo, insieme agli altri della Sistemi Integrati.

Così abbiamo due piccole disonestà che si incastrano: lei che vorrebbe nascondere delle cose, lui che vuole nasconderne altre.

«Cosa cercavano, Teresa?».

Lei sta zitta, c'è una pausa, un silenzio che pesa.

«Prendi qualcosa per cambiarti, andiamo via di qui, ti agita e basta. Ci pensi domani, a mettere a posto».

«Domani arriva il furgone per il trasloco».

«Meglio. Così fai portare via solo quello che ti serve e il resto glielo lasci, chẹ se lo tengano, o lo portino in discarica. A che ora arrivano?».

«Nel pomeriggio, ma alla mattina devo andare al lavoro...».

«Non ci vai, al lavoro».

Lei ci pensa un po'. Si sentiva così forte, prima, con in mano i suoi sessantacinquemila euro. Si sentiva combattiva, coraggiosa, aveva preso una decisione, accettato la battaglia. Venite a prenderli, i miei soldi, pezzi di merda! Si sentiva libera e indipendente, come quando si era rivoltata a quel De Nardo, nella sua nuova casa, con la signora Angela che la sosteneva. Ora sente che si sta affidando a questo Carlo, uno che non conosce.

Che stai facendo, Teresa?

E invece, quando si chiude la porta alle spalle, con un po' di fatica perché la serratura è stata forzata, sente che quel che c'è lì dentro non la riguarda più, che sul pianerottolo, e giù per le scale, con la sua borsa Miu Miu, un'altra borsa più grande con dentro quattro stracci, si sente già più leggera, che di quell'uomo si fida e... ha alternative?

Ora è seduta su un divano bianco, nel salotto di Carlo Monterossi, in quella bella casa dove era stata curata. È andata in bagno, ne è uscita un po' ricomposta, le tracce delle lacrime non ci sono più, si è spazzolata i capelli, si è messa in ordine. Ha mandato un messaggio ad Andrea, niente spiegazioni, niente saluti: «Non passare domani mattina, non ci vengo, poi ti spiego».

Rischia di perdere il lavoro alla IGO? Può darsi, ora non le importa.

È mezzanotte e mezza, un'ora assurda per lei, ma non si sente stanca, l'adrenalina è ancora in circolo, quel liquore che sta bevendo a sorsi piccolissimi, lui le ha spiegato che deve fare così, ma solo per prenderla un po' in giro, la scalda e le dà forza. Lui ha messo un disco – che stranezza, ancora i dischi in vinile – e si è seduto di nuovo accanto a lei. Dalle casse è uscita una voce strana, strascicata, suadente, ma il volume è bassissimo, non riesce a sentire bene, e comunque le parole non le capirebbe.

Lay, lady, lay, lay across my big brass bed
Stay, lady, stay, stay with your man awhile
Until the break of day, let me see you make him smile
His clothes are dirty but his hands are clean
*And you're the best thing that he's ever seen.**

* Bob Dylan, *Lay lady lay*: «Lasciati andare, signora, lasciati andare su questo gran letto d'ottone / Rimani, signora, rimani, col tuo uomo ancora un po' / Fino al sorgere del giorno, voglio vedere come sai farlo felice / I vestiti li ha sporchi, ma le mani le ha pulite / E tu sei la cosa più bella che lui abbia mai visto».

Carlo non ha quasi parlato, la sua domanda l'ha già fatta. La accudisce, la guarda come per dirle che lì è al sicuro, le ha mostrato la camera degli ospiti dove già era stata con Katrina che le medicava le ferite. Ora tutto è calmo, c'è una luce morbida, non fa troppo buio da imbarazzarla, ma crea un'atmosfera serena, ha l'impressione di poter dire tutto, ma se si sbaglia?

Poi, con una mossa veloce, come se avesse preso una decisione, come uno che si butta dal trampolino, vada come deve andare, si alza, raggiunge la sua borsa e ne tira fuori qualcosa, che appoggia sul tavolino davanti a loro.

Poi si risiede e comincia a parlare.

Alle due e dieci Teresa ha posato la sua testa sulla spalla di Carlo ed è sparita al mondo. Un vero crollo, una specie di catalessi, gli occhi si sono chiusi, il respiro si è fatto regolare. Lui ha aspettato cinque minuti senza dire niente, senza muovere un muscolo. Poi, circospetto come un gatto, l'ha presa in braccio e l'ha portata nella camera degli ospiti, l'ha stesa sul letto. Ha preso le sue cose, le due borse, e le ha portate lì, ha chiuso la porta ma ci ha ripensato subito, allora l'ha riaperta, l'ha lasciata accostata.

In salotto, si è versato un altro whisky, e ha letto per bene le dodici pagine sulla diga in Ghana. Poi è andato in studio, il suo rifugio di quando deve scrivere o pensare, ha nascosto sessantacinquemila euro dietro un libro, su uno scaffale alto, e ha infilato la chiavetta nel Mac. Ha guardato tutto. Ha fotocopiato le carte e copiato i quattro video sul suo hard disk. Ha scritto un biglietto per Katrina e lo ha lasciato sul tavolo della cucina.

Steso a letto, nella sua camera, non riesce a dormire.

Cosa gli ha detto Teresa? La storia è assurda, va bene, proprio per questo sembra credibile, senza contare che – non saprebbe spiegarlo – la donna non mente, di questo è sicuro.

Ora gli sembra che il cuore della questione stia da un'altra parte, cioè proprio in quello che Teresa non gli ha detto. Una cosa così immensa e lontana, una diga in Africa, figurarsi, e una cosa così viva e vicina, vera, come sessantacinquemila euro, che possono farle cambiare vita, che possono tirarla fuori dal buco dove si è ficcata. Quando ne ha parlato, quando gli ha detto del panico che l'aveva presa prima di ritrovarli sul fondo della scatola di detersivo, le sono brillati gli occhi come a una tigre a cui toccano i cuccioli. E quando gli ha spiegato che quella lì era la sua via d'uscita, che magari, chissà, poteva mettere su qualcosa di suo, un negozietto con la sua amica Caterina, tagliare i capelli, fare le tinte alle signore, in un posto suo, con la sua amica... sembrava davvero che non le avesse dette mai a nessuno, nemmeno a se stessa. E per questo sul viso di Teresa si erano mischiate rabbia e decisione, ma anche un po' di sorpresa, la sorpresa di essere così trasparente con lui, di mettergli in mano la sua vita, anche quella che ancora non aveva. E poi gli aveva detto di quella banda di squinternati, la signora Angela e il nero alto e secco come una palma, di quel De Nardo di cui non si fidava per niente, che voleva comandare.

Anche lì, Carlo pensava al non detto, alla brace sotto la cenere. Quattro vite sul filo, sulla soglia della disperazione. Bastava un passo falso, un piccolo incidente, e avrebbero perso tutto, anche se non avevano niente. Quattro sfigati contro gente ricca e potente, che maneggiava affari per milioni e milioni, quattro Davide piccoli, minuscoli, un po' ridicoli, contro chissà quanti Golia giganteschi. Una sarta, un fattorino delle pizze, una guardia giurata e la donna delle pulizie. Una banda di ricattatori.

Che però non sapevano chi ricattare, né come.

Teresa gli aveva detto questa enormità senza dirgliela, si era limitata al racconto dei fatti, ma ogni sua parola conteneva quelle cose sparse: rivincita, riscatto, forse addirittura ribellione. «La donna delle pulizie», aveva detto di sé, due volte, e l'aveva detto con il tono di una che giura di non esserlo più, di non alzarsi più alle cinque, di non litigare più, e poi chinare la testa, per quattro euro l'ora.

Katrina l'ha svegliato alle nove, con il suo metodo infallibile: un aroma di caffè che si diffonde per le stanze e i corridoi, fino al suo letto. Hanno bisbigliato un po' in cucina, Carlo le ha detto dell'ospite e di lasciarla dormire. Katrina ha fatto un'espressione come dire: una volta va bene, ma due va meno bene. Tutta la notte, poi! Ma la Calamita Santa attaccata al frigo, la Madonna magnetica, l'ha rassicurata: non c'era stato alcun peccato, anzi, il signor Carlo era stato caritatevole e umano, non c'era da preoccuparsi.

Teresa è arrivata in cucina proprio in quel momento, Katrina si è affrettata a mettere in tavola un'altra tazza, a raddoppiare le dosi di yogurt, di muesli, a versare in piccole ciotoline altre marmellate, a tagliare fettine di pesca e ostie di ananas, come al solito la colazione sembra quella del Grand Hotel. Si è informata sulla gamba di Teresa, sulle costole, poi è sparita per le sue faccende.

«Mi spiace di tutto», ha detto Teresa.

Carlo l'ha lasciata svegliare. L'ha guardata mangiare di gusto, sospirare a ogni boccone per quel ben di Dio, o forse anche perché a quell'ora lei finisce il suo lavoro, di solito, e invece oggi eccola lì che pare una regina...

«Senti cosa facciamo», le ha detto lui, e le ha spiegato il suo piano.

Lei si sarebbe occupata del suo trasloco, poi...

Il telefono li ha interrotti. Carlo ha guardato il display e fatto una smorfia che forse conteneva un po' di colpa.

«Buongiorno, Bianca!».

«Siamo al disastro, muoviti, vieni qui, Flora non la tengo».

«Non tenerla, lascia che si ammazzi da sola».

«Non fare il coglione, Carlo. È in piena crisi isterica, ha già chiesto due volte di te, è successo un casino».

«Che casino?».

«Il miracolo. Ieri sera c'è stato davvero, i lumini intorno al crocefisso, le scene isteriche... e una vera guarigione, così dice il finto prete. E sono arrivati i carabinieri, là nella villetta dei miracoli, e Flora dice che se salta tutto lei fa un casino che non finisce più, e dov'è Carlo, e ti risparmio il resto. Ti vuoi sbrigare?».

Ora Carlo si è sistemato in fretta. Ha detto a Teresa che deve uscire al volo, ma la chiamerà appena può. Lei si è alzata per salutarlo, ed è in quel momento che è successo, in quel momento preciso, segnatevelo, le nove e trentacinque di una mattina di inizio giugno, a Milano, sul pianeta Terra, in questo piccolo sistema solare che ci sa ancora sorprendere. Carlo ha fatto per darle un piccolo bacio sulla fronte, ma poi chissà perché l'ha abbracciata e stretta. E lei ha alzato la testa e ha cercato la sua bocca, e così si sono dati un bacio vero, non di quelli che si danno gli amici, non di quelli che vogliono dire, ciao, stai bene. No, non proprio.

Così Teresa ha pensato: che cazzo stai facendo, pazza incosciente.

E Carlo invece ha pensato: cosa ti prende, cretino.

Ma né l'uno né l'altro si è staccato, anzi ci si sono messe anche le mani, a muoversi e a cercare, e Teresa ha spinto il suo bacino contro quello di Carlo, forse per capire se c'era altro, lì, oltre ai buoni sentimenti.

Nessuno dei due si è accorto che dal frigorifero, dalla Calamita Santa, venivano sguardi fulminanti, veri raggi di fuoco e disappunto. Ora dico tutto a Katrina, dicevano quelle occhiate. Un magnete in plastica bianca e azzurra, un souvenir di Medjugorje, tre euro e cinquanta di pura devozione.

Incredibile, vero?

28
Chissenefrega

«Ma perché è scappato?». Gregori è ancora incredulo. Prima di tutto che i suoi uomini si siano fatti fregare come due reclute fresche di accademia, e sì che sono vecchi del mestiere e hanno risolto casi difficilissimi. E poi che uno che non è indagato, non è imputato, non è niente, un balordo da due lire, sia scappato dalla finestra del cesso, come Papillon, come Vallanzasca.

«Che ne sappiamo, capo!», dice Carella. Vorrebbe essere da un'altra parte, ovunque, e non si dà la pena di nasconderlo.

«Probabile che abbia altre cose da nascondere», dice Ghezzi. «Per ora non c'è nessun reato. Certo stampare carte intestate di altri non è una bella cosa, ma finché non le usa, finché non c'è una denuncia... anche il gip ci ha preso un po' per scemi. Gli abbiamo spiegato che dovevamo solo chiudere il magazzino, prima che qualcuno rubasse qualcosa, il fascicolo è contro ignoti, l'imputazione è in bianco, probabile che sia già carta straccia in fondo a una pila alta come una montagna».

Gregori ha alzato gli occhi al cielo. Non c'è niente di peggio di una piccola routine che diventa una seccatura, e poi una rogna che bisogna grattarsi. Però è sempre uno sbirro, che uno scappi quando loro gli vogliono parlare non è che lo rende felice.

«Non ci perdete troppo tempo, magari se gli serve il magazzino si fa vivo lui, e non mi sembra uno che va lontano».

«Quello non ha i soldi nemmeno per il biglietto del tram, capo. Oggi facciamo un tentativo dalla moglie... ex... e poi diamo un'altra occhiata in giro».

Alle dieci meno dieci sono già fuori, Ghezzi si mette al volante e Carella fuma.

«Che rottura di cazzo». Poteva anche non dirlo, Carella, la faccia si era già espressa in modo perfetto. La notte l'ha passata in un'altra macchina, la sua, intorno a via Valsassina. Il carico che gli aveva detto l'informatore non si era visto, nessun movimento sospetto, niente.

«Nemmeno i nostri che dovrebbero stare lì a controllare», dice.

«Se Gregori ti ha detto che ci lavorano vuol dire che ci lavorano, Carella, non cominciare, eh!».

«Non cominciare tu, Ghezzi, porca puttana. Lo sai chi sono quelli lì? Te lo dico io. Affiliati a una cosca, forse due. Un po' di estorsioni, per cominciare, poi soldi a strozzo, ovvio, e lo spaccio, non poco, sai, l'ultima volta hanno mosso due chili. Eroina, non pastiglie per la tosse. Hanno soldati e covi, fanno smazzare a dei poveracci tossici e uno l'hanno quasi ammazzato di botte perché si era tenuto due dosi, adesso oltre che tossico è zoppo per sempre. Ci lavoravo per conto mio da un anno, prima che Gregori e un gip del cazzo si mettessero a fare i loro giochetti con le microspie, e noi siamo qui a correre dietro a un ladro di polli che magari i polli non li ha nemmeno rubati».

«Ti è scappato da una finestra sotto il naso, Carella, non hai voglia di dargli due sberle?».

«No, non ho voglia. Ha fatto bene a scappare. Ci ricorda quanto siamo coglioni. Le sberle le darei volentieri a quegli altri».

Il sovrintendente Tarcisio Ghezzi, in polizia da quando c'erano le palafitte, non glielo dirà mai, nemmeno sotto tortura, ma sa che Carella ha ragione. Buttiamo tempo e risorse per correre dietro ai poveracci, pensa, gente che campa di espedienti, che chiede soldi per i cani abbandonati e se li mette in tasca. Come il Sanacore ce ne saranno migliaia, gente che si arrabatta per mettere insieme il pranzo con la cena, che cammina sul filo e può cascare in qualunque momento. Gente così c'è sempre stata e ci sarà sempre, non sono loro che faranno male a questa città, anzi ne sono il prodotto di scarto, la schiuma che non si vuole vedere. Lo aveva notato, lo spavento negli occhi di quel tipografo improvvisato, scappava da loro, sì, certo, ma scappava più dai debiti, dai buffi lasciati in giro, dalla sua vita di merda. È uno sguardo che conosci bene, se fai questo mestiere.

Decidono di andare prima dal tizio che ha fatto la segnalazione.

Nel cortile di via Chiari tutto tace. La serranda del magazzino del Sanacore è ancora abbassata, il sigillo messo alla bell'e meglio non l'ha toccato nessuno.

Agostino Caiani apre la porta di casa – terzo piano, niente ascensore – e subito si illumina. Sì, finalmente si sono mossi, ha visto i sigilli, giù, bene, l'ha fatta lui la segnalazione, quel bandito del Sanacore avrà quello che si merita, dov'è adesso? Opera o San Vittore? Si comporta come uno che vuole una medaglia. Ghezzi pensa che il problema sarà tenere buono Carella.

«Non ci risulta nessun reato a carico del signor Sanacore», spiega Ghezzi, con la pazienza di Giobbe.

«Come nessun reato? Stampa le carte dell'Agenzia delle Entrate e non c'è nessun reato? Come minimo truffa aggravata». Si è ricordato che in una vita precedente, prima della pensione, aveva una laurea in Legge, ma a giudicare da dove vive, dalla camicia lisa e macchiata, dall'odore di vino rancido che viene dalla cucina, non è una laurea che lo ha portato lontano.

«Lei è stato truffato?», chiede Carella.

«No, ma che c'entra...».

«E non lo sa che serve una denuncia per fermare una persona? Conosce qualcuno che è stato truffato da questo Sanacore? Ha notizie dirette di reato o ha solo guardato nei bidoni dell'immondizia?». Il tono di Carella non promette niente di buono, Ghezzi capisce che deve intervenire prima che il collega finisca per prendere a testate un cittadino perbene sulla porta di casa sua.

«Va bene, signor Caimi», scrive un numero su un pezzo di carta. «Lei ha fatto il suo dovere, grazie della collaborazione. Se vede qua in giro il signor Sanacore, o se apre il magazzino, mi avverta. Non faccia niente, però, mi telefoni e basta, ha capito?».

L'uomo recupera un po' di amor proprio, come se si sentisse investito di chissà quale incarico o missione.

«Certo, ispettore. Conti su di me!».

«Sovrintendente».

«Sì, certo, come dice lei». Pare contento.

Carella è già in fondo alle scale.

In via Brivio il portone è aperto, è mezzogiorno e in cortile c'è un po' di movimento, soprattutto signore con le sporte della spesa e altra gente che va e viene.

«La Comelli? Sta lì al primo piano».

Così salgono e arrivano al ballatoio, la porta è aperta. Ghezzi bussa e dice: «Signora Comelli? C'è qualcuno?».

Una donna sulla quarantina apre del tutto la porta.

«Sono io. Siete in anticipo, avevamo detto alle quattro».

«Polizia, signora», dice Carella.

Lo sapete, vero, quant'è brutto quando ti cedono le gambe? Quando lo stomaco si strizza e sembra di avere dentro un piranha affamato? Teresa lo sente in meno di un secondo. E in meno di un secondo pensa a tutto e a niente. Non doveva fidarsi di quel Carlo, allora? Li ha mandati lui? Perché le ha fatto questo? Pensa alla colazione della mattina, a quel bacio che nessuno dei due aveva pensato nemmeno per un istante, prima che se lo scambiassero in quel modo... Possibile? Ma non ho niente qui, ha tenuto tutto lui, i soldi, i documenti, la chiavetta... Non possono provare niente. A meno che... Cerca di recuperare la voce, di ritrovare l'aria intorno a sé.

«Sono io... ditemi».

Ghezzi ha fatto due passi nell'appartamento; anche se Teresa ha cominciato a sistemare, si vede che la situazione non è normale.

«Cos'è successo qui?».

«Ma... niente. Sto facendo un trasloco, anzi scusate il disordine, credevo foste quelli del furgone, li aspetto per le quattro...».

«Sicura che è un trasloco?», chiede Carella. Sì, ci sono degli scatoloni mezzi pieni, con un po' di pentole, un po' di vestiti, ma c'è anche dell'altro. Alcune mensole sono rovesciate a terra, le ante degli armadietti sono divelte malamente.

«Certo. Cambio casa, finalmente...».

Poi le viene in mente che non deve giustificarsi, che non deve spiegare, finché non le fanno domande precise. Quindi prende un tono indaffarato.

«Ditemi!».

«È per suo marito, signora».

«È successo qualcosa? E... non è più mio marito».

«Sì, ha ragione. Lo cerchiamo per farci due chiacchiere, non è accusato di niente, ma quando abbiamo tentato di parlargli è scappato. Un po' strano, non trova? Insomma, ci chiedevamo se era passato di qua e se lei potesse sapere dove trovarlo».

Ora sia Ghezzi che Carella vedono che Teresa si rilassa un po'. I lineamenti tornano distesi, non c'è più quella tensione negli occhi, e anche la voce non trema più. La signora nasconde qualcosa, ma sono abituati, quasi tutti quelli con cui parlano nascondono qualcosa.

«Guardi, da sei anni che abbiamo divorziato qui non c'è mai venuto, e se ci viene ci penso io a cacciarlo... Mi deve un sacco di soldi, è un farabutto... anzi, mi dite cos'ha fatto stavolta?».

Le gioie del matrimonio.

Ghezzi decide di guidare lui.

«Non ha fatto niente, signora, è solo scappato e quindi vogliamo parlargli più di prima. Da quanto tempo non lo vede?».

Teresa sta per rispondere, ma poi ci pensa un attimo. La verità forse è la cosa migliore.

«Non lo incontravo da più di due anni, ma l'ho visto qualche sera fa, sono passata con il mio avvocato perché è indietro con i pagamenti... molto indietro... l'avvocato gli ha messo un po' di pressione e lui mi ha dato dei soldi in contanti, mi servivano perché ho delle spese...».

«Ma non le ha detto dove sta?».

«Dove volete che stia, a casa sua, in via Casella, no?».

«Non c'è».

«Beh, qui non si è visto». Ora lo ha detto con il tono del «Non vedete che ho da fare?».

Ghezzi scrive ancora il suo numero su un foglietto.

«Se si fa vivo mi avverte, per favore?».

«Certo, commissario, ma glielo dico già, sarà difficile».

«Sovrintendente».

«Ha una macchina, suo marito?».

«Sì, una Opel dell'età della pietra».

Va bene, la targa se la farà dare da Sannucci.

Carella è già giù che aspetta. Sul pianerottolo, Ghezzi tende una mano e Teresa la stringe, è tornata in possesso dei suoi nervi.

«Signora, se lo vede, se lo sente, gli dica che non c'è nessun mandato, che non rischia niente, due chiacchiere e lo mandiamo a casa».

«Va bene».

Poi Ghezzi indica col mento l'appartamento e prende un'aria amichevole, quella che sa fare meglio.

«Mi dica la verità, l'ha fatto lui questo casino?».

«Ma no! Gliel'ho detto, cambio casa, vado via di qui».

Stavolta non mente.

«E dov'è che va di bello?».

«Mah, di bello... speriamo. Dall'altra parte della città, vicino a viale Argonne, così dividiamo l'affitto, qui mi costa troppo».

«Va bene, signora, grazie, e scusi il disturbo».

Così Teresa torna dentro, questa volta la chiude, la porta. Si siede un attimo e si guarda in giro. Si era ripromessa di preparare dei bei pacchi ordinati, di piegare per bene i vestiti, di dividere la biancheria dal resto, invece sta buttando tutto alla rinfusa negli scatoloni. Quel posto dove sta da anni le è diventato odioso, insopportabile, una galera. Poi pensa che ha dubitato di

Carlo, che appena ha sentito la parola «Polizia» ha pensato a lui.

Si dà della stupida. E quel bacio, cosa voleva dire?

«Va a vivere con altra gente, lì non ce la fa a pagare l'affitto», dice Ghezzi quando sono già nel traffico.

Carella fa una faccia indifferente. Non gliene frega niente del truffatore che stanno inseguendo, figurarsi della ex moglie. Ghezzi dice ancora qualcosa, sulla gente che fa fatica a vivere e sui pesci piccoli a cui corrono dietro. Poi stanno zitti, finché Carella non rompe il silenzio.

«Sai che c'è, Ghezzi, non me ne frega un cazzo di questo Sanacore, che si fotta, che si nasconda in culo al mondo finché vuole. Anzi, se truffa qualche coglione a me sta bene, non mi va di cercarlo, mi sento un deficiente a inseguire queste mezze seghe... E che si fotta pure Gregori».

Sta esagerando, ma Ghezzi capisce lo sfogo, guida piano come uno che ha preso la patente ieri, ma tanto non hanno fretta, no?

Correre per cosa? Per andare dove?

29
Allarme

Il consiglio di guerra è convocato nella sala riunioni. Seduta plenaria. Ci sono Flora e la fida Alexa, Bianca Ballesi già provata anche se la giornata deve ancora iniziare, tutti gli autori, special guest Carlo Monterossi, chiamato d'urgenza. Bianca l'ha aggiornato tra il distributore di caffè e gli ascensori. Breve sintesi, senza fronzoli, con la colonna sonora dei passi veloci sul parquet dei corridoi, un ticchettio che sottolinea l'isteria del momento.

«Cattive notizie», ha detto.

L'altra sera a Zelo Surrigone il crocefisso miracoloso ha lampeggiato di brutto, c'è un video, questa volta fatto con un telefono decente, video che lei ha dovuto pagare tremila euro – l'esclusiva – al figlio di un contadino della zona, altrimenti Flora mordeva i tappeti e si faceva venire una crisi. Durante il lampeggiamento santo una signora è svenuta e non si riprendeva, così hanno chiamato un'ambulanza. Insieme all'ambulanza sono arrivati i carabinieri, che hanno identificato i presenti, parlato con il non prete don Vincenzo e minacciavano di mettere sotto sequestro il crocefisso, il che ha creato del trambusto e un piccolo scontro tra i ragazzi della Benemerita e i fedeli, due dei quali sono stati portati in caserma. Don Vincenzo è andato anche lui, per mediare, dice, e in effetti quelli sono stati rilasciati subito. Alla signora svenuta hanno fatto le analisi ed è venuto fuori che il diabete in stato avanzato che aveva prima di svenire è scomparso di colpo. Analisi perfette, la glicemia di un neonato, vista recuperata, sana come quando andava alle medie. Il medico del pronto soccorso dice che la cosa è inspiegabile, che lui è ateo, laico e persino comunista, per dire quanto è démodé, ma una cosa così non l'ha mai vista. Siccome è belloccio e azzecca quasi tutti i congiuntivi, Flora lo vuole ad ogni costo e lei ha dovuto licenziare un altro miracolato per prendere questa miracolata nuova col suo dottore. Altri soldi. Il miracolato licenziato minaccia di mettere in mezzo gli avvocati perché il contratto lo ha già firmato, e lei dovrà pagarlo lo stesso anche se non andrà in onda.

Carlo ride, senza accorgersi che così le stira ancor di più i nervi, già tesi come ai mondiali di tiro alla fune.

«Resta il fatto dei carabinieri», dice Bianca al termine della sua relazione.

«Cioè?».

«Il comandante della stazione di Rosate, quelli che sono intervenuti, ha chiesto il sequestro della villetta e dei terreni circostanti, divieto di assembramento e cose così. Se il giudice firma, niente trasmissione e niente collegamento».

«Bene, e le cattive notizie quali sarebbero?».

Ora non c'è tempo di litigare, ma Bianca gli lancia un'occhiata per comunicargli che la pratica non è archiviata, e che dopo lo farà a fettine.

Quindi comincia lo spettacolo.

Flora ha zittito Alexa e parla lei. Dice che impedire la puntata sul miracolo di Zelo Surrigone sarebbe un attentato alla libertà di stampa, di espressione, di respirazione, di esistenza in vita. Dove è finito l'articolo 21 della Costituzione? Eh?

Carlo non l'ha mai vista nelle vesti dell'arruffapopoli, è stupito persino che Flora sappia che ce l'abbiamo, una Costituzione.

Poi è passata alle minacce e alla gente da chiamare per fermare lo scempio. Dal Presidente della Repubblica in giù li dice tutti, compreso il Csm, l'Onu, Amnesty International, i direttori dei giornali e dei telegiornali, gli amici politici, il comando dei Carabinieri, il procuratore capo di Milano e altri nomi buttati lì. Chiede agli autori il nome del giudice che deve decidere sul sequestro della villetta, ordina di informarsi, di capire se gli può telefonare.

Tutti guardano Carlo, perché in queste situazioni è quello che si inventa dei trucchi per uscire dall'angolo, ma lui sembra quasi stordito. L'unica cosa che vorrebbe dire è: «Io ve l'avevo detto», ma sa che non uscirebbe vivo dalla stanza. C'è un'impasse. Flora sbraita come se le avessero impagliato il chihuahua ancora vivo. La Ballesi gli lancia occhiate metà assassine e metà di aiuto, no, non metà e metà, diciamo sessanta e quaranta.

Così ecco Carlo Monterossi prendere il comando delle operazioni. Ognuno al suo posto di combattimento, allacciate le cinture, mi raccomando il casco.

«Per prima cosa mettiamo su un piano B», dice. «Quindi tu e tu», indica due autori giovani, «sparite e presentatevi solo quando avete una puntata nuova di zecca, scaletta, ospiti, il menu completo. Raschiate i cassetti, cercate cose che abbiamo già scartato, richiamate le vecchie glorie, fate quello che volete, non sarà una puntata che fa molti ascolti, ma meglio andare in onda male che non andarci per niente. Divorzi, liti, corna, naufragi familiari, vip truffati, va bene tutto, se serve fate la notte».

I due lo guardano basiti, esitano, si scrutano tra loro. È una grossa rogna, ma anche una promozione straordinaria. Inventare una puntata da zero? Loro due? Ci pensa Flora a sbloccare lo stallo.

«Beh, ancora qui? Avete sentito, no? Muovete il culo».

Carlo aspetta che i due si chiudano la porta alle spalle.

«Alex, tu vai avanti come se niente fosse. Se il giudice non autorizza il sequestro, la puntata si fa come da scaletta, coi miracolati nuovi. Naturalmente pettinali a dovere, soprattutto la signora del diabete».

Alex annuisce. Flora ha ritrovato un po' di colore.

«Se invece il giudice autorizza il sequestro e ci salta lo spettacolino dal cortile della villetta, mandiamo lo stesso una troupe e la diretta la facciamo coi fedeli delusi, se siamo fortunati qualcuno protesterà, ma insomma informiamo don Vincenzo e la sua perpetua a luci rosse che c'è questa possibilità, così ci penseranno loro a mobilitare un po' di gente incazzata. Forse è addirittura meglio, già mi vedo i cartelli "Gesù non si sequestra" e cose simili. A loro interessa che si vedano le magliette con il codice QR, quello per chiedere soldi ai gonzi, se garantiamo un po' di quelle inquadrature andrà bene anche la piazza del paese».

Ora si rivolge a Bianca, per cui il tono è meno decisionista, più morbido. Lì dentro non lo sa nessuno che è la sua donna, ma lei sì, quindi...

«I Caramba hanno un ufficio stampa, giusto? Con chi parliamo di solito quando ci occupiamo di morti ammazzati?».

«C'è un tenente colonnello, sì... il nome ce l'ho di là, ma li sentiamo spesso».

«Bene, digli di trovare un ospite, anzi trovatelo insieme. Ci serve un grado alto, ma non un generale trombone. Trovate uno che possa capire la situazione, che sappia esprimersi in italiano e venire a spiegare agli spettatori di *Crazy Love* dove finisce la libertà di culto e dove comincia la truffa, come intervengono in questi casi, se ci sono precedenti e cose così».

«Non so se i carabinieri...».

«Sì, Bianca, te lo dico io, i carabinieri ci vengono di corsa, anzi mandano uno fascinoso e plurilaureato, così la gente capisce che le barzellette sono datate. Vogliono fare bella figura, esattamente come i politici, i preti, le soubrette o don Vincenzo coi suoi miracoli. Rassicurare la popolazione, eccetera, eccetera. Dovremmo fare lo stesso anche con la Curia. Un prete, vero questo, che avanza qualche dubbio, che dice che sui miracoli devono mettere il timbro loro, sennò non valgono, non scherziamo, è una ditta che ha duemila anni di storia e miliardi di clienti».

Flora ci sta pensando. Poi parla.

«Però che palle, Carlo! Diventa un talk show con un prevosto e un caramba, una noia mortale».

«Dipende, Flora. Basta lavorare bene sulla scaletta. Tu puoi aprire con i miracolati in studio e i collegamenti. Alzi la tensione, parli con la perpetua. Se nei collegamenti c'è anche don Vincenzo bene, se le cose vanno lisce avremo la sua predica, sennò ci faremo dire qualcosa. Così porti a casa primo e secondo blocco. Nel terzo blocco fai entrare gli esperti, ma Santina Gloryhole la tieni lì e vedi quello che si dicono. Avrai la devozione popolare, voglia di miracoli e scaramanzia, più la legge che dice come funziona, più la religione con la erre maiuscola che dice quali sono le regole. Non bisogna farci tutto il programma, bastano dieci minuti. Poi torni sui miracolati delusi, magari ti tieni una storia strappalacrime per il gran finale, poi sigla e tanti saluti».

«Al cazzo», avrebbe voluto aggiungere, ma Carlo è un tipo che sa quando fermarsi.

Se ora entrasse qualcuno con un coltello affilato potrebbe tagliare delle fette di silenzio, ma la porta della sala riunioni resta chiusa. Tutti guardano Flora come si guardava l'imperatore al Colosseo, chiedendosi da che parte orienterà il pollice.

«Va bene, può funzionare. Bravo Carlo, ottimo piano». Ma siccome i complimenti non sono il suo forte, diventa subito operativa. «Su, su, andate, al lavoro, la puntata è tra due giorni, sbrigarsi».

Ora sono di nuovo in corridoio, i tacchi sul parquet sono meno nervosi.

«Non dire niente, Bianca, mi faccio già abbastanza schifo senza commenti acidi, grazie».

«E perché? Hai risolto un problema, dovrei ringraziarti, piuttosto».

«Ecco, come fatto, grazie. Se smettiamo di parlarne ti invito a pranzo, altrimenti ti abbandono alla mensa aziendale. C'è gente che ci è morta, sai?».

Però non hanno smesso per niente.

Carlo ha guidato fino a un ristorante che sa lui, non lontano, hanno ordinato un crudo di pesce, per stare leggeri, e una bottiglia di Ribolla Gialla. Leggeri va bene, ma non sono mica suore di clausura.

«Il nostro mago dell'Auditel ha fatto un altro miracolo. Dovrebbero appendere te nella villetta di Zelo Surrigone, Carlo, magari non guarisci i diabetici, ma hai fatto l'esorcismo a Flora».

«Piantala».

«No, piantala tu. Come va con la piccola fiammiferaia?».

Carlo si morde un labbro.

Ha dormito da me, perché aveva bisogno di qualcuno, e stamattina ci siamo baciati. Questo è quello che gli stava per uscire, ma naturalmente non l'ha detto.

«È un lavoro della Sistemi Integrati, Bianca, sto dando una mano a Oscar e alla Cirrielli, lo sai come funziona».

«Lo so come funziona, Carlo. Te lo dico pure, come funziona. Che siccome il tuo mondo ti fa schifo vuoi guardare il mondo degli altri, che ti piace fare Lancillotto, io ti salverò, il ricco dal cuore d'oro con il cavallo bianco che aiuta l'orfanella, e tutte quelle cazzate. Bello, Carlo, edificante... un po'... paternalista, se mi permetti una critica, ma contento tu...».

«Certo, capisco la critica, ma non è meglio salvare una brava persona che fa le pulizie alle sei del mattino che salvare la diva Flora?».

«Può darsi, ma tu non hai salvato la diva Flora, questa mattina. Hai salvato gente che sta lì pagata a puntata, che se salta il miracolo di Zelo Surrigone perde un quarto dello stipendio, e non è lo stipendio di Flora... o il tuo, e nemmeno il mio. Brave persone che si fanno il culo, Carlo, come la tua Cenerentola».

«E allora?».

«Allora dovresti cominciare a fare i conti con te stesso, sai? Io la capisco la solidarietà, gli umili, i deboli, quelli che si aspettano di meglio, bravo, è un tuo lato che mi piace. Però gli umili di Zelo Surrigone li disprezzi, giusto? Ridi di quelli che tentano il colpo da duemila euro fingendosi miracolati, ma in fondo non sono la stessa cosa? Non sono sfigati anche loro? Quelli no. La signora delle pulizie sì, perché?».

«Non lo so, dimmelo tu».

Non voleva, ma il tono è seccato, anzi, arrogante.

Non capisce questo attacco di Bianca, non se lo spiega. L'ha chiamato per chiedere aiuto. Lui è andato ad aiutarla. Cosa vuole ancora? Perché questo processo? Però si rende conto che lei ha qualche scoria accumulata e la vuole buttare fuori. Va bene, Bianca è sotto pressione, lui vorrebbe dire qualcosa che riporta la pace, farla ridere. Però non dice niente.

«Sì, te lo dico, Carlo. Perché la povera gente che vuole i miracoli, o quella che sta dietro una telecamera e bestemmia se salta anche una sola puntata di *Crazy Love*, è una massa indistinta, mentre a te piacciono le vite che puoi vedere da vicino, quelle che puoi salvare con le tue mani, quelle a cui mostrare quanto sei magnanimo e generoso, nella tua bella casa, con la tua bella macchina, con i tuoi whisky costosi».

«Non starai esagerando?».

«Non starai esagerando tu? Ti piace tanto la lotta per i deboli, ma solo se è seduzione, vero Carlo? Le hai già fatto sentire Dylan?».

Un po' troppo, no?

«Andiamo, ti accompagno».

«Lascia stare, prendo un taxi».

Sta diventando un'abitudine, e questa volta non si salutano nemmeno.

30
Incroci

«Vieni qui, novità». Clic.

Carlo Monterossi lo strozzerebbe, Oscar Falcone. Era un elemento di fascino, nella loro amicizia, quel suo essere misterioso e telegrafico, quel suo parlare per monosillabi e ordini secchi. Ma ora non si starà esagerando? A Carlo piace avere un amico che non lo costringa ai convenevoli, uno che quando ti chiede «come stai» – quasi mai – lo fa perché gli interessa, non per salutarti. Gli piace anche che di Oscar non si sappia niente, se ha una donna, se è felice, dove vive, e del suo passato ha elementi sparsi e scollegati: per quanto ne sa Carlo, Oscar è sempre stato il segugio Oscar, uno di cui fidarsi, che lo aveva tirato fuori dai guai più volte, e di guai ne avevano fatti insieme, anche.

Ora che deve dirgli una cosa complicata, una cosa che non gli piacerà, sente che quel distacco tra loro, che è un'amicizia vera, può essere un problema. In più c'è la Cirrielli, che è uno sbirro fatto e finito. Anche lei non la prenderà bene.

Così quando entra alla Sistemi Integrati non è esattamente a suo agio, anche se quello che trova è un'agitazione concentrata, un clima operativo, una febbre di scoperta, dunque tutto è rimandato. Veniva per dire delle cose e finiva che gliele dicevano loro.

Il grande schermo della sala riunioni è acceso, la Cirrielli legge i suoi appunti sull'iPad, Oscar cammina su e giù come una tigre dello zoo che aspetta il pranzo, l'inserviente con le bistecche è in ritardo, comincia a pensare di mordere qualcos'altro.

«Beh?».

«Siediti, Carlo», dice la Cirrielli.

E Oscar: «Quanto dura un minuto, secondo te?».

Che domanda è?

Poi la Cirrielli prende in mano il telecomando e gli dice di preparare il cronometro del cellulare. «Avvialo quando ti dico via».

Sul grande schermo compare un'inquadratura fissa, l'uscita secondaria della IGO, quella che dà sul cortile, quella da cui hanno visto uscire le donne coi loro sacchi dei rifiuti. La scritta bianca in basso dice 28/05/23 e accanto c'è l'ora: 21.44. Qualche secondo, poi il minuto scatta: 21.45.

«Via!». Carlo schiaccia «start» sul display.

Poi non parla nessuno, tutti e tre fissano il televisore, dove non succede niente. La porta è inquadrata dall'angolo in alto, a destra, l'immagine è sgranata, in bianco e nero. Non entra nessuno, non esce nessuno, i secondi passano. Carlo si chiede cosa dovrebbe vedere, ma non apre bocca. Poi nell'angolo in basso a destra dello schermo cambia un numero, scatta un altro minuto, 21.46, e la Cirrielli dice «Stop!». Carlo preme sullo schermo del telefono e il cronometro si arresta.

Un minuto e 14 secondi. Cioè? Non capisce subito. Tocca a Oscar.

«Che te ne sembra di un minuto che dura 74 secondi, Carlo? Non sarà un po' troppo?».

«Cazzo! Come ve ne siete accorti?».

«Puro caso, non è importante ora».

«E quindi?».

«Quindi il ladro della IGO non è uscito dalle cantine. In effetti era la cosa più strana di tutta la faccenda. Va bene conoscere il posto, ma sapere di quell'uscita era conoscerlo troppo. Il ladro è uscito da lì, dalla porta sul retro da cui escono a fine turno le donne delle pulizie, ma qualcuno si è preso la briga di cancellarlo».

Carlo non ci capisce più niente.

«E come?».

«Male», dice la Cirrielli. «L'operazione in sé non è difficile, basta avere un computer, prendere il video, copiare un pezzettino in cui non succede niente, come quello che abbiamo visto, e incollarlo al posto di un pezzettino dove succede qualcosa. L'immagine è fissa, il taglio non si vede, nel timer non ci sono i secondi, solo i minuti, per cui accorgersene è praticamente impossibile».

«A meno che tu non faccia durare un minuto un po' più di un minuto. Il nostro montatore misterioso ha aggiunto qualche secondo di troppo».

«Ma chi?»

Ora si guardano. Un conto è raccontare un fatto, un conto è dire un sospetto.

«Secondo noi la guardia, il De Nardo», dice la Cirrielli. Oscar va avanti. Anche se sono solo in due, parlano come Qui, Quo e Qua, uno comincia una frase e l'altro la completa.

«È stato lui a riversare i video dai computer della sala controllo della IGO sulla memoria esterna che ha dato all'ingegner Benaldi, la mattina dopo, alle otto. Ce l'ha detto lui stesso, e ce l'ha detto anche l'ingegnere... comunque hai sbagliato domanda, Carlo. La domanda non è "chi", ma "perché", pensaci».

Carlo ci pensa e non viene fuori niente. Allora ci pensa ancora. Niente.

La Cirrielli torna a guardare il suo iPad. Parla Oscar:

«Infatti non ha senso. Abbiamo delle registrazioni in cui si vede il ladro entrare, poi lo si vede scappare con qualcosa in mano, sia nel corridoio del quinto piano, sia, per qualche secondo, al piano terra, sempre con la refurtiva. Poi più niente, scompare, non lo vediamo più. Non ha senso».

«Sì, se avessero voluto cancellare il furto avrebbero manomesso tutto, e invece solo quei pochi secondi in cui il ladro esce. Perché?».

Oscar annuisce soddisfatto. Ora ripete quello che lui e la Cirrielli si dicono già da due ore, lo fa come se mettere in fila le cose per la milionesima volta potesse aiutarlo a vedere qualcosa che non ha visto.

«Ci penso da giorni che era assurdo uscire dalle cantine. È un labirinto, là sotto, la porta si vede a stento, e perché complicarsi così la vita? Se il ladro conosceva il posto conosceva anche le telecamere. Sapeva di essere stato inquadrato nei corridoi, sia in entrata che in uscita, si è pure messo un cappellino, un soprabito lungo e sformato... avere un'inquadratura in più, tra l'altro la più innocua, solo il tempo di aprire la porta sul retro e andare via, perché cancellare proprio quella?».

«Eh, giusto. Perché?».

«Ecco, ora sei arrivato dove siamo noi», dice la Cirrielli.

Quel perché si gonfia come un canotto di salvataggio appena tocca l'acqua, diventa grande, enorme, riempie la stanza. Carlo è stranito e confuso: cosa significa, in effetti? A sorpresa, è la Cirrielli la prima a dar fuori di matto, ma dev'essere un remake, perché le cose che dice sono cose ripetute, non le dice per la prima volta, probabilmente è stato il ritornello della mattinata, uno sfogo impotente, una rabbia, se l'è già beccato Oscar, prima che Carlo arrivasse.

«Non sappiamo un cazzo, questa è la verità».

Ora lo vedete, Carlo Monterossi, vero? Lo vedete con l'accendino in mano che si china verso la miccia? Che la accende? In effetti fa proprio così, accende l'innesto dei fuochi artificiali. Mette una mano nella tasca interna della giacca e tira fuori dei fogli piegati in quattro, un bel malloppo. Poi fa lo stesso con la tasca destra e prende un altro oggetto. Appoggia tutto sul tavolo, dei fogli stampati e una chiavetta usb.

La faccia degli altri, dovreste vederla.

Teresa si è svegliata tutta strana.

La casa nuova, la sua stanza arredata alla bell'e meglio, nuove abitudini da imparare, l'idea – le viene per la prima volta – che per andare in bagno dovrà mettersi addosso qualcosa, perché potrebbe incontrare qualcuno in corridoio. La ragazza di Salerno, la studentessa, non c'è per qualche giorno, è tornata giù dai suoi dopo l'ultimo esame, sono solo lei e la signora Angela, non ha ancora capito se quell'aria di famiglia, di sorellanza tra inquiline, le piace oppure...

Dovrà mettere a posto, certo, ma ha la sensazione che possa diventare carina, la sua camera, un posto pulito, ordinato, nuovo. Un'altra fase, ecco, un altro inizio. Il materasso appena comprato – centodieci euro più venti per il trasporto – è duro come piace a lei, l'armadio a muro basta e avanza, per i pochi vestiti che ha, un po' le spiace che le scarpe nere non abbiano più la loro bella scatola. La luce entra dalle fessure delle tapparelle. Pensa che vorrebbe appendere qualcosa alle pareti, magari sopra il letto, qualcosa di bello, che le fa bene guardare. Le serve una lampada, anche, per il comodino, per creare una luce gentile come quella che c'era a casa di Carlo quando gli ha fatto la sua confessione. Sente già la sua coinquilina che si muove, decide di alzarsi, ma c'è qualcosa che la blocca, la paralizza. Una paura.

Anche oggi non è andata a lavorare, non si è alzata alle cinque, non ha raggiunto la IGO. E come, poi? Andrea ha detto che fino a lì, a prenderla con il furgone lui non ci va di certo, è dall'altra parte della città, non scherziamo. C'è la metropolitana, sì, ma comincia a girare alle sei, finirebbe per arrivare in ritardo.

In più è qualche tempo che Teresa fa le bizze. Prima lo scippo, d'accordo, sfiga. Poi quei messaggi secchi: «Non ci vengo, domani mattina, Andrea». E ora senza nemmeno avvertire. Lui deve aver pensato che era la questione dei soldi, ma non l'ha detto. Probabilmente troverà un'altra donna per pulire, se non l'ha già fatto, non è difficile, basta schioccare le dita, anche per quella paga da fame c'è gente che corre.

Ora Teresa ha come una vertigine. Dovevano essere più di quattrocento al mese, i soldi della IGO, e invece erano diventati trecento e spiccioli. Una miseria. Ma le servono, le servono tanto, fanno un bel pezzo di quegli ottocento sotto i quali non saprebbe come fare, la soglia maledetta. Per un attimo pensa a Carlo. Ci pensa spesso, in realtà, anche se non è una ragazzina. Lo sa anche lei che un bacio non vuole dire niente, cioè, quasi niente. No, non pensa a quello – non solo a quello. Pensa a quanto sono diverse le loro vite, al fatto che lui non si sveglia certo con l'angoscia dei soldi, che sì, avrà altri problemi, ma non gli stessi suoi. Avrà i problemi che ha la signora Antinori, più complicati, magari, ma non il problema del frigo vuoto, non il problema di comprarsi un paio di scarpe, di trattare per mezz'ora, euro su euro, per il prezzo di un materasso.

Ma dove vuoi andare, Teresa, ma dove ti presenti. Le viene da piangere.

E poi c'è la faccenda della banda. È una cosa strana, come un argomento che si addormenta, che sparisce, che sembra non esistere, finché non torna.

Ieri è tornato, con un messaggio sulla chat «Burraco». Era il De Nardo, diceva che bisogna vedersi, che ha delle idee, che si presenterà questa sera, se sono tutti d'accordo, ma quell'ultima frase – «Se sono tutti d'accordo» – era appiccicata alla fine, forse per un ripensamento, forse per attutire il tono da capo. Insomma, quella sera alle otto la banda dei quattro sfigati sarebbe stata ancora lì. A dirsi cosa? A fare cosa?

«Buongiorno, Teresa! Hai dormito? No, vero? Dai, la prima notte in una casa nuova è sempre così».

«Ho dormito benissimo, Angela, è molto silenzioso qui, e poi ero così stanca...».

«Ti ho fatto il caffè, ma solo perché è il primo giorno, eh! Non prendere l'abitudine».

Sta già fumando e mettendo in fila i rammendi della giornata.

Teresa decide che si dedicherà alla casa. Ha fatto i conti, ha ancora più di cinquecento euro, dei duemila che ha avuto da quel cretino di Franco. Dove sarà, tra l'altro? Ora che lo cercano... Però scuote la testa. Cazzi suoi, no? Lei ne ha già abbastanza, di pensieri. Però ha il suo tesoro, anzi ce l'ha Carlo. Carlo...

La doccia della casa nuova le piace, ha un box di vetro, cioè, sarà plastica, plexiglass, come si chiama, ma non la tenda che si appiccica al corpo mentre ti lavi, come aveva a casa sua... I vecchi padroni hanno telefonato.

«Mancano tre mesi di affitto».

«Avete i tre mesi che vi ho dato di cauzione, no? Tenetevi quelli».

«Non funziona così, quelli coprono i danni».

«Quali danni, scusi?».

«Per affittare di nuovo dobbiamo almeno imbiancare, signora, c'è un contratto, sa?».

«Beh, fatemi causa».

Stava imparando. Mentre si asciuga e si mette il deodorante pensa: brava Teresa. Ne aveva parlato con la signora Angela, avevano riso. Si guarda le gambe, non ci sono più i segni dell'aggressione, ma una ceretta servirebbe.

Carlo...

Poi gli aveva scritto. Era stata mezz'ora con il telefono in mano: cosa gli dico? Voleva essere leggera e scherzosa, ma non le veniva, non come riusciva a lui, che sembrava fatto apposta per trovare la battuta giusta. Non sono capace, si era detta, e poi, stufa di pensarci, aveva scritto solo «Buongiorno», aveva schiacciato invio e si era data della stupida.

Per tutto il giorno, poi, si era ripetuta che era solo una giornata di vacanza, ma dentro quella giornata si affollavano troppe cose. Alla IGO, lo sapeva senza saperlo, senza dirselo, non sarebbe andata nemmeno il giorno dopo. Doveva cercare qualcos'altro, magari che non la facesse svegliare alle cinque. Dentro quel pensiero ce n'era un altro seppellito anche meglio, ed era il ricordo delle serate con Carlo, che erano state lunghe, oltre la mezzanotte, e lei non poteva, se si alzava che era ancora buio... E poi alle otto sarebbero arrivati i cospiratori, i ricattatori, non sapeva come chiamarli, e di quello aveva paura. Potevano fare altri soldi, forse molti, questo lo diceva anche la signora Angela. Ma valeva la pena? I suoi sessantacinquemila le sembravano già una fortuna insperata. Rischiare tutto... per cosa?

La lampada che le piace, comunque, costa troppo. L'ha vista in un negozio, in centro, ci ha pensato seriamente, anche cercando di spingersi oltre l'orlo, ma poi si è frenata. No. Troppo. Centosessanta per una lucina di fianco al letto, non scherziamo, Teresa.

Poi aveva suonato il telefono, e lei aveva avuto un piccolo smottamento nello stomaco. Com'è che si dice? Le farfalle? Che scemenza. Carlo.

«Com'è andata la prima notte nella casa nuova?».

Si era ricordato.

Così avevano chiacchierato di niente, con quelle battute che si fanno, cioè, che lui fa, che la prende in giro, ma gentile, affettuoso.

Finché Teresa gli dice di quello che succederà tra qualche ora, la banda dei disperati che si rivede, convocata dal De Nardo, che forse ci saranno novità – sennò perché vedersi? – e che lei di quella cosa non vorrebbe saperne.

«Ecco, Teresa, volevo dirti questo. Non fidarti del De Nardo. Non dire niente che possa mettergli in mano qualcosa. Non dire niente di me e del fatto che mi hai dato i fogli e la chiavetta. Ci stiamo lavorando e vengono fuori cose non belle su 'sto De Nardo».

«Ci stiamo chi?».

«Io e dei miei amici, non preoccuparti. Stai solo attenta, fai parlare lui e poi mi racconti. Ti serve qualcosa?».

Mi serve tutto, vorrebbe dire Teresa, mi serve una lampada per fare una luce buona, mi serve un lavoro di quelli che ti alzi alle sette, alle sette e mezza, mi serve...

«Vorrei vederti», dice invece.

Lui ride. «Ma sì, ci vedremo presto, ora fai questa cosa, stasera, senti cosa dice e poi ne parliamo con calma».

«Non vorrei vederti per il De Nardo, però». Non ha ancora finito la frase e già si dà della stupida.

Ma lui ride ancora: «Ci mancherebbe che ci vediamo per un cretino simile».

Così ha aspettato le otto con un umore diverso, pensando di non essere sola. Sì, certo, c'è la signora Angela, ma non soltanto lei. Poi si è presa in giro da sé. Uh, Teresa! Quanti anni hai? Quattordici? Sedici? Come li porti male!

Dopo l'incredulità, dopo la sorpresa, dopo le reticenze di Carlo, Oscar Falcone e la Cirrielli hanno rimandato le discussioni a dopo. Carlo Monterossi non ha ritenuto di stare lì con loro, ha preferito uscire, il tempo che leggessero per bene, che vedessero i video, che si facessero un'idea.

E intanto ha pensato a cosa dire, a come proteggere Teresa. Devono cercare il ladro, no? Bene, il ladro si vede distintamente, nei filmati delle telecamere, e non è certo lei. I soldi, anche se parecchi, non sembravano la priorità dell'ingegner Benaldi, che già sarebbe stato felice di rientrare in possesso della chiavetta, doveva proteggere anche quelli.

Così si era seduto a un tavolino dalle parti di corso Buenos Aires, una traversa, all'ombra, aveva ordinato un caffè freddo e aveva pensato a quel che stava facendo senza pensarci veramente.

Stai proteggendo dei ricattatori, Carlo? Beh, sì.

Una, in particolare, che in realtà ci era finita dentro per caso e non voleva ricattare nessuno, anche se... Era stupito di se stesso: si faceva problemi morali? Etici? Dopo quel che aveva visto nei video non era proprio il caso. E anche che Teresa riuscisse a tirarne fuori altri soldi non gli sembrava così ingiusto, si era spaccata la schiena più lei, per la IGO, che quel porco dei video, chiunque fosse. Si meritava un risarcimento. E come spiegare a Oscar e alla Cirrielli che era deciso a mettersi dalla parte di un disegno criminale? Uh, criminale, che esagerazione.

Ma loro dovevano trovare i ladri, giusto? I documenti rubati, i quattro video, dicevano molto, ma non dicevano niente su chi si era introdotto alla IGO, aveva forzato un armadio, ed era uscito senza refurtiva. Perché, poi? Che senso ha fare un furto e non portare via quello che rubi quando il colpo è praticamente riuscito?

Senza alcun motivo ha riguardato il messaggio di Teresa sul telefono: «Buongiorno».

Si può anche sorridere a un cellulare, sapete? Ma certo che lo sapete, non dite bugie.

Un'ora dopo ha fatto il suo ingresso alla Sistemi Integrati, e li ha trovati nella posizione di quando se ne era andato. Seduti, concentrati, molto perplessi.

«Ora ci racconti, vero?».

«No».

Voleva dire: non molto, non tutto. Sapeva che avrebbero litigato, avrebbe preferito evitarlo, ma era disposto a correre il rischio.

«Chi è l'uomo del video?».

«Non lo so».

«Ci sono copie in giro?».

«Probabile».

Un bel tira e molla, insomma, finché la Cirrielli aveva perso il controllo.

«Ma ti rendi conto, porca puttana, che così non ci aiuti? Con chi cazzo stai giocando, eh, Carlo? Te le ha date la tua amica delle pulizie, queste cose, non è difficile da capire. Vuoi proteggerla, giusto? Va bene, ne abbiamo parlato, io e Oscar. Ti assicuriamo che non ci andrà di mezzo, ma dobbiamo sapere di più».

Carlo aveva spiegato che Teresa l'aveva trovata, la refurtiva, che i soldi le facevano comodo, tanto, che avevano perquisito anche da lei, come dal De Nardo, avevano sfasciato tutto e non li avevano trovati. E che secondo lui era giusto che li tenesse, su questo non avrebbe fatto nemmeno un centimetro di retromarcia.

Non ha detto che Teresa sperava di farne degli altri insieme a una banda di sfigati.

«E come li ha trovati, esattamente?».

«Lei dice sulle scale, mentre usciva».

«Cazzate, erano in cinque, ne erano già uscite quattro e non avevano trovato niente?».

«Sì, ci ho pensato anch'io. Mi sono fatto questa idea, che il sacchetto con la refurtiva fosse nascosto in una nicchia che c'è sotto i gradini, e qualcuna delle donne, trascinando il suo sacco, l'abbia un po' spostato, senza volere, senza accorgersi...».

«È una spiegazione, sì, ma...».

Discutono solo lui e la Cirrielli, però. Falcone sembra lontano, non ascolta nemmeno. Ha tolto la chiavetta dal televisore e l'ha infilata nel Mac. Ha cercato dei primi piani e ne ha ricavato delle foto in formato .jpeg, con quelle ha fatto una ricerca in rete. Niente, se qualcuno l'ha fotografato, il porco, la sua faccia non è mai comparsa in rete, Google Immagini non lo trova.

«Dimmi di questa perquisizione. Quando? Dove, a casa sua?». Ancora la Cirrielli.

Lui le aveva detto quello che sapeva, quasi tutto. Non che aveva dormito da lui, nella stanza degli ospiti, non che si erano baciati in piedi davanti al frigorifero, non che aveva litigato con Bianca Ballesi, non che aveva sorriso al telefono per un semplice «Buongiorno». Insomma, la parte e non il tutto. Il tutto, pensava con un po' di paura, li avrebbe fatti ridere.

«E com'è che non hanno trovato niente?».

«I documenti e la chiavetta li aveva lei, nella borsa, i soldi li aveva nascosti bene».

«Per essere una donna delle pulizie sembra bella sgamata, la tua amica».

Silenzio.

Se Oscar Falcone sta ascoltando lo scambio non lo dà a vedere. Ora ha aperto sul grande schermo del Mac il quarto video, quello delle mazzette all'aeroporto. Avanza fotogramma per fotogramma, ingrandisce, allarga il campo. Poi si ferma, torna indietro. Allarga di nuovo.

«C'è qualcosa?», chiede la Cirrielli.

«Forse», dice lui, ma non toglie gli occhi dallo schermo, intanto scrive su un foglietto con una penna, poi cancella, poi ingrandisce di nuovo, riscrive. Si alza e va nell'altra stanza.

«Faccio una telefonata», dice.

La Cirrielli non chiede, Carlo nemmeno. Tra loro c'è un silenzio quasi ostile. La Cirrielli non se l'aspettava, il comportamento di Carlo le sembra assurdo, ma ora è lui che si sfoga.

«Non capisco, però. Vi porto la refurtiva, quella cosa che da giorni ci chiediamo cosa sarà mai, quella su cui l'ingegnere ha fatto il misterioso, il vago. Ora lo sappiamo, credevo ci aiutasse, invece ve la prendete con me».

Oscar non ha ancora detto niente, sulla questione, così quando rientra nella stanza tutti e due lo guardano per capire che ne pensa. Ed eccolo, Oscar, l'oracolo.

«Se Carlo vuole proteggere questa Comelli avrà i suoi motivi... e poi finché non sappiamo chi è l'uomo dei video siamo quasi al punto di prima...».

Oscar gli sta gettando una ciambella di salvataggio, ma Carlo lo conosce bene, sa che vuol dire anche altre cose. La più importante è: sei con noi o ti ritiri? Carlo non saprebbe cosa rispondere, e infatti non risponde.

«E quindi?», dice la Cirrielli.

«Aspettiamo una telefonata», dice Oscar, ma non si ferma lì. «Le risposte non le abbiamo, concentriamoci sulle domande».

Si accorgono solo ora che in effetti sono tantissime. La prima è perché tagliare le immagini di un ladro mentre esce e non mentre entra o mentre scappa. Silenzio.

«Bisogna parlare ancora con quel De Nardo», dice Oscar.

«Per dirgli cosa?».

«Beh, intanto per chiedergli come mai ha tagliato una parte del video, e proprio quella che non serviva tagliare».

«E se non ci risponde, che facciamo? Ci scusi, caro signore, vada pure».

«Si può cercare di essere convincenti».

«Certo, mettergli un cappuccio in testa e una pistola alla tempia e dirgli che gli conviene raccontare tutto».

«È un'idea brillante, Cirrielli, a volte ti sottovaluto».

«Noi non siamo mica banditi, però. C'è questo piccolo dettaglio».

«È vero, ma è un dettaglio a cui si rimedia. Noi lo sappiamo che non siamo banditi, ma lui no. Potremmo essere i cattivoni che gli hanno perquisito la casa, per quel che ne sa lui, anzi, è la prima cosa che penserà».

«Non è che mi entusiasma, 'sta cosa».

«Pazienza, non è quello il problema. Il problema è che non sappiamo dove sta, dalla casa che gli hanno perquisito se n'è andato, forse il suo coinquilino non gradiva abitare con uno a cui distruggono l'appartamento».

«Ecco, questo magari si può fare. Seguirlo e vedere dove va».

«Possiamo beccarlo alle sei del mattino, quando esce dalla IGO».

«In piazza Missori, con la luce?».

«Hai ragione, sarebbe meglio di notte».

«Io lo so dove sta stanotte il De Nardo», dice Carlo.

Oscar e la Cirrielli si voltano di scatto. Lo guardano fisso, come voi guardereste Maradona che entra nella stanza con due bottiglie di vino e dice: «Brindiamo?».

31
Fine corsa

Questa volta Nasir è arrivato per primo, alle otto meno dieci. La signora Angela lo ha salutato con un certo calore, forse le sta simpatico da quando ha mangiato i suoi spaghetti in due forchettate enormi senza ringraziare né perder tempo in cortesie e salamelecchi. Lui ha tirato fuori dalla scatola gialla il suo computer e due cartoni quadrati, due pizze già tagliate a spicchi. Lei ha messo sul tavolo tre bicchieri e una bottiglia di birra. Quando è arrivato Stefano De Nardo, dieci minuti dopo, il clima si è fatto un po' meno disteso. Niente bicchiere, per lui.

«Cominciamo», ha detto. E gli altri lo hanno guardato come a dire: cominciamo cosa?

A sorpresa, invece, ha cominciato Nasir.

«Ho fatto i compiti», ha riso, e ha preso a guardare sullo schermo del suo computer magico e a parlare come se leggesse da una sfera di cristallo.

L'uomo del video resta misterioso, e questo è un problema, perché hanno uno ricattabile, forse, ma non sanno chi è. Lui ha ricostruito un po' di cose su questo affare della diga, niente di segreto, notizie che ha trovato in rete, sui giornali, sui siti del ministero, due ministeri, per la verità, Esteri e Sviluppo Economico, più altre in giro, home page di enti governativi e riviste specializzate.

I contratti per la diga sono stati firmati dieci giorni fa, cioè soltanto due giorni dopo il furto alla IGO, probabile che quando hanno rubato quel materiale si sapesse già che l'affare era andato in porto. La notizia era sui giornali economici, l'annuncio ufficiale sarà dato tra qualche settimana, forse qualche giorno, dipende dagli impegni dei ministri e dal circo che la IGO saprà mettere in piedi per celebrare la commessa.

«Vorranno tutti prendersi dei meriti, ovvio. Magari sarà l'occasione per sapere chi è il nostro uomo».

«Quel porco», dice la signora Angela.

Stefano De Nardo freme, non capisce a cosa serve quella sceneggiata. Nasir va avanti.

Della diga, la grande opera italiana, che in realtà è più cinese, si parla da anni, la notizia più vecchia che ha trovato è del 2015, la TechItaly e la IGO avevano proposto piani concorrenti, c'è un articolo sulla stampa economica, sempre con i toni della grande ingegneria nazionale che incanta il pianeta ma non sa fare squadra. Poi poche cose sparse, articoli sulla collaborazione tra Italia e Ghana, tra Italia e Cina, su una joint venture con l'azienda tedesca. Due trafiletti dicono di missioni congiunte, affari e diplomazia, in Ghana, 2017 e 2020, parlano del Fondo Monetario Internazionale, di infrastrutture strategiche, di fabbisogno energetico.

«Del viaggio in Ghana del nostro documento, quello del settembre 2022, niente».

«Come ci aiuta, questo?», chiede De Nardo. Ora sbuffa visibilmente.

«Vuoi stare zitto?». Tra lui e Teresa l'antipatia è palpabile. Dopo quello che le ha detto Carlo, poi...

«Non so se ci aiuta», dice Nasir, «ma almeno sappiamo di cosa parliamo. Se abbiamo delle cose da vendere mi pare che sapere a chi possono interessare non sia un dettaglio».

Tutti guardano il De Nardo. Si vede che freme, che vuole interrompere, che non si aspettava quell'introduzione di Nasir. Ma ora che parla li sorprende, un colpo di scena.

«Ci ho ripensato, ho studiato la questione, non si può fare».

Cosa? Era stato lui a mettere in piedi quella banda improbabile, a convocare la prima riunione, a ricattare Teresa a un tavolino di un bar, a dirle che sapeva tutto e che sui soldi che si era messa in tasca si poteva chiudere un occhio, se c'era la possibilità di farne di più. E ora? Cos'è questa marcia indietro? Sei occhi lo fissano, stupiti.

«Ma è così chiaro! Non lo vedete che non siamo in grado di gestire una cosa simile?».

E lì De Nardo ha preso la rincorsa e legato i suoi dubbi con il fiocchetto.

«La cosa non è grossa, è enorme. Dietro quegli accordi, quei viaggi in Ghana, ci sono ministeri, servizi segreti... Chi credete che siano quelli dei video? Non quello che pippa, che non lo sappiamo, gli altri. Security, gente che non va tanto per il sottile se c'è da proteggere interessi così grandi. A me hanno distrutto la casa, lo sapete, questo? Magari la prossima volta non me la cavo col materasso fatto a pezzi, che ne dite?».

Teresa non dice niente, ma abbassa un po' gli occhi. Pensa allo spavento che si era presa quando aveva girato la chiave nella toppa e la porta si era aperta da sola. Sapevano chi era, dove abitava, che forse aveva qualcosa che loro cercavano. Sì, ci aveva pensato anche lei a qualche stronzo che la legava a una sedia e le faceva delle domande.

De Nardo va avanti, sta diventando una specie di sfogo.

«Lo so, ci avevo pensato seriamente, ma poi...».

Nasir prova a interrompere il flusso.

«La roba è stata rubata alla IGO, quindi bisogna chiedere alla IGO se la rivuole, e fargliela pagare, non mi sembra così complicato», dice Nasir.

«Invece lo è, cazzo!». Stefano De Nardo ha quasi urlato. «Pensateci! L'affare è chiuso, le carte sono state firmate, tra qualche settimana la IGO comincerà a mandare giù ingegneri e macchine, si apriranno i cantieri. Credete veramente che la Cina stopperà un affare di miliardi perché un pezzo di merda italiano dava fastidio a una ragazzina?».

Gli altri fanno una faccia poco convinta. La signora Angela non dice niente, ma prende una mano di Teresa, un gesto che vuol dire «stai tranquilla».

E Teresa? Non sa cosa pensare. Nel profondo del suo cuore sente come un piccolo sollievo: non le andava di mettersi in una cosa così... come ha detto il De Nardo? Enorme... sì, enorme. E se gliel'avessero detto due ore prima, che era tutto uno scherzo, che la cosa sarebbe morta così com'era nata, un'idea balzana che ora si mostrava finalmente per quello che era... beh, sarebbe stata contenta. Però sente anche che c'è un diavoletto, dentro di lei, che non ci sta, che le sussurra maligno che un po' di soldi in più sarebbero stati una buona cosa. Per la prima volta le viene in mente che sessantacinquemila euro sono tanti, tantissimi, ma non bastano a cambiarti veramente la vita. Si stupisce di questo pensiero, di questa avidità che salta fuori. La scaccia subito, in effetti prevale il sollievo. Fa un sospiro che contiene tutto quanto, ma è impossibile che qualcuno lì dentro sappia leggerlo nel modo giusto.

Nasir è stato zitto, gli occhi fissi sullo schermo del suo piccolo computer. Forse pensa le cose che pensa anche Teresa, forse parla soltanto per non cedere subito al De Nardo, per metterlo un po' in difficoltà.

«Ma ci sono le mazzette!».

«Non dire cazzate», scatta quell'altro. «Ci sono le mazzette? Possono essere qualsiasi cosa, dei pacchi di soldi che passano di mano. Certo, sono mazzette, ma non pensi che si inventeranno una spiegazione?».

Ora la signora Angela ride apertamente.

«Hai mai visto qualcuno andare in galera per le mazzette?», dice.

De Nardo ormai è lanciato.

«Ma infatti! Le mazzette per prendere un affare da un miliardo? Sapete cosa diranno se salterà fuori? Diranno: giusto! Bravi! Fanno tutti così, con un governo africano, poi! Chiunque avrebbe pagato. Lo facciamo per vendere armi, per ungere le ruote, per facilitare... Diranno: la Francia non lo avrebbe fatto? Certo che sì. Figurarsi! Le mazzette! Sarà un prezzo calcolato... Probabile che gli diano una medaglia, anzi!».

La signora Angela ha ritirato i cartoni della pizza, ha tirato fuori un'altra bottiglia di birra, e questa volta ha messo un bicchiere anche per De Nardo, dev'essersi impietosita. Dice la sua come pensando ad alta voce:

«Forse è sbagliato chiedere i soldi alla IGO. Forse l'unico che può pagare è il bastardo che c'è nei video».

«Ma se non sappiamo nemmeno chi è!».

Ecco una cosa su cui nessuno può discutere, intervenire, fare distinguo. Hanno un'arma di ricatto, ma non sanno chi ricattare. È una situazione assurda, e anche se da diverse angolazioni questo lo vedono tutti.

«Aspettiamo», ha detto Nasir. «Magari viene fuori chi è questo tizio del video, magari è un pezzo grosso e possiamo ripensarci».

Indica ancora lo schermo del computer.

«Qui dice che la IGO, insieme al ministero e a tutto il baraccone, farà un incontro pubblico, una specie di cerimonia per annunciare in pompa magna l'affare, in più l'azienda compie cento anni, è stata fondata nel 1923... Chissà, magari tra quelli che si vanteranno della grande diga italiana ci sarà anche questo stronzo che consegna le mazzette e violenta le ragazzine».

De Nardo fa una faccia poco convinta, ma non ribatte. La sua proposta è di lasciar perdere, di scordarsi tutta la faccenda e finirla lì, ma se vogliono tenersi qualche illusione...

In ogni caso, la riunione è chiusa, non hanno molto altro da dirsi, in effetti, e se quello che era il più convinto si tira indietro... L'avventura dei cospiratori finisce così, con la birra calda nei bicchieri, un'aria di resa tranquilla. Alla fine, che la cosa fosse più grande di loro lo sapevano anche prima. Teresa pensa che dall'inizio di questa storia è la prima volta che il De Nardo dice una cosa sensata, e anche che dovrà raccontarlo a Carlo...

Poi Nasir si alza e dice che lui deve andare. Non sanno se deve andare veramente o se vuole semplicemente evitare l'imbarazzo degli addii. In questo momento nessuno crede veramente che il gruppo della chat «Burraco» si rivedrà.

Poco dopo se ne va anche De Nardo. Non saluta nemmeno, si alza, fa un cenno veloce, per dire che la questione è chiusa.

Rimangono Teresa e la signora Angela. Sono le nove e mezza.

«E niente, Teresa, mi sa che non diventiamo ricche neanche questa volta».

«Eh no». Ridono, ma senza gioia.

Passano dieci minuti e suona il citofono.

32
La luce giusta

La Cirrielli aveva sbuffato, non era la prima volta. Oscar Falcone aveva finto di non sentire, già due volte aveva chiesto «Che c'è?», e già due volte aveva avuto in risposta un gelido «Niente».

Ragazze.

Poi finalmente qualcosa si era mosso. Dal portone era uscito un giovane nero, alto come una pertica, con una borsa gialla di quelle per consegnare il cibo. Non lo avevano visto entrare, quindi hanno drizzato un po' le antenne: abita lì o è uno della banda dei quattro. Oscar si è sistemato meglio sul sedile di quella scatola da scarpe che la Cirrielli chiama macchina. Abitudine, istinto, ore di volo. Sono le nove e mezza.

Dopo nemmeno cinque minuti, eccolo. Stefano De Nardo era uscito sul marciapiede, senza guardarsi né alle spalle, né a destra, né a sinistra. Lo hanno seguito con gli occhi per qualche decina di metri, la Cirrielli era pronta a scendere per andargli dietro a piedi, ma quello è salito su una Citroën un po' malmessa, ha avviato il motore e loro gli si sono messi dietro.

Carlo Monterossi, fermo sul lato opposto della strada, non si è mosso, li ha salutati con i fari e poi è sceso dalla macchina.

È una sera di inizio estate, a Milano, con l'afa che già morde un po', ma sta solo prendendo le misure. Dai finestrini aperti entra l'aria appena ripulita dal traffico della giornata. Oscar e la Cirrielli si mettono sulla circonvallazione, viale Romagna, verso nord, il De Nardo guida ragionevolmente, si ferma persino quando il semaforo è giallo, si vede che non è nato qui. Scivolano in viale Monza, è tutto dritto, devono stare a distanza ma fare attenzione a non prendere un rosso se lui è già passato, così Oscar fa l'elastico, si allontana e poi si avvicina quando arriva il semaforo, è più difficile farlo che dirlo, non provateci, se non avete un buon motivo.

Ora sono a Sesto San Giovanni, nemmeno un quarto d'ora di viaggio, la Citroën trova un posto, si ferma, il De Nardo scende, loro proseguono per qualche metro e tornano indietro.

«Ma tu pensa!», dice Oscar. Ha riconosciuto il palazzo, la sede della Milano Sicurissima. Andargli dietro o aspettare? La Citroën è posteggiata malamente, non sembra un parcheggio per la notte, più una sosta breve. Così aspettano.

«Chi è?».

Non è la voce di Teresa. Carlo se l'aspettava, sa che non vive da sola.

«Sono Carlo, un amico di Teresa».

Gli viene da ridere. Da quanto tempo non diceva una cosa simile? Aveva i pantaloni corti e la bicicletta da cross, i suoi amici gliel'invidiavano molto. Citofonava per sapere se Fulvio poteva scendere, o se doveva salire lui. Carino, compìto, educato come gli avevano insegnato. Signora, Fulvio può scendere? Quanti anni aveva, otto? E ora dice la stessa cosa, ma di anni ne ha di più, niente bicicletta, i suoi amici si sono messi a inseguire un farabutto e lui chiede di una donna a un'altra donna, che gli dice la scala e il piano.

Quando la signora Angela gli apre la porta, Teresa non si vede ancora.

«Arriva subito», dice la donna. «Posso offrirle qualcosa? Beve un caffè?».

Ora Carlo pensa che forse non è stata una buona idea. Un'improvvisata così... anche se un mezzo invito c'era stato, quando Teresa gli aveva detto della riunione. È imbarazzato.

Poi Teresa arriva dal corridoio, forse dal bagno, perché si vede che i capelli sono spazzolati di fresco, ha un filo di trucco, una camicetta stirata.

«Carlo!». È imbarazzata anche lei.

Fanno piccole presentazioni, la signora Angela allunga una mano, quella senza sigaretta, si siedono in cucina.

«Allora, la riunione dei cospiratori è finita?», chiede Carlo.

«È finito tutto», dice la signora Angela.

Teresa spiega: il De Nardo si è tirato indietro, niente più ricatto, niente soldi facili, niente codice penale. È sollevata, e lo dice: «Meglio così, mi sembrava una scemenza dall'inizio», ma nella sua voce c'è una nota che non torna, una tessera che non si incastra nel mosaico dolente della rassegnazione. È sollevata ma anche un po' delusa. Quella donna è sorprendente, per quanto è incapace di nascondere quello che pensa.

«Mi spiace, dovevo portare qualcosa per brindare alla casa nuova», dice Carlo.

«Vieni, ti faccio vedere i miei appartamenti», dice Teresa. Ride, lo prende per una mano e lo porta verso la sua camera.

«Andate, andate, io qui ho un lavoro da finire».

Così ora sono nella stanza di Teresa.

«Non c'è ancora niente, devo organizzarmi, ma viene carina, sai?». Gli dice che non ha risolto la questione della luce, c'è solo il lampadario che pende dal soffitto, poi manca qualche mobile, il tavolo è quello che aveva a casa, messo così in un angolo sembra più una scrivania. Si siedono sul letto. Carlo ha una faccia divertita. L'ha già vista, una scena così, quanti anni aveva? Sedici? Quindici e mezzo? Anche Teresa ride, forse pensa la stessa cosa.

Alle dieci e dieci Stefano De Nardo torna alla sua macchina. C'è stato un quarto d'ora, nel palazzo di Sesto, quindi non abita lì. Gli si mettono dietro di nuovo, ma questa volta è più difficile, perché fa vie più strette, perderlo è un attimo, e anche farsi notare. Per fortuna imbocca viale Fulvio Testi, lo stradone, e poi si infila nel quartiere di Niguarda, fa ancora un po' di zig zag finché trova un parcheggio. Oscar mette la Smart della Cirrielli in un posto dove voi non riuscireste a far stare nemmeno una bicicletta.

E ora via! Adesso, subito.

Il De Nardo fa qualche metro e infila la chiave in un portone. La Cirrielli gli arriva di fianco e lo fa sobbalzare. Proprio non se l'aspettava, il ragazzo. Bisogna stare più attenti, però! Questo in generale, in tutta la grande città cattiva, e in quel quartiere in particolare.

«Ci inviti a bere qualcosa, vero?».

«Ma chi...».

Ora si è affiancato anche Oscar.

«Buonasera, Stefano, ti ricordi? Ci siamo visti nella tua casa vecchia, quella perquisita dai cattivi».

«Cosa volete?».

«Te l'ho detto, bere qualcosa tra amici e farti un paio di domande».

«Tranquillo, non si vince niente». La Cirrielli ha la battuta pronta, quando ci si mette.

Ora sono in un monolocale imbiancato di fresco, ci sono ancora due valigie per terra, il De Nardo deve averlo affittato di corsa, appena il suo coinquilino l'ha cacciato di casa.

«Insomma, si può sapere...».

«Eh, ma che modi, facci accomodare, almeno, no?».

Poi tocca a Oscar.

«Hai fatto una cazzata, Stefano. Un minuto dura sessanta secondi, non settantaquattro. Perché hai manomesso i filmati della IGO? Quelli della notte del furto?».

Non gli danno il tempo di incassare. La Cirrielli parte subito.

«Che ci sei andato a fare alle dieci di sera dal tuo principale? Otello Bisiani, giusto?».

«Ecco, parlaci di questo Bisiani. Lui lo sa che hai giocato con le forbici sui filmati della IGO?»

Ora ha delle goccioline sulla fronte. Strano, perché non fa così caldo.

«Cosa c'è, Teresa?»

«Niente».

Non è vero. Sì, certo, la regola dice così, ovvio, niente, è la prima pagina di tutti i manuali, giusto?

Carlo sa che non deve insistere, e allora parla d'altro, di niente, cerca di essere leggero. Però c'è qualcosa lì, che deve venir fuori, e vede Teresa che lo trattiene sulla porta, sulle labbra, sulla punta della lingua. Una cosa che vorrebbe dire, ma forse non sa nemmeno lei cos'è. Così pensa ad altre cose.

Chi è questo seduto sul mio letto? Sì, certo, è quel Carlo a cui pensa da giorni. Ma... qui? Così? Può fidarsi? Beh, gli ha lasciato il suo tesoro... Cosa vuole da lei, questo qui, uno che sembra sempre così sicuro e lei invece... lei cosa vuole?

A Carlo viene in mente una vecchia canzone. È sempre così, nelle circostanze in cui si sente incapace, o impotente, è una specie di maledizione.

No, and I ain't lookin' to fight with you,
Frighten you or tighten you,
Drag you down or drain you down,
Chain you down or bring you down.
All I really want to do
*Is, baby, be friends with you.**

Ora si è alzato, ha spento la luce fredda del lampadario, ha acceso la torcia del suo telefono e l'ha appoggiato sul tavolo che sta contro la parete, il soffitto si illumina in un piccolo cerchio.

«Ecco fatto, così la luce non è più un problema».

Non sono proprio al buio, però...

Teresa ha riso, poi non ha riso più. E poi l'ha detto, quello che aveva dentro e che non riusciva a tirare fuori. L'ha detto con le parole che trovava al momento, senza cercarle, senza sceglierle. Ha detto quello che non le usciva e che adesso invece sgorgava fuori cristallino e veloce.

Era stata contenta, quando il De Nardo ha detto quelle cose, che loro non erano abbastanza forti per ricattare un'azienda, o altri argomenti così. Aveva ragione, era vero, e lei è dall'inizio che ci pensa, anzi, non ci pensa, lo sa. E anche quella parola, ricatto, le sembra una cosa enorme, assurda, una cosa che porta guai. Doveva essere contenta del suo tesoro,

* Bob Dylan, *All I really want to do*: «No, e non intendo litigare con te, / Spaventarti o deprimenti, / Abbassarti e umiliarti, / Metterti in catene o demoralizzarti. / L'unica cosa che voglio / È fare amicizia con te, baby».

dei sessantacinquemila euro che aveva trovato, e che avevano cercato di portarle via distruggendole la casa, e non li avevano trovati. Ricorda la gioia selvaggia di quel momento. La rabbia. Ottimo, bene così, perché non accontentarsi, anzi, perché non benedire la buona sorte?

Carlo sta zitto. Sente arrivare un «però» grande come una mongolfiera, come un cacciabombardiere, come...

Però ora Teresa si sentiva la bocca amara, un sapore sgradevole, una sconfitta, proprio mentre avrebbe dovuto festeggiare una vittoria. Niente più De Nardo, niente più ricatti, e polizia, e paura. I suoi soldi erano al sicuro, ormai, nessuno sarebbe venuto a reclamarli, non ci sarebbe stata più nessuna riunione, nessuna chat in cui parlare in codice, che scemenza, nessun cattivo da scoprire, a cui dare un nome. E ora, ora che tutto quello che l'aveva spaventata cadeva, scompariva, la liberava, per così dire, lei si trova a pensare, in un angolino del cervello, forse nemmeno là, forse solo come una sensazione lontana, che è un peccato, un'occasione persa. Che più soldi ancora sarebbe stato meglio, che sessantacinque non ti cambiano la vita, ma duecento sì, trecento anche di più.

«Non mi sveglierò mai più alle cinque del mattino», aveva detto.

Sembrava una frase incongrua, in quello sfogo, e invece no. Era una decisione ferma, irrevocabile. Una promessa, un giuramento solenne. Era un impegno che

Teresa prendeva con se stessa, seduta sul bordo di un letto con il materasso nuovo, accanto a uno con la giacca e la cravatta che la ascoltava senza dire niente, senza contraddirla, senza deriderla.

E dietro quella frase incongrua c'era tutto un mondo che Carlo vedeva e non vedeva, e quando gli sembrava di intuirlo gli sfuggiva tra le dita, non riusciva a prenderlo. Non voglio più la mia vita, ne voglio un'altra, voglio anch'io i pantaloni neri leggerissimi da odalisca, quelli di Prada che ha la tua fidanzata, voglio svegliarmi senza pensare a scappare di qua e di là per mettere insieme due soldi che mi servono per svegliarmi di nuovo e correre di qua e di là, voglio rispondere alla signora Antinori: «Beh, sì, ho una borsa da signora anch'io, stronza, hai qualcosa da dire?». Voglio, voglio, voglio. Li vedeva arrivare a frotte, a ondate, i desideri, l'armata a cavallo, potente e rumorosa, dei bisogni, delle spese voluttuarie, del lusso, sì, anche il lusso, perché no? Voleva essere la stessa persona, ma un'altra cosa, voleva...

Teresa non lo ha detto, questo. Ma Carlo lo ha visto, lo ha visto fino in fondo, per un piccolo istante fatato, quando capisci per davvero una cosa, quando l'afferri saldamente. Come il verso di una poesia di cui cogli veramente l'essenza.

Ha pensato a quello che gli aveva detto Bianca. Sì, giusto, vero. Seduzione, paternalismo. Sarà. Ma qui, dentro questa donna che si torce le mani, che accavalla le parole, che dice in continuazione «Non so se mi spiego» e «Non riesco a farti capire», e sbuffa e si arrabbia, c'è una verità esplosiva. C'è un piccolo nucleo incandescente di ribellione, un perentorio, indiscutibile voglio di più, anzi, voglio tutto. Ora che è partita non riesce a fermarsi, le scende una lacrima, una sola, che sbava il rimmel da due soldi.

«Ora pensi che sono una stronza».

Macché, figurati. Carlo pensa ad altro, invece. Cioè...

I don't want to straight-face you,
Race or chase you, track or trace you,
Or disgrace you or displace you,
Or define you or confine you.
All I really want to do
*Is, baby, be friends with you**

«Allora, che sei andato a fare di notte alla Milano Sicurissima?».

«È il mio capo, ci vado quando mi pare... quando ho tempo».

«Senti, De Nardo, in questa cosa del furto alla IGO ci sei dentro fino al collo, non fare il cretino, più ci dici e meglio è, mettitelo bene in testa». La Cirrielli non è una da giri di parole.

«Non c'entro niente col furto».

«Cazzate. Hai manomesso un filmato delle telecamere, quando l'hai fatto?».

* Bob Dylan, *All I really want to do*: «Non voglio fare il sostenuto, / Correrti dietro, darti la caccia, seguirti o pedinarti / Svergognarti o sloggiarti / Definirti o confinarti. / L'unica cosa che voglio / È fare amicizia con te, baby».

«La stessa notte, non è una cosa difficile, ci ho messo nemmeno mezz'ora».

«Hai sbagliato i tempi».

«Non ci sono i secondi, nel filmato. Ho fatto a occhio. Chi cazzo va a cronometrare un minuto?».

«Noi, per esempio. De Nardo, guardaci, non siamo mica Batman e Robin, se l'abbiamo fatto noi lo farà anche la polizia».

«Nessuno ha chiamato la polizia».

«Non ancora, vuoi dire... Perché l'hai fatto? Perché hai tagliato quella scena lì e non le altre?»

«Non lo so».

«Ci prendi per il culo?».

«No».

«E allora?».

«Me l'hanno ordinato».

«Chi?».

«L'ingegner Benaldi, il capo della IGO».

Ora Oscar Falcone e Agatina Cirrielli si guardano dritti negli occhi. E tutti e due dicono la stessa cosa senza dirla: «Eh?».

«Ti ha chiesto di tagliare i video o di tagliare proprio quel dettaglio, il ladro che esce?».

«Solo quello».

«Perché?».

«Non lo so».

«Pensaci meglio, non sei in una bella situazione, lo sai questo?».

«Non lo so, davvero».

«Chi ti ha perquisito la casa?».

«Non lo so».

Ci provano ancora. Due volte. Tre. Un'altra volta ancora. Niente.

Carlo vorrebbe dire qualcosa, ma non sa cosa.

Vorrebbe dirle, hai ragione, Teresa, lo capisco, lo capisco benissimo. È giusto che tu abbia queste voglie, ogni desiderio è lecito, non ci sono pretese vietate. È giusto che vuoi di più, in qualunque modo e maniera, è... Però non sa dirglielo, non sa come dirglielo. Chi è che parla? Come ha detto Bianca? Lancillotto? Il ricco con il cavallo bianco? Ha ragione anche lei. E lui è lì, stritolato.

Così non dice niente, l'abbraccia, stretta, anche se seduti così, uno accanto all'altra, sul bordo di un letto, non è una cosa semplice. Lei si stende, e allora si stende anche lui, il gomito sul materasso, una mano a reggersi la faccia mentre la guarda fisso.

E ora tutto nella stanza dice la stessa cosa. Il letto, le due sedie di fòrmica, il telefono poggiato sul tavolo che fa da lampada, le pareti dell'armadio a muro, le scatole ordinate in un angolo, la valigia appena svuotata. Tutto parla e tutto dice la stessa cosa, come un coro. Lo dicono le mani, e lo dicono gli occhi, e lo dice proprio tutto quanto, manca solo che entri a dirlo anche la signora Angela: baciala, cretino, cosa cazzo aspetti!

I don't want to fake you out,
Take or shake or forsake you out,
I ain't lookin' for you to feel like me,
See like me or be like me.

All I really want to do
*Is, baby, be friends with you.**

La Smart della Cirrielli, ora che non sta seguendo nessuno, gioca alla ventiquattr'ore di Le Mans, la parte notturna, con i fari che tagliano il buio a una velocità folle. Salta le corsie, prende le preferenziali, gli stop sono solo segni per terra, dare la precedenza è una bislacca teoria.

«Domani andiamo dall'ingegnere e gli diciamo quello che abbiamo scoperto», dice.

«Sì, qualche domanda ce l'abbiamo».

«Anche qualche sberla, se non ci risponde per bene».

È proprio incazzata la ragazza.

Poi c'è stata una piccola pausa.

Teresa si è staccata un po', non hanno più i vestiti addosso, cioè, non tutti, lei sa di buono, sono un po' accaldati, ma non ancora sudati. Si è allontanata di qualche centimetro, abbastanza per guardarlo in faccia.

«Io è un po' che non...». Non ha finito la frase.

Lui ha fatto un sorriso che voleva essere rassicurante.

«Però ti ricordi qualcosa, vero? Sennò ripassiamo».

Teresa ha riso. E mentre la risata se ne andava, vergognosa e timida, una piccola risata che si perdeva

* Bob Dylan, *All I really want to do*: «Non voglio farti delle finte, / Uscire con te, darti una scossa o mollarti, / Non mi interessa che tu la pensi come me, / Veda come me o sia come me. / L'unica cosa che voglio / È fare amicizia con te, baby».

chissà dove, la batteria del telefono ha abbandonato questo mondo, ha deciso che di energia non ne aveva più, nemmeno una goccia. Di colpo, senza avvertire, il cellulare si è spento, e con lui la torcia, la stanza è piombata in un buio pesto, e solo dopo un paio di minuti hanno fatto capolino le piccole luci che venivano dalla finestra, dai lampioni della strada, e così stavano in un'ombra nera con piccole linee più chiare, non più di questo.

Ma a quel punto era tardi, e quel che doveva succedere stava succedendo, e di colpo non c'erano più parole da dire, se non quelle che si dicono in quei momenti lì, che è più una faccenda di respiri, e di attriti, e di luoghi magici e segreti in cui scivolare.

E ora lasciamoli stare, abbiamo visto anche troppo.

33
Pesci piccoli

«Dimmi che è l'ultima, Ghezzi, sto morendo».

«È l'ultima, Carella... cioè, è l'ultima delle dodici che ci ha dato Gregori, vai a sapere se dopo...».

«Dopo un cazzo. Mi ha promesso che mi rimette sul mio caso di via Valsassina».

«Ci sono novità?».

«Macché, e spero che non ce ne siano finché torno io. Dai, dimmi cos'abbiamo».

«Cassiere infedele». Carella sbuffa, Ghezzi gli legge le carte.

Via Palmanova, in fondo, due condomini grandi, più di ottanta appartamenti, due alveari notevoli, centinaia di persone, una specie di città. Solo che da anni i lavori non vengono fatti, manutenzione niente, luci delle scale rotte, caldaie che vanno a puttane, il campionario completo, insomma. Eppure sono tutti bravi cittadini che pagano le spese, chi più chi meno, insomma, sono più di centoventimila l'anno, in totale, e c'è questo amministratore che da due anni non si fa sentire né vedere, nessuno convoca le assemblee, nessuno paga i servizi, i portieri non prendono lo stipendio da mesi, l'impresa delle pulizie li ha mollati, due immense navi da crociera abbandonate, il capitano si è volatilizzato coi soldi dei passeggeri.

«Andiamo in Vietnam, Ghezzi, lo sai questo?».

«E andiamo».

Così parcheggiano nella terra di nessuno che separa via Padova dai palazzi che affacciano su quell'autostrada urbana che è via Palmanova. Trovare chi ha fatto la denuncia non è difficile, perché è un esposto firmato da decine e decine di persone, basta affacciarsi e chiedere. Con tutto che non è un casermone popolare, ma un fabbricato venuto su nei Settanta, famiglie normali, piccola borghesia, gente che lavora, pochi stranieri, le macchine, quelle che ci sono a quell'ora, ben allineate nel parcheggio a spina di pesce.

«Sembra casa mia», dice Ghezzi.

La prima che incontrano è la portiera di uno dei due stabili, una gigantessa, sarà alta due metri, anche se ha una voce da bambina. Non serve dirle nulla, però. Appena fanno il nome dell'amministratore, il dottor Franzosi, quella si mette le mani nei capelli e si incendia.

«L'avete preso, allora?».

«Non dobbiamo prendere nessuno, signora, stiamo dando corso alla denuncia e guardando un po' come stanno le cose».

Come stavano le cose non solo glielo aveva detto, ma li aveva travolti di dettagli, particolari, racconti, aneddoti. L'impresa che aveva rifatto i citofoni? Mai pagata. Lei? Non vedeva un soldo da quasi un anno, i condomini si erano tassati per darle un mensile, e speravano di rivedere quei soldi dopo la causa. La grondaia là, la vedono? Rotta da sei mesi.

Ma non era solo il racconto della signora, a ingrossare la corrente. C'era stato un effetto ape regina, per cui ogni inquilino che si avvicinava a sentire ne chiamava altri, e poi altri ancora, e ormai correva voce che c'erano due sbirri che chiedevano del Franzosi, l'amministratore fantasma, così si era creato un capannello con diverse fazioni, chi diceva: «Era ora cazzo, adesso si muovono, questi qui», e chi voleva dire, raccontare, spiegare, chi addirittura ringraziava.

«Venite a vedere le scale, come sono conciate». E altre voci: «Le caldaie d'inverno non vanno, nessuno le revisiona, qui saltiamo per aria», e anche: «L'allagamento dell'anno scorso gliel'avete detto?». Una bolgia, un moto di popolo, una sommossa.

«Che ci facciamo qui, Ghezzi?», aveva chiesto Carella.

«Ascoltiamo i cittadini, Carella, è il nostro lavoro, sai?».

Però sentire i cittadini, e sentirli tutti insieme, così infervorati e finalmente considerati, ma al contempo scontenti di essere considerati così tardi, e però speranzosi che ogni loro storia venisse in qualche modo messa a verbale, ognuno che parlava sulla voce dell'altro, non sembrava molto utile. Non era cosa, insomma, la situazione era chiara, anche se Ghezzi e Carella si rendevano conto che era stata un'imprudenza, che la ritirata non sarebbe stata facile.

Così avevano assicurato di avere a disposizione le carte, i conti, i prospetti delle spese, le quote, i millesimi, i bollettini di versamento, un dossier alto così che era già in mano a vari avvocati e a un giudice. Piano piano avevano finto di prendere nomi e annuito, assicurato e blandito, finché erano tornati alla macchina con la sensazione di sfuggire a una folla inferocita, non con loro, ma inferocita lo stesso, che differenza fa?

«Potevamo anche non venirci, in questa gabbia di matti, dimmi dove troviamo 'sto coglione». Carella guida, Ghezzi sfoglia le sue carte.

«Angelo Franzosi, viale Gran Sasso, al sei».

«Lo sappiamo noi, l'indirizzo, vuoi che non lo sappiano quelli lì? Probabilmente sono già andati a fargli la posta sotto casa».

La portiera di viale Gran Sasso li guarda come se fossero due merde che le sporcano la passatoia dell'androne. Due signori per niente eleganti, anche un po' seccati di essere lì. Chiede «Cosa volete?» solo con gli occhi, le parole «Polizia» e «Qualche domanda» non le fanno nessun effetto. Donna di mondo.

«Non sta qua, il dottor Franzosi».

«E lei lo sa dove sta? Dove gli manda la posta?».

«Non so se posso...».

Non succede quasi mai che Ghezzi guardi Carella in quel modo. È un modo che vuole dire: «Dai, Hulk, tocca a te, fammi vedere cosa sai fare». Certo, pensa anche che potrebbe pentirsene, ma comincia a essere nervoso pure lui. Carella capisce al volo e mette su un'aria burocratica.

«Va bene, signora, venga con noi, chiuda qui e si sbrighi». Indifferente, freddo, con l'aria di uno che dice: «Io sto lavorando, niente di personale».

«Come, vengo con voi?».

«Noi siamo la Polizia, signora... signora? Mi fa vedere un documento, per favore?»

«Come, un documento?».

Ghezzi guarda, cerca di nascondere il divertimento, ma bisogna dire che Carella è uno spettacolo, non se ne perderebbe nemmeno un minuto.

Così la custode rientra nella sua guardiola, ma invece che con la borsetta e le chiavi esce con un foglietto.

«Ecco qui, è tutto quello che so, la posta la viene a prendere la moglie».

Sul foglietto c'è scritta una via e un numero di cellulare.

Così eccoli di nuovo in macchina, il Franzosi non sta lontano, anzi, lì dietro, in via Guerrini, al nove. Suonano e non c'è nessuno. Carella sta tirando giù santi e madonne, è una cosa che di solito fa sottovoce, tra sé e sé, ma non sempre. Non ora.

Poi esce una donna, si chiude il portone alle spalle e Ghezzi le va dietro.

«Signora...».

Avrà settant'anni, ben portati, impaginata come si deve, i capelli soltanto un po' azzurri, freschi di permanente, o come diavolo si chiama. Porca miseria, addirittura la polizia? Sì, è vero, li sente litigare, ogni tanto, lei urla come un'aquila, lui pure, ma la polizia...

«Chi litiga?».

«I Franzosi, no?».

Poi la donna si era fatta circospetta, come se dovesse rivelare un segreto, una cosa terribile che dire ad alta voce è sconveniente.

«Lui gioca», sussurra. «Ai cavalli». Poi si ritrae come se anche solo dirla, quella frase, potesse sporcarla, potesse mandare in pezzi la sua onorabilità costruita in decenni e decenni di decoro borghese.

«E sa dove possiamo trovarlo?».

«Lui non lo so proprio!». Carella ride, è come se le avessero chiesto dove procurarsi l'eroina. «Lei lavora, credo in un ufficio in centro».

Ringraziano e tornano in macchina.

«Che due palle, Ghezzi».

«Sì, sono d'accordo, facciamo così».

Ha maneggiato un po' il telefono, ha digitato qualcosa, poi ha scorso delle pagine, poi deve aver trovato quello che cercava, perché ha fatto il numero che c'è sul foglietto. Nemmeno due squilli.

«Pronto, chi è?».

«Ciao Franzosi, li hai già messi un po' di soldi sulla tris di Cesena? Parte alle quattro».

«Chi è, scusi?».

«Uno che ti toglie dai guai e ti dà un cavallo sicuro, per una volta».

«La conosco?».

«È importante?».

«Beh... sì».

«Se vuoi ti parlo a voce, dove sei?».

«La sala corse, il punto Snai, in via Monteverdi».

«Non muoverti, arrivo».

«Ma...».

Ora tocca a Carella ridere di gusto.

«Ma come cazzo fai?».

«Non li conosci i giocatori, Carella? Puoi essere anche il diavolo in persona, ma se hai un cavallo sicuro nella tris delle quattro a Cesena ti seguono in capo al mondo».

In via Monteverdi non c'è nessuna ressa, anzi, non c'è nessuno, tre o quattro disperati che guardano i monitor, e un altro paio che fumano fuori. Ghezzi fa di nuovo il numero e sente la suoneria nella tasca di un tipo, quindi mette giù e si avvicina.

«Ciao Franzosi, ci siamo sentiti al telefono».

L'uomo lo guarda, molto sospettoso, ma gli si vede anche una punta di spillo negli occhi, una cosa che si chiama speranza.

«Chi siete?».

«Amici, non ti preoccupare». Se si preoccupa non lo mostra.

«Nella tris di Cesena non c'è gara, Candrim Star vincente e piazzato», dice.

Ghezzi fa la faccia pensosa, poi parla.

«Cazzata grossa. Cedro Bro, sicuro come l'oro, vincente con tre lunghezze, non buttare i soldi sul piazzato, non vale la pena».

«Ma lei come...».

«Vieni fuori un attimo, ti spiego due cosette».

Ora che sono sul marciapiede, sotto gli alberi accanto alle macchine parcheggiate, Ghezzi gliele spiega davvero due cosette. Tira fuori da una tasca il portafoglio, lo apre e mostra il tesserino.

«Vieni con noi, Franzosi, polizia». Quello sbianca, Ghezzi lo prende per un braccio, ma capisce che non serve fare i numeri a colori, l'uomo è esile, piccolino, pelato, avrà settant'anni, non è uno che può correre via e sparire.

«Dai, su, andiamo», fa un cenno a Carella.

«Dammi un attimo», dice quello, e rientra nella sala corse, ne esce dopo tre minuti, tre minuti in cui il Franzosi non ha detto una parola, e Ghezzi non ha avuto voglia di far conversazione.

Lo lasciano in questura dopo nemmeno mezz'ora. Non lo terranno lì, certo, non è una cosa per cui ti portano a Opera, o a San Vittore, ma due foto te le fanno, di fronte e di profilo, ti sporcano le dita di inchiostro, e qualche ora per vedere un gip serve sempre. Sono ore lunghe, di solito.

E ora, eccoli di nuovo fuori. Dodici su dodici, tutte le denunce che gli ha passato Gregori sono in qualche modo risolte, cioè risolte no, ma il loro l'hanno fatto. Carella sghignazza ancora, e non smette nemmeno quando il telefono di Ghezzi si mette a suonare.

«Pronto, Ghezzi?».

«Eccolo!».

«Sei tu che cerchi una Opel Corsa vecchia, targa...».

«Sì, hai notizie?».

«Sì. Sta parcheggiata in via Dupré, segnalazione dei residenti. Pare che c'è uno che ci dorme dentro».

«Dove sta, via Dupré?».

«Mac Mahon, hai presente? La via della chiesa».

Ora guida Carella. Guida e bestemmia, bestemmia e guida. Già si pregustava qualche appostamento in via Valsassina, dai suoi spacciatori, dai suoi informatori, la sua vita vera, e invece...

34
Andate in pace

Un vestito nero, più castigato del solito, anche se le braccia sono scoperte, la gonna appena sopra il ginocchio, i tacchi vertiginosi. «Si è vestita da suora anche lei», pensa Carlo Monterossi. È seduto nel suo salotto, la finestra del terrazzo aperta, un bicchiere in mano e la faccia di quello che non sa cosa aspettarsi. Flora De Pisis ha salutato il suo pubblico e l'ha presa larga: il sacro, il profano, noi peccatori attoniti di fronte all'incomprensibile che l'Onnipotente ci regala, eccetera eccetera. Sta molto attenta – Carlo ha dato un'occhiata ai testi qualche ora prima – a non cadere fulminata dalla fede sulla via di Zelo Surrigone, ma attenua anche lo scetticismo. Lo dice in due parole: «Cosa c'è di più privato della scelta se credere o non credere? Ma su una cosa siamo tutte d'accordo, vero amiche? Il rispetto. Il rispetto per questa immagine sacra...».

Se il paraculismo fosse oro sarebbe milionaria.

Il giudice ha deciso di non sequestrare il crocefisso, di non indagare don Vincenzo e la sua perpetua, di consentire lo spettacolo, insomma, e Flora ha deciso di giocare le sue carte.

Oscar Falcone e la Cirrielli gli hanno raccontato tutto, il loro interrogatorio a De Nardo, gli hanno chiesto se vuole essere presente, quando andranno dall'ingegner Benaldi, l'appuntamento è per la mattina dopo. Va bene. Lui li ha invitati a vedere la diretta di Flora alle prese coi miracoli, ma hanno declinato gentilmente, ridendo. «Preferisco vivere», ha detto la Cirrielli.

Così Carlo è rimasto da solo a bere l'amaro calice.

Anna Taranti, l'ex pornostar, la titolare della Provvidenza Srl ha un po' esagerato. Non per il vestito da vedova sarda, anche se la gonna è troppo corta, ma per gli accessori. Tra collane, croci d'oro, rosari appesi ovunque, braccialetti con tutti i santi, ogni volta che si muove tintinna come la Madonna di Pompei in processione, le devono sistemare il microfono due volte, perché il rumore di catene ricorda il Conte di Montecristo. Però fa bene il suo lavoro. Parla della sua vocazione tardiva, di quanto è bravo don Vincenzo, che lei ha aiutato quand'era in difficoltà, e poi della volta che hanno visto lampeggiare il Cristo nella veranda della villetta affacciata sui campi, l'emozione, il terrore, la certezza che quel Cristo la guardava, la giudicava, e ovviamente la perdonava, ci mancherebbe, non è fatto apposta?

«Perché di cose da farsi perdonare ne aveva, vero, Anna?». Flora, la iena.

«Oh, sì, stavo buttando la mia vita». Perfetto.

Poi la scena si è spostata sulla villetta sacra. Una lunga carrellata: prima il pubblico, molto numeroso, le sedie, anche quelle comprate da poco, non sono bastate, c'è gente in piedi fin nei campi vicini, nelle vie laterali, ovunque, saranno un migliaio di persone, ma l'inquadratura non può abbracciare tutto, forse sono persino di più. Poi si passa all'altare, che ovviamente non è un altare, solo il crocefisso appeso nel buio della sera, ma i codici QR si vedono bene, anche perché sono ovunque, sulle magliette di quelli seduti, sui muri perimetrali, sui muri accanto al Cristo, insomma, chi è seduto davanti alla tivù con in mano un telefono non può sfuggire, in meno di qualche secondo si troverà sul display il volantino promozionale del miracolo, con l'Iban e tutto quanto.

Per Santina Gloryhole si può dire missione compiuta, anche se siamo ancora all'inizio.

Dal cortile della villetta vengono canti e preghiere, una voce guida il rosario, seguita dal coro dei fedeli. Quattro carabinieri, tutti giovani meno uno, osservano la scena, in piedi, in un angolo, vigili e attenti. Ma don Vincenzo non compare ancora, così Flora torna in studio e introduce la nuova ospite, anzi i nuovi ospiti, perché la signora che entra è accompagnata da un uomo, presentato come il suo medico, testimone e sostenitore, stupito e strabiliato, insomma, il certificatore del miracolo.

«Sei guarita, Carla!». Flora ha deciso per l'approccio amichevole, la sorellanza, la gioia.

La donna piange e racconta, racconta e piange. Aveva un diabete cattivissimo, perdeva la vista, non si reggeva in piedi, punture su punture, ormai non poteva mangiare quasi niente senza avere scompensi spaventosi. E ora... ora invece di piangere ride... «Prima di venire qui abbiamo mangiato una pizza, buonissima».

Il miracolo funziona, dunque, quale prova migliore si può fornire?

Il medico sventola delle carte, dice che le analisi della signora, il cambiamento tra il prima e il dopo, hanno davvero del miracoloso, comunque è inspiegabile, ecco. Ma prima e dopo cosa?

La signora Carla non si fa pregare. Ci era andata quasi di malavoglia, alla villetta di Zelo, portata da un'amica che insisteva e insisteva... Lei è più per la chiesa tradizionale. «Per i preti veri», dice testualmente. Aveva ceduto, si era seduta in prima fila, non c'era tutta la gente che c'è questa sera, e a un certo punto aveva visto quel lampeggiare della corona del Cristo, prima piano, poi più visibile...

L'inquadratura è strettissima, abbastanza per scrutare negli occhi della donna.

«Ho sentito un calore, un gran caldo qui», si tocca il petto. «E poi le gambe non mi hanno retto, ho visto una luce d'oro che mi girava intorno e una voce bellissima che mi diceva... ecco, Carla, ora starai bene... e mi sono svegliata all'ospedale».

«Pensavamo che fosse una crisi», si inserisce il dottore. «E abbiamo subito fatto le analisi, sangue e urine...».

Insomma, la signora Carla era rinata a nuova vita, aveva i valori di una quindicenne, niente glicemia, niente colesterolo, niente di niente, globuli, piastrine, una sciccheria. Avevano fatto altri esami, altri controlli, altre visite, la vista era tornata di colpo, dieci decimi, gonfiori, scompensi, disagi, dolori, malesseri, tutto scomparso. Una specie di reset sanitario totale.

Il pubblico in studio applaude, è un applauso scrosciante, formidabile, spontaneo e rumoroso. Si vede quel che pensano tutti: che culo! Ognuno rivede la sua cartella clinica e invidia la miracolata – ora ripiange – seduta accanto alla perpetua, che annuisce felice.

Pubblicità.

Carlo guarda il telefono. C'è un messaggio di Bianca Ballesi, così ha una piccola stretta al cuore: «Che delirio, Carlo, mi offri da bere, dopo? Non vuoi fare un miracolo anche tu e salvare una vita?».

Sembra un messaggio di pace.

Flora ha ripreso vela, fa un altro monologo per dire, in sostanza, che le vie del Signore sono infinite e una volta, poveraccio, doveva passare per parabole ed evangelisti, mentre ora c'è la tivù, ed è tutto più semplice e diretto.

E poi, finalmente, ecco don Vincenzo.

La camera lavora di zoom e infine stringe su di lui. Ha il sorriso luminoso di chi porta buone notizie, il fisico perfetto, una camicia nera molto aderente, fatta apposta per le spettatrici: niente pancia da birra, niente adipe di troppo, anzi allenamenti e disciplina, mica come il marito che hanno lì accanto, già questo deve sembrare a tutte un messaggio divino. La platea grida e applaude come se fosse entrato Elvis al Venice di Las Vegas, nel 1958.

«E ora ecco la predica», pensa Carlo. Si versa un altro dito di whisky, un nettare delle isole scozzesi che è, questo sì, un miracolo.

Invece anche don Vincenzo la prende alla larga. Saluta i suoi fedeli, quelli seduti lì e «quelli a casa». Chissà, forse spera che qualcuno ai piani alti della Grande Fabbrica della Merda apprezzi le sue doti di conduttore. Poi, a cerchi concentrici sempre più stretti, come un'aquila a caccia di cibo, cala sulle sue vittime. Le spaventa, con quel minimo sindacale di millenarismo e giudizio universale che dev'esserci per forza, ma poi le risolleva e le tranquillizza: abbiamo a che fare con gente buonissima, qui, mica con spiriti vendicativi. Comincia il toboga: il perdono, la colpa, la voglia di non farlo più, che alla fine è la migliore assicurazione. Resta sulla metafora: e qual è il premio di questa assicurazione? La nostra vita! E come ci rimborserà questa assicurazione? Con la vita eterna!

Altro che sistemare un parafango! È ben pensata, si dice Carlo.

Un altro messaggio sul telefono. Teresa, questa volta.

«E tu ce l'hai l'assicurazione, Carlo?».

Spiritosa la ragazza. Merita una risposta al volo.

«Ti proibisco di guardare questa schifezza!».

«Ma figurati, siamo qui, io e Angela, che ridiamo come matte. Bacio!».

Ecco fatto, anni di tormenti, di depressioni, di autoflagellazioni. Anni a evitare lo specchio per non rischiare lo sputo autoinferto. Anni di... e ora tutto si spianava con una risata, tornava alle sue dimensioni reali. Era uno show, un circo, nessuno sarebbe venuto a comprarsi la sua anima per quella scemenza, a chi poteva interessare l'anima di Carlo Monterossi, in effetti?

L'altro miracolato della serata ha confermato, come se fosse un confronto all'americana. Anche lui si è sentito mancare, anche lui ha visto la luce d'oro, anche lui ha sentito la voce bellissima che gli ha detto: «Ora starai bene, Attilio». Lui non è svenuto, no, proprio per niente, e questo lo dice con una specie di orgoglio. Però ha cominciato a muovere il lato sinistro del corpo, il braccio, la spalla, tutto quello che la semiparesi da ictus di tre anni prima gli aveva proibito di muovere per sempre. Aveva gridato, aveva pianto, era rimasto incredulo, aveva smesso di muoversi, e poi ricominciato, come per un controllo ulteriore. Insomma, era arrivato lì in una sera di marzo mezzo morto – letteralmente, cioè con metà del corpo che non gli rispondeva – e se ne era andato via saltellando come un grillo. Mostra le sue foto di prima, la faccia deturpata, un occhio immobile, la bocca piegata, immagini che scorrono sul ledwall in studio. E ora il primo piano lo rivela per quello che è: vero miracolato, con il suo sorriso, non smagliante, certo, ma pur sempre vivo e vegeto.

Anche questa volta l'applauso è fragoroso. La signora Anna, la perpetua di don Vincenzo, ringrazia come se fosse per lei, quel battimani isterico, e forse è un po' così. O forse pensa soltanto alle donazioni che staranno fioccando sul conto della Provvidenza Srl.

Ora don Vincenzo, in collegamento, finisce la sua predica, il suo monologo. Dice che non bisogna aspettarsi nulla, e solo così quello che arriva ci sembrerà prezioso, una grande conquista. Discorso scivoloso, pensa Carlo.

Ma ormai non è più il non-prete il centro della scena, è il pubblico dei fedeli. Una bolgia, una scena dantesca, un quadro di Bosch. Chi si inginocchia, chi grida, chi alza le braccia al cielo, chi canta i suoi salmi, stonando per conto suo, circondato da gente che ne canta altri, una cacofonia assurda e al tempo stesso potente, intensa. È tutto finto, pensa Carlo, tutto pettinato, ma non quella cosa lì, quella cosa lì è vera, genuina, non si può recitare un'intensità simile, non si finge una crisi mistica collettiva. La camera indugia sulla folla, specie le prime file.

Ora Flora legge i messaggi arrivati alla redazione. Molti di fede cristallina, altri di apprezzamento per quel prete, che non è un prete, scolpito in palestra, altre ancora chiedono l'indirizzo esatto della villetta di Zelo Surrigone: vogliono andare anche loro a curarsi lì, altro che ospedali e Sistema Sanitario Nazionale. C'è anche una mail dell'Ordine dei Medici che consiglia di andarci piano, con certe valutazioni, ma Flora la legge in due secondi, come distratta e frettolosa, non è il momento di rovinare l'atmosfera.

Poi, quando è scattato il conto alla rovescia che porta alla sigla, quando mancano meno di due minuti alla fine del programma e all'ultimo blocco pubblicitario, si prende la scena tutta per sé. Flora De Pisis, incorniciata dall'aureola bianchissima della sua luce spianarughe, si inginocchia sul pavimento dello studio. Di colpo gli applausi si tacciono, non si sente una voce, nemmeno un mormorio, nulla di nulla, un silenzio così denso che rimbomba nelle orecchie.

Ora c'è solo Flora, in ginocchio, le mani giunte.

«Per chi crede e per chi non crede...», dice con la voce spezzata. «... Questa sera abbiamo raccolto un messaggio più grande di noi, più grande di tutto». Poi guarda verso l'alto, come fa quando vuole un cambio luci sul palco, e sospira: «Grazie, Signore».

Carlo non crede ai suoi occhi.

L'applauso non è un applauso, questa volta, è una standing ovation, un'esplosione, un'eruzione che sfuma nella sigla. Poi pubblicità, il prodigio del caffè in cialde ecocompatibili, così potete bere il vostro espresso e salvare il pianeta. Due in uno, non è un miracolo anche questo?

Teresa ha scritto di nuovo: «Molto divertente! Bravo Carlo!».

Lui è rimasto lì con il telefono in mano e un sorriso cretino, ma non ha risposto.

Mezz'ora dopo è entrata Bianca Ballesi, ha lanciato la sua borsa su una sedia ed è sprofondata in un divano accanto, già senza scarpe.

«Alcol», ha detto. «Subito».

Carlo le ha portato un gin tonic bello carico, fatto col gin che piace a lei. Poi si è seduto a guardarla. È sempre molto bella, Bianca Ballesi. Anche ora che arriva dalla guerra, dalla trincea, dal quartier generale di Flora in assetto da battaglia, sembra uscita da un centro massaggi con sauna, spa e piscina olimpionica.

Carlo la guarda ammirato, ma lei deve accorgersi che qualcosa non va. Hanno un loro istinto, sapete? Come i serpenti, come le tigri dai denti a sciabola.

«Cosa c'è, Carlo?».

«Niente».

Ma tu pensa! Il mondo alla rovescia.

35
Fine pena

La Opel la vedono subito. È parcheggiata tra due macchine, chiusa, non c'è nessuno. Ghezzi e Carella fanno un paio di giri finché trovano un posto buono, da dove si vede se qualcuno arriva e ci sale.

Carella fuma, Ghezzi non dice niente, chissà a cosa pensa. Passano così un'ora, poi un'ora e mezza. È una via laterale che non porta da nessuna parte, è raro che passi una macchina. Se il Sanacore veramente ci dorme, lì, ha scelto un buon posto, anche se è vicino a un portone, difficile che nessuno lo noti, ma forse ha scelto un posto così per motivi di sicurezza. Carella si è messo il cuore in pace, non ci tornerà oggi dai suoi spacciatori, al suo caso, è già abbastanza sollevato dall'aver finito quella corvée delle denunce che aveva tutta l'aria di una punizione, di un castigo.

Ghezzi ha telefonato alla Rosa, sua moglie, che ha capito al volo.

«Se mi chiami a quest'ora vuol dire che ti annoi, Tarcisio».

Avevano parlato del più e del meno, poi lui le aveva detto che aspettava un tizio e se si faceva vivo poi era questione di dieci minuti e sarebbe andato a casa presto, pensa che sorpresa.

«Ora sono le quattro e mezza, speriamo».

Carella, che si era quasi appisolato, si è risvegliato come di colpo. Ha preso il suo, di telefono, e ha sfogliato qualche pagina, cercando cose che non trovava, ma poi doveva averle trovate, perché si è fatto una risata sonora, proprio una risata di quelle che fai quando hai voglia di ridere.

«Cosa ti prende, adesso?». Stare seduti in macchina ad aspettare quel coglione del Sanacore a Ghezzi non sembra per niente divertente.

«Guarda qui, Ghezzi, centoquarantasei e sessanta».

«Ma cosa?».

«La corsa tris di Cesena. Partiva alle sedici, ti ricordi? Beh, è partita, è arrivata, e io ci ho messo venti euro».

«Sul mio? Cedro Bro? Maddai! L'avevo scelto a caso».

«No, sul suo, Candrim Star, vincente. E ha vinto. Fai schifo pure come bookmaker, Ghezzi, a quel povero coglione gli facevi sbagliare cavallo, per una volta che ne azzeccava uno».

Ora ride anche Ghezzi. Pensa all'amministratore di condominio che starà in attesa in questura, all'ufficio fermati, e si mangerà le mani.

Passa un'altra ora, ma le ore di appostamento non hanno minuti, al loro interno, sono ore vuote, se le agiti senti che dentro non si muove niente.

Alle cinque e venticinque l'hanno visto. Il Sanacore arriva dall'angolo in fondo, per niente guardingo, è passato qualche giorno dalla sua stupida fuga, dev'essersi rilassato. Apre la macchina, si siede e abbassa il finestrino. Loro si mettono uno da una parte e uno dall'altra della Opel, Ghezzi vicino al posto di guida.

«Stai seduto lì, da bravo. Metti le mani sul volante».

Ma il Sanacore non mette le mani sul volante, se le mette in faccia, un gesto di disperazione. Il petto gli si gonfia e gli si sgonfia in fretta, sta iperventilando.

«Perché sei scappato, me lo spieghi?».

Carella è sempre fermo dall'altra parte della macchina, vicino al finestrino del passeggero, tamburella sul tetto con le dita.

«Non ci voglio andare in galera, non vi sembra un buon motivo?». È spaventato, ma un po' di rabbia ce l'ha ancora.

«Ma chi ha parlato di galera, Sanacore? Va bene avere la coscienza sporca, ma scappare dalla finestra del cesso quando vogliamo farti solo due domande è da cretini!».

«Due domande un cazzo, sulla tipografia ci sono i sigilli».

Ora parlano come due amici, uno in macchina e l'altro fuori. Carella capisce che la cosa può andare per le lunghe e fa un segno a Ghezzi, il gesto di portarsi la tazzina alle labbra che significa: vado a bere un caffè, io non ti servo, e se sto qui mi incazzo.

«Il tuo garage l'abbiamo sigillato perché se no qualcuno ci andava a rubare, Sanacore, svegliati. Che cazzo ci fai qui, non dirmi che ci dormi!».

Ci dormiva da quattro notti. A casa non poteva tornare, ovvio, se lo cercavano, la tipografia non la poteva aprire. Era andato dalla moglie, ex, ma non stava più lì e non aveva lasciato detto niente, nemmeno ai vicini. Le aveva dato duemila euro, perché era arrivata con l'avvocato, addirittura, e lui si era spaventato. Tutto quello che aveva. A casa ne aveva altri seicento, non poteva andare in albergo, gli sarebbero durati pochi giorni.

Ghezzi ha alzato gli occhi al cielo. Ha pensato che è meglio che Carella sia andato a bere il caffè, perché avrebbe cominciato la sua giaculatoria. È questo qui, questo sfigato qui, quello da cui dobbiamo proteggere la gente? Andrebbe protetto lui, da quanto è scemo.

«Sì, ci ho parlato con la tua ex moglie. Mi sembra una persona perbene, non una che ti vuole rovinato, anche se secondo me pensa che sei un cretino».

«Macché, è una brava donna», dice il Sanacore. Ora guarda dritto davanti a sé, il parabrezza sporco. «È una poveraccia anche lei, lava le scale alle sei di mattina, e io non riesco a darle i soldi che le devo. Le ho telefonato ma non mi risponde».

«Senti, Sanacore, dei tuoi volantini per i cani abbandonati e gli orfanelli non ce ne frega niente; finché non c'è uno che denuncia, la cosa non ci riguarda. Però devi dirmi se le altre, le carte intestate delle aziende, quelle cose lì... perché? Erano per te o le stampavi per qualcuno più grosso?».

«Macché, erano prove di stampa, venute bene, anche, le ultime. Ma non ci sarebbe cascato nessuno. Quelle dei telefoni, forse, ma quelle dell'Agenzia delle Entrate... era una cazzata, oggi hanno tutti un commercialista, anche i barboni, oppure vanno al Caf, quelli ci mettono un minuto a vedere che è un falso».

«Sei così coglione che le hai buttate nei bidoni della carta, un bravo cittadino ci ha avvertito».

Franco Sanacore fa una smorfia. I bravi cittadini...

«Come fai per mangiare? Dove ti lavi?».

«Panini, più o meno, e la parrocchia qui ha dei locali per quelli che non sanno dove andare, una doccia ogni tanto me la faccio lì, c'è anche il bagno».

Ghezzi non dice niente. Quell'altro nemmeno, continua a guardare dritto.

«Senti, Sanacore, non c'è nessun mandato di cattura, non venivamo a prenderti, solo che c'era una segnalazione e dovevamo dare un'occhiata. Per quello che ci riguarda puoi anche riaprire la tua serranda, il sigillo fregatene, sistemiamo noi le cose col capo, il fascicolo è contro ignoti, non rischi niente, puoi anche andare a casa».

L'uomo lo guarda un po' incredulo. Deve fidarsi? E perché? È davvero scappato per niente? Si è lavato in mezzo ai barboni per niente? Vorrebbe crederci, ma... Gli viene in mente una cosa.

«Quindi non avete bloccato il conto?».

«Quale conto?».

«Quello delle donazioni, no?».

«Ma no, per quello ci vuole un ordine del giudice. Cazzo, Sanacore, le basi! E sì che ci sei già passato!».

In realtà non ci avevano nemmeno pensato, al conto.

Però ora lui non ascolta più. Prende il telefono dal cassettino del cruscotto e passa le dita sullo schermo con gesti veloci, febbrili. Poi legge e tira un sospiro.

«Quanto hai fatto con i cani e i vecchietti?».

Non glielo dice, gli mostra la schermata con il saldo dell'estratto conto. 1.742 euro.

«In un mese... quasi un mese... non è male, vero?», dice l'uomo. Sta sorridendo.

«È più di quello che prendo io per correre dietro ai coglioni come te, Sanacore. Vai a casa, che è meglio, prima che ci ripenso».

«Io... grazie, commissario... non so...».

«Levati dai coglioni, fai veloce, che il mio collega è un pochino più stronzo di me, e se scopre che un ladro di polli prende più di lui che rischia la pelle...».

Quello ha già messo in moto. La Opel Corsa si è staccata dal marciapiede in un lampo, Ghezzi ha fatto appena in tempo a spostarsi.

È tornato alla macchina, Carella è già lì, seduto al posto di guida. Fuma. Mette in moto anche lui.

«Roba da matti», dice Ghezzi. Sembra che stia iniziando un discorso, ma Carella lo blocca.

«Non mi dire niente, Ghezzi, non voglio saperlo, finisce che mi incazzo. Adesso abbiamo finito?».

«Sì, abbiamo finito».

36
Nomi e cognomi

«Vieni pure più tardi».

Il messaggio di Oscar Falcone è arrivato alle nove e un quarto, quando Carlo stava per uscire. Così si è preso più tempo, ha aspettato le dieci, l'ora fatidica in cui arrivano i dati degli ascolti. Glieli dava la Ballesi con cinque minuti di anticipo, di solito, ma quella mattina non sarebbe successo.

La serata era stata un po' triste e tempestosa. Più triste, però. Bianca era carica dell'adrenalina della puntata. Era stato un tormento per giorni, settimane, e alla fine era andato tutto bene, Flora non aveva avuto il suo miracolo in diretta, com'era ovvio, ma aveva avuto quella trovata finale, quella di mettersi in ginocchio al centro dello studio, che aveva suggellato in gloria una stupidaggine che era durata anche troppo. Insomma, Bianca era contenta, disposta a scordarsi le loro liti, i battibecchi, i taxi chiamati al volo.

Carlo però era stato assente, distante, non la seguiva sul terreno del sollievo e della voglia di far baldoria, anche solo loro due, con un po' di alcol in corpo e un po' di scambi affettuosi. Qualcosa non andava, non servivano l'intuizione, il sesto senso, il superpotere femminile, si vedeva lontano un chilometro.

Così Bianca, dopo il secondo gin tonic e dopo aver tentato in tutti i modi di strappargli confidenze e confessioni, si era alzata e se n'era andata. Se aveva trattenuto in qualche modo le lacrime lui non poteva dirlo, e lei non è una che ti dà queste soddisfazioni, per fortuna. Però aveva la faccia triste. Anche lui.

I numeri glieli aveva dati una segretaria, anzi gli aveva mandato un messaggio pieno di linee e numeri e curve, con il confronto tra i vari programmi della serata, l'ascolto minuto per minuto. Media: 37,8 per cento, sei milioni e settecentottantaduemila persone davanti a *Crazy Love*. Un lieve calo sul secondo miracolo, ma poi un picco notevole al momento della genuflessione di Flora, 41,3. Incredibile.

Flora aveva scritto subito dopo.

«Hai visto, Carlo? I miracoli esistono!».

Bianca Ballesi, niente. Lo vedete ora Carlo Monterossi, com'è triste? Solo? Senza forze? Ecco, è proprio così.

Alla Sistemi Integrati, invece, c'è come una febbre. La telefonata che Oscar Falcone aspettava è finalmente arrivata, un minuto prima che chiamassero l'ingegner Benaldi, alla IGO, per annunciargli la loro visita. Non per chiedergli udienza, no, proprio per dirgli: stiamo venendo lì, è meglio che si inventi qualcosa di convincente. Invece era suonato il telefono. Oscar aveva messo il cellulare sul tavolino della sala riunioni, con il vivavoce.

«Cazzo, era ora!».

«Scusi, Falcone, ma la cosa ha preso più tempo del solito... la sigla che mi ha dato...».

La sigla. Dunque era giusta. Oscar non era sicuro. L'aveva ricopiata da uno dei video, ma era riflessa in un vetro, nel filmato dell'aeroporto, quindi scritta al contrario, non era per niente sicuro che...

«Allora?».

«Allora... ha da scrivere?... Allora 9H-EFT. È un Bombardier Challenger CL-300, registrato a Malta da una compagnia di noleggi. Bella bestia...».

Oscar freme.

«Nel settembre del 2022 ha viaggiato tre volte. Da Budapest a Tashkent, in Uzbekistan, due volte avanti e indietro. Manutenzione a Istanbul, una settimana. E poi da Roma Ciampino ad Accra Kotoka, in Ghana, il 20 settembre, niente scali tecnici, il CL-300 ce la fa agevolmente».

Tombola! Oscar e la Cirrielli si guardano. Non sanno ancora niente, ma...

«Fin qui era facile, il piano di volo, intendo, per il resto ci ho messo un po' di più...».

«Dai!».

«L'aereo è stato noleggiato da... Italiana Grandi Opere, Roma. È rientrato a Ciampino il 25 settembre, non è consuetudine tenere fermo un animale così per cinque giorni, sarà costato caro».

«Però ci stai tenendo sulle spine, eh!». Il tono di Oscar non è più urgente come prima, ma l'altro capisce al volo.

«Dell'equipaggio non ho i nomi, saranno di Malta, di solito per un viaggio così sono due o tre. Gli altri sono Sandro Maffoni, Vittorio Marani e Gianni Asseri, indicati come funzionari del Ministero della Difesa. Carabinieri, forse, o servizi, non so. Poi un traduttore, Alfio Cherchi, e il capodelegazione, Andrea Cavini-Sforza, col trattino. Non c'è altra qualifica, ma è l'unico con un passaporto diplomatico. Mando un messaggio su Telegram, se lo copi velocemente, che è a tempo e si cancella».

Ora parla Oscar, ma solo per dire che il bonifico sta già partendo e per ringraziare.

La Cirrielli si è piazzata dietro il suo Mac, digita come un'indemoniata.

Dopo mezz'ora, tutto quello che si poteva trovare è stato trovato. Di Andrea Cavini-Sforza non ci sono immagini, ma qualche notizia sì. Quarantasei anni, compare come mediatore in un paio di affari internazionali, Stati del Golfo e Arabia Saudita, facilitatore per il Ministero della Difesa, cosa facilitasse non si sa. Armi, forse. Poi viene ringraziato in un convegno del Ministero dell'Economia, settore Commercio con l'Estero. C'è un pdf lungo quaranta pagine, ma la sola frase che lo riguarda dice così: «... e l'apporto efficiente e fattivo del dottor Cavini-Sforza che ha agevolato contatti, contribuito alla stesura dei contratti e operato da raccordo tra...».

«Un'autostrada in Kazakistan», dice la Cirrielli.

Nient'altro, anzi sì, qualcosa sulla famiglia. Il padre, Amedeo Cavini-Sforza, era stato ambasciatore nei Settanta e Ottanta, in Angola e Nigeria. C'è anche un Guido Cavini-Sforza, ma non tornano le date, a meno che sia il bisnonno... un colonnello del Regio Esercito... poi generale... basta.

«Facilitatore, eh!», dice Oscar.

Ora si siede lui, al computer, dà un ordine alla stampante e aspetta che quella sputi un paio di fogli, proprio mentre entra Carlo Monterossi, che tempismo.

«Siediti, Carlo, ci sono novità, ti spieghiamo».

«No, gli spieghiamo in macchina», dice Oscar. Ha deciso di non avvertirlo, l'ingegnere della IGO, gli faranno una sorpresa. È sempre bello stupire, vero?

Prendono la macchina di Carlo, ma non fanno in tempo a uscire dal parcheggio che suona il telefono. Quello di Oscar. Dopo aver guardato il display, mette il vivavoce e risponde.

«Dottor Falcone?».

L'ingegner Benaldi, proprio lui, guarda a volte le coincidenze...

«Buongiorno ingegnere, pensi che caso straordinario, stavamo proprio per... Ci sono progressi, sa?».

«Ah», sembra stupito. «Ci sono novità, dottor Falcone, mi chiedevo se potessimo vederci... con una certa urgenza, se possibile». Formale, compìto, ma ha una vibrazione nella voce che la dice lunga. Non è per niente tranquillo, l'ingegnere.

«Ci dia un quarto d'ora», dice Oscar. Poi mette giù. Non è il momento delle buone maniere.

Decidono di fare come l'altra volta: i due segugi conducono il gioco, e Carlo sta zitto. Sembra un dettaglio, ma uno che sta lì senza dire niente incute un certo timore. Però ora non parlano: decidono di lasciare all'ingegnere le prime mosse, hanno parecchi assi nelle maniche, perché giocarseli subito? Quindi c'è qualche minuto di imbarazzo e poi il Benaldi si decide.

«La IGO ha subìto un ricatto. C'è una richiesta economica. Il CdA, a Roma, ha già accettato di pagare e ha incaricato me di gestire lo scambio, mi serve gente sveglia che sovrintenda la cosa, che vada tutto liscio. Ho chiesto che se ne occupasse qualcuno da Roma, ma niente, l'azienda non vuole essere coinvolta. Sarebbe un incarico molto ben retribuito, ovviamente».

Visto come va il mondo? Volevano fargli una sorpresa e la sorpresa gliela fa lui. Bella grossa, anche.

Oscar e la Cirrielli si guardano, poi si voltano a guardare Carlo, che rimane impassibile, un grande attore, questo Monterossi.

Oscar Falcone decide di fare il giro largo. Giocare al gatto col topo è una tentazione troppo forte, soprattutto se il topo non sa ancora di esserlo.

«È un incarico molto anomalo, ingegnere», dice. «Un ricatto è una cosa illegale».

«Sì, mi rendo conto, ma... Forse ho sbagliato le parole, scusate. Qualcuno ha una merce che alla IGO interessa e la IGO è disposta a pagare per averla, va meglio, così?». Senza volerlo si è fatto arrogante.

«E possiamo sapere in cosa consiste questa merce che passa di mano in cambio di soldi?».

«No, preferiremmo di no».

Si comincia malissimo.

La Cirrielli apre il suo iPad, ora, finge di leggere qualcosa, anche se non c'è bisogno. Poi si schiarisce la voce e comincia:

«Le propongo un patto, ingegnere. Noi ci riserviamo di accettare questo incarico, ma lo faremo solo se lei risponderà a qualche domanda. Se avremo le risposte giuste, se tutti i puntini finiranno in cima a tutte le i, beh, ne parliamo. Altrimenti...».

Ora Oscar.

«Perché ha chiesto a Stefano De Nardo di cancellare la parte dei video in cui il ladro esce da questo palazzo?».

Dovreste vederlo, l'ingegner Benaldi. Se avesse messo due dita bagnate nella presa della corrente sarebbe meno agitato.

«Come?...».

Non gli lasciano il tempo di elaborare una storia. La Cirrielli apre di nuovo la borsa e ne cava due fogli stampati. Li mette sulla scrivania davanti al Benaldi.

«Questo signore è suo amico?».

La foto di Andrea Cavini-Sforza – una bella faccia da schiaffi – lo guarda da sotto in su. Due bei primi piani, uno mentre sta consegnando mazzette e un altro mentre si appoggia allo schienale di un divano dopo aver pippato.

Ora l'ingegnere è inchiodato come una farfalla nel museo degli insetti. Non muove un muscolo, ma dentro deve avere slavine e smottamenti, perché la faccia diventa bianca. Balbetta. Annaspa. Cerca aria da mettere nei polmoni, ma è come se non la trovasse.

È la situazione ideale perché Oscar e la Cirrielli comincino a fare il loro numero da Qui, Quo e Qua.

«Le raccontiamo una storia, va bene? Lei ci interrompe quando sbagliamo qualcosa, ok?», questo è Oscar.

«Comincio io», questa è la Cirrielli. «Lei aveva un documento di servizi segreti del Ghana, e anche dei filmati, quattro, per la precisione, probabilmente stessa provenienza. Da chi li ha avuti?».

«La... l'azienda ha le sue fonti...».

«Va bene, qualche funzionario dei servizi africani vi vende questa roba, e voi la comprate perché... qui posso solo indovinare... se fossero saltati fuori quando ancora l'accordo non era chiuso poteva crearvi dei problemi, giusto?».

«Oppure...», Oscar. «Oppure poteva essere uno strumento di pressione. Insomma, i tempi si facevano lunghi, le firme non arrivavano, il facilitatore non facilitava, avere in mano qualcosa che gli mettesse un po' di... che lo stimolasse, diciamo, poteva essere molto utile. Non parlo delle mazzette, per quanto qualche giornale indipendente, se ancora ne esistono, avrebbe fatto un po' di casino... Parlo del resto».

L'ingegnere non dice niente, non ha ancora recuperato un colore umano, ma segue senza svenire, è già qualcosa.

«Poi firmano questo benedetto contratto, e quelle cose compromettenti non servono più, giusto? Come doveva comportarsi? Portarle a Roma alla sede centrale o distruggerle?».

È una domanda diretta, l'ingegnere non può tacere ancora.

«C'è stato un... diciamo uno scambio di vedute. Il CdA voleva distruggere tutto, io pensavo che avere in mano un funzionario così importante poteva servire in altre occasioni».

«Bravo, ingegnere. Uno che molesta le ragazzine e si fa fare il filmino vale oro, giusto?».

Silenzio.

«Allora ha deciso di mettersi in proprio e ha pensato che se qualcuno la rubava, quella roba, lei non aveva colpe. Anzi, era un po' colpa anche di quelli di Roma, che non si decidevano a proteggere per bene la sede milanese, giusto? Me lo immagino lei che fa il diavolo a quattro sulle porte non allarmate, sulle telecamere posizionate a cazzo...».

Il gatto e il topo, dicevamo, solo che i gatti sono tre, due lo mettono in un angolo e l'altro guarda.

«Quindi è lei che commissiona il furto, abbiamo anche un'idea... ma è solo un sospetto, lasciamo perdere, per ora. Ma resta una domanda. Perché tagliare solo quel fotogramma in cui il ladro esce?».

Ancora silenzio. Così, a sorpresa, parla Carlo Monterossi, la mummia. Finora è stato solo un fantasma, zitto e muto, ma ora fa la sua uscita.

«Perché in quel fotogramma si vedeva sì, il ladro

uscire, ma senza la refurtiva. A mani vuote. Il materiale non è mai uscito dalla IGO, probabilmente lei lo avrebbe recuperato la mattina dopo».

Colpito e affondato. L'ingegnere si sgonfia come un gommone azzannato da uno squalo. Anche Oscar e la Cirrielli sono colpiti. Era così semplice! Oscar si volta verso Carlo e fa un sorriso che dice: porca miseria! Sembri scemo, e invece...

«Andiamo avanti», la Cirrielli. «A quel punto forse da Roma storcono un po' il naso, perché le coincidenze non piacciono a nessuno. Insomma, questo nostro dirigente non vuole mollare i video e poi quando si decide a mollarli glieli rubano? Che caso, eh? Non vogliono un'indagine ufficiale, polizia, carabinieri... ma vederci un po' più chiaro sì, lei ha il problema di provare ai suoi capi che c'è stato davvero un furto... e allora chiama noi. È ragionevolmente sicuro che certificheremo che il furto c'è stato... le telecamere parlano chiaro... ma che non ne verremo a capo, perché la cosa è tutta interna, lei, il De Nardo e il ladro. Insomma, le basta un nostro rapporto in cui si dice che c'è stato un furto e che non abbiamo individuato i colpevoli».

«Anche perché non c'è nessun ladro, solo uno che ha simulato un furto».

«Però deve tenere informato il CdA, giusto? Così dice della perquisizione a casa di De Nardo... poi, per rendere quella storia più credibile, simula una perquisizione anche a casa sua... più gentile, questa».

«Ma che dite!».

«Andiamo, ingegnere, non faccia la commedia! Abbiamo visto la perquisizione a casa di De Nardo, un bel disastro. Da lei invece... una cosa coi guanti bianchi, non le hanno nemmeno calpestato un disco, o rotto qualcosa, solo disordine, niente danni. Si metta nei nostri panni, è un po' irritante essere presi per scemi».

Non hanno detto della perquisizione da Teresa. Carlo tira un sospiro di sollievo.

C'è un silenzio fatto di ferro battuto, non lo smuovi nemmeno con un piede di porco. Carlo si alza dalla sua poltrona e fa il giro della stanza, passa alle spalle dell'ingegnere, non chiede il permesso, questa volta, e guarda la grande cartina con le imprese planetarie della IGO. Ora c'è, la bandierina sul Ghana, un po' a nord del mare e della capitale, Accra.

«C'è un'altra domanda, ingegnere. A cosa le serviva quel materiale, i video, intendo? Per tenersi un asso nella manica con il facilitatore o per ricattarlo? In fondo è la stessa cosa, questo si capisce, ma... Si è messo in proprio o lo ha fatto per l'azienda?».

«Lasci stare, è irrilevante», chiosa Oscar.

Ora l'ingegnere prova a scuotersi.

«È una bella storia, ma lascerebbe intendere che quel materiale ce l'ho io. E invece ce l'ha qualcun altro che ora ci ricatta. Come la mettiamo questa cosa?».

«Come vi hanno contattati?».

L'ingegnere apre un cassetto e mette dei fogli sul tavolo.

La Cirrielli li prende, Oscar si sporge sulla sua spalla per leggere anche lui.

Sono fogli stampati con una normale stampante laser, ci sono alcuni frame dei video, la coca, le mazzette e il facilitatore che impone il servizietto a una bambina. Schifoso. Fotogrammi estratti dal video, sgranati e scuri, ma insomma, alla IGO sanno di cosa si parla, non serve l'alta definizione.

Poi la richiesta: un milione di euro, in banconote non segnate, niente trucchi o gps, ovvio. Tutto molto semplice e banale. Più interessanti le modalità di contatto. Un sito di scacchisti, quelli dove si può giocare online con un ragazzino in Canada o con un vecchio maestro a Riga. Basta avere un Vpn installato sul computer e rintracciarti non sarà possibile. Probabilmente accanto alla partita si apre una chat in cui i giocatori possono parlarsi. Astuto.

«Avete già avuto contatti?», chiede Oscar Falcone.

«Sì, la cifra è scesa, seicentomila, li stiamo mettendo insieme, li avremo tra un paio di giorni, bisogna solo organizzare lo scambio».

«Solo?». La Cirrielli ha messo su la sua faccia da stronza, non le viene difficile, va detto.

Ora tocca a loro essere stupiti. L'ingegnere ha incassato i colpi, forse li ha addirittura assorbiti, forse ha capito che non rischia niente, che se lo scambio andrà a buon fine la sua storia con il CdA della IGO reggerà, e lui potrà tenersi il posto, anzi, avrà reso all'azienda un servizio prezioso.

Ma ci sono altre domande, che volano per la stanza, Oscar ne afferra un paio.

«Due cose, ingegnere... Chi ci dice che non sia ancora lei a fare il doppio gioco? Cioè, l'ha già fatto una volta di fregare la sua azienda, perché dovremmo pensare che non lo fa di nuovo?».

«Vi assicuro che non è così. Ho già avuto abbastanza guai, con questa storia... e poi non mi sembra una cosa che debba riguardarvi. Il vostro incarico è di gestire lo scambio, una borsa di soldi da consegnare e una chiavetta usb da ritirare... non ci interessa prendere i ricattatori».

Un po' troppo semplice. E allora ecco la Cirrielli.

«Lei sa che dei file video possono essere replicati all'infinito, vero? Che garanzie ha che quel materiale non salti fuori da un'altra parte tra una settimana, o un mese, o un anno?».

«Anche questa è una cosa che non vi riguarda».

Carlo Monterossi fa un risolino. Pensa che quei video li ha copiati sul suo Mac, a casa, che ha la chiavetta di Teresa, che sicuramente ne ha una copia anche il ragazzo nero che consegna le pizze, quello che ha scoperto la password, che ne ha una copia pure il De Nardo, anzi ha l'originale... Per essere materiale segretissimo che vale seicentomila euro è piuttosto diffuso. Però gli viene anche un altro pensiero... Teresa. Può essere in pericolo? Se chi ricatta la IGO è così convinto di avere in esclusiva quel materiale può darsi che... A meno che Teresa non sia stata esclusa dai sospetti dopo la perquisizione... E poi... se non è la banda degli sfigati, chi è che ricatta la IGO? Chi ha frugato dal

De Nardo e da Teresa? Non è che i misteri siano finiti, anzi.

Ora Oscar Falcone e la Cirrielli cercano di dirsi qualcosa senza dirselo, senza scoprire le loro carte davanti all'ingegner Benaldi. Ha recuperato un po' di colore, l'uomo, ha persino chiamato una segretaria per chiedere dei caffè, che sono arrivati in belle tazzine bianche, niente bicchierini di carta per gli ospiti di riguardo.

Ora parla Falcone. Ha raccolto un po' le idee e lo sguardo della Cirrielli gli ha dato il via libera.

«Vede, ingegnere. Non solo ci ha mentito... questo un po' lo mettiamo in conto quando un cliente viene da noi e non va alla polizia, d'accordo, non vuole dirci tutto, è comprensibile... La cosa irritante è un'altra, però. Lei ci ha chiamati per esibire un'inchiesta, ma scommettendo sul nostro fallimento. Lei voleva mostrare al suo consiglio di amministrazione che aveva fatto il possibile per scoprire i ladri e che noi non c'eravamo riusciti».

«Cattiva pubblicità», dice la Cirrielli.

«Quindi ora ci salda la nostra indagine. L'anticipo era cinquemila, con altri quindici chiudiamo la pratica, lei compili il bonifico, segue fattura, così la IGO potrà scaricare l'Iva dalle tasse».

Oscar l'ha detto con un sorriso da stronzo.

«Non saranno troppi, ventimila euro, per un'indagine che non ha scoperto il ladro?».

«Ha ragione, ingegnere, però l'indagine ha scoperto molte altre cose. Non è lei che paga, è la sua azienda.

Se preferisce mi rivolgo a loro, sia per il nostro rapporto scritto, sia per il pagamento... Dovremo raccontare cosa non abbiamo scoperto, certo, ma anche cosa abbiamo scoperto, non so se...».

«Questo si chiama ricatto, dottor Falcone».

La Cirrielli ride, e non deve spiegare perché. La sarabanda dei ricatti sta cominciando a sembrare un giro sulle montagne russe. La IGO voleva ricattare il facilitatore Cavini-Sforza, poi quando quel ricatto non serviva più, l'ingegnere voleva ricattarlo da solo, con dei complici che simulavano un furto, poi qualcuno ricatta di nuovo la IGO... e i ricattatori sarebbero loro? Molto divertente. Ci sarebbe da aggiungere anche la banda dei proletari che non sapeva chi ricattare e che ha rinunciato. Tutto da ridere, davvero.

L'ingegner Benaldi ha aperto un cassetto della scrivania e ne ha cavato un libretto degli assegni. In un minuto ci ha messo le cifre e la sua firma in calce. Ha scritto «non trasferibile» e ha chiesto: «A chi lo intesto?».

«Sistemi Integrati Srl», ha detto Carlo. Non parla mai, Monterossi, ma quando lo fa dice le cose che contano.

«Per ventimila euro avrei diritto di sapere come siete entrati in possesso di quel materiale, non credete?».

«No, non crediamo. Abbiamo anche noi i nostri piccoli segreti...».

L'assegno passa di mano. La Cirrielli controlla, lo piega e lo mette nella sua borsa. Ora si alzano tutti.

«Quindi non accettate il nuovo incarico?».

Oscar e la Cirrielli sono già sulla porta. Non hanno nemmeno risposto, è una domanda che sembra una provocazione. Però sentono una voce alle loro spalle, la voce di Carlo.

«Accettiamo, a due condizioni».

Cosa? Come? Si voltano insieme, come morsi dalla tarantola. È impazzito? Che sta facendo? Sono più stupiti loro dell'ingegnere. Carlo invece sembra calmissimo.

«La prima condizione è economica. Ventimila subito e ventimila a operazione terminata, solo se si conclude con pieno successo. Senza fattura, questa volta, non vogliamo lasciare tracce che ci colleghino a un reato».

Oscar e la Cirrielli hanno la faccia di quelli che vedono passare John Lennon in piazza del Duomo con uno struzzo al guinzaglio, ma non fanno un fiato. Carlo ha il pallino e lo tiene lui.

«La seconda condizione è che nessuno di noi toccherà né i soldi né la chiavetta. Organizziamo e vigiliamo, ma i soldi li porta lei e la chiavetta la ritira lei. Faremo in modo che sia un'operazione facile e che non ci siano problemi, ma qualche rischio deve prenderselo, fin qui ha giocato un po' troppo con il culo degli altri, scusi il francesismo, e forse è ora di mettere in gioco il suo».

Oscar è ancora perplesso, mentre gli occhi della Cirrielli ridono un po', e forse, a guardarci dentro bene, si può scorgere anche un filo di ammirazione. Hai capito, il Monterossi? Allora è vero che è lui, il cervello diabolico di Flora De Pisis!

Ora l'ingegner Benaldi esita un po'. Poi torna alla scrivania, apre il solito cassetto, ma il libretto degli assegni che tira fuori è diverso da quello di prima, si vede che la IGO ha due contabilità, una per i servizi con la fattura e una un po' più opaca.

Però è più svelto Oscar.

«La password», dice.

«Quale password?».

«Quella del sito per giocare a scacchi con i nostri ricattatori, dovremo contattarli, giusto?»

«Ah, sì, certo». Scrive qualche parola su un bigliettino e lo passa a Falcone.

«Dalle 20 alle 22», dice. Oscar annuisce.

Poi l'ingegnere compila due assegni e li consegna a Carlo. Sono in bianco, questa volta, niente beneficiario. Le cifre dicono: 9.999, in numeri e in lettere.

Carlo li guarda, annuisce, li mette nella tasca interna della giacca.

«Mancano due euro», dice.

L'ingegnere fa una faccia incredula, si fruga in una tasca dei pantaloni e mette sulla scrivania una moneta.

«Bene, arrivederci ingegnere». Ora possono uscire.

Oscar si chiude la porta alle spalle dopo aver detto che si faranno vivi loro.

In macchina stanno zitti per un po'. Poi Oscar non si tiene:

«Sei impazzito?».

«Perché? Agevoliamo uno scambio, giusto? Non c'è nessuna denuncia, non c'è nessun reato».

«Andare in giro con seicentomila euro in contanti è un reato, Carlo». La Cirrielli ci tiene a far notare che conosce la legge.

«Ma non ci andremo in giro noi... Siamo la Sistemi Integrati, no? Beh, questo è esattamente un sistema integrato... Avete fame?».

Già, ridendo e scherzando si sono fatte le due meno un quarto.

37
Una notte

Istinto? Sesto senso? Divinazione? Cosa muove Katrina non lo sa nessuno, ma sbaglia raramente. Così, quando Carlo ancora non si è alzato, lei ha capito che deve preparare per due, e ora che il caffè gorgoglia nella moka grande la tavola della cucina di casa Monterossi sembra le lever du roi al Palais-Royal, prima che tutti perdessero la testa sotto la ghigliottina, bei tempi. È tanto che «signorina Bianca» non dorme lì, quindi lei pensa che ci sia qualcosa da festeggiare, un rientrato allarme, la fine di un turbamento dell'ordine costituito. Siccome le disgrazie non vengono mai sole, appena Carlo si presenta in cucina, lo dice anche: «Ben svegliato, signor Carlo, ho preparato anche per signorina Bian...».

Poi più niente, la parola troncata, lo sguardo perso. Perché subito dopo Carlo entra Teresa. Di nuovo! Certo, è la donna che ha curato quand'era ferita e in lacrime, che poi una volta aveva dormito lì, nella stanza degli ospiti, ma ora sembra un'altra, una che sorride con gli occhi, che certamente ha passato la notte nel peccato, da quanto è rilassata e contenta, pronta per le fiamme dell'inferno. Ora quella confidenza da crocerossina non c'è più: Katrina risponde al saluto soltanto con un piccolo sguardo scontroso, prima di rivolgersi con un muto appello alla calamita sul frigorifero: «Ma tu non dici niente? I fulmini dove sono? Cosa succede qui, o di colpo siamo per l'amore libero?». Esce dalla cucina quasi di corsa.

«Ma... si sposa qualcuno?». Teresa ha guardato la tavola e non si capacita di tutto quel ben di Dio. Carlo non ha ancora detto una parola. Forse lei capisce che c'è uno strano disagio, fa per parlare, ma tace subito. Si sente un'intrusa, lì dentro, lei che alla mattina butta giù un caffè di corsa e poi scappa subito, ora è lì, alle nove passate, con di fronte... Pensa che non doveva fermarsi per la notte, che era stato bello, bellissimo, ma a una cert'ora doveva... non è un vero pentimento.

«Sono stata molto bene, Carlo, ma...».

«Non preoccuparti di Katrina, Teresa», dice lui. Sembra che le legga nel pensiero, e questo la agita ancora di più.

Poi, quando il caffè è quasi finito, i mirtilli sono affogati nello yogurt, il burro e la marmellata hanno celebrato il loro matrimonio, la frutta scolpita in una composizione quasi floreale è scomparsa dal piatto, quando il baccanale è terminato, insomma, Carlo versa il succo d'arancia.

«Dimmi un po', Teresa... I documenti della IGO li ha tenuti il De Nardo?».

«Quelle pagine in inglese? Sì... ma tu li hai qui, no?».

«Sì, ma sono fotocopie. Gli originali li ha tenuti lui, giusto? E la chiavetta anche, cioè... quella che ho qui io non è quella nera della IGO, giusto?».

Teresa sembra allarmata.

«Sì, questa l'ho comprata io in una cartoleria, dove ho fatto le fotocopie... Oddio, che succede?».

«Niente, una mia curiosità».

Ma si vede a distanza che non è vero, lo sguardo di Teresa lo dice chiaro: perché mi menti? Vorrebbe dirgli che non le interessa nulla della IGO, di documenti, dighe, chiavette, nemmeno del bastardo del video, ma che lui, proprio lui, le nasconda qualcosa, questo sì, la agita. Però non dice niente. Invece Carlo deve ammetterlo, a malincuore: ci sono già troppi silenzi, lì dentro, troppe cose non dette. La reticenza, il segreto, forse dopo una notte vanno bene, ma dopo due, dopo aver dormito insieme... E comunque non è questo, o non solo. È che vorrebbe tutto pulito, onesto per quanto è possibile, e invece sta già mentendo, non va bene. Quindi si decide.

«Qualcuno ricatta la IGO».

«Ah! Che bastardo!».

«Ma chi?».

«Quel De Nardo, chi se no?».

Dritta all'obiettivo. Il rasoio di Occam non è per niente una stupidaggine, la spiegazione più semplice...

«Mah, non so, Teresa, qualcuno si è messo in contatto con il capo della IGO, questo poteva farlo anche il De Nardo, ma propone una modalità di contatto un po'... troppo raffinata, ecco. Sembrano professionisti, il De Nardo non mi pare a quel livello». Vede che lei pensa.

«Sì, può darsi che si faccia aiutare da qualcuno, ma quelle cose che può vendere le ha lui, no? Per questo mi hai chiesto dei documenti originali e della chiavetta nera... che scema, dovevo tenerli io». Si interrompe per un attimo, ma poi continua: «Chi ha quelle cose? Io e te, e poi? Il De Nardo e il suo amico nero, ma lo escluderei... aspetta!».

Si è alzata ed è tornata al tavolo con il suo telefono, apre WhatsApp e ci guarda dentro.

«Ma no, c'è ancora. Avevamo una chat, noi quattro, anche Angela... il De Nardo si è levato, ma lui c'è ancora... no, credo che Nasir non c'entri niente, da quanto ho capito, Stefano stava sulle palle anche a lui, non si fidava».

Teresa mette a posto i dettagli, fa due più due.

«Certo, così si spiega... prima aveva quell'idea che sembrava geniale... sembrava a lui, almeno. Poi, arriva con la coda tra le gambe a dire che non se ne fa niente, che è una follia, di dimenticarsi tutto... giusto, eh, per carità, anche a me sembrava una cazzata, ma un cambio così sembrava strano».

«Si è messo in proprio, dici?».

«Mi pare evidente».

«Però non è da solo, questo è sicuro».

«Avrà trovato qualcuno più...». Non trova le parole per dirlo, ma hanno capito tutti e due.

In effetti è il risultato che conta. Il De Nardo aveva proposto il ricatto, questo gli aveva consentito di venire in possesso della refurtiva della IGO, missione compiuta, la banda degli sfigati non serviva più.

L'argomento era morto così, senza altri approfondimenti. Carlo le aveva detto dei suoi soldi, che erano lì, al sicuro, ma che forse avrebbe dovuto aprire un conto, se non lo aveva già, lui glieli avrebbe versati a poco a poco, insomma, che ci pensasse, non c'era fretta, se aveva bisogno di contanti ora che non si alzava più alle cinque bastava chiedere, erano soldi suoi, dopotutto.

Poi Teresa se n'è andata, al pomeriggio ha la signora Antinori, quasi l'unico lavoro che le è rimasto, e prima vuole passare da casa. Lo ha salutato con un bacio davanti alla porta, un bacio leggero che serviva a controllare se l'uomo della notte prima ci fosse ancora la mattina dopo, se non si fosse già allontanato, pentito, in qualche modo. Può capitare, anzi, capita spesso... E già in ascensore, scendendo, sentiva due forze fare a botte, sfidarsi a duello, incresparsi l'una contro l'altra come le onde del mare che si infilano nella foce del fiume, non dovrebbe essere il contrario?

Un'euforia serena, una gioia per quella notte, per come tutto era stato spontaneo e tranquillo... oddio, non proprio tranquillo, pensa con un sorriso, con il marrone degli occhi che diventa più chiaro. E il suo corpo, beh, Teresa, chi l'avrebbe mai detto, che sorpresa, l'aveva quasi scordato, come ci si sente dopo. E durante, anche!

Ma sente anche tante vocine sottili e moleste che le dicono che non è cosa, che non deve farsi illusioni, che non può durare, che sono troppo diversi, e anche quell'accenno ai soldi... Certo, una gentilezza, una premura. Voleva tranquillizzarla... Oppure voleva sistemare le cose e disfarsi di lei? Non ha niente da pretendere, nessun diritto da accampare, anzi aveva persino esitato, ieri, quando lui, erano le due passate, le aveva detto di fermarsi. Ora le sembra tutto così confuso... E la confusione aumenta quando sale in metro, pensa alla giornata che l'aspetta. Poi ride: si immagina la faccia dell'Antinori se sapesse dove ha passato la notte, che razza di colazione da principessa ha fatto, da un uomo che la tratta come una signora, che le conserva un tesoro... E poi di nuovo: ma dove vuoi andare, Teresa, ma guardati! E invece se si guarda, nei vetri sporchi della metro, si trova persino carina, viva, felice.

Oddio, che confusione, Teresa.

«Gli originali li ha il De Nardo», dice Carlo.

Dall'altra parte, con il vivavoce, ci sono Oscar Falcone e la Cirrielli.

«Sì, questo era chiaro, ma non è lui che gestisce la cosa».

«E chi allora?».

«Eh, come corri, Carlo».

In ogni caso si sarebbero messi dietro al De Nardo, facendo i turni. Oscar ha già contattato il ricattatore, si è iscritto al sito di scacchi, ha digitato la password, e alle venti e due minuti ha cercato King721, il nome del giocatore segreto, che ha risposto subito nella chat accanto alla scacchiera. Nessuno ha mosso un pezzo, nemmeno il pedone bianco in e5, solo poche righe di testo.

«Allora?».

«Ci vuole un po' di tempo. Stanno mettendo insieme il totale».

«Avevano detto tre giorni, domani è l'ultimo».

«No, ci vuole ancora un po'». Prendere tempo è una regola sempre valida.

«Altri tre giorni al massimo. Fanno un affare da un miliardo e fanno fatica a trovare due spicci?».

«Chiamali spicci!».

«Avete la Sim che vi ho mandato?».

«Sì».

«Usatela quando lo dirò io».

Poi aveva staccato il collegamento. La scritta «King721 abbandona» aveva lampeggiato per un minuto e poi basta, tutto muto. Ma il contatto era stabilito, era già qualcosa.

Il primo turno dietro il De Nardo toccava alla Cirrielli. L'ha aspettato sotto casa finché quello è sceso ed è salito sulla sua utilitaria malmessa. Dunque la prima sorpresa: non lavora più alla IGO, se si alza a quest'ora. Gli si mette dietro, ma non c'è molto da segnalare: passa quasi due ore in palestra, poi torna alla macchina e fila fuori città, fino a Sesto San Giovanni, entra nella sede della Milano Sicurissima, forse il capo gli darà qualche lavoro in un'altra ditta, forse il lavoro non gli serve, perché pensa che tra qualche giorno sarà coperto d'oro.

Così la Cirrielli stacca, niente da scoprire, inutile perdere le giornate così. Quando entra alla Sistemi Integrati trova Oscar Falcone con Carlo Monterossi, vorrebbero fare il punto della situazione, ma non c'è nessun punto da fare. L'ingegner Benaldi ha telefonato: domani i soldi saranno pronti, seicentomila, in contanti, biglietti usati, un bel malloppo.

«Cosa fa, ingegnere, li tiene nel suo armadio che si apre con una forcina per capelli?».

Quello non reagisce: «Aspetto le vostre istruzioni. Da domani sera va bene in qualunque momento».

«Bene». Fine delle comunicazioni.

Poi Carlo ha risposto al telefono. È quasi ora di pranzo. Alexa, il ripetitore di Flora.

«Buongiorno Carlo, Flora vorrebbe vederti».

«È proprio necessario?».

Domanda cretina: Alexa non ha poteri decisionali, non ha orecchie per sentire, dice solo quello che le hanno ordinato di dire, è come urlare «Mi passi un operatore!» a un disco registrato.

Così li lascia lì a studiare come scambiarsi seicentomila euro con dei ricattatori e si alza sospirando.

38
Scomparso

Nemmeno il tempo di una sosta al distributore di finto caffè e Carlo già viene rapito, preso per un braccio, scortato nella sala delle riunioni. Flora non c'è, solo il giovane autore a sonagli, e Alexa, che l'ha trascinato lì e che si siede dietro al suo computer pieno di segreti.

«Mi volete dire...».

Come parlare al muro, perché quella comincia come una macchinetta, stritola le parole tra i denti, fa il suo rapporto.

«Riassunto per chi non viene alle riunioni», dice. È una frase di Flora, che Alexa è solo un ripetitore l'abbiamo detto, giusto? Comunque comincia.

Alle nove di ieri mattina Anna Taranti, la perpetua di don Vincenzo, si è presentata ai carabinieri, la stazione di Rosate, gli stessi contro cui aveva inveito, che aveva maledetto quando volevano sequestrare il crocefisso magico. Ora non inveiva più, ma piangeva, batteva i piedi, strepitava. Denunciava la scomparsa di don Vincenzo – continuava a chiamarlo così – che due giorni dopo la famosa diretta di *Crazy Love* era scomparso, volatilizzato, puff, nessuna traccia, nessun messaggio, niente di niente.

«È un uomo adulto, può andare dove vuole», le avevano detto i caramba, e Carlo non fatica a immaginarsi il sorrisino sardonico del capitano, che aveva capito tutto. Ma proprio tutto, perché non era chiaro se la signora stesse cercando il non prete o il resto che mancava: in primis i soldi che stavano sul conto corrente della Provvidenza Srl, quelli raccolti grazie ai codici QR dopo che Carlo aveva avuto la sua idea luminosa.

È il momento di farsi una bella risata, e Carlo se la fa, infatti, grassa e convinta, quelle risate che vengono dal cuore e ti allungano la vita di qualche minuto.

«Così presto? Pensavo che il don aspettasse almeno un'altra puntata!».

«Forse ha deciso che era meglio anticipare», dice Alex. «I carabinieri potevano arrivare da un momento all'altro».

Sul conto della Provvidenza Srl erano piovuti, nella notte della diretta e nelle ore successive, ottocentosettantaduemilasette euro e cinquanta. Ne erano rimasti sette e cinquanta, abbastanza per permettere alla perpetua di comprarsi una scatola di Xanax.

«Ma... il conto non lo gestiva lei?».

«No, dice che siccome lui doveva fare delle spese, investire, comprare terreni adiacenti, pagare altre cose... insomma, si era fidata ciecamente, c'era solo la sua firma, e il risultato...».

Altra risata.

«Cosa c'è da ridere, scusa, Carlo?». Alexa ha il senso dell'umorismo di un paracarro sulla Salaria.

Così lui sta per spiegarlo... ma come, cosa c'è da ridere?... e proprio in quel momento entra Flora, come un colpo di vento. Si siede al suo posto, sulla sua sedia presidenziale, tamburella con le dita sul tavolo e parla.

«Abbiamo solo tre giorni e bisogna ripensare tutto».

Sbrigativa, operativa, il pensiero che dovrà rivedere la sua posizione devota e rispettosa sul miracolo di Zelo Surrigone non la sfiora nemmeno. Ha detto bianco? Certo, e ora dirà nero, che problema c'è? Si è inginocchiata con le lacrime agli occhi davanti ai misteri dell'Onnipotente? Pazienza, ora tuonerà contro i truffatori che si servono di Gesù per scappare col malloppo. Il problema di questo Paese non è Flora, è la florità, non è che possiamo fare molto contro le categorie kantiane.

Ora nella stanza entra Bianca Ballesi. Saluta tutti e si siede. Poi dice «Ciao, Carlo», e non è il saluto che ha fatto agli altri.

«Ciao, Bianca».

Sia lui che lei sentono qualcosa che non è facile dire. C'è una distanza, tra loro, un deserto e poi montagne molto alte, e altre pianure sterminate, a perdita d'occhio. Sono seduti allo stesso tavolo, divisi da diecimila chilometri, eppure hanno l'impressione che quella distanza si potrebbe coprire in un minuto, anche meno. Si guardano negli occhi. Non come quando ci si guarda negli occhi, no, ma come quando si entra in un altro universo e ci si affonda dentro, uno sguardo che dice un milione di cose, ma quali cose non lo capiscono, né lui, né lei. Dura un attimo, però. Bianca si fa operativa.

«Ho controllato i contratti. La signora Anna non può rifiutarsi di venire in trasmissione. È stata lei a insistere per partecipare a tre puntate, c'è una penale, se si rifiuta».

«La teniamo per le palle», dice Alex. È un cretino, non ha capito il clima che c'è lì dentro.

«Bene», dice Flora. «Le faremo sputare fiele contro il suo prete».

Carlo è schifato, ma tace. Flora continua, tutti si aspettavano una iena incattivita perché il finto prete le ha rovinato il giocattolo, invece è contenta come una bambina a Natale.

«Ora richiamiamo i miracolati e li sputtaniamo, loro, i loro medici del cazzo disposti a giurare il falso e...».

«No», dice Carlo.

Non ha espresso un dubbio, e nemmeno buttato lì un no interlocutorio. Non è un «No, parliamone», e nemmeno un «No, pensiamoci bene», è solo un «No», definitivo, ultimativo. Un veto.

«Sono quattro disperati, Flora, quattro sfigati che già abbiamo esposto al ridicolo. Ora vogliamo colpevolizzarli? Quanto abbiamo dato alla signora scampata al diabete? Duemila? Tremila? Una sciacquetta in minigonna in cerca di un marito imprenditore ci costava il doppio... Non sono loro il nostro obiettivo».

«Ci hanno truffato, Carlo».

Ora lui ride di nuovo, ma è una risata cattiva.

«No, Flora, cioè sì... ci hanno truffato dopo che li abbiamo implorati di truffarci, sapendo che ci truffavano, sperando che ci truffassero. Li abbiamo selezionati apposta, li abbiamo pettinati e mandati in onda sapendo che...».

«E allora?».

«Allora niente più miracoli, Flora, né veri né falsi. O vuoi inginocchiarti di nuovo?». Questo l'ha detto quasi con astio. La regina incassa.

«E allora?», ripete.

Tutti guardano Carlo, ora. Ha posto la domanda, deve dare la risposta. Lo sguardo di Bianca è una lama di ghiaccio, sono altre le cose di cui vorrebbe parlare con lui, la sua arte da prestidigitatore della merda televisiva non le interessa.

«E allora cerchiamo i truffati veri. Chi ha dato soldi a questi cialtroni? A parte noi, intendo... Chi ha finanziato la Provvidenza Srl? Chi sono i donatori?».

«Quelli che hanno versato durante la diretta non li conosciamo, ovvio», dice Alex. «Ma un paio di benefattori della prima ora che si lamentano ci sono... aspetta». Consulta le carte che ha davanti. «Un piccolo industriale della zona, sessantamila euro in tre tranches, poi una ricca vedova di Vigevano, anche lei fulminata sulla via di don Vincenzo... quarantaseimila. Tutti e due minacciano cause per farseli ridare».

«Bene, cominciamo da quelli».

Flora è perplessa.

«Verrà fuori una puntata di astio e carte bollate, Carlo, non è molto interessante... quando si piange?».

«A piangere ci penserà Santina Gloryhole, Flora, ha quasi un milione di motivi per farlo. E anche i benefattori piangeranno abbastanza, non stare a tirare in ballo gli sfigati che si sono fatti mezzo stipendiuccio fingendo guarigioni miracolose. Piuttosto...», ora si rivolge a Bianca, «... quel carabiniere che sa i congiuntivi lo abbiamo ancora, giusto? Ecco, forse lui sarebbe il caso di invitarlo, ci spiegherà come si comportano in questi frangenti, quali sono i reati, se ci sono...».

Bianca annuisce, senza scalfire l'iceberg che la contiene.

«Poi bisogna sentire il comando di Rosate. Lo sequestrano, questo crocefisso, oppure no? Abbiamo pregato perché non lo facessero e ora ci tocca pregare perché lo facciano... in fretta, anche».

«Il crocefisso è scomparso col finto prete», dice Alex.

Certo, ovvio. Quindi abbiamo un falso profeta in fuga con un crocefisso di legno alto un metro.

Ora passano ai dettagli, ma alla Ballesi suona il telefono. Guarda il display e fa una faccia strana, si alza e va in un angolo a rispondere, la sentono parlare, ma non quel che dice.

«Alex, contatta i gonzi che hanno finanziato 'sto prete», dice Flora.

Poi la Ballesi torna al tavolo. «L'azienda», dice. «Vogliono essere sicuri che gli spettatori che hanno donato non facciano causa a noi». Poi una pausa. «Devo sentire gli avvocati, scusate». Esce dalla stanza.

E ora ecco Carlo Monterossi nei corridoi del suo scontento. Aspetta un po' accanto al distributore di liquido marrone, quello su cui c'è scritto «Caffè», ma è un'attesa inutile. Così si decide e si sporge alla porta dell'ufficio della Ballesi.

«Hai fatto, con gli avvocati?».

«Dicono di non preoccuparsi».

Ora che possono guardarsi negli occhi senza testimoni, Carlo vede che le distanze ci sono ancora tutte, anzi, i diecimila chilometri sono aumentati, ora ci sono di mezzo anche laghi e foreste.

«Devi dirmi qualcosa, Carlo?».

«No, non credo».

«Vai, allora, lasciami lavorare... se vuoi un consiglio dovresti fare qualcosa anche tu, mancano due puntate, magari riusciamo a uscire da questa merda prima che Flora si faccia venire una sincope».

«Sarebbe l'unica buona notizia dell'anno».

Ora ride, Bianca Ballesi. Lo sa anche lei che tutti quei millemila chilometri si potrebbero percorrere in pochi secondi, ma non si muoverà di un millimetro, dovrà farseli lui, a piedi, senza acqua, sotto il sole. È giusto così, pensa Carlo. Però gli viene anche un'idea.

«Ce l'abbiamo un elettricista?».

«Facciamo un programma con centomila watt sparati in faccia a Flora, Carlo, ne abbiamo una dozzina, di elettricisti».

«Dimmene uno bravo».

«Parla con Sergio, mi sembra il più sveglio. Lo trovi giù».

Non si erano nemmeno salutati, sembrava, e invece sì. Si erano guardati di nuovo senza dire niente, anche se si parlavano eccome. Lui diceva: non so cosa farci, Bianca, magari passa. E lei diceva: vai, sbrigati, parla con questo Sergio, se volevo uno affidabile non sceglievo mica te.

Anche se non era esattamente un'intesa, l'avevano suggellata con un sorriso.

L'elettricista Sergio era in piena siesta, stravaccato su una sedia, i piedi sul tavolo, in attesa di incarichi per la puntata. Carlo gli ha spiegato cosa gli serve, e l'altro si è messo a ridere.

«Ma infatti! Lo dico dall'inizio che è una cosa semplice! L'ho detto anche all'assistente della De Pisis!».

«Ecco, saresti in grado di farlo?».

«Devo fare delle prove, ma io dico di sì».

«Bene, falle, ti faccio pagare un bonus».

«Ecco, questo sì che mi piace».

Così aveva chiamato la Ballesi, su in ufficio, e le aveva detto di stanziare un bonus per l'elettricista Sergio, che forse risolveva un problema a tutti quanti.

«Non più di cinquecento, Carlo, non è mica la Banca d'Italia, qua!»

«Cinquecento va benissimo».

Lei aveva messo giù senza salutare. I chilometri erano ancora diecimila, anche di più, e Carlo si ripeteva che era giusto così, che aveva ragione lei, e che questo non avrebbe cambiato le cose, per il momento.

Ha messo in moto, ma prima di uscire dal parcheggio ha dato qualche istante al climatizzatore, che facesse il suo lavoro. Intanto ha cercato una canzone. Poi la macchina è scivolata via, piena di quella voce, sempre quella.

The only thing I knew how to do
Was to keep on keepin' on like a bird that flew,
*Tangled up in blue.**

* Bob Dylan, *Tangled up in blue*: «L'unica cosa che sapevo ancora fare / Era tirare dritto a campare come un uccello dal volo, / Legato ai nodi dell'amarezza».

39
Un piano

Alla Sistemi Integrati c'è solo Oscar Falcone, la Cirrielli si è rimessa dietro a Stefano De Nardo, più per non stare lì annoiata e inoperosa che perché crede di scoprire qualcosa che ancora non sanno. Carlo si siede, sembra stanco.

«È per dopodomani», gli dice Oscar.

«Cioè?».

«Cioè ho passato la notte a discutere con questo stronzo che sta dietro una scacchiera e abbiamo un mezzo accordo. Io e la Cirrielli ci siamo presi un giorno per riflettere, per capire se è un piano che presenta dei rischi o se può funzionare».

Carlo lo guarda come il golden retriever che non capisce perché il padrone non gli lancia la pallina. Allora? Vuole sbrigarsi? Cosa aspetta?

«Non ci hai capito un cazzo, vero, Carlo?».

«Sentiamo».

Oscar se l'era presa comoda. Aveva spremuto un caffè dalla macchinetta, aspettato che scendesse, poi si era messo seduto, aveva stirato la piega dei pantaloni e aveva cominciato:

«La cosa ridicola è che dietro 'sto mistero non c'è nessun mistero, tutti sanno tutto».

Ora il golden retriever vorrebbe abbaiare. Su, dai, cazzo!

Dunque Oscar aveva messo in tavola tutte le carte.

«Cosa abbiamo? Una società ricattata. E chi gestisce la cosa? Un dipendente che prima voleva ricattarla lui. Insieme a chi? Al De Nardo che gli falsificava i video delle telecamere, d'accordo. E poi? Il ladro misterioso. Ora però le cose si sono rovesciate: il ricattatore della prima ora, l'ingegner Benaldi, è il ricattato. Qualcuno ha avuto la sua stessa idea e lui c'è rimasto in mezzo. Non so perché, ma sembra diventata una questione di vita o di morte riavere quei documenti».

«Che senso ha? Avranno delle fotocopie, no? Forse hanno una copia anche dei video».

«Sì, può darsi, anzi sicuro. E infatti ci siamo fatti l'idea che non è il contenuto che interessa alla IGO, è... la forma».

«Ok, mi arrendo».

Dunque era arrivata la ricostruzione, con qualche punto ancora non proprio chiaro, certo, ma nemmeno tanti. Da chi arrivava quel materiale? Da qualche funzionario dei servizi ghanesi, probabilmente. E quando era arrivato? Quando bisognava mettere pepe al culo dei funzionari italiani, segnatamente del violentatore di ragazzine, per accelerare l'affare. Ora l'affare era fatto, e probabilmente in Ghana se ne fottevano se un funzionario del governo italiano passava dei guai.

Ma non volevano passarli loro, quindi rivolevano il loro materiale. Non copie, non fotografie. L'originale. Stessi fogli, stessa chiavetta. Sarebbero saltate fuori delle fotocopie? Delle copie dei video? Pazienza, una fuga di notizie è sempre possibile, ma non un foglio originale, con i timbri veri, i protocolli, le firme fatte a mano, la prova che era materiale originale, uscito proprio dai servizi del Ghana. Insomma, la IGO probabilmente aveva assicurato al governo ghanese di avere ancora quei materiali, e il governo ghanese li rivoleva. Non darglieli poteva rimettere in gioco tutto, o almeno complicare i rapporti.

«È solo un'ipotesi, Oscar».

«Sì, Carlo, è solo un'ipotesi. Però spiega perché ci sia gente disposta a pagare seicentomila euro qualcosa che già vaga in giro in duplice o triplice copia, o che addirittura ha già in mano. Naturalmente le cose possono essere più complesse. Magari gli africani hanno saputo della fuga di materiale sensibile e vogliono farla pagare a chi l'ha passato alla IGO, ma questo come ci aiuta? In nessun modo. Rimane il fatto che la IGO ha bisogno di una cosa che non ha più, ed è disposta a pagare bene per riaverla».

«Perché non andare dal De Nardo con due soldi e costringerlo a mollarla? Cinquemila bastavano, secondo me».

«Bravo, ci sei arrivato. Ma il De Nardo ha un complice, quello che ci contatta con questa stronzata degli scacchi, giusto? Diciamo uno più intelligente di lui, vediamo se indovini».

«Il ladro?».

«Lo vedi che quando vuoi...».

Ora che anche Carlo vede i puntini, non resta che unirli, sembra facile, e invece...

Oscar continua, ma adesso non sta spiegando, solo ricostruendo le cose ad alta voce, per controllare ancora una volta che non ci sia qualcosa che gli è sfuggito.

«Il ladro, sì, qualcuno che conosceva il De Nardo da prima, anzi a quanto pare lo comanda a bacchetta, lo dirige. Quando non hanno trovato il materiale lasciato in un sottoscala alla IGO, sono andati nel panico. Il De Nardo ha pensato che poteva mettere su una banda con quattro sfigati, ma...».

«Era una recita fin dall'inizio?».

«No, non credo, perché la perquisizione a casa del De Nardo non era una recita, cercavano veramente quelle cose, e anche a casa di quella... come si chiama?».

«Teresa».

«Ecco, sì. Forse a quel punto, dopo la perquisizione, il De Nardo si è spaventato, si è convinto che conveniva mettersi con i cattivi invece di organizzare una banda con tre poveracci che non sapevano nemmeno chi ricattare... però è stato abbastanza abile da tenersi gli originali, forse è stato un caso...».

A Carlo torna in mente la voce di Teresa che si dava della scema per essersi tenuta le copie. Oscar continua:

«Quindi il nostro ingegnere sa chi chiede il riscatto, i suoi complici dell'inizio, il De Nardo e il ladro, uno che era in contatto sia col De Nardo che con l'ingegnere, che conosce benissimo la IGO al punto di entrare e uscire, uno che sa aprire un armadio chiuso a chiave in due minuti, e che sa mettere in piedi un piano abbastanza raffinato. Basta fare due più due, Carlo... Il padrone della Milano Sicurissima, il principale del De Nardo, Otello Bisiani».

«Ma come?...».

«Dai, Carlo, pensaci! Erano d'accordo prima, rubare il materiale e ricattare il funzionario porco. Il materiale è andato perso, diciamo così, loro lo hanno recuperato, e ora si scopre che con lo stesso materiale si può ricattare la IGO».

«L'ingegnere sa tutto, quindi!».

«Io credo di sì, ma è irrilevante, a questo punto, perché anche lui ha interesse a recuperare il documento originale e la chiavetta. Se qualcosa va storto nello scambio e il Bisiani parla, finisce nei guai pure lui, come minimo lo cacciano a calci in culo e può pure andare in galera. Diciamo che lo fa per se stesso, per una volta i suoi interessi e quelli della IGO coincidono. Se poi avrà una fettina di quei seicentomila è un dettaglio, possibile ma non sicuro, probabile che avrà un premio dall'azienda, anzi, quello sì. Gli risolve un problema, e i suoi capi non sanno che il problema l'ha creato lui».

«Mi stai dicendo che il ricattato è anche uno dei ricattatori, Oscar?».

«Ti sto dicendo che questa è la spiegazione più logica. E poi... il Bisiani conosceva il De Nardo, conosceva la IGO, ha una corporatura compatibile con quella del ladro che si vede nei video, incontra tutti i giorni il De Nardo anche se quello non fa più le notti alla IGO... mi sembra così chiaro!».

Carlo è un po' incredulo. Quindi i tre che hanno cominciato tutto lo stanno anche finendo? Ma non è a questo che pensa veramente. Pensa a Teresa, invece, a come si era infilata per caso in quell'affare assurdo, come ci era letteralmente inciampata, una domenica sera, e come aveva trovato il suo tesoro, e come... Se la ricorda bene quella sera, con la signora Angela che rammendava in cucina e loro... e anche la delusione di Teresa per quella fortuna che era sembrata a portata di mano e che era sfumata. Come aveva detto? «Sessantacinquemila non ti cambiano la vita, ma duecento... trecento...». Gli sembra di sentirla, ora, quella voce un po' roca, quella nota di sconforto che li aveva spinti ad abbracciarsi e a cercarsi con le mani e...

E seicentomila, Teresa? Bastano a cambiare una vita?

È solo un lampo che lo allontana per qualche secondo dalla faccia soddisfatta di Oscar, dalla spiegazione di tutto il caso.

Ma ora che l'ha evocata, Teresa, si scopre a pensarci con un certo calore, una voglia... Gli vengono in mente dei dettagli, come dei flash, non solo di quella sera, ma anche della volta dopo, quando lei gli aveva dormito addosso, cercandolo senza nemmeno svegliarsi...

Meglio riscuotersi.

«E ora?».

«Ora che?».

«Cosa facciamo?».

«Noi? Niente. Abbiamo un incarico ben pagato, lo porteremo a termine. Il nostro obiettivo è che l'ingegnere abbia i suoi documenti africani, gli originali, e la sua chiavetta, quella vera, anche se la password è stata scoperta, il resto non ci riguarda».

Poi gli aveva spiegato il piano per lo scambio. Era un piano assurdamente complicato. King721, cioè il ciccione della Milano Sicurissima, Otello Bisiani, avrebbe lasciato una macchina in un parcheggio sotterraneo, quello di un supermercato, per la precisione, senza chiuderla a chiave. L'uomo sarebbe salito a far la spesa, ma più che altro a farsi timbrare il biglietto per uscire dal parcheggio, e intanto l'ingegnere avrebbe aperto il bagagliaio e consegnato la borsa con i soldi, semplicemente lasciandola in macchina. Una volta sceso e controllato il contenuto della borsa, il ricattatore avrebbe chiamato l'ingegnere su quella Sim straniera che gli avevano dato e gli avrebbe detto dove trovare i documenti e la chiavetta, nel giro di pochi minuti, aveva assicurato. Un suo complice, quindi il De Nardo, avrebbe posteggiato un'altra macchina, anche quella aperta, da qualche parte, non lontano, e l'ingegnere avrebbe preso la merce.

«Complicato», dice Carlo.

«Dici? Molto lineare, invece. Il parcheggio di un supermercato è pieno di gente che apre e chiude il bagagliaio della macchina».

«Ma se si conoscono, perché non si vedono al bar, uno molla la borsa coi soldi e l'altro la busta coi documenti, non è più facile?».

«Sì, è più facile, Carlo, ma l'ingegnere vuole dei testimoni. Vuole che se qualcosa va storto ci sia qualcuno che dica alla IGO: sì, era uno scambio tra l'ingegnere buono e i ricattatori cattivi».

«In pratica ci assumono come copertura, come hanno fatto per il furto».

«Ci pagano, no?».

Oscar ha un modo tutto suo di tagliare la testa al toro.

«Quando, questo?».

«Dopodomani, ti ho detto, aspetto che quel... King 721, cioè il Bisiani, ci dia la conferma e ci dica un'ora precisa».

Poi è entrata la Cirrielli. Non ha detto una parola, ha aperto il piccolo frigorifero della Sistemi Integrati, ha preso una bottiglietta d'acqua e ne ha buttato giù un sorso lunghissimo, poi si è stravaccata su uno dei divanetti e solo a quel punto ha aperto bocca:

«Quello stronzo».

Insomma, la giornata era stata impegnativa, perché il De Nardo aveva fatto la sua solita manfrina. Prima la palestra, poi un salto alla Milano Sicurissima. Ma dopo, invece di risalire in macchina, aveva preso i mezzi, così lei aveva dovuto parcheggiare in fretta e furia e seguirlo a piedi. Tre fermate del tram numero 7, poi la metropolitana, linea 1, fino a San Babila, e poi la 4, la linea nuova, fino a Linate, all'aeroporto. E lei che doveva stare attenta a non farsi vedere, perché il De Nardo la conosce.

Oscar ride.

«Fammi indovinare, ha noleggiato una macchina».

«Sì, una Yaris, piccola, rossa. Così lui se n'è andato in macchina e io ho dovuto riprendere i mezzi fino alla mia. Quando sono arrivata, la Yaris era parcheggiata lì, fuori dal palazzo dove sta la Milano Sicurissima. La targa è...».

«Molto bene, il piano procede», dice Oscar.

Carlo invece si è alzato. Le cose che ha pensato prima, su Teresa e tutto il resto, non se ne sono andate veramente. Ha pensato anche alle sue mani, ora, a quegli occhi che diventano un po' più chiari, a come era scivolata nel sonno vicino a lui. Sì, certo, sono cose che uno dovrebbe tenere per sé, ma lui non le sta dicendo a nessuno, no? Non la confesserebbe mai, questa piccola nostalgia di Teresa che ha, questo desiderio di...

Così ha preso il telefono e ha mandato un messaggio:

«Visto che tutti e due dovremo cenare, prima o poi, che ne diresti di farlo insieme?».

Lei ha risposto dopo due minuti.

«Se è proprio necessario...». Ci ha aggiunto una faccina che ride.

40
Vita nuova

Tutto bene, Teresa? Bene, grazie. È abitata da una piccola gioia. Più che piccola, in realtà, ma non vuole confessarlo, non lo dice nemmeno a se stessa. Ora sta lavorando a casa della signora Antinori. La signora ha ricevuto, ieri sera, nel salone ci sono bicchieri appoggiati qui e là, qualche avanzo dei dolci, Teresa sistema con i suoi gesti efficienti e veloci, porta tutto in cucina, poi decide di cominciare da lì, la signora è nel suo studio, c'è una luce che annuncia il tramonto, ma manca ancora un bel po', è rientrata da poco, si è chiusa di là senza dire una parola, solo un breve saluto distratto.

Poi, quando Teresa ha finito le sue ore, la vede prepararsi, sempre di corsa, sempre in affanno.

«Esco anch'io, Teresa».

Così hanno preso l'ascensore insieme, sempre senza dire nulla. Teresa si è cambiata, si è levata i suoi vestiti da lavoro e rimessa il vestito con cui era venuta, un vestito leggero, bianco, che la rende estiva e fresca, lo aveva scelto con cura, dopo il messaggio di Carlo, l'invito a cena, e la signora Angela le aveva dato il via libera ridendo. Ora scendono insieme, la Antinori con la sua eleganza noncurante, ovvia, lei con la sua borsa di lusso sul braccio, sembrano due signore che escono per l'aperitivo, nessuno potrebbe dire che una è la serva. Ma è solo un pensiero velocissimo, perché Teresa ne ha altri, di pensieri. Carlo...

Poi, fuori dal portone, lo aveva visto subito, appoggiato alla macchina, in attesa, con il telefono in mano, quasi assorto. Le si è fatto incontro.

«Ciao, Teresa».

La signora Antinori l'ha salutata di nuovo con un cenno e ha proseguito per la sua strada, mentre Teresa e l'uomo si scambiavano un piccolo bacio sulle guance. Uno come si deve, ben vestito, abbastanza charmant e indifferente di esserlo, con quella macchina lucida... entrambi hanno visto un lampo di perplessità negli occhi della signora che camminava verso corso Como, come una sorpresa trattenuta, fatta di stupore e disappunto. Ma tu guarda, la donna delle pulizie... era un «ma dove andremo a finire», irresistibile anche a quelle altitudini di cultura e savoir-faire, ma loro non ci hanno pensato nemmeno un secondo, perché hanno altro da fare.

«Fame?».

«Fame!».

Sono finiti in un locale minuscolo, cinque o sei tavoli ben distanziati, un'aria condizionata gentile, il cameriere affabile e veloce, un vino bianco nel suo cestello del ghiaccio che diceva: su, su, divertitevi, io sono qui per aiutarvi. Non c'era stato nessun imbarazzo, questa volta, nemmeno quando Carlo le aveva dato una busta e le aveva detto di metterla nella borsa.

«Un po' dei tuoi soldi, versali in banca, non nasconderli nel detersivo».

Teresa aveva riso, ma quel riso nascondeva cose che non riusciva a dire: davvero era lì con quell'uomo? Davvero poteva fingere per qualche ora che non esistessero differenze tra loro? Poteva ordinare, mangiare con lui, farsi versare quel vino buonissimo, guardarlo negli occhi... cos'era che la faceva stare così bene, la sua presenza? Oppure quella sensazione di abitare per qualche ora in un mondo non suo? Aveva deciso di non pensarci, anzi, di non pensare a niente, mentre lui le raccontava del finto prete scappato con i soldi, dell'ex pornostar inconsolabile, di Flora De Pisis e dei suoi cambi di rotta, da beghina inginocchiata a paladina del laicismo. Lei aveva riso ancora, le sembrava tutto così assurdo. Lo era, anzi. E lei non aveva niente da raccontare... invece sì.

Aveva parlato con Caterina, la sua amica che fa i capelli. Le aveva detto di Carlo, ovvio, di quel fulmine che l'aveva colpita, ma non è questo che racconta ora. Dice invece delle chiacchiere che hanno fatto sulla possibilità di aprire un posto loro, piccolo, carino, e di come quelle chiacchiere erano diventate una specie di sogno a occhi aperti, e mentre si dicevano no, no, ma che diciamo, ma dove andiamo, già stavano scegliendo l'arredamento, il colore delle pareti, il nome sull'insegna. Caterina poteva mettere insieme ventimila, forse venticinque, lei poteva investire il suo malloppo... quasi tutto, e se Caterina aveva pensato «da dove vengono questi soldi?» non lo aveva dato a vedere, perché aveva capito che era solo un gioco, come quando hai in mano un biglietto della lotteria e ti metti a fantasticare su come spenderai quella fortuna che ancora non c'è – che non ci sarà.

«È una scemenza», dice ora Teresa. «Ma è stato divertente pensarci».

Carlo l'ha guardata per bene. Il marrone degli occhi era più chiaro, ora, e lui ha pensato che quella donna che c'è lì con lui è un mondo intero, una che sta sul bordo della scogliera con quel sentimento che si ha quando ti prende la tentazione del tuffo; un prima, con il timore, la paura, l'incertezza, e un dopo fatto di acqua fredda, di schiaffi delle onde, di bolle che salgono in superficie, di libertà assoluta. Vuole una vita nuova, ma non come la voleva prima di trovare quei soldi nel sottoscala della IGO, ora la vuole davvero, l'ha vista da lontano, da una fessura, da un'intercapedine del caso, o della fortuna. Una fatalità che le ha aperto gli occhi. E quando sono andati a sfasciarle la casa, a rubarle la sua fortuna insperata, è cambiato tutto, è scattato qualcosa, e lei ha pensato che la sua vita vecchia non la voleva più, né alzarsi alle cinque né contare i centesimi, che anzi aveva il terrore di riscivolarci dentro, che la vita nuova, qualunque fosse, anche un negozietto da parrucchiera con la sua amica Caterina, in qualche modo le spettava, che era un'ingiustizia non averla.

Ma tutto questo non veniva fuori, forse Teresa non avrebbe saputo dirlo, nemmeno pensarlo in modo compiuto. Però lo sguardo della signora Antinori, quel piccolo scandalo che le aveva visto in faccia, per la borsa di lusso, l'altra volta, per l'uomo che la aspettava sotto e la baciava, oggi, le aveva detto alcune cose, e tra queste cose c'era un incitamento, un motivo in più. Vai, Teresa, provaci, fagliela vedere!

Carlo ha preso un caffè, lei ha esitato sul dolce, e poi non l'ha preso, anche se lui la incoraggiava.

Poi, quando si è trattato di decidere il da farsi, il dopocena, Carlo l'ha sorpresa.

«Andiamo da te, ti spiace?».

No, non le dispiaceva, anzi le era sembrato un segno di sensibilità, di saggezza. Non voleva che Carlo diventasse quella bella casa, quella colazione spaziale alla mattina, tutto lucido e perfetto, tutto... da film, ecco. Erano stati bene, benissimo, anche nella sua stanza appena occupata, dove c'era solo un letto e la luce sbagliata, non voleva che lui pensasse...

Ma lui, Carlo, pensa ad altro, e quando entrano in casa, invece di filare nella camera di Teresa, si affaccia alla cucina, dove la signora Angela sta guardando la televisione. Si salutano, lei spegne e si siede al tavolo, anche lui, anche Teresa, c'è un'aria di famiglia.

«Potevate avvertire, mettevo un po' in ordine».

«Macché», dice Carlo. E poi comincia a parlare.

Racconta del De Nardo, del ricatto alla IGO, di come avverrà il passaggio dei soldi, in un parcheggio sotterraneo, di come in fondo la loro banda aveva visto giusto: ci sono cose che valgono tanti soldi e che possono essere scambiate. E anche di come il De Nardo li avesse usati per entrare in possesso del materiale.

Teresa ascolta, non capisce perché Carlo dica quelle cose, così complicate e così dettagliate, ma si dà di nuovo della scema per essersi fatta fregare, da uno che non era un genio, poi!

«Non era un genio», dice Carlo. «Il genio semmai è quell'altro, prima ci ha provato con le perquisizioni e poi si è fatto più furbo...».

La signora Angela ascolta senza dire niente.

«Mi sembrava giusto dirvelo», conclude Carlo.

Poi lui e Teresa sono finiti in camera, si sono finalmente abbracciati seriamente, non come hanno fatto in strada di fronte all'Antinori attonita per le libertà che si prende la servitù al giorno d'oggi. Anche il bacio è stato diverso. Lei lo ha spinto sul letto e gli ha intimato, puntando un indice, di starsene seduto lì, buono e zitto. Ha sistemato la luce con la torcia del telefono, il suo, questa volta, con la carica attaccata alla presa, che non li abbandonasse sul più bello, e quando lui era seduto come uno spettatore al cinema, lei gli si è messa davanti e si è sfilata il vestito, ha scalciato via le scarpe ed è rimasta davanti a lui, guardandolo e facendosi guardare, lottando contro il pudore e la vergogna, sorridendo di quello che stava facendo, giocando, e godendosi la sua reazione. E quando lui l'ha presa e l'ha tirata verso di sé, lei non ha fatto nessuna resistenza, anzi, l'ha seguito, l'ha assecondato, si è abbandonata come se dicesse: ora tocca a te.

Poi, dopo, quando tutti e due sono sdraiati, sudati, nudi, grati l'uno all'altra, è suonato il telefono di Carlo.

Lui l'ha lasciato suonare, con la sua vibrazione da moscone impazzito. Non ha risposto. E poi ha suonato ancora. E poi, dopo qualche minuto, ancora. Carlo ha guardato il display e ha visto un numero che non conosce. Non è Bianca, ha pensato in un piccolo secondo fastidioso, così ha schiacciato il tasto di risposta, con una voce che esitava un po'. Ma chi chiama all'una di notte?

«Pronto?».

«Funziona!».

Carlo ha fatto una risata vera, di quelle che ancora non ci hai pensato, se ridere o no, ma è già scappata.

«Lo sapevo!».

«Anch'io».

«Perfetto, Sergio, ti chiamo domattina».

«San Sergio, prego. San Sergio da Concorezzo».

Un'altra risata.

Teresa non ha capito niente, Carlo non le ha spiegato, ma gli occhi ridono ancora. Si è chinato su di lei e...

I long to see you in the morning light
I long to reach for you in the night
*Stay, lady, stay, stay while the night is still ahead.**

* Bob Dylan, *Lay lady lay*: «Voglio vederti nella luce del mattino / Di notte voglio sentire che ci sei / Rimani, signora, rimani, rimani, ché la notte è ancora lunga».

41
Pesci

Oscar Falcone ha mandato un messaggio, uno dei suoi, criptici e telegrafici, si direbbe che ha le parole contate, che le risparmia, le usa con la parsimonia irritante dell'avaro. C'è scritto: «ore 21». Carlo ha inoltrato il messaggio e ci ha messo qualche parola in più, poi ha fatto di tutto per scordarsene, per pensare ad altro.

Alle dieci e mezza del mattino, l'alba, è arrivato al grattacielo azzurro della Grande Fabbrica della Merda, ma invece di infilarsi nell'ascensore ha preso le scale che portano nei sotterranei. Non ci va mai, cioè molto raramente, ma è un posto che gli piace, come un cimitero dei dinosauri, un museo del modernariato televisivo, vecchi macchinari, monconi di scenografie di antiche trasmissioni dimenticate, pulsanti per i quiz, pedane e sfondi azzurrissimi, attrezzature dismesse, fari e lampade, vecchi microfoni vintage, telecamere che non servono più. Prosegue per i corridoi semibui, poi viene guidato dalle voci ed entra in uno stanzone. Quattro ragazzi ridono e parlano tra loro, il tono è scherzoso. L'elettricista Sergio lo vede per primo, gli si fa incontro.

«Venga, le spiego per bene».

Ora sanno questo: sono in quattro, nell'appartamento di via Valsassina. Carella ha capito più in due notti di appostamento che tutta la squadra di coglioni messa su da Gregori per ascoltare le telefonate. Fanno le consegne di notte, probabilmente sempre piccole quantità, partono in motorino e tornano dopo mezz'ora, un'ora al massimo, il che significa che fanno una consegna alla volta, o hanno un telefono che i geni della questura non hanno tracciato, oppure gli ordini arrivano in un altro modo. In due notti che dorme lì, cioè, che non dorme, non ha visto arrivare corrieri o altra gente, solo quei quattro, due neri, un sudamericano e un bianco, il capo. Gregori si era rotto le palle di spendere soldi e uomini per quell'affare, voleva entrare e arrestarli tutti, Carella aveva fatto il diavolo a quattro.

«Così prendiamo gli sfigati e non arriviamo ai pesci grossi, capo, la solita storia».

«Hai ragione, Carella, ma i pesci non sono mai abbastanza grossi per te. Se troviamo chi rifornisce quelli lì tu vorrai aspettare e trovare chi rifornisce il grossista, non se ne esce, e io non posso far finta di non sapere che là dentro vivono quattro spacciatori che fanno il cazzo che vogliono».

«Due giorni, capo... è passato un mese, due giorni in più non cambiano niente, no?».

«Proprio perché non cambiano niente, Carella».

Ghezzi era presente per caso – portavano i verbali

delle loro indagini da quattro soldi – e aveva tentato una mediazione.

«Il capo ha ragione, Carella. Però anche lei, capo... due giorni non sono mica un'eternità...».

Alla fine Gregori aveva ceduto. Carella aveva abitato nella sua macchina, aveva risolto qualche problema di scacchi, altri li aveva abbandonati con stizza, aveva mangiato panini e bevuto birra dalle lattine, aveva usato il bagno dei bar della zona, aveva tenuto gli occhi fissi sul portone e sulla finestra dei quattro pezzi di merda, li aveva visti uscire e rientrare, aveva preso nota dei movimenti e compilato le sue statistiche. Tutto inutile. Forse aveva ragione Gregori, bisognava entrare, mollare qualche sberla, mettergli le manette e sperare che parlassero. Esattamente la soluzione che lui voleva evitare.

«Lo sa meglio di me, capo, è uno scambio che non faranno».

«Magari qualcuno si spaventa, Carella».

«Cazzate. Con noi cosa rischiano? Un po' di detenzione, un processo, quattro o cinque anni, magari ai domiciliari o a piede libero. Se parlano, invece, rischiano una pallottola in testa, una vita di merda in galera, dormire con un occhio aperto, aspettare la coltellata, magari qualcosa di male alle loro donne che stanno fuori. Non c'è gara, capo, i cattivi fanno più paura dei buoni».

E ora doveva ammettere che non c'erano altre soluzioni. A meno che...

Carlo è salito ai piani alti, si è affacciato all'ufficio di Bianca Ballesi e l'ha invitata a prendere un caffè.

Lei si è alzata e l'ha seguito, poi, con il bicchierino bianco in mano, ha finalmente parlato, tagliente come un bisturi:

«Dimmi, Carlo».

Ha ragione, Bianca, c'è poco da fare. Non si sentono da giorni, per non parlare del resto. Lei non dirà mai che le mancano i suoi dopolavoro a casa di Carlo, i suoi drink di decompressione, e anche le altre cose più intime e segrete, e quel non dirlo è il modo migliore per farglielo capire. E lui? Lui combatte contro tutto. Non vuole sentirsi in colpa, ma nemmeno sminuire quel gelo di Bianca, la capisce, sente che ha ragione, ma al tempo stesso che sta esagerando: hanno avuto un'intimità totale, e ora quella distanza siderale gli sembra assurdamente fuori posto. È fermamente convinto di sbagliarsi, consapevole di essere in qualche modo dalla parte del torto, inesorabilmente imperdonabile, però intende sbagliare lo stesso. E sente anche altre cose, mentre la guarda, croccante e desiderabile com'è sempre. Sente che se pensa a delle mani addosso non sono le sue, ora, e questa sì, gli sembra una colpa enorme, una vergogna incancellabile. Eppure...

«La tua ragazza...», gli aveva detto Teresa. E lui aveva lasciato cadere l'argomento, era stato zitto, un silenzio colpevole e ottuso.

Così si era fatto gelido anche lui, odiandosi e dandosi del cretino, di più, pensandosi infame. Le aveva spiegato come fare, cosa fare, di aumentare quel bonus per l'elettricista Sergio, di come gestire la cosa con Flora con cui, in ogni caso, avrebbe parlato anche lui. Lei si era fatta attenta e professionale, come dire che si era allontanata ancora di più. Aveva capito tutto.

«E poi quelli cinici saremmo noi, vero, Carlo?».

Lui non ha risposto, ma nemmeno ha abbassato gli occhi.

«Mi fai schifo».

È una frase loro, quella, un loro gergo, un lessico famigliare che hanno inventato e affinato in anni di frequentazione. Significa che Carlo sa maneggiare quella melma televisiva meglio di chiunque altro, e che il suo disgusto per le scemenze nazional-populiste di *Crazy Love*, per le grottesche recite di Flora, per l'ottundimento delle masse via digitale terrestre è puramente teorico. In realtà contribuisce eccome, peggio, risolve problemi. Ma il «Mi fai schifo» di Bianca, che era un ammiccamento divertito, un insulto affettuoso, quasi ammirato, sempre accompagnato da una risata d'intesa, ora non ha tutte quelle sfumature, e Carlo se ne accorge con una disperazione vera. Incassa lo schiaffo.

«Vado a parlare con Flora».

«Ecco, bravo».

Nient'altro.

Non serve a niente mettere sulla bilancia i pro e i contro quando hai già deciso. Carella tenta di farlo lo stesso, e persino con onestà. I pro sono pochissimi: beccare un pesce intermedio invece dei pesciolini, il tonno invece delle sardine, sempre se la manovra riesce. I contro sono una moltitudine: una carriera che va a puttane, le dimissioni, se non addirittura peggio. E però...

Aspetta. Se i suoi calcoli basati sui movimenti della banda sono giusti ora dovrebbe uscire il capo, quello bianco, che si muove solo di giorno. Si chiama Sandro Benedini, trentanove anni, precedenti per rissa, percosse, daspo allo stadio, minacce e altre cazzate da poco, separato, una moglie fuori dal giro e una bambina. Alle undici e mezza lo vede uscire, lo segue a piedi. Quello va in un bar lì vicino, ordina un caffè. Carella sta un po' discosto, sarebbe meglio non farsi vedere, ma a questo punto... Poi l'uomo chiede del bagno e sparisce dietro una porta, sul fondo del locale. Ora o mai più. C'è una stanzetta lurida con un lavabo, e un'altra porta per il cesso.

«È occupato!». Una voce irritata.

Carella osserva la porta, non un granché, non è nemmeno legno, è un compensato leggero, roba che va giù con un soffio, figurarsi con un calcio ben assestato. E ora c'è questo Benedini con i pantaloni calati, seduto sulla tazza lurida, e un tizio cattivo che gli punta una pistola a dieci centimetri dalla fronte.

«Sei capace di cagare e parlare insieme, stronzo?».

Quello ci mette un po' a riprendersi dalla sorpresa. Fa per alzarsi, ma Carella lo rispinge giù con un calcio.

«Sei della polizia?».

«Ma ti sembra?».

Per una volta, Flora ascolta con attenzione. Alexa prende appunti sul suo computer, ma prima fa il punto della situazione.

«I carabinieri non lo cercano, don Vincenzo. È adulto e può andare dove vuole, la firma sul conto corrente ce l'aveva lui, quindi non c'è nessun furto, o appropriazione indebita, o cose così. La sua perpetua pornostar può denunciarlo per truffa, questo sì, ma ci andrebbe di mezzo anche lei, quindi esita... insomma, non muoveranno un dito, o forse aspettano le denunce di quegli altri, i finanziatori».

Ora tocca a Carlo. Dice cosa fare e come farlo, a che punto del programma.

C'è un momento di silenzio totale, un attimo di sospensione in cui Flora chiude gli occhi e unisce le punte delle dita. Poi si riscuote.

«Perfetto, Carlo. Colpo di genio».

Alexa annuisce fino a rischiare di staccarsi la testa dal collo.

Mettono a punto qualche dettaglio, sistemano la scaletta.

«Chiama la Ballesi», dice Flora al suo ripetitore umano.

«La Ballesi sa già», dice Carlo.

«Va bene, allora procediamo».

«Ora ti rimetti il culo nei pantaloni e andiamo di là a parlare, va bene? Se fai una cazzata sei morto. Non solo tu. Hai una moglie, giusto? Ecco, sappiamo dove sta».

Il Benedini non risponde.

Al tavolino del bar, quello più defilato, Carella fa cenno per un caffè e il barista ne porta due. Poi comincia una conversazione che potrebbe sembrare normale, osservata da lontano.

«È roba turca, vero? Quanta ne smazzate voi quattro?».

«Un chilo alla settimana».

«Non male, ce la fate a fare un chilo e mezzo?».

«Credo di sì, ma non subito, ci vuole un po' di... pianificazione». È contento di aver trovato una parola importante. Carella annuisce.

«Non abbiamo fretta, ma dobbiamo essere sicuri. I tuoi tre soci sono affidabili?»

«Sì, è gente fidata, ogni tanto smazzano per conto loro, ma non è un problema».

«Con noi non deve succedere. Li paghiamo meglio, gli copriamo la galera se succede qualcosa, ma la ditta ha il monopolio, intesi?».

«Noi chi?»

«Noi professionisti, voi lavorate coi dilettanti. Poi bisogna trovare un altro posto, se questo l'ho scoperto io lo trovano anche quelli della questura».

«Figurati».

«Fidati».

Ora veniva la parte difficile, bastava un dettaglio, un passo falso, per far saltare tutto. Quel Benedini non era una cima, si vedeva lontano un chilometro, ma nemmeno un cretino totale.

«Come ve la portano?».

«Lo spazzino che svuota i cestini dei rifiuti in strada».

«Non prendermi per il culo, non ci credo che vengono

col camion, dovrebbero essere d'accordo tutti, quanti sono, in tre?».

«Macché, uno solo. Quello dei cestini, ti ho detto, ha un furgone piccolo, toglie i sacchi pieni e mette quelli vuoti, nel nostro c'è la roba, un minuto dopo è a casa, al sicuro».

Ecco perché non avevano visto fattorini e consegne. L'eroina usciva solo, e non entrava mai, un buon trucco, e quella dello spazzino è una copertura intelligente.

«Fate voi le buste o arrivano già fatte?».

«Già fatte, da cinque e da dieci grammi».

«La prossima consegna?».

«Questa sera, dalle otto alle nove, di solito».

«Non è l'orario in cui il Comune svuota i cestini».

«Che cazzo ne so io quando svuotano i cestini?»

Ora Carella fa finta di pensare, interrompe le domande, come se riflettesse su qualche modalità da seguire, su cosa è meglio fare.

Poi dà i suoi ordini. L'altro annuisce, per qualche motivo cambiare padrone non gli dispiace.

«Non dire niente a quegli altri, fino a domani. Ritirate la roba come al solito, con i capi dello spazzino ci parliamo noi, non vogliamo rotture di palle, l'affare si fa più in alto di voi, hai capito? Se va tutto liscio come deve andare vi diamo un bonus, una fiche d'entrata, diciamo, per quanto mi riguarda potreste anche tenervi il chilo che arriva stasera, devo chiedere, ma è l'ultima roba che vendete per conto vostro. Hai capito? Sei d'accordo?».

All'uomo brillano un po' gli occhi, un chilo sono tanti soldi, non è male come premio d'ingaggio. Non pensa nemmeno per un secondo che il tizio che gli chiede se è d'accordo gli ha appena puntato una pistola alla testa e sa dove abita la sua donna.

«Paga i caffè e aspetta cinque minuti prima di tornare a casa», dice Carella.

Quando si è già alzato ha come un ripensamento e si china sul tavolo.

«Se questa conversazione esce da qui o se avverti qualcuno sei morto prima di mezzanotte».

Poi esce dal bar, raggiunge la macchina e parte. Dovrebbe telefonare a Gregori, ma anche no, vaffanculo, prima vuole fare una doccia e dormire un paio d'ore in un letto. Anche tre.

Questa volta dietro al De Nardo si è messo Oscar Falcone, ma appena ha capito quali mezzi prendeva – di nuovo il tram numero 7, di nuovo la M1 fino a San Babila – ha telefonato alla Cirrielli, le ha spiegato al volo. Così quando quello è uscito dal parcheggio di Linate con un'altra auto noleggiata, un'altra compagnia, gli si sono messi dietro con la Smart.

Il De Nardo ha attraversato la città alle due del pomeriggio, quando il traffico dà un po' di tregua, dritto fino alla circonvallazione interna, poi a destra verso Porta Venezia e i bastioni, e poi filato verso i grattacieli. Ha una Peugeot verde, piccola. Ha girato a destra in discesa e ha pazientato al parcheggio della Stazione Garibaldi, che si liberasse un posto. Loro, fermi anche loro, ma è pieno di gente che si saluta prima di partire, e il De Nardo non ci sta attento più di tanto, sono abbastanza sicuri che lui non li abbia visti e se li ha visti merita il Nobel per l'indifferenza. Chiude la macchina e si avvia verso la stazione, la metropolitana verde che c'è sotto.

«Bene», dice Oscar. «Il piano prosegue».

Carlo Monterossi è uscito dal grattacielo azzurro alle quattro del pomeriggio. Ha sistemato i dettagli, parlato ancora con Flora, poi ha rassicurato l'elettricista Sergio, eccitato come un bambino. Non ha più niente da fare lì.

Non è entrato nell'ufficio di Bianca Ballesi, non è passato a salutarla e a dirle quelle frasi scherzose che le rivolge sempre come un arrivederci, non le ha detto «Ti aspetto a casa dopo i numeri del circo di Flora». E così, mentre saliva in macchina e avviava il motore, si sentiva come un ladro che lascia la scena del crimine, lento e guardingo, con qualcosa nello stomaco che non andava né su né giù, un'angoscia pungente che si mischiava a un senso di vuoto.

Non ha nemmeno acceso la musica, come sottofondo si è tenuto solo il fischio impercettibile del climatizzatore e il rumore del traffico, anche se c'è un verso che gli torna in testa, che lo martella, che lo insegue.

I'm going out of my mind, oh, oh,
With a pain that stops and starts
*Like a corkscrew to my heart.**

* Bob Dylan, *You're a big girl now*: «Sto impazzendo, oh, oh, / Con un dolore che va e viene / Come un cavatappi nel cuore».

42
I nodi, il pettine

«Non voglio nemmeno saperlo, come hai fatto, Carella».

«È importante, capo?».

«No, finché uno non va davanti a un gip a dire che gli hai sparato in un piede».

«Boh, capo, sangue non ce n'era».

Se Gregori potesse tirargli una sberla lo farebbe senza nemmeno un secondo di esitazione. Però hanno in mano qualcosa di solido dopo un mese che ci girano intorno, non arriverà a dire a quel pazzo che è stato bravo, ma non può nemmeno insultarlo, se quello gli porta dei risultati così dopo appena quarantotto ore.

Si è attaccato al telefono.

La telefonata di Bianca Ballesi prima della messa in onda non è arrivata. È la prima volta. Si scambiavano due battute, in quel minuto e mezzo, lei concitata e con un diavolo per capello, lui sul suo divano bianco, la televisione accesa e un bicchiere in mano, piccole battute per stemperare la tensione, si prendevano in giro. Oggi niente.

Poi, finalmente, la sigla. Flora De Pisis è comparsa nel suo primo piano illuminato a giorno come il palco dei Rolling Stones e ha preso da sola la scena. Ha un vestito azzurro pieno di strass e volant, niente di sacro, questa volta, niente nero vedovile, è l'immagine stessa della gioia di vivere.

«Grandi novità, amiche mie», ha cominciato, attenta a non svelare troppo, e poi ha introdotto la prima ospite, Anna Taranti, pronta a piangere tutte le sue lacrime sul prete non prete che è scappato, o forse le lacrime saranno per il malloppo, che è sparito anche lui, chi lo sa.

Passano tre minuti e già la signora ha le guance rigate, infatti, ma per una volta Flora non sembra impressionata, non partecipa al lutto e al dolore, anzi ha un sorriso scettico sulla faccia incendiata dai megawatt delle luci di scena.

«Ma possibile che non si fosse accorta di niente, signora?». «Ma davvero aveva creduto a quell'uomo?». «Si fatica a pensare che non sapesse...». La donna non ha avuto la prontezza di riflessi di rispondere che ci era caduta anche Flora, con tutte le scarpe, e milioni di altre persone.

Ha solo fatto la faccia della desolazione. Flora è andata avanti un po', aggiungendo fiele ad ogni domanda.

«E ora dove potrebbe essere il nostro don Vincenzo?». «E quanto c'era sul conto delle donazioni?». «E cosa si sente di dire alle persone che hanno sborsato dei soldi, magari sacrificando altre spese... le mie amiche a casa?». Se le strappasse le viscere dopo averla legata a un tavolaccio sembrerebbe meno crudele. Una settimana fa era la Vergine delle Rocce, oggi sembra Torquemada.

Alle nove meno dieci Otello Bisiani è entrato nel parcheggio sotterraneo del supermercato che sta sotto piazza Gae Aulenti, sotto il grattacielo dell'Unicredit, sotto la piccola Manhattan di Milano, quella venuta su al posto di un vecchio lunapark romantico e decadente, che ha cambiato lo skyline della città come conficcare una picca d'oro nel terreno conquistato dai barbari. Ha preso il bigliettino del parcheggio, la sbarra si è alzata e lui ha guidato piano sul pavimento rosso, fino al punto più lontano.

Il supermercato chiude alle dieci, alle nove ci sono gli ultimi clienti, i pendolari che hanno fatto tardi e comprano qualcosa da mangiare prima di prendere il treno a Porta Garibaldi e qualcuno che ci va a quell'ora sperando di trovare meno coda alle casse. È sceso dalla macchina, una Yaris rossa, ma non l'ha chiusa con il telecomando, anzi, prima di allontanarsi ha controllato che le portiere si aprissero, poi si è avviato verso i tappeti mobili che portano agli ascensori. Ha incrociato gente che scivolava in senso inverso, con le buste gialle della spesa, e un ragazzo nero con un cappello in mano che faceva piccoli cenni di saluto ai passanti. Quasi tutti fanno finta che sia trasparente, invisibile, qualcuno gli lascia l'euro che ha recuperato dal carrello, Otello Bisiani non l'ha nemmeno visto, o forse lo ha attraversato con uno sguardo ombreggiato di disprezzo.

È salito al piano del supermercato, ha costeggiato un bar per caffè veloci e spuntini aziendali ed è entrato. Si è diretto senza fretta al reparto vini, che è diviso per regioni, e ha scelto due bottiglie di vino siciliano, un Inzolia e un Catarratto, senza guardare il prezzo. Alla cassa ha aspettato che una signora riempisse un paio di sporte e quando è venuto il suo turno ha pagato con la carta di credito. Poi ha porto alla cassiera il biglietto del parcheggio per farselo timbrare. Non è un vero timbro, più una strisciata in una macchinetta obliteratrice, tutto pulito, digitale, controllato elettronicamente. L'avete voluta una società evoluta e moderna, no? Cazzi vostri.

Agli ascensori non ha quasi aspettato, la signora prima di lui aveva già premuto il pulsante di chiamata, così è sceso subito, con lei ma senza nemmeno un cenno di saluto, lasciandola indietro, camminando sui tappeti mobili, senza più nascodere la fretta.

Ora che Anna Taranti ha pianto come una fontana, Flora scuote la testa, la abbandona come un calzino spaiato che spunta dalla lavatrice. Nessun gesto di pietà, nessuna compassione. E invece si rivolge alla camera uno e chiede un primo piano.

«Ma cosa fa lo Stato di fronte a queste ingiustizie... forse ora possiamo dirlo... di fronte a queste truffe? Come possiamo difenderci?». Non sono vere domande, solo il modo per introdurre il nuovo ospite, che infatti entra e si accomoda nella sua poltroncina, presentato con un sorriso affettuoso e complice: il tenente colonnello Germano Franzelli, capo dell'Ufficio Comunicazione e Pubbliche Relazioni dell'Arma dei Carabinieri. Flora dice tutto in maiuscolo.

Uomo fascinoso, schiena dritta, uniforme impeccabile, medaglie sul petto, brizzolato il giusto, anche lui con un sorriso perfetto, il cappello con la fiamma appoggiato con noncuranza studiatissima sulle ginocchia. Insomma, pensa Carlo, avevano il prete bello e ora hanno il caramba bellissimo, le stesse telespettatrici che erano andate in estasi per il predicatore ora saranno accaldate e frementi per il rappresentante della legge. L'ordine, gli addendi, eccetera eccetera.

Ma speranze di giustizia, il tenente colonnello da esposizione ne porta poche. Anche se la signora Taranti ha presentato denuncia di scomparsa, la legge non può fare nulla, il «sedicente don Vincenzo» è maggiorenne, la sua non è una scomparsa vera, se n'è andato e basta, la cosa non è punibile. Flora lo incalza con il tono di una che vorrebbe sposarlo. «Ma la truffa?... i soldi?...». L'uomo allarga le braccia: «Non mancano certo elementi suscettibili d'indagine, aspettiamo le denunce... per certificare la truffa, però, dovremmo esaminare il crocefisso...». È come se lasciasse aperto uno spiraglio. Un millimetro, anche meno, ma in sostanza sta dicendo che se invece fosse un vero miracolo... Non è competenza dell'Arma, ecco. La Taranti si rianima per un secondo.

«In ogni caso», conclude il tenente colonnello, «aspettiamo gli sviluppi ed eventuali denunce. Se bisogna trovarlo, lo troveremo». Fiducia nelle forze dell'ordine, tranquillizzare il cittadino, senso delle istituzioni, sguardo rassicurante, siete in buone mani, siamo qui per questo, e altre cose dette solo con gli occhi da modello di Dolce & Gabbana.

Carlo si fa una risata.

Carella è seduto nella sua macchina, che ancora puzza di due giorni di appostamenti. Dietro di lui ci sono altre due auto senza insegne, una con Gregori e un collega, poi un'altra, sull'altro lato della strada, con Sannucci e due agenti. Ghezzi non c'è, Gregori l'ha invitato alla cerimonia, ma lui si è sganciato.

«È una cosa di Carella, capo».

Altre due macchine, azzurre e bianche, queste, con gente in divisa, stanno alla fine della strada. È un senso unico, chiunque se ne vada da lì deve passargli davanti, anche i furgoncini dell'azienda dei rifiuti.

Alle nove e dieci lo vedono, il furgone, poco più di un'Ape, si ferma a dieci metri dal portone. Scende un uomo in divisa, una tuta da lavoro e un giubbetto arancione. Toglie il sacco pieno di rifiuti, lo chiude con un nodo e lo getta nel cassone del furgoncino. Poi prende un sacco nuovo e lo piazza nel cestino, sale al posto di guida e smarmitta via.

Gregori prende il telefono e avverte: «Arriva».

Arrivato alla Yaris, Otello Bisiani si è chinato sul retro e ha aperto il bagagliaio, ha appoggiato la sua busta con le bottiglie e frugato in un borsone nero da palestra. Prima ha preso in mano delle mazzette di carta, scorrendole come si fa quando si squaderna un libro. Ne ha pescate due in alto e una in fondo al borsone, a campione. Poi ha tirato fuori qualcosa dalla tasca, un aggeggio elettronico, grande meno di un telefono, e l'ha passato sopra la borsa, intorno, vicino alle tasche, come se fosse una calamita che può attirare il ferro, e invece è un aggeggio che rivela la presenza di gps e altre diavolerie elettroniche. Nessuno lo guarda, nessuno fa caso a lui, ma se qualcuno lo osservasse potrebbe vedere una faccia soddisfatta e concentrata. Prende il telefono, ora, e schiaccia un tasto di chiamata rapida. Dice due cose veloci e riattacca. Sale in macchina e mette in moto. Fa pochi metri con le gomme che ululano sulla superficie liscia del parcheggio e arriva alla sbarra. Sporge un braccio dal finestrino e inserisce il biglietto, ma la sbarra non si alza. Prova di nuovo. Niente. Poi ancora. Ora sembra più agitato.

«Eh, delle volte succede, si smagnetizza».

È la voce della signora di prima, quella con cui ha preso l'ascensore, una vecchia alta e magra.

«Io devo uscire, ho fretta! Non c'è un addetto, qui?».

«No, è tutto automatico, ma basta che torna su a farselo vidimare di nuovo. Gliel'ho detto, ogni tanto succede».

Otello Bisiani ha bestemmiato forte, ha picchiato con una mano grossa come un badile sul volante, poi ha inserito di nuovo il biglietto. Di nuovo niente. Allora con gesti nervosi ha fatto marcia indietro e ha messo la Yaris in un posto libero vicino all'uscita, l'ha chiusa, questa volta, è tornato verso i tappeti mobili quasi di corsa, con il biglietto del parcheggio in mano.

Oscar e la Cirrielli sono tesi come cani che hanno visto una lepre. Da più di un'ora sono tornati nel parcheggio della stazione di Porta Garibaldi, ma per conquistarsi quel posto con vista sulla Peugeot verde hanno dovuto pazientare, aspettare, appostarsi come avvoltoi in attesa che qualcuno se ne andasse. Il De Nardo se ne sta in piedi accanto all'uscita del parcheggio, apparentemente svagato ma attento, come uno che spera di scorgere un amico che arriva col treno, guardando spesso gli orologi sui grandi schermi all'esterno della stazione, ma anche il suo. Ha in mano una busta gialla, di quelle da ufficio postale. Poi si è avviato verso la Peugeot, l'ha aperta con il telecomando, ha messo la busta sul sedile del passeggero ed è tornato dove stava prima, senza richiudere, sempre vigile, senza più togliere gli occhi dalla macchina.

È allora che l'hanno visto. L'ingegner Benaldi è sceso da una macchina nera guidata da un autista che è rimasto al suo posto, col motore acceso. È al telefono, ma riattacca subito, entra a piedi nel parcheggio e si guarda in giro, poi vede la Peugeot verde e si muove in quella direzione.

Flora De Pisis ha congedato il bel tenente colonnello, con un po' di rimpianto. Lo ha salutato con calore e quello si è chinato come un cicisbeo del Settecento a sfiorarle la mano con le labbra. In studio c'è tensione, si capisce che deve accadere qualcosa, ma ancora non si capisce cosa. Poi le luci si abbassano, si fa quasi buio. Un ragazzo porta al centro della scena un carrello, e sopra il carrello c'è un tronco di legno, un cilindro quasi perfetto, un ciocco come quelli che si mettono nel camino, ma liscio e levigato, con una coroncina di metallo giallo tutt'intorno, nella parte alta.

«Guardate, amiche», ha detto Flora.

Nient'altro, solo quelle due parole, e poi ha fatto un gesto con la mano, dove stringe qualcosa che non si capisce. Non succede nulla, sempre tutto buio, e poi, piano piano, la coroncina intorno al legno ha cominciato a pulsare impercettibilmente, poi di più, e di più ancora, fino a illuminarsi di una luce indiretta, morbida, divina. L'inquadratura è passata dal cilindro incoronato di luce alla faccia di Flora, raggiante, poi è tornata sul legno e sulla sua corona d'oro, che lentamente affievoliva la sua luminosità, si spegneva con la stessa estenuante lentezza con cui si era accesa.

In studio sono tornate le luci, ma non è partito l'applauso. Tutti aspettano una spiegazione, ma Flora non dice niente per qualche istante. Poi, chiedendo un campo largo alla camera due, comincia a parlare:

«Voglio presentarvi un nuovo ospite... Sergio, vieni, Sergio, accomodati».

L'elettricista Sergio entra, compresso dall'imbarazzo e dalla tensione. Ha pantaloni scuri e una camicia bianca, Carlo si immagina le discussioni prima della puntata: deve essere elegante, sì, ma è pur sempre un operaio, non vestiamolo troppo bene.

«Tu lavori qui, vero, Sergio?».

«Sì».

«E cosa fai, esattamente, nel nostro programma?».

«L'elettricis... curo le luci e i gruppi elettrogeni d'emergenza».

«E questo... miracolo», indica il cilindro di legno, «l'hai fatto tu?»

«Sì». Monosillabi. Nonostante sia un tecnico del circo, Sergio non ha ancora capito come funziona veramente, a Carlo sta simpatico anche per questo. Non ha un cognome, si chiama solo Sergio, ma forse questo l'ha notato solo lui, vai a capire dove si annida il classismo.

«Ci racconti come hai fatto?».

Le due macchine bianche e azzurre si sono messe di traverso sulla strada e hanno fermato il furgoncino dell'Amsa, Azienda Milanese Servizi Ambientali, lo spazzino, insomma. Gli autisti sono rimasti in macchina, altri due agenti sono scesi con le pistole puntate. Nessuna resistenza, un minuto dopo l'uomo con la tuta e il giubbotto arancione è in manette, le macchine ripartono con il prigioniero.

La scena non si vede, da dove stanno le altre auto, perché la via fa una curva. Ma mentre succede tutto questo, un nero, giovane, esce dal portone nella via deserta, si avvia verso il cestino dei rifiuti e ci tuffa un braccio, a colpo sicuro, prende un pacco e si riavvia verso il portone. Non si accorge di avere Carella alle spalle, un tipo con la faccia cattiva e una pistola in mano.

«Entriamo insieme, ti va?». Il ragazzo vede l'arma e non dice niente, pare paralizzato.

Un minuto dopo entrano insieme, con Carella che non abbassa la pistola, e poi tutti gli altri, Gregori per primo, anche lui armato.

«Tenete le mani in vista e non fate cazzate».

Ora ci sono quattro persone sedute a terra, due neri, un sudamericano e un bianco, con le manette ai polsi, e tre agenti in borghese che li tengono sotto tiro. Il bianco scambia una lunga occhiata con Carella, ma non parla.

Dieci minuti e li portano via. Carella e Sannucci stanno lì a perquisire, a cercare se ci sono tracce dei fornitori, magari qualcosa dirà lo spazzino, chissà.

Gregori va via con le altre macchine e i fermati, ma prima di uscire si avvicina al suo sovrintendente:

«Caffè pagato, Carella, ma non ti allargare, eh!».

Otello Bisiani ha abbandonato ogni prudenza, forse anche quel minimo di decoro che aveva mantenuto finora. Di sopra, al banco delle informazioni, ha quasi sgomitato, senza quasi, anzi, ha scostato una signora che chiedeva informazioni sulla raccolta punti e ha chiesto alla commessa dietro il banco di timbrare il biglietto.

«Eh, si smagnetizzano, ogni tanto succed...».

Ma il signore grosso era già lontano, usciva di corsa dal supermercato, verso gli ascensori, poi ancora con passo veloce sui tappeti mobili e poi di nuovo di corsa verso la Yaris. Forse vede che qualcosa non va, ma è un'informazione che non arriva subito al cervello. Sale in macchina e scende subito, come morso da un crotalo. Il finestrino del passeggero è sfondato, ci sono vetri sul sedile e per terra, il bagagliaio è chiuso, ma solo appoggiato, non con la chiusura meccanica. Solleva il portellone. Dentro c'è un sacchetto giallo con due bottiglie di vino.

Nient'altro.

«Posso?». Timidamente, l'elettricista Sergio si è alzato dalla poltroncina bianca e si è avvicinato al carrello con la sua creatura di legno. Un cameraman con una telecamera a spalla l'ha seguito.

Un onesto dito operaio ha indicato un punto del legno.

«Qui ho fatto un'incisione... una nicchia nel legno, nemmeno mezzo centimetro...». Ora che l'ha detto, e che la camera fa un primo piano strettissimo, si vede che c'è un piccolo segno, dove la nicchia è stata coperta con altro legno, poi mastice, poi vernice, un rammendo perfetto.

«Dentro, ci ho messo una batteria da orologio, la più piccola che ho trovato, e un microchip... è grande meno dell'unghia di un mignolo».

La camera uno inquadra Flora, ora. Anche se sa già tutto, se hanno fatto le prove, ha una faccia che esprime stupore e gratitudine per la scienza, la tecnica, le conquiste dell'uomo dalla scoperta del fuoco in poi. Intanto mostra l'oggetto misterioso che teneva in mano, un rettangolino nero, un telecomando grande come un accendino piccolo, di quelli usa e getta.

Sergio continua, come gli hanno spiegato di fare:

«Ho collegato il chip al telecomando, e la batteria a due fili elettrici. Li ho fatti passare attorno al legno e sopra ci ho messo questa coroncina di ottone...».

«L'oro non potevamo permettercelo», ride Flora. È estasiata.

Sergio continua come se non l'avesse sentita, è teso come Marlon Brando alla prima de *Il Padrino*.

«Attivando il telecomando, le resistenze si scaldano e l'ottone prende un po' di luce...». Si è dimenticato una cosa, ma rimedia subito. «Ah, tra il tronco e i fili elettrici ho messo un po' di alluminio per alimenti, sennò il legno si brucia. Avevo provato senza, ma si alzava un filo di fumo, dopo un minuto, così invece l'ottone può illuminarsi per due o tre minuti».

«Grazie, Sergio... bravissimo!», dice Flora. E poi: «Che non ti venga in mente di chiedere soldi per questo miracolo, eh!». Fa una risata divertita, falsa come un diadema trovato nelle patatine.

Ora l'elettricista sorride, la tensione se n'è quasi andata, ha la faccia imperlata di sudore. Flora si rivolge ad Anna Taranti, Santina Gloryhole, la perpetua del non prete scappato.

«Lei lo sapeva, Anna, che c'era un trucco come questo, nel vostro crocefisso miracoloso?».

«No!», dice quella. Lo urla, lo grida. Sembra uno accusato di un delitto orrendo che non ha commesso, l'innocente messo in mezzo, che rimane impigliato, incastrato. Il sorriso di Flora è una lama infuocata, il sadismo fiammeggiante della vendetta. Che può inventarsi, la povera Anna, già Santina? Giurare e spergiurare? Proclamare la sua innocenza nel tintinnare di catene e catenine sante che porta appese al collo, ai polsi?

Macché. Sviene.

Flora non fa una piega, non cambia espressione, una faccia che dice: pietà l'è morta. Scavalca la sagoma inerte della donna, verso cui sono corsi due assistenti di palco, e si rivolge alla camera uno: «Vedete, amiche...».

Carlo Monterossi, sul suo divano bianco, alza verso lo schermo il suo bicchiere di whisky. Ha scelto un giapponese di lusso, un nettare che rimetterebbe in vita i morti, forse a Santina Gloryhole ne servirebbe una damigiana. Sente la voce di Bianca: «Mi fai schifo, Carlo».

Senza risata.

Otello Bisiani ha una piccola crisi di panico. Scatta verso il sedile di guida, ma non sale sulla Yaris. Torna dietro e cerca ancora nel bagagliaio, poi gira intorno alla macchina, calpesta i piccoli cristalli di vetro, si guarda intorno. Poi ha come un lampo. Prende il telefono e schiaccia un tasto.

L'ingegner Benaldi attraversa il parcheggio della stazione di Porta Garibaldi con passo deciso, ma senza fretta apparente. Oscar Falcone e la sua socia tengono d'occhio sia lui che il De Nardo, appostato poco lontano.

Lo vedono prendere il telefono dalla tasca, rispondere, poi scattare anche lui verso la Peugeot. È allora che scendono di corsa dalla Smart, corrono per tagliargli la strada e lo intercettano.

«Ciao, Stefano, dove corri?». La Cirrielli.

Quello si blocca, cerca di divincolarsi, ma non stacca gli occhi dall'ingegnere, che ormai è accanto alla Peugeot, Oscar gli si mette di fronte, gli impedisce di muoversi.

L'ingegner Benaldi apre lo sportello del passeggero, prende una busta, chiude e si avvia verso la macchina nera con il motore acceso che lo aspetta. Il De Nardo riesce a liberarsi con un passo di lato, la macchina nera parte, e allora si arresta, immobile, le braccia lungo i fianchi, una resa.

«Beh, ciao, Stefano, noi dobbiamo andare, passa una buona serata».

La Cirrielli è risalita nella sua scatola da scarpe con le ruote, Oscar è andato alla cassa del parcheggio, ha inserito il biglietto, avvicinato il telefono al simbolino del pagamento cordless e ritirato il biglietto. Sei euro e quaranta per poco più di un'ora di sosta, è una città per milionari, sapete? La Cirrielli è già davanti alla sbarra, che si apre, docile. Poi via, nella notte di Milano che non è ancora notte, che non è mai notte veramente, se ci pensate.

Carella è appena uscito dalla doccia. Si è lavato via quelle settimane di merda, i poveracci, l'alito schifoso delle vite in bilico, gli spacciatori di via Valsassina, i complimenti burberi di Gregori, le ore di attesa in macchina. Si asciuga all'aria, accanto alla finestra aperta, con un bicchiere sul tavolo davanti a lui, vuole stordirsi, ma suona il telefono.

«Dimmi, Ghezzi».

«Allora, Carella, mi dicono che insieme alle sardine hai preso anche un bel tonno, stavolta».

«Un tonnetto del cazzo, Ghezzi. Non ci dirà dove sono gli squali».

«Non sei mai contento, però! A te non lo confesserà mai nemmeno sotto tortura, ma Gregori va in giro dicendo che sei un fenomeno. Un po' stronzo, ma un fenomeno».

Carella ha fatto una smorfia che l'altro non ha potuto vedere, eppure in qualche modo l'ha vista.

«Piantala, Carella, spassatela, per una sera, festeggia, anzi no, non festeggiare, va', che il tuo modo di far festa può essere andare a spaccare le rotule a qualcuno».

«Quelli che se lo meriterebbero non mancano certo».

Ghezzi ha riso, probabilmente ha scosso la testa, ma non ha detto niente.

Hanno riagganciato senza nemmeno salutarsi, pescatori delle paludi, le reti piene, ma di pesci piccoli.

Carlo Monterossi ha spento la tivù e ha messo un disco. Cercava qualcosa che contenesse il suo umore, ma non l'ha trovato, perché non è riuscito a capirlo, il suo umore di questo momento. C'è qualcosa che conosce bene, lo schifo di se stesso, l'autocommiserazione falsa che prova ad ogni trionfo di Flora, ma questo è un sentimento che ha imparato a maneggiare. C'è anche un senso di attesa, una sospensione da cui non sa cosa aspettarsi. Di solito a questo punto arriva la telefonata di Bianca Ballesi, la sua voce da cui sono sparite l'urgenza, la tensione, la rabbia. È l'ora in cui scherzano su Flora, e lui comincia a preparare i drink per il suo arrivo, per quel piccolo tornado di scarpe scalciate via e di borsette che volano, a volte anche i vestiti... Ma ancora di più. C'è una specie di ansia per quello che forse è successo, forse no. Era la sera dello scambio, probabile che chiami anche Oscar Falcone, uno di quei suoi messaggi telegrafici.

Si mischia tutto, insomma. Gli serve qualcosa di forte, non solo il whisky giapponese, mette sul piatto un vecchio disco dei Clash, quello dove la rivolta dei ghetti si sposava col reggae, alza il volume oltre la decenza delle undici e mezza di sera, vorrebbe stordirsi. Così quasi non sente il telefono, anzi non lo sente, vede solo il display illuminarsi e un nome che lampeggia.

Teresa.

«Vieni qui, Carlo, c'è una festicciola». Ride, forse grida un po', sembra eccitata.

43
Festa

Ecco Carlo Monterossi che posteggia in via Illirico. È mezzanotte passata da pochi minuti, e per tutto il tragitto ha pensato che forse era quella l'attesa che lo consumava, la telefonata che aspettava senza aspettarla, la causa dell'umore che non sapeva interpretare. Sa anche che non è vero, che le cose sono più complicate, che ci sono pieghe dolorose e sfumature più scure, angoli dove è meglio non guardare, ma nonostante questo ha preso un paio di bottiglie dalla cantinetta refrigerata della sua cucina hi-tech e ha attraversato la città.

La festa non è davvero una festa, sono solo in tre, Teresa, la signora Angela e un ragazzo nero alto due metri, il famoso Nasir che sa trovare le password e chissà quante altre cose ancora.

Non c'è niente da bere, tra l'altro, se ne sono dimenticati, per cui fanno festa alle due bottiglie che Carlo mette sul tavolo della cucina.

Già, il tavolo.

Piuttosto ingombro. Ci sono alcuni prodotti balzati fuori dalle buste gialle di un supermercato, detersivi, biscotti, scatole di tonno, pacchi di pasta.

E una torre di Babele alta quasi un metro.

«Li abbiamo contati tre volte», dice Teresa. «Seicentomila euro».

La signora Angela batte le mani, Nasir avvolge tutta la stanza, tutto il mondo, l'universo, con un sorriso di un bianco accecante. Quanti denti ha il ragazzo? Non starà esagerando?

Carlo apre una delle bottiglie, la signora Angela corre coi bicchieri scompagnati, bicchieri per l'acqua del rubinetto, al massimo per la minerale, lo champagne potrebbe rifiutarsi di entrarci, sdegnato, e invece ci gorgoglia dentro che sembra una cascata delle Alpi, è felice anche lui.

Dovrebbero starsene seduti attorno al tavolo, ma nessuno ci riesce. Teresa continua ad alzarsi, poi cammina su e giù, poi si risiede, poi si alza di nuovo, un'agitazione che non sa controllare. Nasir improvvisa un piccolo balletto, un vibrare techno-tribal di periferia, una danza di pura gioia. La signora Angela li guarda e ride, si batte le mani sulle cosce e ride ancora. Carlo vorrebbe farsi contagiare, impossibile non farlo, però c'è una parte di lui che rallenta, che smorza l'entusiasmo. In un piccolo istante di lucidità sente che lì dentro, in quella cucina stretta che fa anche da salotto, da laboratorio di rammendo, da tana di periferia, lui è un corpo estraneo, non c'entra niente. E anche la festa non è per lui. È una festa di vittoria e di liberazione, e lui, che ha già vinto, che è già libero, si sente un usurpatore: sta occupando uno spazio di felicità che non gli spetta, sta gioendo di una gioia a cui non ha nessun diritto e di cui non ha nessun merito.

Così si siede e li guarda. Ecco, sì, questo può farlo, può godere del loro piacere, può esultare insieme a loro come fanno i tifosi, ma non ha giocato lui, non ha vinto la partita, il trionfo è tutto loro, degli sfigati, della banda senza capo né coda di tre proletari impazziti che si sono infilati in un gioco più grande di loro.

Ora Teresa si placa, finalmente, con il fiatone, gli occhi le brillano, e non è lo champagne, non ancora. Il marrone delle iridi è chiarissimo, forse nessuno l'ha mai vista così felice in quarantadue anni di vita, di lavori saltuari, di matrimoni andati in malora, di cestini da svuotare e stracci da passare sui pavimenti, di centesimi contati uno sull'altro.

Gli prende una mano, gli si avvicina. Carlo pensa di ricevere un bacio, invece lei gli incolla la bocca a un orecchio: «Non mi sveglierò più alle cinque di mattina, Carlo. Mai più». Lui la abbraccia forte e allora sì, la stringe e la bacia, un bacio lungo, con gli altri due che ridono e battono le mani.

«Come avete fatto?».

I tre si guardano, sempre con quelle facce che passano dall'euforia all'incredulità.

«È lui il genio», dice Teresa indicando Nasir.

Il ragazzo ride: «No, no, è la signora Angela che ha avuto l'illuminazione».

Poi hanno fatto la loro relazione, interrompendosi e sovrapponendo le voci, complicando il racconto, precisando, ricominciando da capo.

La signora Angela doveva tener d'occhio il Bisiani, aspettava in un angolo del parcheggio dalle otto e mezza. L'ha visto salire con l'ascensore, poi è arrivato un signore in giacca e cravatta che apriva il bagagliaio della Yaris, ci metteva una borsa e se ne andava a piedi. Lei è salita nel supermercato, sempre senza perdere di vista il ciccione, ha messo in fretta e furia qualcosa in un cestello e l'ha preceduto alla cassa, è stato facile, a quell'ora le casse aperte sono solo un paio. Poi ha chiamato l'ascensore ed è scesa con lui, che l'ha superata con passo veloce.

Carlo guarda i prodotti sul tavolo, una spesa di corsa, senza nemmeno vedere cosa prendeva dagli scaffali, ma l'abitudine è un animale molto affidabile, e niente come una signora Angela, come tutte le signore Angele di questo mondo, è invisibile in un supermercato. A Carlo pare di vederla, mentre imbusta i suoi quattro acquisti, paga cercando i soldi nel borsellino, ringrazia la cassiera, con dietro il Bisiani che freme.

«Non si è nemmeno accorto che riempivo solo due buste, ma alla cassiera ne ho chieste sei, come se fosse una spesa per la famiglia».

Ora Teresa.

«Quando è tornato giù ha guardato nel bagagliaio, ha controllato qualcosa, non sappiamo bene, perché stavamo un po' distanti, ma Nasir stava già lavorando sulla sbarra del parcheggio».

Dovrebbe parlare lui, ora, ma è la signora Angela che si inserisce.

«Lei è giovane, Carlo...».

Lui ride: «È una cosa che non mi dice nessuno da un sacco di anni».

«Oh, mi creda, è giovane per queste cose... quando ero ragazza io, parlo dei Settanta, c'era più... come posso dire... autodifesa dal carovita, capisce?».

Non capisce, ma tanto quella non la ferma più nessuno, è lanciata come un treno.

«Quando si timbrava il biglietto del tram, se ne metteva uno, piegato in due all'estremità, poi si obliterava. Il tuo biglietto usciva senza timbro e l'altro, un biglietto vecchio, già usato, restava incastrato nella macchina. Chiunque timbrasse sentiva il clic del timbro, ma quando tirava fuori il biglietto... niente timbro, biglietto come nuovo, corsa gratis. Se saliva il controllore, tutti a fare la faccia dispiaciuta... porca miseria, la macchinetta non funziona, ce l'abbiamo tutti il biglietto, controllore, ma la macchina non timbra...».

Lezioni di sopravvivenza proletaria.

Ora Nasir.

«Ho fatto lo stesso con la fessura della sbarra del parcheggio».

Ora Angela.

«Quando quello ha cominciato a bestemmiare e a fare il diavolo a quattro, io sono passata di lì con le mie sporte della spesa e gli ho detto di non arrabbiarsi, queste tesserine si smagnetizzano, ogni tanto, capita, non è mica il caso di farsi venire il nervoso... vada su e gliela ritimbrano, che problema c'è?».

Ora Teresa.

«Appena è sparito nell'ascensore, io ho tirato fuori

il biglietto vecchio dalla macchinetta... con questa», mostra una pinzetta minuscola, forse di quelle per le sopracciglia. «Intanto Nasir ha spaccato il vetro e aperto il bagagliaio».

«È pieno di telecamere, là sotto», dice Carlo.

«Sì, è vero», dice Nasir, «ma ci siamo stati attenti, gli abbiamo dato sempre le spalle... cioè, speriamo». Il sorriso resiste, luccica come una vena d'oro in fondo a una miniera. Ci vuol altro che un dubbio, per farlo scendere dalla giostra.

«E come siete usciti con un borsone senza farvi vedere?».

«Niente borsone. Mentre il ciccione bestemmiava, si metteva le mani nei capelli e girava intorno alla Yaris, noi eravamo dall'altra parte del parcheggio, in fondo, accucciati dentro una macchina, abbiamo messo i soldi nei sacchetti gialli. Ha fatto anche una telefonata, chissà a chi».

Ancora Teresa.

«Abbiamo messo le cose comprate da Angela sopra i soldi, nei sacchetti, siamo andati all'ascensore e poi da lì, fuori».

Chiude Angela.

«Con la nostra bella spesa».

Carlo ha aperto la seconda bottiglia, facendo il botto con il tappo questa volta, non si fa, ma quando ci vuole ci vuole. Ha girato la testa per guardare se gli occhi di Teresa erano ancora lì. C'erano, il marrone più chiaro che mai.

«Non ti ho chiamato solo per la festa», ha detto Teresa.

Ha sgomberato il tavolo dalla spesa e ha diviso le mazzette di banconote, ognuna cento biglietti da cinquanta, centoventi piccoli parallelepipedi di futuro. Ne ha contati venti, li ha ammucchiati come i bambini che fanno le costruzioni, poi li ha spinti sul tavolo verso di lui.

«Questi sono tuoi».

Carlo ha gli occhi sbarrati, non sa cosa dire, infatti non dice niente.

«Abbiamo deciso le parti», ha detto la signora Angela. «Centomila per me, per Nasir e per lei, a Teresa quello che resta, trecento, perché dopotutto è lei che ci ha portato questa fortuna».

«Inciampando per le scale», dice Teresa.

C'è un attimo di silenzio, forse stanno considerando l'enormità della cosa, ma il primo che la considera dal verso giusto è proprio lui, Carlo Monterossi. Lo trova incredibile, assurdo, folle. Gente che non ha mai avuto una lira, gente abituata a tirare l'anima coi denti, a guardare il calendario con la paura che finissero prima i soldi dei giorni del mese, gli stava regalando centomila euro. Cos'era, uno scherzo? Non c'è un limite anche alle favole?

Ha scosso la testa con un sorriso divertito, forse la prima cosa davvero sincera che ha fatto in tutta questa storia.

«Ma no, no, nemmeno per sogno».

«Perché? È lei che ci ha dato l'ora, il posto, che ci ha detto cosa sarebbe successo nel parcheggio».

«E pensate che lo abbia fatto per i soldi?».

«Nemmeno io l'ho fatto per i soldi», dice la signora Angela. «Però poi se arrivano... perché no?».

«Perché no», ha detto Carlo, e lo ha detto con un tono che non ammetteva repliche, un no che era un no, no, no, e poi ancora no. Fine della discussione.

Teresa lo ha guardato con un rimprovero negli occhi, e allora lui ha sentito che doveva dire qualcosa.

«So che Teresa si sta lanciando negli affari... facciamo così. Le cedo la mia quota, senza interessi, credo che si chiami prestito infruttifero, non me ne intendo... quando io sarò vecchio e malandato e lei sarà milionaria me li potrà rendere, con comodo, non c'è fretta».

Non sanno se prenderlo sul serio o...

«Però firmiamo qualcosa, non so...», dice Teresa.

Carlo la prende per una mano e se la tira vicino, le dà un bacio.

«Ecco, firmato».

Il telefono di Carlo ha suonato alle nove e dieci del mattino. Teresa dorme ancora, sdraiata sulla pancia, con il lenzuolo che le copre una parte del sedere, solo una parte. La prima notte da milionaria.

Carlo ha guardato il display: Oscar. Ha risposto sussurrando.

«Dimmi Oscar».

«Grandi novità, lo scambio è andato bene, ma il coglione si è fatto fregare seicentomila euro nel parcheggio del supermercato. Ne sai qualcosa, Carlo?»

«Io? Ma ti pare? Ma com'è successo?».
«Non li so, i dettagli, ha mollato la macchina per cinque minuti e gli hanno rotto un vetro».
«C'è troppa delinquenza, in questa città».
«Là sotto è pieno di telecamere, ma tanto non credo che farà denuncia, non è facile andare al commissariato a spiegare che avevi seicentomila in contanti nel baule».
«E ora?».
«Ora io e la Cirrielli andiamo a prendere il nostro assegno alla IGO, dal nostro amico ingegnere, un po' perché la missione è compiuta, qui soldi, qui cammello. E poi per vedere che faccia fa quando gli diciamo che il suo ricattatore si è perso il riscatto al supermercato».
«Io dico che di quel riscatto lui si aspettava una fettina, in quel caso lo sa già».
«Irrilevante».
«Come sai che gli hanno fregato i soldi?».
«Mi ha contattato lui, sul sito di scacchi, prima di mezzanotte».
«E tu?».
«Io gli ho detto che erano cazzi suoi, che doveva stare più attento... gli ho anche chiesto se preferiva che lo chiamassi King721 o Otello Bisiani, beh, non ha risposto, ma era per fargli capire che non siamo proprio coglioni come lui».
«La Cirrielli che dice?».
«Rompe le palle, vuole andare in vacanza».
«Ha ragione».

«Quindi non ci vieni alla IGO a incassare il saldo?».
«No».

Teresa si è svegliata, ha sollevato le palpebre piano. Carlo ha dato un'occhiata e ha visto che il marrone è tornato normale, ma gli occhi ridono lo stesso. Ha recuperato qualche indumento ed è andato in bagno, si è fatto una doccia, è tornato in camera infilandosi la camicia della sera prima. Lei lo aspettava in piedi, vicino alla finestra, ma non si era vestita, non ancora. Allora lui l'ha stretta, un abbraccio forte, fortissimo, come se volesse stritolarla. Ha sentito i suoi seni premere sul petto, due cerbiatti giovani, curiosi, che si affacciavano tra gli alberi del bosco.

«Grazie, Teresa».

Ha riso.

«Tu dici grazie a me?». Poi ha fatto una faccia allarmata, come di una che non capisce cosa sta succedendo.

«Non te ne vai, vero?».

«Non lo so, Teresa».

È uscito nel sole di viale Argonne e ha cercato un bar. Ha preso un caffè in piedi, insieme a gente che passava di lì, o che faceva una pausa dal lavoro, signore che tornavano con le borse della spesa, senza mazzette di soldi dentro, anche se sicuramente se le meritavano anche loro. Poi è tornato alla macchina, ha levato la multa dal parabrezza e l'ha gettata sul sedile accanto.

Milano gli si è aperta davanti, luminosa e frenetica, ma lui quasi non l'ha visto, questo, sta solo attento agli angoli, agli spigoli del traffico, alle precedenze. Pensa che in tutto l'universo infinito, tra le galassie, le supernove, le nebulose che si espandono a milioni di anni luce da lì, si sono spostati solo tre granelli di sabbia, nessuno se ne accorgerà, nessuno tranne i tre granelli che ieri sera ha visto ridere e ballare, storditi da una felicità imprevista. Ci vuol altro per rimettere le cose a posto, per fare giustizia, certo, ma se ci pensa, sente ancora un sobbalzo di gioia, un calore nel cuore, come se due fili elettrici comandati da un microchip lo scaldassero tutto intorno, come se qualcosa di pulito, lucido, immacolato, si mischiasse alla sua vita, che non è né pulita, né lucida, né immacolata.

E scendendo la rampa dei box, rifugiandosi nel buio sotterraneo sotto il suo palazzo, ha pensato che stava rientrando nella sua vita, al sicuro, al caldo, protetto e tranquillo, mentre là fuori c'è gente che pena, che striscia, che si taglia dei pezzi per sopravvivere, che si guarda alle spalle, che può finire in ginocchio in ogni momento e non rialzarsi più.

È già tanto che non vengano a impiccarci tutti, ha pensato.

Così ha spento il motore ed è rimasto lì, al volante, al semibuio di quelle catacombe per grosse cilindrate, come se raggiungere l'ascensore fosse una fatica non alla sua portata.

Il telefono ha pigolato, un messaggio. Ha guardato il display, non era Bianca Ballesi, ma il numero della redazione di *Crazy Love*. Gli ascolti di ieri sera, sicuro, un altro record del Mago della Merda. Non li ha nemmeno guardati, non ha aperto il messaggio, non ha risposto alla telefonata di Flora, non ha fatto niente, non ha nemmeno cercato una canzone che gli spiegasse qualcosa.

Si è sentito solo, con un dolore che va su e giù come un cavatappi nel cuore.

Indice

Pesci piccoli

Questo volume è stato stampato
su carta Arena Ivory Smooth
delle Cartiere Fedrigoni
nel mese di gennaio 2024
presso la Leva srl - Milano
e confezionato
presso IGF s.p.a. - Aldeno (TN)

La memoria

Ultimi volumi pubblicati

1101 Andrea Camilleri. Il metodo Catalanotti
1102 Giampaolo Simi. Come una famiglia
1103 P. T. Barnum. Battaglie e trionfi. Quarant'anni di ricordi
1104 Colin Dexter. La morte mi è vicina
1105 Marco Malvaldi. A bocce ferme
1106 Enrico Deaglio. La zia Irene e l'anarchico Tresca
1107 Len Deighton. SS-GB. I nazisti occupano Londra
1108 Maksim Gor'kij. Lenin, un uomo
1109 Ben Pastor. La notte delle stelle cadenti
1110 Antonio Manzini. Fate il vostro gioco
1111 Andrea Camilleri. Gli arancini di Montalbano
1112 Francesco Recami. Il diario segreto del cuore
1113 Salvatore Silvano Nigro. La funesta docilità
1114 Dominique Manotti. Vite bruciate
1115 Anthony Trollope. Phineas Finn
1116 Martin Suter. Il talento del cuoco
1117 John Julius Norwich. Breve storia della Sicilia
1118 Gaetano Savatteri. Il delitto di Kolymbetra
1119 Roberto Alajmo. Repertorio dei pazzi della città di Palermo
1120 Andrea Camilleri, Gian Mauro Costa, Alicia Giménez-Bartlett, Marco Malvaldi, Dominique Manotti, Santo Piazzese, Francesco Recami, Gaetano Savatteri. Una giornata in giallo
1121 Giosuè Calaciura. Il tram di Natale
1122 Antonio Manzini. Rien ne va plus
1123 Uwe Timm. Un mondo migliore
1124 Franco Lorenzoni. I bambini ci guardano. Una esperienza educativa controvento

1125 Alicia Giménez-Bartlett. Exit
1126 Claudio Coletta. Prima della neve
1127 Alejo Carpentier. Guerra del tempo
1128 Lodovico Festa. La confusione morale
1129 Jenny Erpenbeck. Di passaggio
1130 Alessandro Robecchi. I tempi nuovi
1131 Jane Gardam. Figlio dell'Impero Britannico
1132 Andrea Molesini. Dove un'ombra sconsolata mi cerca
1133 Yokomizo Seishi. Il detective Kindaichi
1134 Ildegarda di Bingen. Cause e cure delle infermità
1135 Graham Greene. Il console onorario
1136 Marco Malvaldi, Glay Ghammouri. Vento in scatola
1137 Andrea Camilleri. Il cuoco dell'Alcyon
1138 Nicola Fantini, Laura Pariani. Arrivederci, signor Čajkovskij
1139 Francesco Recami. L'atroce delitto di via Lurcini. Commedia nera n. 3
1140 Gian Mauro Costa, Marco Malvaldi, Santo Piazzese, Francesco Recami, Alessandro Robecchi, Gaetano Savatteri, Giampaolo Simi, Fabio Stassi. Cinquanta in blu. Otto racconti gialli
1141 Colin Dexter. Il giorno del rimorso
1142 Maurizio de Giovanni. Dodici rose a Settembre
1143 Ben Pastor. La canzone del cavaliere
1144 Tom Stoppard. Rosencrantz e Guildenstern sono morti
1145 Franco Cardini. Lawrence d'Arabia. La vanità e la passione di un eroico perdente
1146 Giampaolo Simi. I giorni del giudizio
1147 Katharina Adler. Ida
1148 Francesco Recami. La verità su Amedeo Consonni
1149 Graham Greene. Il treno per Istanbul
1150 Roberto Alajmo, Maria Attanasio, Giosuè Calaciura, Davide Camarrone, Giorgio Fontana, Alicia Giménez-Bartlett, Antonio Manzini, Andrea Molesini, Uwe Timm. Cinquanta in blu. Storie
1151 Adriano Sofri. Il martire fascista. Una storia equivoca e terribile
1152 Alan Bradley. Il gatto striato miagola tre volte. Un romanzo di Flavia de Luce
1153 Anthony Trollope. Natale a Thompson Hall e altri racconti
1154 Furio Scarpelli. Amori nel fragore della metropoli

1155 Antonio Manzini. Ah l'amore l'amore
1156 Alejo Carpentier. L'arpa e l'ombra
1157 Katharine Burdekin. La notte della svastica
1158 Gian Mauro Costa. Mercato nero
1159 Maria Attanasio. Lo splendore del niente e altre storie
1160 Alessandro Robecchi. I cerchi nell'acqua
1161 Jenny Erpenbeck. Storia della bambina che volle fermare il tempo
1162 Pietro Leveratto. Il silenzio alla fine
1163 Yokomizo Seishi. La locanda del Gatto nero
1164 Gianni Di Gregorio. Lontano lontano
1165 Dominique Manotti. Il bicchiere della staffa
1166 Simona Tanzini. Conosci l'estate?
1167 Graham Greene. Il fattore umano
1168 Marco Malvaldi. Il borghese Pellegrino
1169 John Mortimer. Rumpole per la difesa
1170 Andrea Camilleri. Riccardino
1171 Anthony Trollope. I diamanti Eustace
1172 Fabio Stassi. Uccido chi voglio
1173 Stanisław Lem. L'Invincibile
1174 Francesco Recami. La cassa refrigerata. Commedia nera n. 4
1175 Uwe Timm. La scoperta della currywurst
1176 Szczepan Twardoch. Il re di Varsavia
1177 Antonio Manzini. Gli ultimi giorni di quiete
1178 Alan Bradley. Un posto intimo e bello
1179 Gaetano Savatteri. Il lusso della giovinezza
1180 Graham Greene. Una pistola in vendita
1181 John Julius Norwich. Il Mare di Mezzo. Una storia del Mediterraneo
1182 Simona Baldelli. Fiaba di Natale. Il sorprendente viaggio dell'Uomo dell'aria
1183 Alicia Giménez-Bartlett. Autobiografia di Petra Delicado
1184 George Orwell. Millenovecentottantaquattro
1185 Omer Meir Wellber. Storia vera e non vera di Chaim Birkner
1186 Yasmina Khadra. L'affronto
1187 Giampaolo Simi. Rosa elettrica
1188 Concetto Marchesi. Perché sono comunista
1189 Tom Stoppard. L'invenzione dell'amore
1190 Gaetano Savatteri. Quattro indagini a Màkari
1191 Alessandro Robecchi. Flora

1192 Andrea Albertini. Una famiglia straordinaria
1193 Jane Gardam. L'uomo col cappello di legno
1194 Eugenio Baroncelli. Libro di furti. 301 vite rubate alla mia
1195 Alessandro Barbero. Alabama
1196 Sergio Valzania. Napoleone
1197 Roberto Alajmo. Io non ci volevo venire
1198 Andrea Molesini. Il rogo della Repubblica
1199 Margaret Doody. Aristotele e la Montagna d'Oro
1200
1201 Andrea Camilleri. La Pensione Eva
1202 Antonio Manzini. Vecchie conoscenze
1203 Lu Xun. Grida
1204 William Lindsay Gresham. Nightmare Alley
1205 Colin Dexter. Il più grande mistero di Morse e altre storie
1206 Stanisław Lem. Ritorno dall'universo
1207 Marco Malvaldi. Bolle di sapone
1208 Andrej Longo. Solo la pioggia
1209 Andrej Longo. Chi ha ucciso Sarah?
1210 Yasmina Khadra. Le rondini di Kabul
1211 Ben Pastor. La Sinagoga degli zingari
1212 Andrea Camilleri. La prima indagine di Montalbano
1213 Davide Camarrone. Zen al quadrato
1214 Antonio Castronuovo. Dizionario del bibliomane
1215 Karel Čapek. L'anno del giardiniere
1216 Graham Greene. Il terzo uomo
1217 John Julius Norwich. I normanni nel Sud. 1016-1130
1218 Alicia Giménez-Bartlett, Andrej Longo, Marco Malvaldi, Antonio Manzini, Santo Piazzese, Francesco Recami, Alessandro Robecchi, Gaetano Savatteri, Giampaolo Simi, Fabio Stassi, Simona Tanzini. Una settimana in giallo
1219 Stephen Crane. Il segno rosso del coraggio
1220 Yokomizo Seishi. Fragranze di morte
1221 Antonio Manzini. Le ossa parlano
1222 Hans von Trotha. Le ultime ore di Ludwig Pollak
1223 Antonia Spaliviero. La compagna Natalia
1224 Gaetano Savatteri. I colpevoli sono matti. Quattro indagini a Màkari
1225 Lu Xun. Esitazione
1226 Marta Sanz. Piccole donne rosse
1227 Susan Glaspell. Una giuria di sole donne

1228 Alessandro Robecchi. Una piccola questione di cuore
1229 Marco Consentino, Domenico Dodaro. Madame Vitti
1230 Roberto Alajmo. La strategia dell'opossum
1231 Alessandro Barbero. Poeta al comando
1232 Giorgio Fontana. Il Mago di Riga
1233 Marzia Sabella. Lo sputo
1234 Giosuè Calaciura. Malacarne
1235 Giampaolo Simi. Senza dirci addio
1236 Graham Greene. In viaggio con la zia
1237 Daria Galateria. Il bestiario di Proust
1238 Francesco Recami. I killer non vanno in pensione
1239 Andrea Camilleri. La coscienza di Montalbano
1240 Roberto Alajmo, Andrej Longo, Marco Malvaldi, Antonio Manzini, Francesco Recami, Alessandro Robecchi, Gaetano Savatteri, Fabio Stassi. Una notte in giallo
1241 Dominique Manotti. Marsiglia '73
1242 Claudio Coletta. In tua assenza
1243 Andrej Longo. Mille giorni che non vieni
1244 Alan Bradley. Le trecce d'oro dei defunti
1245 Emilienne Malfatto. Il lamento del Tigri
1246 Antonio Manzini. La mala erba
1247 Nicola Schicchi. Via Polara n. 5
1248 Roberto Alajmo. Notizia del disastro
1249 Jenny Erpenbeck. Il libro delle parole
1250 Marco Malvaldi, Samantha Bruzzone. Chi si ferma è perduto
1251 John Julius Norwich. Il regno nel sole. 1130-1194
1252 Andrea Camilleri. La guerra privata di Samuele e altre storie di Vigàta
1253 Ben Pastor. La Venere di Salò
1254 Graham Greene. Un Mondo tutto mio. Diario dei sogni
1255 L'isola nuova. Trent'anni di scritture di Sicilia
1256 Anthony Trollope. Il ritorno di Phineas Finn
1257 Alicia Giménez-Bartlett. La presidente
1258 Sergio Atzeni. Passavamo sulla terra leggeri
1259 Uwe Timm. Come mio fratello
1260 Dario Ferrari. La ricreazione è finita
1261 Giorgio Manganelli. Mia anima carnale
1262 Fabio Stassi. Notturno francese
1263 Alessandro Robecchi. Cinque blues per la banda Monterossi
1264 Alessandro Barbero. Brick for stone

1265 Franco Lorenzoni. Educare controvento. Storie di maestre e maestri ribelli
1266 Caterina Cardona. Un matrimonio epistolare
1267 Davide Enia. Così in terra
1268 Jane Gardam. L'eterno rivale
1269 Sonya Orfalian. Alfabeto dei piccoli armeni
1270 Andrea Camilleri. La paura di Montalbano
1271 Maria Judite de Carvalho. Gli armadi vuoti
1272 Roberto Alajmo. La boffa allo scecco
1273 Antonio Manzini. ELP
1274 Graham Greene. Brighton Rock
1275 Henry Cauvain. L'investigatore Maximilien Heller
1276 Francesco Recami. Colpo grosso ai Frigoriferi Milanesi
1277 Thornton Wilder. Il ponte di San Luis Rey
1278 Andrea Molesini. Non si uccide di martedì
1279 Santo Piazzese. Sei casi per Lorenzo La Marca
1280 Yokomizo Seishi. Il teatro fantasma
1281 Furio Scarpelli. Si ricorda di me, signor tenente?
1282 Hans Sahl. I pochi e i molti. Romanzo di un'epoca
1283 Marco Malvaldi. La morra cinese
1284 Giampaolo Simi. Il cliente di riguardo
1285 Dolores Hitchens. La gatta ha visto tutto
1286 Adriano Sofri. C'era la guerra in Cecenia
1287 Federico Maria Sardelli. Lucietta. Organista di Vivaldi
1288 Antonio Manzini. Riusciranno i nostri eroi a ritrovare l'amico misteriosamente scomparso in Sud America?
1289 Ben Pastor. La finestra sui tetti e altri racconti con Martin Bora
1290 Andrea Camilleri. Il giudice Surra e altre indagini in Sicilia
1291 Alicia Giménez-Bartlett, Marco Malvaldi, Antonio Manzini, Santo Piazzese, Francesco Recami, Alessandro Robecchi, Gaetano Savatteri, Simona Tanzini. Cucina in giallo
1292 Andrej Longo. La forma dei sogni
1293 Yasmina Khadra. Cosa sognano i lupi?
1294 Vanessa Roghi. Un libro d'oro e d'argento. Intorno alla *Grammatica della fantasia* di Gianni Rodari
1295 Graham Greene. Fine di una storia